笈の小文の研究

評釈と資料

大安 隆・小林 孔
松本節子・馬岡裕子 著

和泉書院

はじめに

大安　隆

芭蕉は、三〇歳代の約一〇年間は江戸にいて、はじめは流行の俳諧に棹さして宗匠として立つ。しかし、後に、巷間のマンネリズムの行きづまりに飽きたらず、また、『荘子』の哲学に強く影響を受けて、郊外に隠棲するとともに、試行錯誤を重ねながら、自らの俳風を模索した。貞享元（一六八四）年、不惑の齢に、はじめて実用でない旅に出てから、その新しい世界が開ける。自然の中に浸って、座していては得られぬ天然の美を改めて実感し、書物の紙上では感じ取られぬ詩的伝統の情をつぶさに体感した。そのうえ、新しい俳諧の友人や門人と各地でめぐりあい、互いに啓発しあいながら俳風が改まり、句境の進展するのを自覚する。この旅の作品をまとめて、いわゆる『野ざらし紀行』が成立した。貞享四年冬、江戸及び東海・近畿の多くの俳人からの期待を背負って、再び東海道を上る旅に出る。帰郷の道すがら、前回の旅の余韻を確かめつつ、伊賀で年を越した。翌春は夏にかけて、上方の由緒ある旧蹟の数々を巡遊して古人の詩情を偲び、さらに句境を磨くとともに、人々との俳交の輪を広げて実りある旅をした。この旅の記が『笈の小文』と呼ばれる紀行として伝わる。帰途は中山道をとって仲秋の更科の月を愛で、江戸に帰るとその秋の末に元禄と改元される。この「笈の小文」の旅の体験がその後も心を強くとらえ続け、「そぞろ神」や「道祖神」のやみがたい誘いによって、半年後にみちのくの長途の旅に心を弾ませて出発することになる。したがって、『笈の小文』の書かれたのは、この旅を終えて湖南・京に滞留中のこととされる。なお、奥羽・北陸の道の記『奥の細道』は、最晩年に完成をみた。

ところで、芭蕉の紀行作品の中で、『笈の小文』のみは芭蕉の自筆稿本が伝わらず、大津の門人の乙州が、芭蕉から見せられたという草稿を宝永六（一七〇九）年に刊行した『笈の小文』が、流布本として有力な本文とされている。ただ、これについては、その精撰度に問題点がいくつも指摘されていて、これは芭蕉が存分に手をいれて仕上げたものでなく、未定稿だとする見方があり、さらには、芭蕉の残した俳文的断章を乙州が恣意によって編集したものではないかと貶せられて、芭蕉の紀行作品とするのは疑わしいとする見方もある。そのためか、『笈の小文』は一般に芭蕉の作品集には加えられていても、本文についてごく簡単な略注が施されたものがあるにとどまり、また、部分的には詳論がされていても、全体としてこれに正面から取り組んで解説・考察をしたものがほとんどない。また、乙州版本は、宝永初版以降、明治のはじめごろまで版を重ねてきたと推定され、広く読まれてきたにもかかわらず、古注もわずか一点しかない。そこで、そのような経緯もふまえながら、乙州版本を底本に、問題は問題として考察を加え、諸資料を勘案しつつ、本文の解明を試みて、ここに一書にまとめてみた。

顧みれば、弥吉菅一先生を中心に有志が集まり、「『野ざらし紀行』を読む会」がスタートしたのは、平成四年のことであった。隔月に寄り合い、『野ざらし紀行』の注解と論考を進めて、同八年にひとまず終了した。その摘要は、俳誌「早春」に平成八年九月号から同十年十一月号まで、「『野ざらし紀行』の探究」と題して毎月連載されて二七回に及んだ。この会は、平成十一年十二月をもって閉会したが、せっかくの会をさらに続けたいとの要望が強く、翌十二年四月から、こんどは『笈の小文』を読もうということになっていた。ところが、その三月に思いがけなくも、弥吉先生が急逝されて、忽ち頓挫する。その再開は三年後になってやっと実現し、平成十五年八月に、新たに「芭蕉を読む会」として、『笈の小文』の注解と考察を開始した。以来、メンバーの輪番で隔月に読み進めてきたが、なにしろ問題の多いものだけに遅鈍の歩みでなかなかはかどらなかった。一通り読み終えたところで、当初はそこまでは考えていなかったが、せっかくだからと、平成二十四年五月から、その成果をとりあえずまとめてみようということになった。

この間に、会のメンバーに出入りもあり、最終的には、四人が改めて分担執筆して、そのうえで問題点についての討議を重ねながら、とにかく一区切りを付けたという次第である。とはいっても、これで『笈の小文』についてなにがしかの解明がなされたとは、決して臆面もなく広言できるものではないが、現時点で考えられる総合的な考察として提出してみようとするものである。未熟・粗漏・不統一等々、思えば甚だ忸怩たるものではあるが、ひとつの踏み台ともなればと思うばかりで、ご教示を賜りたいと切望してやまない。

目次

評釈篇

資料篇

『笈の小文』学説批判——研究史として——

小林　孔

『笈の小文』の本文を読み進めるうえで、おおよそ次の九つの点に疑問が生ずる。まずは、既存の学説を援用して研究の出発点を設定してみよう。

① 冒頭文が、「神無月の初……」という旅立ちの書き出し部分との間に明らかな断絶があって、紀行の序としてはあまりに重々しく、頭でっかちである。これは独立したひとつの俳文である。

② 旅立ちに続く「抑道の日記といふものは」からはじまる紀行観を述べる一段は、『奥の細道』の序論にこそふさわしく、この紀行中にあっては何か不自然なところもあり、後に続く「鳴海にとまりて」への移行にある程度の落差を感ずる。

③ 「丈六に」の句の後に「さま〳〵の事おもひ出す桜哉」の一句を出すのはいかにも唐突で、状況も句意も曖昧さを免れない。

④ 「弥生半過る程そゞろに……」以下の吉野行脚出発の一段が、伊勢の「ねはんそう」の句と一区切りをなし、ここからはじまる別文のごとき違和感がある。

⑤ 「瀧門」一句、「西河」一句以下は滝の名のみを記し、中に「布引」「箕面」のごとく、須磨・明石遊歴後の行程が入りこみ、箕面の滝に「大和」とする誤りがある。実際に旅をした芭蕉自身の記入とは信じられない。

⑥　吉野の花見を叙する三句に「桜」と題したのは、後の「衣更」の場合についてもいえることであるが、普通は句集に見られる発句分類の形式で、紀行の形態としては異常であり、また好ましいものではない。
⑦　吉野山の一文から高野、和歌の浦にかけては紀行として一応読み進められるが、「行春に」の句の次にただ「きみ井寺」とあるのは、ここが書写、編集の際の発句の脱落と見るのか、誰しも不審の念をいだくに違いない。
⑧　芭蕉の行脚観、旅行論ともいうべき俳文が「きみ井寺」から続くのも不自然で、「衣更」の句との間に割り込んだような形である。
⑨　須磨の部自体、紀行的俳文としてのまとまりを示しているが、最初の「須磨」二句は等類同想のものを並列し、芭蕉の行文としては納得がゆかない。

早々に断っておくと、右の九つの指摘は、宮本三郎氏「『笈の小文』への疑問（上・下）」（「文学」昭和45年4・5月号、『蕉風俳諧論考』所収）の論文から表現を引用しながら用意したものである（なお、研究史の中には、以上の九点以外にも、本文・行文上の疑問があげられているが、割愛する）。『笈の小文』に乙州の手が加わったとする疑義が含まれているためか、使用することばの端々に、乙州編集説を前提にした一貫する印象が記されている。

さて、一方、この九つの文章の後に、たとえばそれぞれに、

したがって、推敲の余地を残しているのである。

と一文を添えれば、たちまち『笈の小文』の未定稿的性格を指摘した内容に一変してしまう。未定稿説は右の乙州編集説以前から『笈の小文』論の通説になっていたが、本文中の難解な箇所を見極めて提示した、ほぼ同じ着眼の二説並存（こと細かく諸氏の論文を読みすすめてゆくと、未定稿支持の論旨が乙州編集説をとり込んでいたりする場合もある）のかたちをとって、およそ半世紀を空費して研究はなお出発点に佇んでいる。

では、乙州編集説と未定稿説の違いはどこにあるのであろうか。次にそれぞれの二つの説がよって立つ根本を明らかにしてみたい。

○乙州編集説

極めて素朴に感ずる疑問は、芭蕉が生涯において、最も彼の人間と芸術を鍛えた、いわば死命を賭しての、奥の細道大行脚の後に、それ以前の、いわば遊歴を主とした旅の記を一貫した紀行文として、その執筆に取りかかるなどということが果たしてあり得ようかということである（前掲宮本氏稿、原文のまま）。

○未定稿説

作品中に元禄三、四年の成立と見られる文章、発句があることから、その執筆と成立を推定したが、やがて『奥の細道』の構想が熟するにつれて未定稿のまま放置し、推敲の余地を残した草稿を大津の乙州のもとに置いて帰東したと見る。

乙州編集説の基本的な立場は、作品中に旅行直後の執筆にかかる句文を想定するものの、全体の成立を元禄三、四年とする未定稿説を踏まえ、この時点で一貫する紀行文をまとめあげようとする執筆の動機自体に疑義を容れたのである。動機がなければ結果（成立）は得られまい。つまり、乙州編集説はまとまったかたちでの『笈の小文』を想定しておらず、一方、未定稿説は推敲以前の本文ではあるものの、作品自体の大枠は整っていたとする見方で、この見立ての度合が大きく相違しているのである。ちなみに、『笈の小文』の完成度に関連して、最も低く見立てた学説がこの乙州編集説であり、これを支持する後続の学説も、成立論ならではの歯切れのよい主張で研究史に一石を投じたが、では、乙州版本（あるものは刊本という）『笈の小文』が現在のかたちにできあがるまでの乙州の編集過程をどのように推理することができ、どのような編集方法が用いられたのかを明らかにしなければならないはずであったが、肝心のこの成立論には十分に目が向けられていない。

さて、その乙州の事績に関して、編集説の数少ない分析の論拠となっているのが、『笈の小文』の版下の問題である。『天理図書館善本叢書和書之部第十巻　芭蕉紀行文集』（八木書店・昭和47年）にも宮本三郎氏の解題があるように、「序より刊記まですべて乙州自筆」の版下であるという。乙州真蹟との比較対照の結果から導き出したというこの結論は本当に正しいのであろうか。現存する短冊の筆蹟、宝永四年の『俳諧三物揃』の版下、「午潮・乙州交筆懐紙」（『思文閣七十周年謝恩大入札会目録―禅林墨蹟・古典籍―』平成20年3月所収）の文字群は、必ずしも『笈の小文』の版下を積極的に乙州であると証明する材料にはならず、むしろ、同じ平野屋佐兵衛が「加陽金澤　三ヶ屋五郎兵衛」と相版で上梓した『茶之湯故實奥儀鈔』（元禄十一〈一六九八〉年刊・五冊）の版下とそれほど変わらないようにも見える。乙州ひとりの個性をその版下に見出すには、なお慎重な判断を俟たなければならない。私見では、乙州の自筆資料の乏しいゆえもあるが、その少ない筆蹟から見ても『笈の小文』の乙州版下説には懐疑的である（ただ、唯一乙州の版下として見るべきものに、初版本題簽「笈の小文　全」があると思う。その意味では、「笈の小文」の題号を含めてさらなる検討が求められる（後掲「『笈の小文』の諸本」二四九頁参照））。

乙州編集説の論拠にやや曖昧模糊とした印象をもってしまうと、やはり冒頭の出発点に記した印象批評風の疑義や着眼点までもがぼんやりとした捉えどころのない空論に思えてしまう。未定稿説に対峙する学説としてあれ程鋭敏に映っていた学説が、である。要するに、乙州編集説は未定稿説の批判にはなりえても、編集説を証明する根本的な手続きや回答が用意されていたわけではなかったのである。

ところで、一方、未定稿説は、今日の研究水準の中にあって、なお有効な説得力を主張することができるのかどうか。元禄三、四年の芭蕉の動静をめぐる以下の指摘は、同時に、乙州編集説にも疑義を提示することになるであろう。未定稿説の趣旨は、前頁の○印以下で示したとおり、右の成立時点で推敲を放棄し、草稿の状態で乙州のもとに残されたとするものであった。

草稿と未定稿とは当然のことながら同義語ではない。たとえば、沖森本『更科紀行』は草稿本と呼ぶにふさわしいと思うが、推敲の書き入れ本文を未定稿とはいわないであろう。むしろ、草稿の書き入れ本文が乙州版本の原本になったと考えられるから、草稿にして決定稿の概念を十分に含んでいる場合がある。つまり、『笈の小文』の難解な部分を未定稿とみなすのは、推敲以前の本文を想定しているのであろう。では、なぜ、推敲の手を加えない本文が存在したのかといえば、未定稿説の根本には、これを放棄するだけの事情があったというのである。それは、『笈の小文』の成立が元禄三、四年のころとして、このころすでに『奥の細道』の構想と執筆が現実的となり、そのために『笈の小文』を途中で放棄せざるを得なかったというのである。はたして、そうであろうか。

自筆本『奥の細道』が発見されて二〇年の歳月が経過するが、その成立、執筆時期ははるかにくだって元禄六（一六九三）年の秋、ないしは冬と見られている。私見はもう少し遅れた元禄七年の春二月ごろの執筆を想定するが、いずれにしても、今日では元禄三、四年に『奥の細道』を構想し、執筆したと正面から論ずる研究は影をひそめている。おそらく『奥の細道』の構想と執筆は江戸深川で一気に完成へと導かれるのであって、このように考えれば、『笈の小文』を未定稿のまま放置する理由はまったく失われてしまうことになる。今日的な研究状況にあって、未定稿説をなお主張するには、正しく『奥の細道』の成立論に参加しなくてはならず、その意味でも未定稿説はさらに検討されなければならない。

元禄三、四年の『笈の小文』の成立に関わる芭蕉の状況に、ある程度の修正が必要になってきたことはいうまでもないが、はたして、『笈の小文』の執筆の動機をこの時点で明確に示し、完成へ向けて推敲の手を加える状況にあったものかどうか、これが今後の課題になろう。

なお、『笈の小文』の研究には、これをまとまった作品と見る学説のあることは周知のとおりである。しかし、なぜ、先の乙州編集説や未定稿説に比べてとりあげられる機会が少ないのか、といえば、やはりその説得力に原因がある。たとえば、作品が「序・破・急」の三部や三段の構成になっているのであるとか、これが謡曲の仕組によっているとして、構造的な理解をあてはめて作品の完結性を主張することはできよう。ただ、既存の器の中でややもすると作品を過小に評価してしまう自縄自縛の論が展開される。表現形態の独自性にまで言及されず、結果として借りものの説得力で作品を評価してしまうことがある。このような研究手法の後に続く新たな作品論は、以降、発表されていない。なお、一編のみ独自の解釈を示した記憶すべき作品論に、尾形仂氏「鎮魂の旅情―芭蕉『笈の小文』考―」(「国語と国文学」昭和51年1月号、『芭蕉・蕪村』所収)がある。

本書の出発点は、乙州編集説に組せず、未定稿説を採らず、後の諸本の項で述べるように、乙州版本『笈の小文』を、その手もとに残された芭蕉の草稿を丁寧に書写した作品と認定するところにある。沖森本『更科紀行』を正確に版本にまで書承し、伝えた実績に注目したからである。研究史の中でのやや曖昧な立ち位置を承知しながら、まとまった作品として読みはじめてもよいのではないかと考えるに至った。言い換えれば、乙州の清書から十分信頼できる本文と構成を窺知しうると判断したのである。

では、『笈の小文』の執筆の動機はどこにあったのか。実は、『野ざらし紀行』から『奥の細道』に至るすべての紀行文に、いまだ同様に明快な回答が出されているわけではない。あえて申せば、『笈の小文』の執筆の動機は、おそらく元禄四年の近畿漂泊をきりあげる、その間近の時点において、さかのぼりうる最も身近な旅の素材を求めて、一篇の紀行文にまとめあげる機会にめぐりあったというところであろう。自らすすんで紀行を書いたというよりは求められてのことであろうか。その人物が商用での旅が多い乙州であれば、空想は大きな迂回をせずに収めることができるが、想像や推理はこのままにして、そこに元禄三年三月に歿した杜国への鎮魂のモチーフを加えるのが、人と人との接点で生まれる文学誕生の道筋のようにも思えてくる。

評釈篇

凡例

『笈の小文』の本文の評釈にあたっては、適宜章題を付して区切り、次のような方針に従った。

一、【影印】の底本は、現時点で最も初刷に近いとされる平野屋佐兵衛板（天理大学附属天理図書館所蔵本・『天理図書館善本叢書和書之部第十巻　芭蕉紀行文集』八木書店・昭和47年所収の影印）を用いた。丁数の表記は、各丁表・裏をオ・ウとし、表を下左側に、裏を下右側に表示した。

一、【翻刻】は、右の底本と対応するよう、二段組の下段に配置した。【翻刻】は次の【校訂本文】と対照するための用意である。改行、用字等すべて原本どおりとした（翻刻許可　第一二六七号）。

一、【校訂本文】には、誤字を正し、適宜句読点を補い、清濁を表示し、送り仮名を付けた。また、漢字は通行字体に改め、読みを確定すべく必要箇所におおむねルビを打った。すべて歴史的仮名遣によっている。なお、【校訂本文】の見出しの下に、再度章段のまとまりを示す章題を付し、読みのための導入をはかった。

一、【概要】は、本文の内容、旅中の動静、今後問題となる研究課題等を含めた解説である。

一、【語釈】は、本文解釈上に必要な語句（校訂本文の句文に及ぶ）をとりあげ、簡潔に意味を示している。ただし、旅程、発句の解釈等に必要不可欠な内容と判断した場合などには、あえて背景の説明をこの箇所で詳述した。

一、【通釈】は、右の【語釈】の成果を容れた、いわゆる口語訳である。

一、【補説】においては、【語釈】の内容を補足するとともに、そこで消化できなかった課題や研究上の問題点を含めてとりあげることにする。その視点は章段によってさまざまであるが、とくに研究上の発展性（問題提起）を考慮している。また、その章段に関係する資料（芭蕉の真蹟資料等）は、選択のうえで併載した。なお、引用資料の掲載については、改行、用字等はおおむね原典どおりとし、句読点を補い、清濁を表示した。

一、底本には冒頭に序文があり、順序としてはこれを最初にとりあげるべきところではあるが、作品の本文ではないこと、また、本書内での関連性を考え、末尾に配置した。

以下、任意に区切った章段を右の要領によって、読み進めることとする。

〔風羅坊記〕

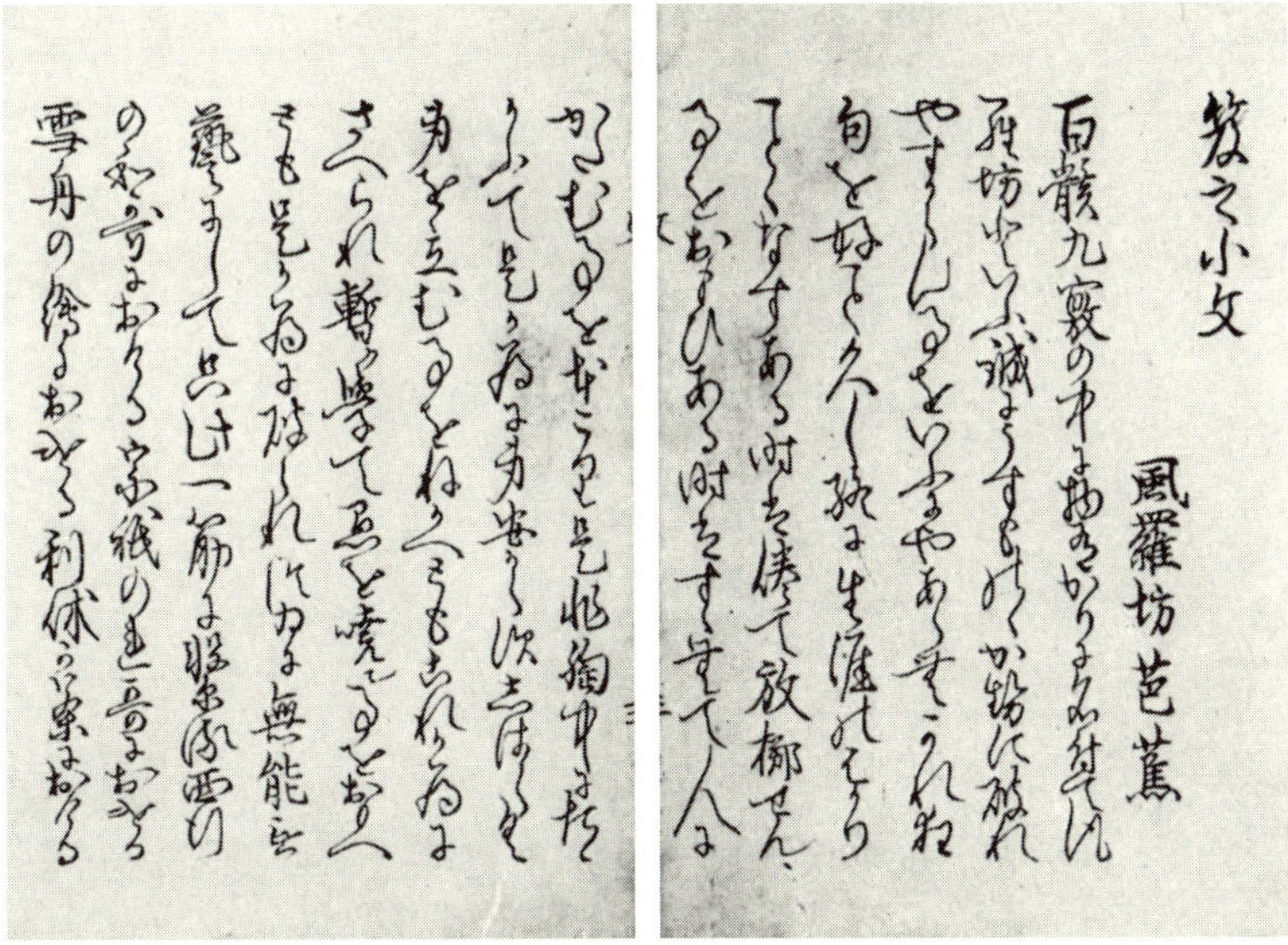

（3丁ウ）　（3丁オ）

【翻刻】

笈の小文

風羅坊芭蕉

百骸九竅の中に物有かりに名付て風
羅坊といふ誠にうすものゝかせに破れ
やすからん事をいふにやあらむかれ狂
句を好こと久し終に生涯のはかり
ことゝなすある時は倦て放擲せん
事をおもひある時はすゝむて人に
かたむ事をほこり是非胸中にたゝ
かふて是か為に身安からすしはらく
身を立む事をねかへともこれか為に
さへられ暫ク學て愚を暁ン事をおもへ
とも是か為に破られつゐに無能無
藝にして只此一筋に繋る西行
の和哥における宗祇の連哥における
雪舟の繪における利休か茶における

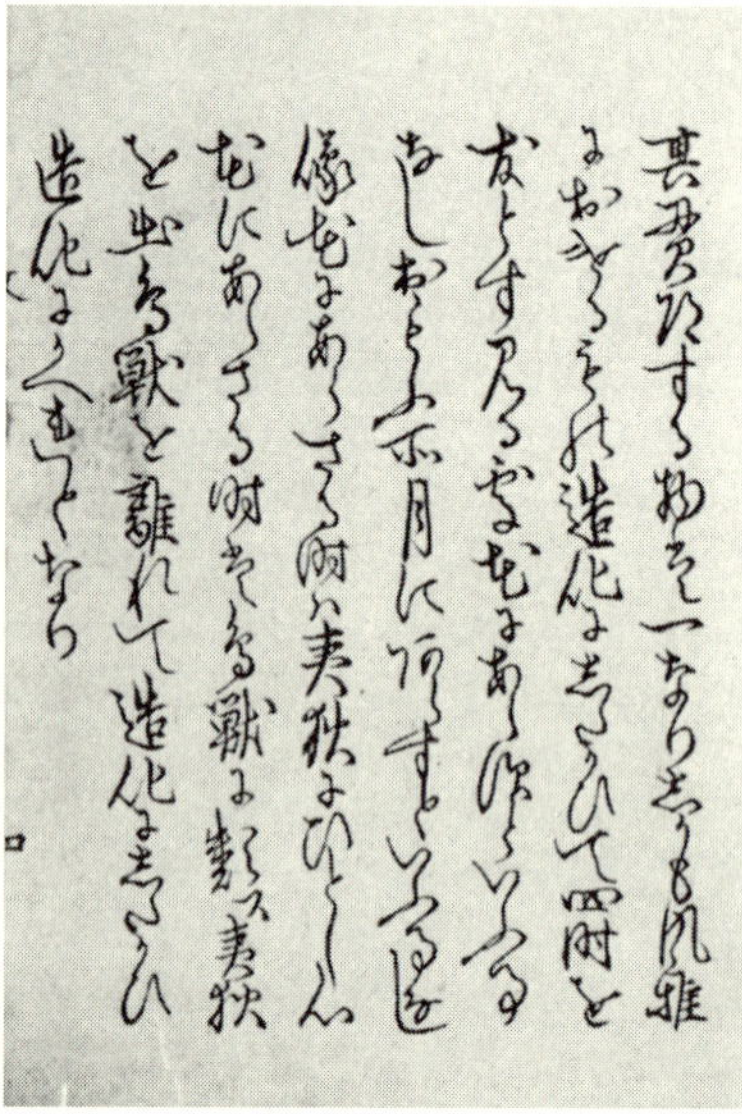

（4丁オ）

其貫道する物は一なりしかも風雅
におけるもの造化にしたかひて四時を
友とす見る處花にあらすといふ事
なしおもふ所月にあらすといふ事なし
像花にあらさる時ハ夷狄にひとし心
花にあらさる時は鳥獣に類ス夷狄
を出鳥獣を離れて造化にしたかひ
造化にかへれとなり

【校訂本文】〔風羅坊記〕

笈の小文　　風羅坊芭蕉

百骸九竅の中に物有り。かりに名付けて風羅坊といふ。誠に、うすもののかぜに破れやすからん事をいふにやあらむ。かれ、狂句を好むこと久し。終に生涯のはかりごととなす。ある時は倦んで放擲せん事をおもひ、ある時はすすんで人にかたむ事をほこり、是非胸中にたたかふて、是が為に身安からず。しばらく身を立てむ事をねがへども、これが為にさへられ、暫く学んで愚を暁らん事をおもへども、是が為に破られ、つひに無能無芸にして、只此の一筋に繋がる。西行の和歌における、宗祇の連歌における、雪舟の絵における、利休が茶における、其の貫道する物は一なり。しかも風雅におけるもの、造化にしたがひて四時を友とす。見る所花にあらずといふ事なし。おもふ所月にあらずといふ事なし。像花にあらざる時は、夷狄にひとし。心花にあらざる時は、鳥獣に類す。夷狄を出で、鳥獣を離（はな）れて、造化にしたがひ、造化にかへれとなり。

【概要】

　自身の体に棲み続けている不可思議なものに、風羅坊と名を付けてみると、これまでの人生の軌跡が、この風羅坊に支配されてきたものであることを悟る。その風羅坊が、花月の情を見知るためにも、天地の間にいざ旅立ちをといざなうのである。本文中の「生涯のはかりごと」「つひに無能無芸にして……其の貫道する物は一なり」は、元禄三（一六九〇）年七月下旬に成立した、いわゆる文考本「幻住庵記」に類似の文章が見られる。この冒頭もまた、元禄三年七月下旬以降の成立であろう。

　従来から、独立性の強い「風雅論」として読まれてきた向きもあったが、はたして、そのように読まなければならない必要があるのであろうか。いずれにしても、旅立ちに際する自己内省の一段である。

【語釈】

○笈の小文・風羅坊芭蕉―版本の題簽にある「笈の小文」から数えて、序にも「笈の小文」、そして本文冒頭にも題号の「笈の小文」を置く。やや重複のきらいがあり、この表題の掲出と、下の「風羅坊芭蕉」の署名については乙州による付加の可能性がある。　**○百骸九竅**―百骨と九穴の意味で人体のこと。『荘子』「斉物論」に「百骸九竅六藏賅而存（ス）焉」と出る。なお、「百骸」を近年では「はくがい」と読むが、漢音で「はくかい」とする可能性もある（【図版1】・『荘子口義大成俚諺鈔』頭注参照）。　**○風羅坊**―「風羅」とは風に翻（ひるがえ）るうすものの意味で、芭蕉葉の風に破れや

百骸九竅六藏賅而存焉吾誰與爲親汝皆悦之

【図版1】『荘子口義大成俚諺鈔』元禄十六年刊（小林架蔵本）

すき趣に通ずる。芭蕉葉の秋に耐えず（不耐秋）を踏まえた「野ざらし」の意味を含んでいる。ちなみに芭蕉使用の落款印に「風羅」の一顆がある。なお、「坊」とは僧形の呼称で、かたがた天地自然の間に身を置く僧形の旅人をイメージした、造語による命名であろう。**○かれ**―風羅坊を指す。**○狂句**―俳諧の意。ただし、文脈に従えば戯れたはかないざれごとの意味を効かせていよう。**○是非**―前文をうけて、投げ出してしまおうと考えたことや、人に勝ろうと野心をもったそのどちらともつかぬ思い。**○これが為にさへられ**―風羅坊（の狂句）によって妨げられの意。後の「是が為に破られ」の「是」も風羅坊、ないしは風羅坊の狂句と見られる。**○其の貫道する物**―それぞれの芸術に通底する心。**○しかも**―それとともに、それに加えて。**○風雅におけるもの**―六義の「風」・「雅」から転じて広く偏りのない心。目にたとえ、心に思うことを素直に表現する姿勢。「風雅の人」「風雅ある人」（本文〈旅十徳〉参照）を考え併せれば、身の処し方、姿勢に関係して用いられている。「俳諧」と同義とする見方が一般的であるが、本文前出の「狂句」の内省から生じた、高みとしての「俳諧」の意と考える見解もある（【補説1】参照）。**○造化**―『荘子』に「造物」として頻出する天理、天地自然のこと。**○四時を友とす**―四季の変化を慈しむ。**○像**―下の「心」と対の関係。目で見てとらえうるもの。**○夷狄**―未開野蛮の人。下の「鳥獣」と同義。**○心**―眼前にあるものから導かれる理会の情。

【通釈】

私の身体の中に長く棲みついている物がある。ひとまずこれに「風羅坊」と名を与えてみる。この命名は、風に翻るうすものの、さしずめ芭蕉葉の破れやすい趣に由来している。かれ（風羅坊）は、長く言い捨ての戯れた句を好み、とうとうこれをたよりに生業としてしまったことである。時にはこれが厭になって投げ出してしまおうかと思ったり、時には人に勝ろうと野心をもったりと、どちらともつかぬ思いが胸中に去来し、そのため身の休まる時がなかった。人並みに一時は立身出世を願ったが、風羅坊の狂句に妨げられ、少しの間、学問に志を立てて己の愚かさを悟ろうと思ったが、これもまたこのもののために中途半端なものとなり、とうとう才芸を備えることなく、単に狂句だけを宿命としてしまったのである。思えば西行の和歌、宗祇の連歌、雪舟の絵、利休の茶にはその道を貫くひとつの物（心）がある。そして、それに加え、広く偏りのないそれぞれの心は、天理にしたがって四季を慈しむ姿勢に通じている。（私の俳諧の道もまさにそうでなくてはならないが）そうすれば、目は自然と花に向き、月に心が動かされる。それができなければ野蛮人といえよう。また、その心が理会できなければ鳥や獣と同じである。できれば、心身ともに花月の情を見知り、野蛮人、鳥獣とならぬためにも、天理に従い、自然にかえるべく、いざ旅立ちをと、この風羅坊がいざなうのである。

【補説】

1．冒頭の読み方

『笈の小文』冒頭のいわゆる「風雅論」を読んでみた。この冒頭部の本題は、その名称ともなっている「しかも風雅におけるもの」以降にあることは異論のないところであろうが、しかし、難問はまさにこの「しかも」の接続詞の扱い方と「風雅」の解釈にある。

ここに、この箇所の解釈を試みた一例として井本農一、久富哲雄両氏校注・訳『新編日本古典文学全集　松尾芭蕉集②』（小学館・平成9年）から引用してみると、

ところで、俳諧というものは、

とある。この解釈は当該本文を前記本文の「西行の和歌における、宗祇の連歌における、雪舟の絵における、利休が茶における」ものと対句的に扱う視点を用意し、「風雅」にも同じように芸術としての分野「俳諧」を想定したのである（これには芭蕉の使用する「風雅」の用例が考慮されている）。また、対句的な扱いの顕著にあらわれているのが「しかも」の添加を意味する本来の用法をあえてずらし、逆接ないしは転換の接続詞として文意をとっている点であ

る。おそらくこのような解釈が、当該本文の一般的な理解の仕方なのであろうが、ところで一方、いま問題にしている「しかも風雅におけるもの」を挟んで記された、

造化にしたがひて四時を友とす

の叙述が、ひとり「俳諧」にのみ特徴的な姿勢と見るのではなく、西行の和歌、宗祇の連歌、雪舟の絵、利休の茶の世界にも通ずるものであろうことは、むしろ常識的な判断といってもよい。ちなみに、このことは『芭蕉講座　第五巻　俳文・紀行文・日記の鑑賞』（有精堂・昭和60年）所収の『笈の小文』（上野洋三氏執筆）での、

とりわけ、わが風雅（俳諧）の世界は、

と解釈した、その「とりわけ」の副詞的理解によくあらわれている。西行の和歌以下はもとよりであるが、とりわけ俳諧ではとの意味である。「しかも」を文意に即しながら理解しようとする場合、このような副詞的理解にまで発展するのであろうが、もとよりその原因は「しかも」と同時に考え併さねばならない「風雅」そのものの難解さにある。

結果的には、「狂句」（俳諧）もまた「風雅」を志すといった点で同義になりうる可能性はあるが、ただちに『笈の小文』冒頭の「風雅」が「俳諧」を意味するのかどうか、「しかも」と同様に、原義にたちかえって考え直してみる必要がある（【語釈】参照）。

『笈の小文』の冒頭は、おおよそ、

①自らの心に「風羅坊」と命名することで、
②自らのこれまでの経歴を語り、
③先人にならって造化随順の思いを述べる

構成と内容になっている。これをひとまとまりの「風雅論」と呼ぶには、焦点及び主題が「風雅」（俳諧）にあるのかどうかが問題になろう。

2. 冒頭の意味

『笈の小文』の冒頭は、【図版2】に示した『荘子鬳斉口義』の林希逸の注に代表される『荘子』「斉物論」の枠組みで叙述されている。【図版2】は万治二（一六五九）年刊本からその一例を抄出したものであるが、これによれば、

　身体は名をつけることで心が備わり、その心によって動き、その心はまた造物（天理、自然）によって動かされている

という考え方であり、これは実のところ『笈の小文』冒頭で記す、

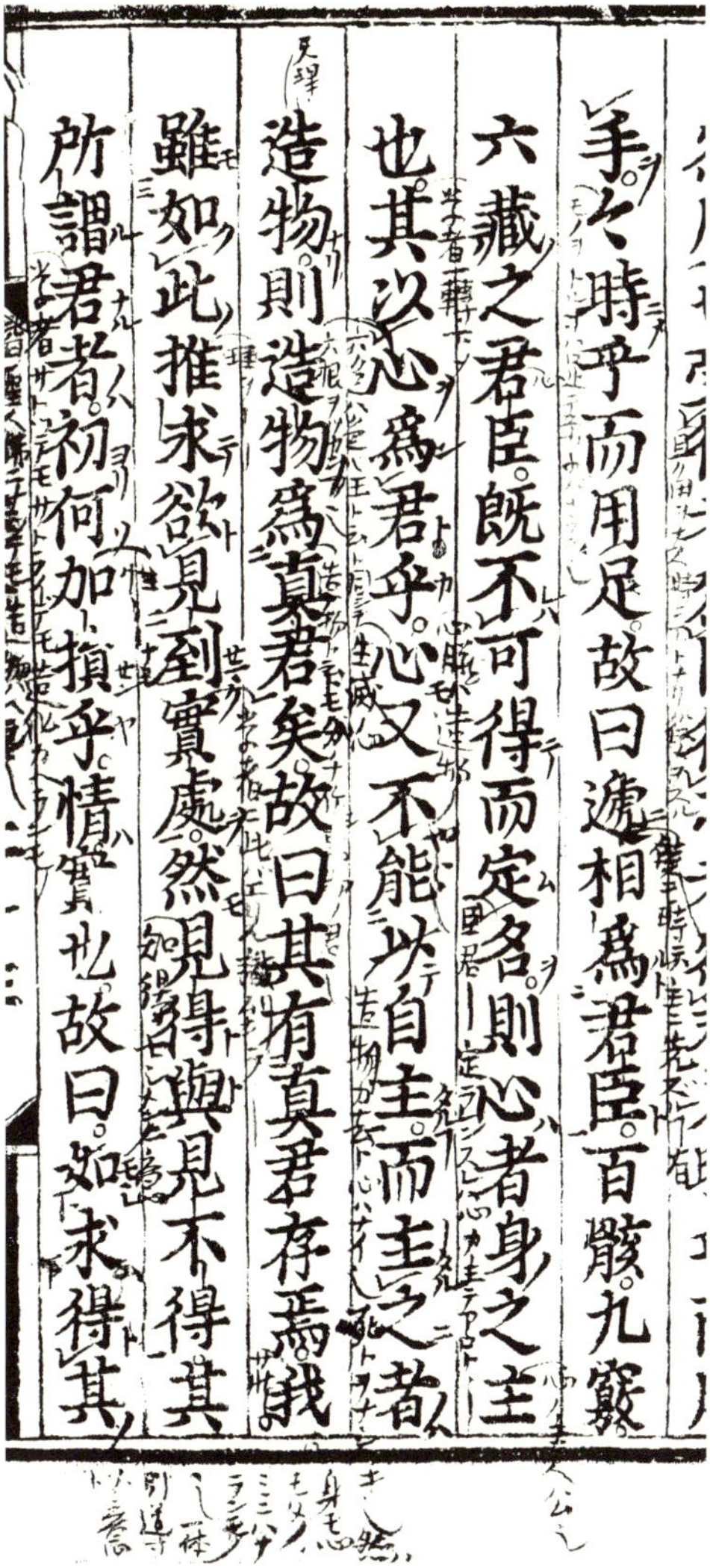
手之時乎而用足故曰遞相爲君臣百骸九竅
六藏之君臣既不可得而定名則心者身之主
也其以心爲君乎心又不能以自主而主之者
造物則造物爲真君矣故曰其有真君存焉哉
雖如此推求欲見到實處然見得與見不得其
所謂君者初何加損乎情實也故曰如求得其

【図版2】『荘子鬳斉口義』巻一・万治二年吉野家権兵衛板（小林架蔵本）

身体に棲みつく物に「風羅坊」と名付けることで、ようやくわが心の軌跡をたどることができ、無能無芸ながらも先人と同じようにその心を天理、自然に従わせる

とする展開と非常によく符合するのである。そして、天理、自然に身を投ずる具体的な行為そのものが、「風羅坊芭蕉」と心身一体となって旅をすることなのだという主張である。

つまり、『笈の小文』の冒頭が――身体に棲みつく名状しがたい物に名を与えることで、自分自身の心をどうにかして把握しようとする。これまでどうにも把握できなかった過去の出来事は、かりに己の心に「風羅坊」と名付けてみると、にわかにひとつの志をもった姿であったと得心できる。いま心身ともに一体（風羅坊芭蕉）となって造化に身を委ね、天地の間に旅立つのである。――と以上のように解釈できるとすれば、独立性の強い「風雅論」と称されてきた一段は、旅立ちに際する「風羅坊芭蕉」の名乗りの場として、矛盾なく後に接続してゆくのである。一見して不自然に思われた「風羅坊芭蕉」の署名が、冒頭におかれていた意味もそこにあったのではないかと思われるが、これがかりに芭蕉以外の人物（乙州）の手によってなされたとしても、『笈の小文』冒頭の趣旨とはまったく乖離していないのである。

3．芭蕉文考本「幻住庵記」との類似

本文中に文考本「幻住庵記」と類似する箇所のあることは周知の事柄である。ここで指摘をすべきところではあるが、文考本はその性格上、なお研究の余地を多く残している。本文の確認については、雲英末雄氏編『江戸書物の世界』（笠間書院・平成22年）の五九〇頁から六一一頁を参照願いたい。

〔送別・旅立〕

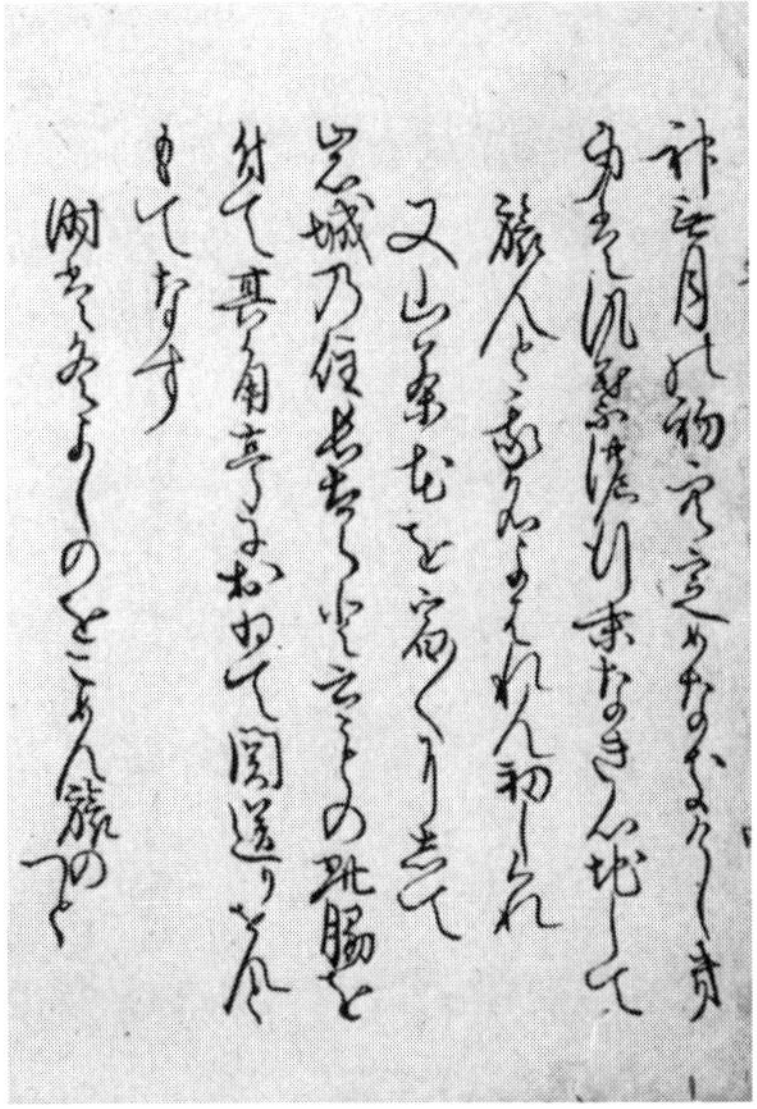

（4丁ウ）

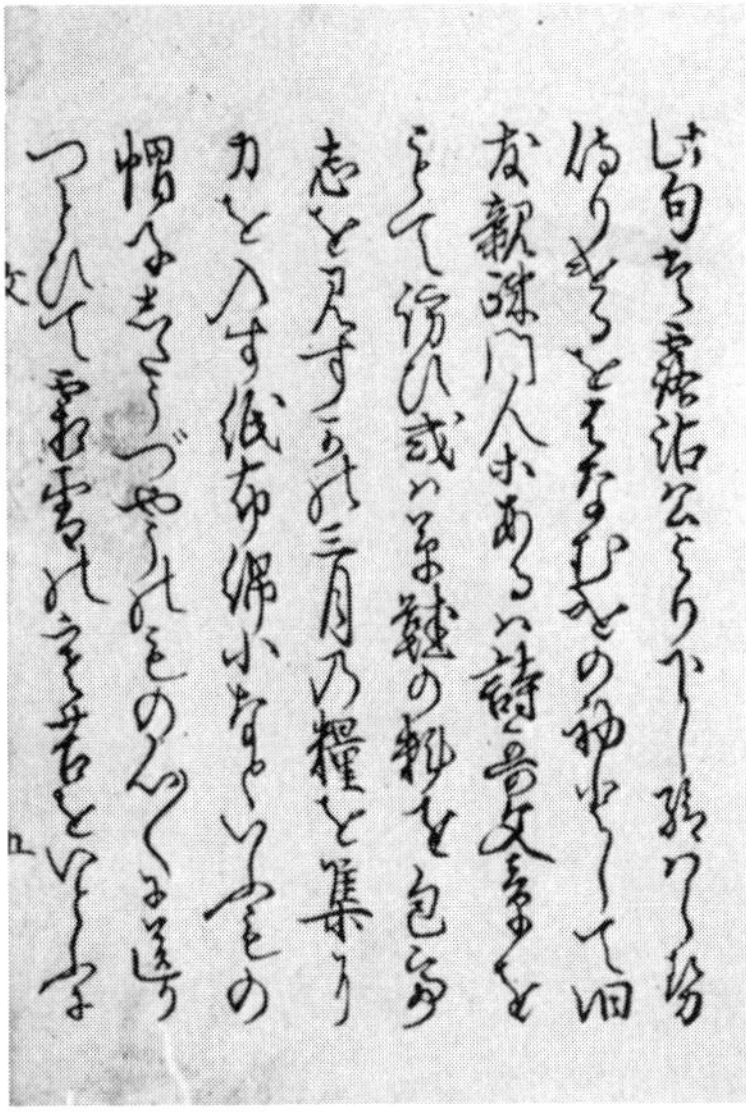

（5丁オ）

【翻刻】

神無月の初空定めなきけしき
身は風葉の行末なき心地して
　旅人と我名よはれん初しくれ
　　又山茶花を宿〳〵にして
岩城の住長太郎と云もの此脇を
付て其角亭におゐて関送りせんと
もてなす
　時は冬よしのをこめん旅のつと
此句は露沾公より下し給ハらせ
侍りけるをはなむけの初として旧
友親疎門人等あるハ詩哥文章を
もて訪ひ或ハ草鞋の料を包て
志を見すかの三月の糧を集に
力を入す紙布綿小なといふもの
帽子したうづやうのもの心〳〵に送り
つとひて霜雪の寒苦をいとふに

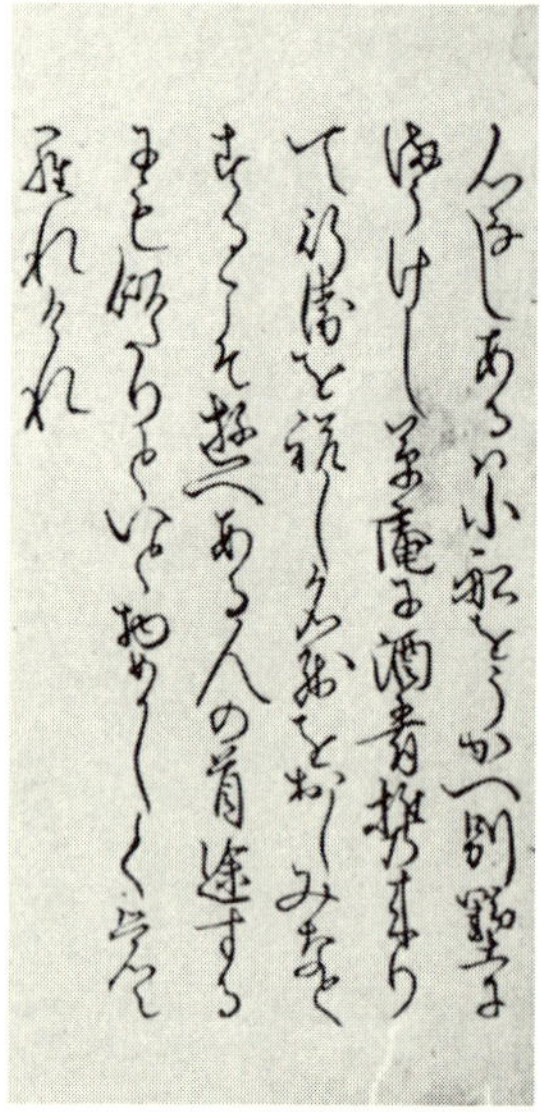

（5丁ウ）

心なしあるハ小船をうかへ別墅に
まうけし草庵に酒肴携来り
て行衛を祝し名残をおしみなと
するこそゆへある人の首途する
にも似たりといと物めかしく覚え
られけれ

【校訂本文】〔送別・旅立〕

神無月の初め、空定めなきけしき、身は風葉の行末なき心地して、

　旅人と我が名よばれん初しぐれ
　又山茶花を宿々にして

岩城の住、長太郎と云ふもの、此の脇を付けて、其角亭において関送りせんともてなす。

　時は冬よしのをこめん旅のつと

此の句は、露沾公より下し給はらせ侍りけるを、はなむけの初めとして、旧友・親疎・門人等、あるは詩歌文章をもて訪ひ、或は草鞋の料を包みて志を見す。かの三月の糧を集むるに力を入れず。紙布・綿小などいふもの、帽子・したうづやうのもの、心々に送りつどひて、霜雪の寒苦をいとふに心なし。あるは小船をうかべ、別墅にまうけし草庵に酒肴携へ来たりて、行へを祝し、名残をしみなどするこそ、ゆゑある人の首途するにも似たりと、いと物めかしく覚えられけれ。

【概要】

四時(しいじ)を友に、風葉の行末なき心地のまま旅に出るが、かくも盛大に人々が門出を祝してくれる。旅立ちとはこのように名残り惜しきもので、『奥の細道』でも冒頭に類似の趣向のあることはよく知られている。

さて、この段には送別の視点が二つ具体性をもって示される。すなわち、そのひとつが、長太郎と露沾公のそれぞれ脇と発句にあるような門出の祝いを述べる内容。いまひとつが餞別の品々と宴の数々である。ともにわが身に過ぎた分不相応な趣旨をひき出しているが、この点は必ずしも創作上の誇張ではなく、かなり現実に近いもののようであった。これが紀行本文では、旅の門出を祝し、深切に別れを惜しみ、やがて風葉の行末なき心地に旅心が定まってゆくといった展開を示唆しているのである。

【語釈】

○風葉の行末なき心地―風に吹かれる葉が、行末の定まらぬまま漂う心境。十月の不安定な空模様に託して心境を述べたもの。　**○又山茶花を**―貞享元年の「野ざらし紀行」の旅中、名古屋で吟じた芭蕉の発句「狂句こがらしの身は竹斎に似たる哉」の脇句「たそやとばしるかさの山茶花　野水」（『冬の日』所収）を踏まえた措辞。「笈の小文」の出立に際しては、しばしば「野ざらし紀行」の旅が話題に出されたものと思われるが、この点については【補説1】で詳しく述べる。　**○長太郎と云ふもの**―陸奥国小奈（名）浜の人。井手氏。俳号を由之(ゆうし)と称し、内藤家の臣かという。おそらく、芭蕉とは比較的面識の浅い人物であったろう。　**○其角亭において**―江東深川の木場にあったともいうが、未詳。貞享四年十月十一日、餞別会が催され、その折の世吉(よよし)一巻が『続虚栗』に収録されている。　**○関送りせんと**―最初の関まで旅人を見送ること。ここは関までの見送りにかえて、の意。　**○露沾公**―磐城平七万石の城主・内藤右京大夫義泰（風虎）の次男で、内藤義英。家中の内紛により退身し、当時、三二歳で麻布(あざぶ)六本木の邸に住んでいたという。　**○かの三月の糧**―『荘子』「逍遥遊篇」の「百里ニ適(ユ)ク者ハ宿(ヨベ)ニ糧(カテ)ヲ舂(うす)ヅク。千里ニ適者ハ三月糧ヲ聚(アツ)ム」

による。旅の準備をいう。**○紙布・綿小…帽子・したうづ**—紙布は紙で作った着物、綿小は真綿の防寒衣、帽子は素堂が贈った頭巾（【補説1】参照）、したうづは「襪」で、ここでは足袋のこと。すべて餞別の品。**○ゆゑある人の首途**—相応の使命を帯びた者の旅立ち、ないしは身分、名声をもつ者の旅立ち。**○物めかしく**—いかにもそれらしく、ものものしく。

【通釈】

十月のはじめ、空模様は変わりやすく、その不安定なことといえばわが身も同じく、風に吹かれて行末の定まらぬ心もちになって、

（旅人と我が名よばれん初しぐれ）

時雨模様がきざしはじめたこの機会に、定めなき身を天地に委ね、さて、そのようなわが身に旅人の名を与えてみたいものだ。

（又山茶花を宿々にして）

またこのたびも山茶花の散りかかる旅笠の風情を見とめ、ゆく先々で歓待を受けましょう。

この脇句は磐城に住む長太郎という者が付け、其角の家で関までの見送りにかえて送別の宴を催してくれた折のものであった。

（時は冬よしのをこめん旅のつと）

今は冬だが、来春の花の吉野を心に旅立ち、しっかりそれを旅荷に入れてもち帰ってくることだろう。

この発句はありがたくも露沾公から下されたものだが、これを餞別のはじめとして、古くからの友人や親疎さまざまの知人、そして門人たちが詩や歌や文章をもって訪ね来て、ある者は旅さきでのわらじの代金を包んで旅のはなむけとしての気持ちを示してくれた。私の場合は、かの『荘子』にいうような三か月も前から旅支度に力を尽くす必要

はない。紙布、綿小といった夜具や防寒具、頭巾から足袋まで様々、思い思いに贈ってくれるので、これまた、準備の必要も冬の寒さをしのぐ心配もまったくない。旅立ちにあたって、またある者は、舟遊びの宴を開き、あるいは別邸での送別の会を設け、わが庵にも酒や肴を持参して旅の前途を祝って名残を惜しんでくれるのは、身分のある人の特別な旅立ちのようで、わがことながら、いかにもものものしく思われるのである。

【補説】

1．旅立ちと『野ざらし紀行』

『笈の小文』の冒頭から続いてきたやや観念的な内容に変化があらわれ、旅への具体性が整ってくる。この点こそが紀行文を読みすすめてきた時のいわば変わり目であって、この変わり目は「岩城の住、長太郎」の脇句にも同様に認めることができると思うが、やはりこのような脇句の呼吸をもってした文脈の移行は、不自然な未熟さをかかえた偶然の結果とみるべきものなのか、はたしてまた、前段からの行文を十分意識した意図的な用意だったのか、この点を議論する必要がある。

先に【語釈】で示したように、長太郎の脇句「又山茶花を宿々にして」には、貞享元（一六八四）年冬の名古屋での野水の脇句が踏まえられている。また、『伊賀餞別』（寛保四〈一七四四〉年刊）所収由之（長太郎）の発句、

　はこね山しぐれなき日を願ひ哉

にも、『野ざらし紀行』所収の箱根の関越えの句「霧しぐれ冨士を見ぬ日ぞおもしろき」が同様に意識されていよう。句の意味は、それでも関を越す日は時雨模様でないことを願いますといった、やはり餞別の発句である。また、素堂の発句、

　もろこしのよしの〻奥の頭巾かな

には、餞別に贈った頭巾を、中国の廬山（ろざん）に隠棲して、自らの頭巾で酒を漉して飲んだとされる陶淵明を俤にし、これ

に『野ざらし紀行』「吉野」の「むかしより此山に入て世をわすれたる人の、おほくは詩にのがれ歌にかくる。いでや唐土(もろこし)の廬山といはむもまたむべならずや」の文章が踏まえられている。このほかにも『野ざらし紀行』の詞句によったとおぼしき発句が一、二指摘できると思うが、いずれにしてもここで考えておくべきは、『伊賀餞別』にも見られるように、「笈の小文」の旅の発足に際して、「野ざらし紀行」の旅、及び紀行の内容が意識的にとりあつかわれている点である。これは、貞享四（一六八七）年の秋から初冬にかけて、門人、知友の間で『野ざらし紀行』がたびたび話題になったことの証拠であると考えるが、芭蕉も求められることがあれば紀行の内容をすすんで披露したのではなかったか。想像では、その『野ざらし紀行』は素堂から連想される画巻本ではなく、この時期に接して推敲を加えた『泊船集』所収本文の原典であったように思う。その証左のひとつに鳴海千代倉家伝来の芭蕉真蹟「むまに寝て・みちのべの」句文懐紙（『芭蕉全図譜』59、岩波書店）をあげることができる。

　なお、この句文の染筆は森川昭氏（『下里知足の文事の研究　第三部　年表篇』和泉書院・平成27年・六六一頁）に指摘されるように、貞享元年の「野ざらし紀行」旅中のそれではなく、むしろ「笈の小文」の旅中、ないしは出立直前のころではなかったかと推察する。ここに参考として上段に真蹟句文と、下段に『泊船集』所収本文を対校し示しておく。

真蹟句文	泊船本
はつか餘の月かすかにやまの根ぎはいとくらく馬上にむちをたれて数里いまだ鶏鳴ならず杜牧が早行の残夢さよの中山にいたりてたちまち驚て(ママ) むまに寝て残夢月とをし 　茶の煙 眼前 みちのべのむくげは馬に 　くはれけり （署名、印文省略）	眼前 道のべの木槿は馬に 　くはれ鳧(けり) 二十日餘りの月かすかに見えて山の根ぎはいとくらきに馬上にむちをたれて数里いまだ雞鳴ならず杜牧が早行の残夢小夜の中山に至りてたちまち驚く 馬に寝て残夢月遠し 　ちやのけぶり

　以上、この点は別に『野ざらし紀行』の成立、推敲の問

【図版１】「『たび人と』謡前書付発句画賛」東藤画（個人蔵）

【図版２】　三幅対の掛軸
（『枇杷島川島家所蔵品売立目録』（名古屋美術倶楽部・
大正７年１月29日売立所収）

題として論を尽くさねばならないが、『笈の小文』成立の背景にも、『野ざらし紀行』との相関が浅からず存しているようである。

2．旅人の姿

今日確認できる芭蕉の行実に従えば、前掲の【図版1】の東藤の画に賛文を加えた、いわゆる「『たび人と』謡前書付発句画賛」は、貞享四年十二月一日の成立と考えられる。東藤があらかじめ冬枯れの野に独歩する僧形の人物を、紙面やや左寄りに描き、後に芭蕉がこれに賛文を加えたのである。

東藤の意図するところは、すでに聞き知っていた芭蕉の出立吟と旅の目的とを考慮し、これを画像に仕立てることであった。落款印の上部に記された「かたちす」は、「かたちづくる」の意味でよいかと思うが、これを描く際に東藤にはある人物の像が結ばれていた。

前掲の【図版2】は、狩野安信筆の「着色四季西行三幅対」で、中央に西行、左右に四季の吉野山が配される。贅言は必要なかろう。東藤描く僧形の人物は西行に形をとり、これに芭蕉の旅姿を重ねたのである。

〔紀行始筆〕

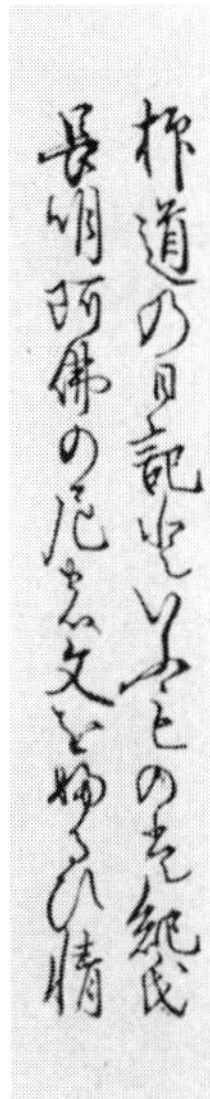

（5丁ウ）

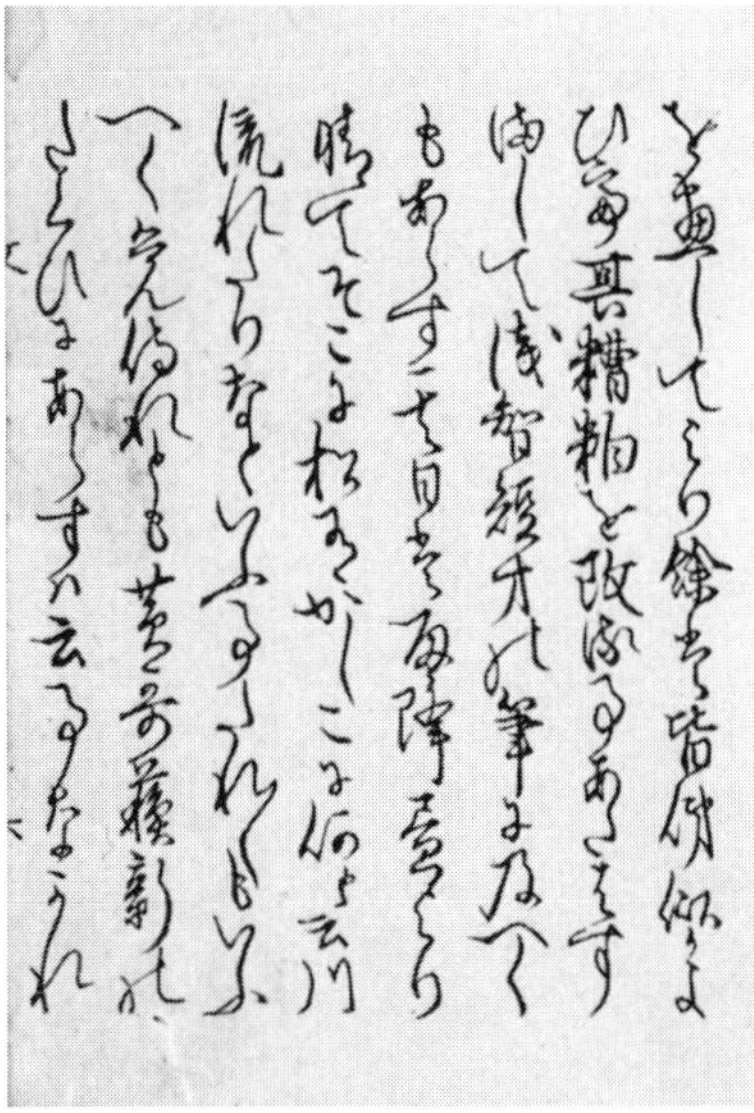

（6丁オ）

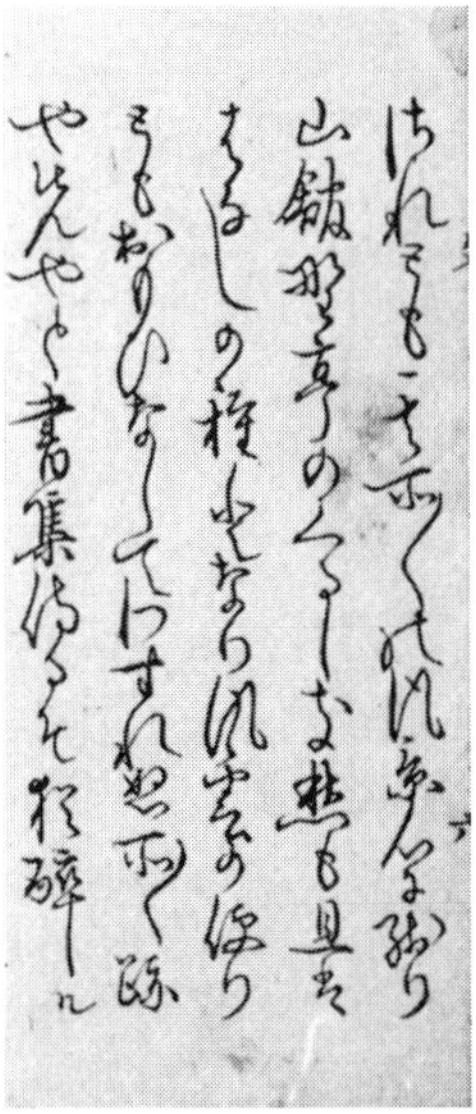

（6丁ウ）

【翻刻】

抑道の日記といふものは紀氏
長明阿佛の尼の文をふるひ情

を盡してより餘は皆倣似かよ
ひて其糟粕を改る事あたはす
まして浅智短才の筆に及へく
もあらす其日は雨降昼より
晴てそこに松有かしこに何と云川
流れたりなといふ事たれ〳〵もいふ
へく覚侍れとも黄哥蕉新の
たくひにあらすハ云事なかれ

されとも其所〳〵の風景心に残り
山舘野亭のくるしき愁も且は
はなしの種となり風雲の便り
ともおもひなしてわすれぬ所〳〵跡
や先やと書集侍るそ猶酔ル

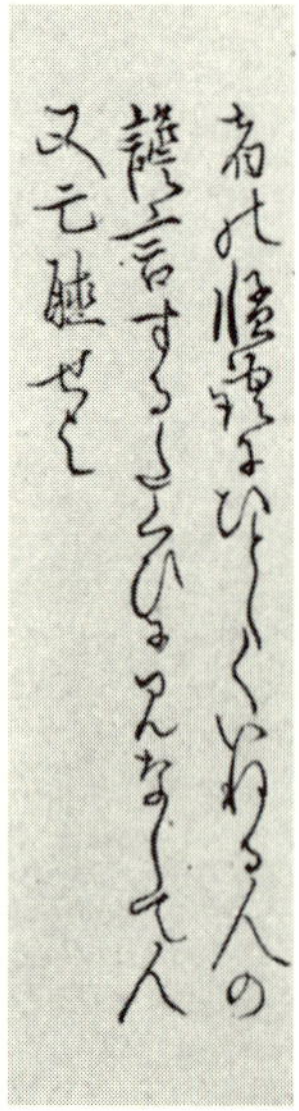

者の猛語にひとしくいねる人の
譫言するたくひに見なして人
又亡聴せよ

【校訂本文】〔紀行始筆〕

抑、道の日記といふものは、紀氏・長明・阿仏の尼の、文をふるひ情を尽くしてより、余は皆 俤 似かよひて、其の糟粕を改むる事あたはず。まして浅智短才の筆に及ぶべくもあらず。其の日は雨降り、昼より晴れて、そこに松有り、かしこに何と云ふ川流れたりなどいふ事、たれたれもいふべく覚え侍れども、黄 奇蘇新のたぐひにあらずば、云ふ事なかれ。されども、其の所々の風景、心に残り、山館 野亭のくるしき愁ひも、且ははなしの種となり、風雲の便りともおもひなして、わすれぬ所々、後や先やと、書き集め侍るぞ、猶酔へる者の猛語にひとしく、いねる人の譫言するたぐひに見なして、人又亡聴せよ。

【概要】

「抑」から書きはじめられる一文が、うまく前段から続かず、この一段もまた、独立性の強い「紀行論」と称されてきたひとまとまりの文章である。「道の記」すなわち紀行文を記すことに対する、執筆時点での時制によって叙述されているため、前段から読み続けてきた場合、やや唐突の感を免れない。

ではなぜ、ここに、ひとまとまりの叙述を続ける意味があったのか。『荘子』「斉物論」の中の表現を用いつつ、先行の「道の記」の形式を踏まえた周到さを読み込みたいところである。

【語釈】

○紀氏・長明・阿仏の尼の―下の「文をふるひ情を尽くし」にかかり、紀貫之の『土佐日記』、鴨長明の『海道記』・『東関紀行』（『長明道之記』として享受）、及び阿仏尼の『十六夜日記』を想定する（【補説2】参照）。**○其の糟粕**―糟粕は、滋味を取り去った残りかすの意。転じて、前記先人の残した情趣。前項の「道の日記」に残された模倣。**○浅智短才**―分別を欠き、才能に乏しいこと。芭蕉自身をいう。**○道の日記**―道中記、紀行文。「日記」は「にっき」と発音、表記する。**○黄奇蘇新**―「哥」は「奇」の誤字。黄山谷の奇、蘇東坡の新。黄山谷・蘇東坡の詩に見られる珍しさや新しさと説かれることが多いが、黄山谷の詩は日常に材を採って四季のうつろいを詠む特色があり、そこに新しさを発見する。一方、蘇東坡の詩は、黄山谷のそれに比較して広く流布し、その意味でも、蘇東坡の新は、新たな詩情の発見といった意味あいがある。**○山館野亭**―山中、野中の宿。後掲の『東関紀行』にも同一表現が見られる（【補説2】参照）。**○忄孟語**―「孟浪之言」（『荘子』「斉物論」）の約言。とりとめもない言葉。**○譫言**―くだくだしい言。上の「いねる人」と考えあわせて、これを寝言と一般的に解釈する。**○亡聴**―『荘子』「斉物論」中の「妄聴」より発想した造語か。亡聴とは詳しく聞きとらないこと、あえてそれをやめること。聞きながすの意。

【通釈】

いざ紀行文をと思いたってみると、そもそも紀貫之、鴨長明、阿仏の尼が『土佐日記』、『海道記』や『東関紀行』、『十六夜日記』にそれぞれの健筆をふるって風情を言い尽してからというもの、後続の紀行文は、その情趣において追随、模倣となってしまって、新味がなく旧態依然とした状況にある。そうは思うものの、私のような平凡非才の者の筆の及ぶところでもない。したがって、ただ、その日の出来事として、朝から雨が降り、昼から晴れて、ここに見事な松があったとか、あそこには何々という川が流れていたなどと記すのが関の山であり、この点ならば誰もがいいもし、書きもするのであろうが、せめて黄山谷・蘇東坡の詩に見られるような珍しく新しい事柄にして記したいものだと、ものの書きはじめには思う。それでも、あちらこちらの心に残る風景や苦しい旅寝のことなど、どうしても話のひとつ、旅情をしのぶよすがとしてみたいし、それが旅の風情として欠くことのできない事柄であろうと思うから、前後かまわずに書き集めた結果になったとしても、酔者のとりとめもない言葉、ないしは寝言のようなものだと思って、どうか聞きながして欲しい。

【補説】

1．解釈の仕方

このたびの【通釈】に際しては、次の二点に注意を払った。

①冒頭の「抑」の書き出しに、この一段の執筆時点（紀行執筆の時点）を加えて、「いざ紀行文をと思いたってみると」とし、前段からの回想の時制とは明確に区別した点。

②「黄奇蘇新のたぐひにあらずば、云ふ事なかれ」については、芭蕉の紀行論として普遍性、汎用性をもって解釈する従来の訳出に対して、あくまで『笈の小文』の中でどのように評価すべきかを考え、その文末に「ものの書きはじめには思う」の一節を加えた点。

ここまでの本文の流れを改めて振り返ってみると、最初に天地自然に従う旅への思いが述べられ、次いで出立に際しての送別の模様が続き、ともに旅立ち直前の回想をモチーフに執筆されていた。それがこの一段では明らかにその内容が紀行執筆時点での所見となっていて、ひとつに時制に大きなズレが感じられる。まずはこの点を正確に把握しておく必要がある。なお、これをとらえて、ただちに独立性の強い一段として前後との落差（宮本三郎氏「『笈の小文』への疑問（上）」「文学」昭和45年4月、『蕉風俳諧論考』所収）を指摘してもよいが、しかし、このたびの読みでは、一度『笈の小文』の作品におさめてどのように評価できるのか、従来、等閑に付されてきたこの点をあわせて考えてみた。そのひとつの回答として、今この一段の視点に「筆はじめ」の趣向を指摘する。

では、なぜこの場所に「筆はじめ」の趣向を置く必要があったのか。

先にも指摘したように、「笈の小文」の旅の出立時点で、「野ざらし紀行」の旅と内容は門人の間でもよく話題にされたことであったろう。なぜならば、「笈の小文」の旅も東海道を上る道のりと、帰郷がひとつの目的であった点で、かつての「野ざらし紀行」の旅に重なる部分があったからにほかならない。そしてこの事実はまた、作品『笈の小文』を執筆する時点にも確かな意識として継承されていたように思われる。

ここに前段でも一部引用した「小夜の中山」句文懐紙（前段では『芭蕉全図譜』59「むまに寝て・みちのべの」の句文懐紙を紹介した）を『芭蕉全図譜』（岩波書店）によって次の四点を見ておく。

○57「馬に寐て」句文自画賛
○58「馬に寐て」句文懐紙
○59「むまに寝て・みちのべの」句文懐紙
○60「むまに寝て」句文懐紙

（番号は『芭蕉全図譜』による）

57番の自画賛に貞享三、四年ごろの執筆、揮毫の時期が示されている（同書・解説）が、他の三点もおおむね貞享四年ごろまでを目安に、「野ざらし紀行」の旅中書を視野に入れて成立年次を考えているようである。59・60番の句文懐紙については、貞享四（一六八七）年の「笈の小文」の旅中前後と見て筆蹟のうえでも矛盾のないように思うが、むしろ問題とすべきは57・58番の自画賛及び懐紙で、こちらはともに元禄（貞享五年九月三十日改元）期と考えてもよい、少し時期のくだる成立ではないか。要するに、「野ざらし紀行」の旅を素材にした句文が「笈の小文」の旅を挟んで、その前後になお作品として推敲、執筆の対象となっていた事実があったということである。そして、さらに元禄三、四年の時点（『笈の小文』が執筆されたとおぼしき時点）で、『野ざらし紀行』がいまだ芭蕉の推敲対象として十分その範疇に存在していたであろうことを加えておきたい。つまり、『笈の小文』執筆の時点での素材の重複は是非にも避けておかなければならない事柄だったのである。おそらく、ここに別案をもって対応しようとする場合、作品

〔図〕

庵の記 → 道の記

全体の組み立てを考慮し、趣向として生かせる方法が模索されたことであろう。それが、紀行執筆への思いを語る「筆はじめ」の一段だったのである。

ところで、『笈の小文』の冒頭から結末までを見わたして、作品の冒頭部分でとられている趣向に注目すると、この点は後の『奥の細道』にも近似している。芭蕉庵譲渡を前に漂泊の思いを語ったかの著名な書き出しは、しばしの庵住によってもたらされた内省的叙述として紀行の冒頭に置かれたのである。上の〔図〕に記した「庵の記」と理解する。この冒頭に続けて紀行本篇が展開されるからこそ、『奥の細道』「大垣」の結末のように永遠の旅を志向し、再び庵へと帰着して完結する大団円（例として『野ざらし紀行』）を必要としなくなったのである。この独特な形式は、すでに『笈の小文』の着想のうちにあった。風羅坊が旅へといざなう冒頭は、まさにしばしの庵住によってもたらされた旅への発想（庵の記）であり、これに続けて送別の場が設けられ、そして、紀行本篇にあたる道の記がはじめられる。『笈の小文』ではその筆はじめに、いわゆる紀行論が置かれたのであるが、これまでにもしばしば説かれてきたように、この一段が『奥の細道』の紀行論にもなりうる独立性を際立たせたのかといえば、必ずしもそうではなく、紀行の形式を自覚的に試みた、『笈の小文』のための「庵の記」と「道の記」をつなぐ周到な趣向と評してもよいのではないか。

2. 道の記の影響

その周到な趣向と評した一斑が、当該の「紀行論」の表現にも確認することができよう。次の引用は、すでに指摘のある『東関紀行』の一節（井本農一氏「出典といふことについて—芭蕉出典考—」「国語と国文学」昭和31年3月号参照）と、本文中にも引用される長明作とされてきた『海道記』の一文である。

○はる〴〵遠き旅なれば、雲を凌（しの）ぎ霧を分（わけ）つゝ、しば〴〵前途（せんど）のきはまりなきにすゝむ。つゐ（ひ）に十余日数をへて、鎌倉に下り着（つき）し間、或は山館野亭の夜の泊（とまり）、或は海辺水流の数かさなるみぎりいたるごとに、目に立所（たつ）ゝ、心とまるふし〴〵を書置(かきおき)て、忘(わす)れず忍ぶ人もあらば、をのづから後の形見にもなれとて也。（『東関紀行』）

○外郷(ぐわいきやう)ニ向テ中懐(ちゆうくわい)ヲ悩(なやま)ス。仍(よつて)三十一字ヲ綴(つづり)テ、千思万憶、旅ノ志ヲ演(のべ)ツ。此ハコレ、文ヲ用(もち)テサキトセズ、詞(うた)ヲ以テ本(もと)トセズ、只境(さかひ)ニ牽(ひか)レテ物ノ哀(あはれ)ヲ記スルノミ也。外見ノ処ニ其嘲(あざけり)ヲユルセ。（『海道記』）

旅の記録が「後の形見にもな」るとする発想、及び叙述の拙さに対する謙退の辞を含む書きぶりは、かたがた併せれば、〔紀行始筆〕とほぼ共通する趣向が見てとれよう。そのうえ、右の二つの引用が、ともに紀行本文の書きはじめに位置する点、『笈の小文』もまた、「道の記」のひとつの形式の範疇にあったとも考えられる。

〔鳴海夜泊〕

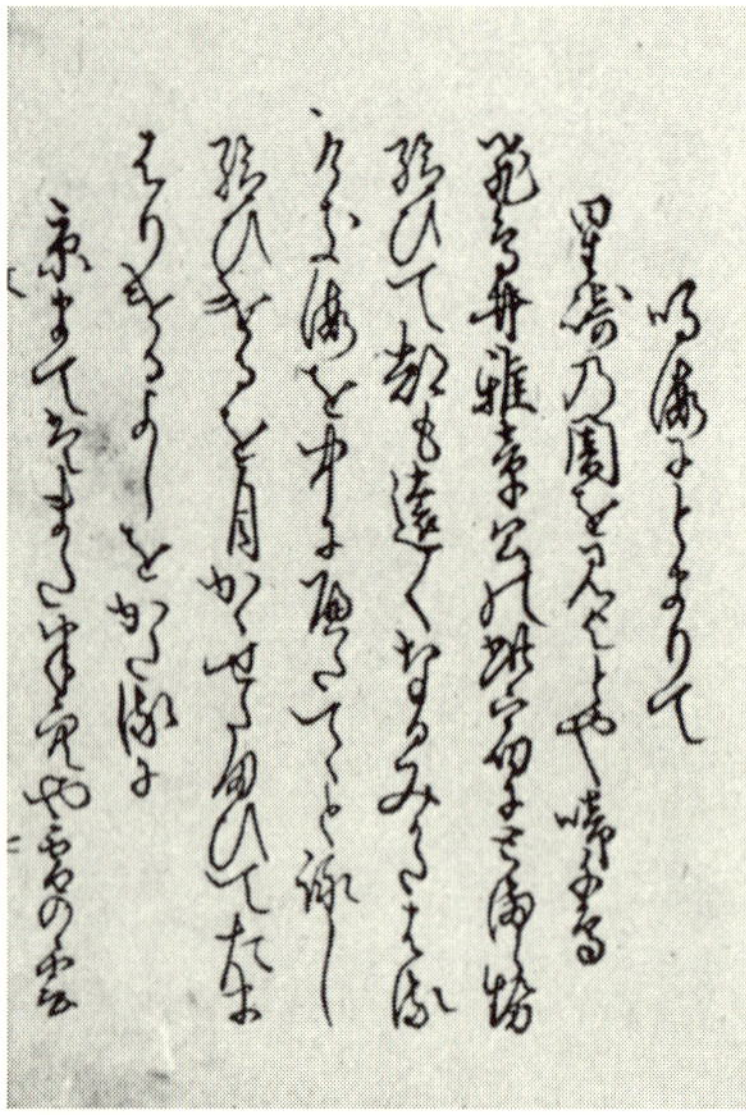

（7丁オ）

【翻刻】

鳴海にとまりて
星崎の闇を見よとや啼千鳥
飛鳥井雅章公の此宿にとまらせ
給ひて都も遠くなるみかたはる
けき海を中にへたてゝと詠し
給ひけるを自かゝせたまひてたま
はりけるよしをかたるに
京まてはまた半空や雪の雲

【校訂本文】〔鳴海夜泊〕

鳴海にとまりて
星崎の闇を見よとや啼く千鳥
飛鳥井雅章公の此の宿にとまらせ給ひて、「都も遠くなるみがたはるけき海を中にへだてて」と詠じ給ひけるを、自らかかせたまひて、たまはりけるよしをかたるに、
京まではまだ半空や雪の雲

【概要】

冒頭より（1）俳諧芸術のあり方（2）旅立ちに際して、江戸門人たちの門出の祝い・送別の宴・餞別の品々を記し、（3）紀行文（道の記）に対する考え方を述べ、いよいよ「其の所々の風景、心に残り」「山館野亭のくるしき愁ひ」を述べる「道の記」に入る。まず、歌枕、鳴海の星崎と千鳥の句を掲げ、飛鳥井雅章公の歌に和した発句を載せる。江戸を出立したのは『伊賀餞別』の記述から、貞享四年十月二十五日であり、鳴海に到着したのは、滞在先である門人の下里知足の日記から十一月四日のことと判明する。その間の八日間については何も述べられていない。江戸から八七里余の道のりを九日間で歩いたのであるから、一日平均一〇里弱である。どこにも寄り道をしなかったと考えられる。ひたすら鳴海を目指して歩いたことも鳴海から実際の道の記がはじまる理由であろうか。鳴海に泊って、「京まではまだ半空や」と飛鳥井雅章の一首（後掲）を踏まえ、旅心を定める前途はるけき旅懐を述べる。

【語釈】

○鳴海―名古屋市緑区鳴海町。古鳴海の地に、中古・中世には鳴海の駅があったが、海道筋の変更により、南の方へ移転した。近世では東海道宿駅のひとつ。江戸から四〇番目の宿場町。江戸から八七里、京へは三八里二〇丁。池鯉鮒（ちりふ）へ二里三〇丁、さらに熱田へ一里半。歌枕として、鳴海の渡り・鳴海の海・鳴海里・鳴海野・鳴海潟・鳴海浦などが詠まれ、とくに後の二者の例が多い。千鳥の名所。この地の下里知足（屋号、千代倉）は蕉門。芭蕉はこの知足邸を宿とした。知足は、本名、吉親。通称、勘兵衛・金右衛門、剃髪後、寂照。宝永元（一七〇四）年六五歳歿。はじめは貞門・談林風であったが、貞享二（一六八五）年四月、「野ざらし紀行」の旅の帰途、知足邸で一泊した芭蕉に入門。　**○星崎**―鳴海の西北二キロメートルほどの地。現在の名古屋市南区星崎町。古来、千鳥の名所で歌枕。　**○星崎の闇を見よとや啼く千鳥**―季語は千鳥で冬の句。鳴海の門人たちへの挨拶句（【補説1】参照）。千鳥は古来、闇夜に詠まれることが多く、「星」の縁に「闇」を取り合わせたのである。また、「鳴海の千鳥」（千鳥が鳴く）にもよる。当該句の前書は「鳴海にとまりて」であるが、知足の後裔の千代倉家に蔵されている懐紙は前書が異なる（【補説4】

参照)。　**○闇**—月の出ない夜。この句の場合、曇っていて星も出ない夜。　**○飛鳥井雅章**—従一位権大納言。歌人。天和元(一六八一)年、六九歳歿。　**○都も遠く**—この歌の初句は、「けふは猶(なほ)」(『雅章卿詠草』)とも「うちひさす」(『芭蕉翁句解大成』)とも。『雅章卿詠草』では、詞書「寛文二(一六六二)年卯月八日、年のはじめの勅使として東へ下降しはべりける」とある。芭蕉の旅の時点から数えて二五年前のことになる。　**○遠くなるみがた**—「遠くなる」と「鳴海潟」を掛けた。「遠くなり近くなるみの浜千鳥鳴く音に潮の満干をぞ知る」(『兼載雑談』)。　**○はるけき海を中にへだてて**—東海道の桑名と熱田(宮)の間は海上七里で、それを船で渡ってきたので、とくにはるかに隔たったように感じられる。　**○自らかかせたまひて**—公がご自分でお書きになって。　**○たまはりけるよしを**—賜ったことを。　**○京まではまだ半空や雪の雲**—飛鳥井雅章の歌に和したのである。飛鳥井公の歌の、京を発ってはるかに遠く来たという感慨の一首を踏まえて、当該句は、私はこれから公が発ってきた京に向かっていて、同じ宿場に今居るが、まだ半分を来たに過ぎない、空には雪雲が垂れている。同じ京までの距離を、「はるけき」と思うのと「まだ」半分と感じる、その感じ方を句に仕立てた。なお、江戸から鳴海までは八七里。鳴海から京までは、三八里二〇丁であるから、実際は三分の二以上来ていたのである(【補説2】参照)。

【通釈】

鳴海の地に旅寝して

(星崎の闇を見よとや啼く千鳥)

さざ波の寄せる音の合間に、鳴海の友千鳥の声が聞こえてくる。星のない今宵、かの星崎を闇の彼方に見やってみよというように。

大納言飛鳥井雅章公がここ鳴海にお泊りになって、「はるばる鳴海までやって来ると、都も遠くなり、波の音ばかりで音信も途絶えがちになる。遥か都とは海ひとつ隔てているのだ」とお詠みになられ、それをご自身でお書きに

なったものを賜ったのがこれです、と宿の者が話してくれたので、（私は）、

（京まではまだ半空や雪の雲）

私は江戸を出てはるばるこの鳴海までやって来た。飛鳥井公とは逆に東海道を上って来たのだが、京までは遥か雪雲に隔てられ、道中半ばの思いになる。

【補説】

1．「星崎の」の句

「星崎の」の句は、「下里知足日記」（森川昭氏『下里知足の文事の研究　第一部　日記篇』和泉書院・平成25年による。以下同じ）によれば、十一月七日、根古屋安信邸にて俳諧があり、歌仙の発句となり、安信に対する挨拶の句とする。脇は、「船調ふる蜑の埋火　安信」。連衆は、芭蕉・安信・自笑・知足・業言・如風・重辰の七人。安信は本陣の寺島家の分家で寺島嘉右衛門（家号、根古屋）。自笑は、岡島佐助、法号、了照、刀鍛冶（出羽守氏雲）。業言は、鳴海本陣主人の寺島安規伊右衛門。如風は、鳴海如意寺の文英和尚。重辰は、児玉源右衛門といい、荷問屋を営んでいた。この巻も『千鳥掛』（知足稿、蝶羽補正、正徳五〈一七一五〉年刊）に載るが、前書はない。

2．「京までは」の句

「京までは」の句は、「下里知足日記」によれば、十一月五日、鳴海本陣主人寺島業言亭での俳諧興行歌仙の発句であった（『千鳥掛』所収）。脇は、「千鳥しばらく此海の月　業言」。連衆は、芭蕉・業言・知足・如風・安信・自笑・重辰の七人。また『如行子』（美濃大垣の近藤如行が書き留めた稿本。天理大学附属天理図書館蔵）にも「貞享四年卯十一月五日、鳴海寺島氏業言に飛鳥井亜相の御詠草のかかり侍りし歌を和す」とあって、『笈の小文』と同様の飛鳥井公の歌に和したという成立事情を記す。ただし、『如行子』では脇は「衛しば啼此海の月」とある。

また、前書が異なる真蹟が存在する（【図版1】）。「ほしざきの」「磨なをす」句も含む三句懐紙である。

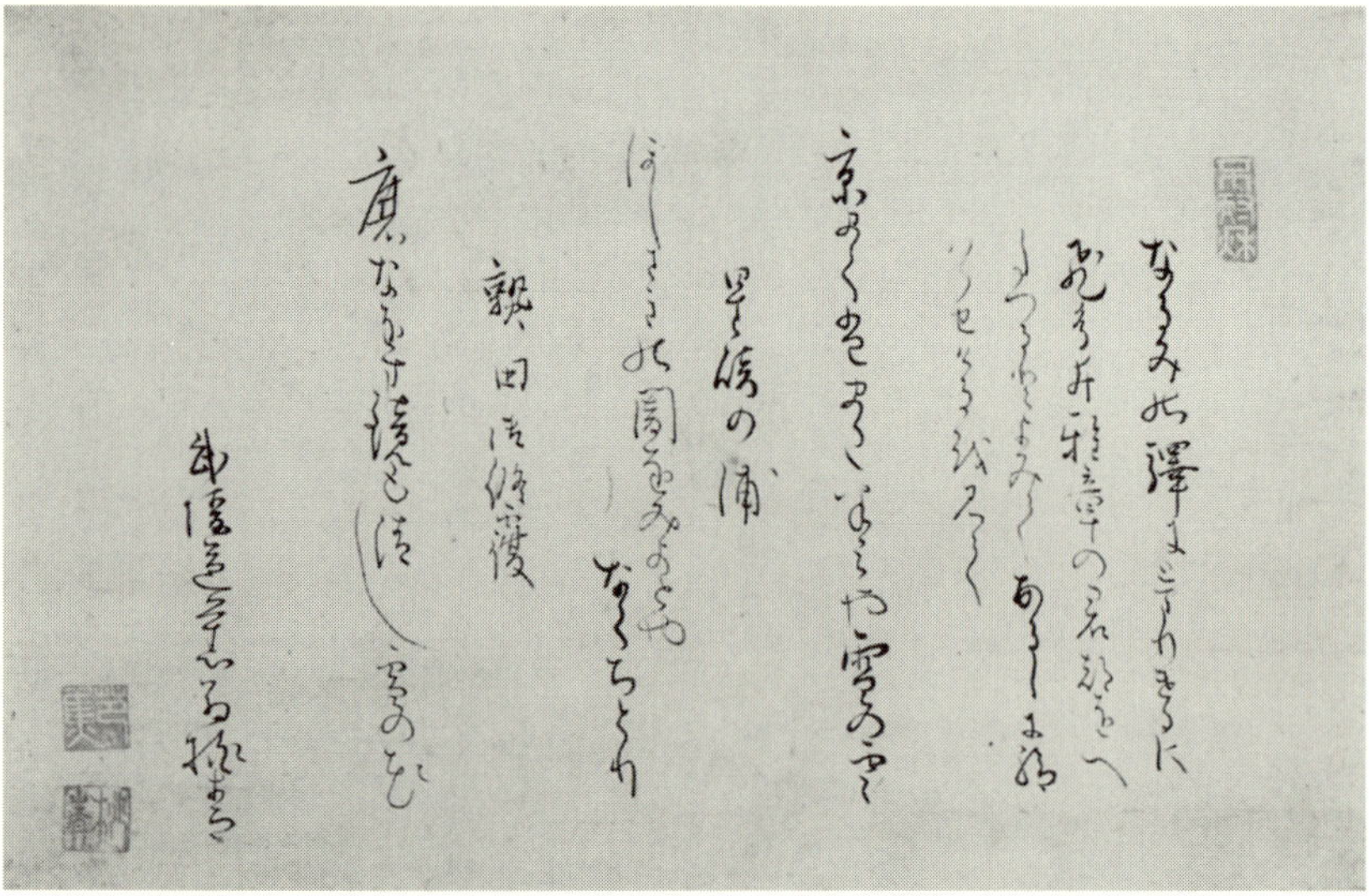

【図版１】「京までは」等三句懐紙（『芭蕉全図譜』120、岩波書店）

□（印）

なるみの驛にとまりけるに、

飛鳥井雅章の君、都をへ

たつるとよみて、あるじに給

はらせけるを見て

京まではまだ半天や雪の雲

星崎の浦

ほしざきの闇をみよとや

なくちどり

熱田御修覆

磨なをす鏡も清し雪の花

武陵芭蕉翁桃青

□□（印）（印）

関防印は「不耐秋」、落款印は「芭蕉」・「桃青」。第一句は、『笈の小文』中で飛鳥井雅章卿が「都も遠くなるみかたはるけき海を中にへだてゝ」の歌を詠み、また自ら筆を執って書いて賜った書に和した句と、その由来を簡潔に前書にしたもの。十一月五日の寺島業言亭での七吟歌仙の発句。第二・三句目も『笈の小文』中に出る発句。三句目の「熱田御修覆」の句は、十一月二十四日、熱田神宮に桐葉と一緒に詣でた時のもので、二十四日ごろ熱田の人の求めに応じて染筆したものか、それとももう少し時期の下るものか、判断がやや難しい。

3．十一月四日から十一日の芭蕉の動静（「下里知足日記」による）

十一月四日に芭蕉が鳴海の知足邸に到着し、十一月十一日、保美で杜国に会うまでの芭蕉の動静について記しておく。

十一月四日　知足邸到着、泊。
五日　業言邸にて俳諧。知足邸泊。（「京までは」発句）
六日　如風亭にて俳諧。知足邸泊。（発句は如風、脇、芭蕉）
七日　安信亭にて俳諧。知足邸泊。（「星崎の」発句）
八日　熱田へ。桐葉邸泊。
九日　鳴海へ、越人と戻る。知足邸泊。
十日　越人と三河の保美へ、吉田の宿に泊まる。
十一日　保美に到着、杜国に会う。

4．前書の異なる「ほしざきの」句文懐紙（【図版2】）

関防印は不明。落款印は「桃」。絵は墨書に淡い青墨を併用する。無署名だが、芭蕉の自画と推定される。所蔵は、鳴海の芭蕉の門人下里知足の後裔の千代倉家。「ほしざきの」の句は、芭蕉鳴海到着四日後の十一月七日の、本陣分

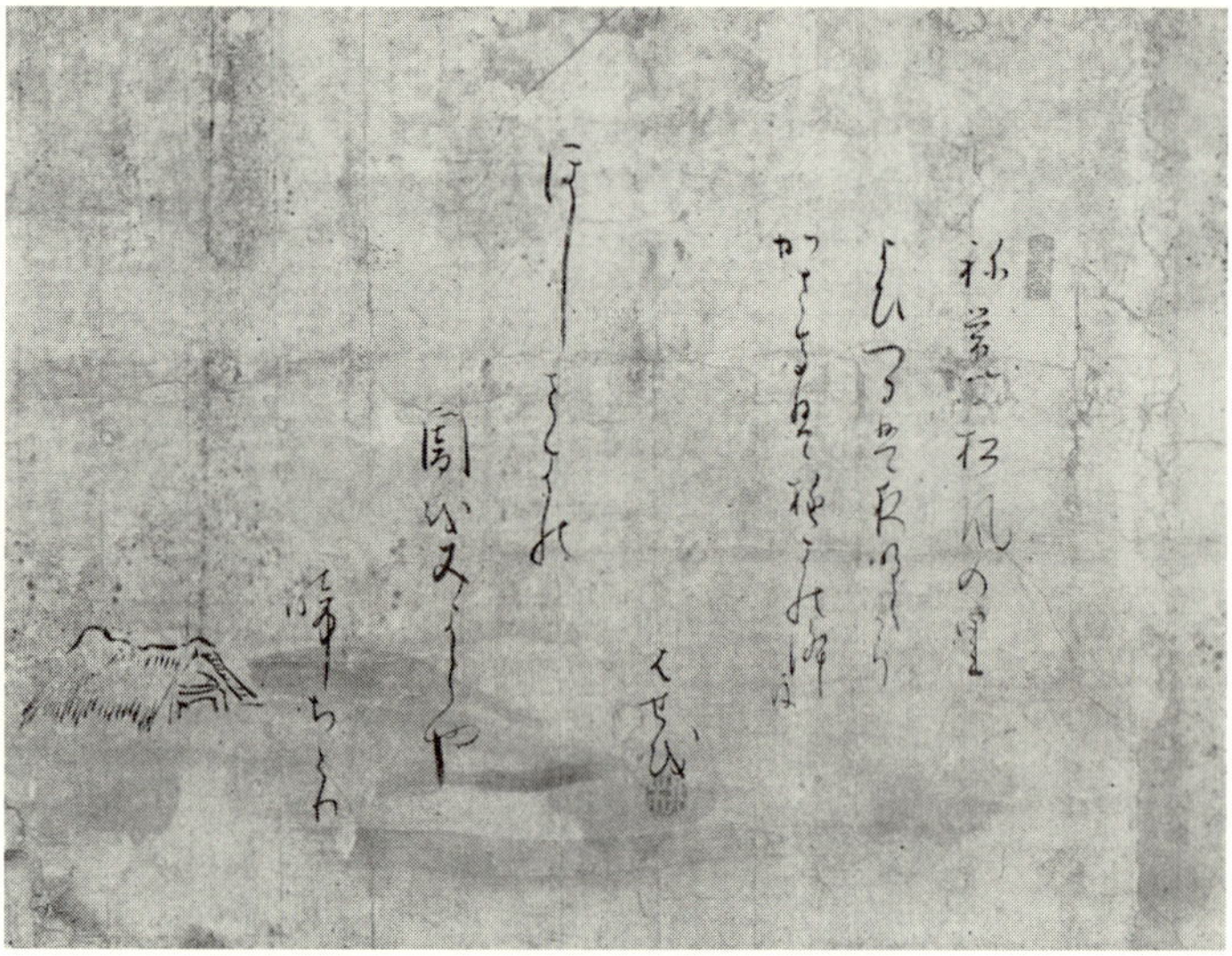

【図版２】「ほしざきの」発句自画賛
（『芭蕉全図譜』115、岩波書店）

□（印）
ね覚は松風の里、
よびつぎは夜明てから、
かさ寺はゆきの降日
　　　　　ばせを○（印）

ほしざきの
闇をみよとや
啼ちどり

家の根古屋安信亭での歌仙の発句である。しかし、前書は『笈の小文』では「鳴海にとまりて」だけである。白井鳥酔の『風字吟行』（宝暦六〈一七五六〉年五月跋）によれば、「この句を得給ひたる所は、駅を西へ三町ばかり出て、右の山際、狐森の側なる岡に遊び給ふ時のこと也」と記されている。現在、千鳥塚が建つところである。鳥酔を案内したのは知足の孫の蝶羅で、千代倉家で伝承して伝えられていたのであろうか。鳴海の四名所を俯瞰できる岡に登って、それぞれの名所の特徴を前書とし、一番近い星崎を句に詠む。

前書が『笈の小文』とは異なるが、千代倉家に所蔵されることから、貞享四（一六八七）年十一月の千代倉家滞在時に執筆したものと思われる。

5. 紀行の俤

紀行本篇のはじまりを告げる「鳴海にとまりて」には、前述のとおり、『野ざらし紀行』本文との重複を意識した工夫があろうが、ここには見逃せないもうひとつの趣向がある。【語釈】の「鳴海」で「江戸から八七里」と具体的な距離を記したように、この鳴海の地は江戸から遠く離れた場所にある。このような鳴海から本文がはじめられる違和感はあるが、これは、京の地を出発した飛鳥井公がこの地で京を偲んで詠んだ一首を、芭蕉が記憶とともに意識的に趣向としたからにほかならない。あえて紀行本篇をここから書きおこした理由でもある。

飛鳥井雅章の歌の意味については【通釈】を参照。その趣旨は、都を発ってはるばる鳴海の地にやって来たが、ここから都へ音信を求めても詮なきこと、ようやくここで旅心が定まったというのである。そして、おそらく芭蕉は、この点をねらって類似の趣向をとったのであろう。『奥の細道』でも、「白河の関」で平兼盛（たいらのかねもり）がその地で詠んだ一首を踏まえ、遠く離れた江戸を思い、

心許なき日かず重るまゝに、白川の関にかゝりて、旅心定りぬ。「いかで都へ」と便求しも断也。（西村本による）

と記した趣向とまったく同様なのである。これは「道の記」としては常套的な手法でもあり、換言すれば、道の記の書き方をわきまえた古典的な叙述形態といってもよい。その意味では、前段の「抑、道の日記といふものは」で書いた「俤似かよ」う趣向になるが、この点、筆はじめの前段からも決して乖離せず、むしろ無理のない文章の流れとして、道の記の第一段をこの鳴海に設定したと見るべきなのである。

そのように解せば、本文中の発句、

星崎の闇を見よとや啼く千鳥

京まではまだ半空や雪の雲

に前途はるけき思いをのぶる芭蕉の意図がさらに際立って見えてこよう。

〔保美道中〕

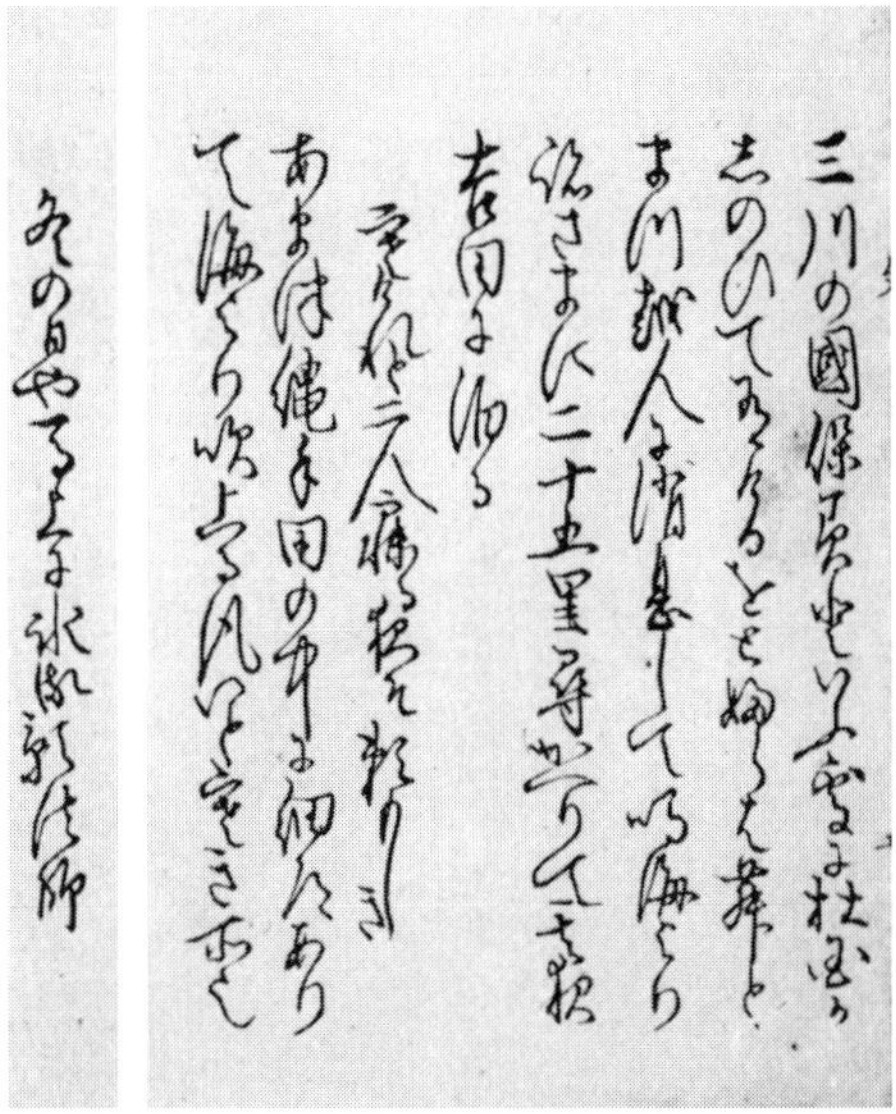

（7丁ウ）　（8丁オ）

【翻刻】

三川の國保美といふ處に杜国か
しのひて有けるをとふらはむと
まつ越人に消息して鳴海より
跡さまに二十五里尋かへりて其夜
吉田に泊る
　寒けれと二人寐る夜そ頼もしき
あま津縄手田の中に細道あり
て海より吹上る風いと寒き所也

　冬の日や馬上に氷る影法師

【校訂本文】〔保美道中〕

三河の国、保美といふ処に、杜国がしのびて有りけるをとぶらはむと、まづ、越人に消息して、鳴海より後ざまに二十五里尋ねかへりて、其の夜吉田に泊る。

　寒けれど二人寝る夜ぞ頼もしき

あま津縄手、田の中に細道ありて、海より吹き上ぐる風、いと寒き所なり。

　冬の日や馬上に氷る影法師

【概要】

芭蕉と越人が三河国保美に隠棲している杜国を訪ねるために、鳴海を出立したのは、「下里知足日記」によれば、貞享四（一六八七）年十一月十日のことである。江戸から鳴海に到着後、一週間経ってからのことである。保美への同行を依頼する目的で、越人に連絡をし、十一月九日の夜、宮から二人で鳴海に戻り、翌朝旅立ったのである。当日は吉田まで行き、宿泊。翌朝、寒風吹き荒ぶ渥美半島の北よりの道を辿って保美へ行った。

【語釈】

○保美—旧三河の国。愛知県田原市保美町。渥美半島の先端。　**○杜国**—坪井庄兵衛。尾張名古屋御園町の町代を務めた富裕な米商。元禄三年三月二十日歿。享年三〇か。貞享元（一六八四）年冬、名古屋に立ち寄った芭蕉を迎え、野水・荷兮らとともに『冬の日』五歌仙を興行した。貞享二年八月十九日、延米（空米）商いの罪により、判決が出、領内追放となり、最初は三河国畠村（現、田原市福江町）に、その後、保美村に隠棲した。以後、南彦左衛門と改名し、野仁（のひと）と号した。保美に芭蕉が訪ねた翌年の貞享五年二月には伊勢で芭蕉と落ち合い、一緒に吉野へ行き、京まで同行した。　**○しのびて有りけるを**—世間から隠れ住んでいるのを。　**○越人**—越智十蔵。尾張蕉門。北越の生まれで、延宝のはじめ名古屋へ出て、野水の世話で染物屋を営み、杜国・重五・荷兮など名古屋の俳人たちと交友を深めていた。『春の日』の連衆。『更科紀行』の旅にも同道。　**○消息して**—手紙を出して、連絡しての意。「せうそく」「せうそこ」の両様の読みがあるが、『饅頭屋本節用集』（刊年未詳本と寛永期の覆刻本がある）「セウソク」・『邦訳日葡辞書』の〈Xôsocu〉を採った（【補説1】参照）。　**○後ざまに**—来た道を後もどりして。　**○吉田**—東海道の吉田の宿。現在の豊橋市。　**○二十五里**—鳴海と保美の間の距離。鳴海と吉田間は、一三里二四丁で、その往復を計算したものであろうか。　**○寒けれど二人寝る夜ぞ頼もしき**—季語は、「寒し」。『あら野』、「伊良古崎紀行」懐紙、『笈日記』では句形が異なり、

「越人と吉田の駅にて／寒けれど二人旅ねぞたのもしき」（『あら野』）
「よしだに泊る夜／寒けれどふたり旅ねぞたのもしき」（「伊良古崎紀行」懐紙）
「寒けれど二人旅ねはおもしろき」（『笈日記』）

となっている。『笈日記』は誤伝であろう。なお、『笈の小文』の異本類の大礒本・沖森本・雲英本は全て「寒ければ二人旅寝ぞたのもしき」で、順接の「寒ければ」から逆接の「寒けれど」へ、「二人旅寝」から「二人寝る夜」と推敲されて乙州版本となったと考えるべきか。図示すれば、次のとおりである（【補説2】参照）。

異本類	──→	『あら野』・「伊良古崎紀行」懐紙	──→	乙州本
寒ければ	──→	寒けれど	──→	寒けれど
二人旅寝ぞ	──→	二人旅ねぞ	──→	二人寝る夜ぞ
たのもしき	──→	たのもしき	──→	頼もしき

○**寒けれど**―「寒し」には、「さむし」と「さぶし」の二つの読み方があるが、『天正本節用集』には「寒（サムシ）」、『易林本節用集』には「寒（サムシ）、凄（サムシ） 寒也」とあり、『邦訳日葡辞書』も〈Samui〉とあるので、「さむけれど」と読む。なお、『初心仮名遣』（元禄四〈一六九一〉年刊）に「ふをむに読むこと　是はふと書なからむと読なり」とあり、当時「ふ」と書いて「む」と読むことがあったが、例として挙げられている「けふ（ム）り　煙　ねふ（ム）り　睡　かふり　冠　さふ（ム）らひ　侍　とふらひ　弔」の特別語だけであったと考えられる。実際の寒さと、領内追放の罪にあった杜国を訪ねる芭蕉の心中の寒さ（不幸な杜国を哀れむ気持ちとその杜国をどのように元気づけられるか）を述べた。○**寝る**―「ぬる」は、「寝（ぬ）」の連体形。○**あま津縄手**―現在の豊橋市杉山町天津。縄手は田の中にまっすぐに通る畷道。渥美半島の北岸

は、冬には海から吹く北風が強く寒い。　**○馬上**―「ばしょう」と読む。『邦訳日葡辞書』には〈Baxŏ. バショー〉。謡曲「鞍馬天狗」・「張良」・「通盛」・「蟻通」等の「馬上」は、「バシヤウ」（謡抄による）と読む。馬の上、あるいは、馬に乗っている人。　**○冬の日や馬上に氷る影法師**―「影法師」は、氷った田か道にうつる影とする説と、馬上で寒さにすくむ姿との両説がある。また後説にも芭蕉自身の姿を客観視したとする説と、同行する越人の姿との両説がある。補説において詳説するが、結論だけを述べれば、冬の陽でまるで影法師のように動かない黒い影であろう。それも「伊良古崎紀行」懐紙（四八頁【図版1】）によると、「伊羅古に行道、越人酔て馬に乗る。ゆきや砂むまより落よ酒の酔　同（蕉）」の記述があり、同行する越人が酒の酔で馬上で動かずにいる影法師と考えられる。本文では「あま津縄手、田の中に細道ありて、海より吹き上ぐる風、いと寒き所なり。冬の日や……」と続き、前文と一体化した句となっている。「あま津縄手」の風景の中に溶け込む「影法師」であろうから、先を行く越人の、今にも馬から落ちそうになって動かない姿を実写したとの解釈をとる。

【通釈】

三河の国の保美という所に、杜国が世間をのがれて住んでいるのを、是非にも訪ねようと、名古屋の越人に手紙を出して、ここ鳴海から二五里もとって返し、その夜、吉田の宿に泊まった。

（寒けれど二人寝る夜ぞ頼もしき）

寒い冬の夜、心細き旅寝も、気心の知れた友と二人で寝るといかにも心強いことである。

道中、天津縄手を経由、ここは田の中に細い道が一本通っていて、海から吹きあげの風をさえぎる術さえない非常に寒い所である。

（冬の日や馬上に氷る影法師）

ことに薄日のさす殺風景な冬の日に、寒風にさらされて、さながら馬上で凍てついた影法師のような越人の姿よ。

【補説】

1. 出立の日

杜国に会うために越人と一緒に出かけた日については、「下里知足日記」の十一月十日に「桃青老・越人、昨夜宮より又御越。今朝三州へ被参候」とあり、八日に宮へ出かけていた芭蕉が越人と一緒に鳴海に戻って来、十日の朝、二人で三河の保美へ出かけたのである。領内追放という罪で保美に隠棲している杜国のようすがわからないので、道案内にと越人に同行してもらったのであろう。後に越人は『鵲尾冠』（享保二〈一七一七〉年刊）に「彼人不幸に沈ミ、旧里を辞せしを、芭蕉老人江府に聞キ、甚憂て、踏レ鞋ヲ鳴海に来り、予に消息して其道路ヲ問ふ。先登して枯藤ヲ引、杜国が草堂に至り、三人焼レ葉ヲ夜を明し、同ク馬を並べて伊良古崎に逍遥」と書いている。

2. 「伊良古崎紀行」懐紙（【図版1】）

貞享四年十一月十日、杜国の住んでいる渥美半島の先端に近い保美村を越人と訪ねた時の道中吟六句と三ッ物を書き記したもの。このうちの「寒けれど」「さむき田や」「鷹ひとつ」が『笈の小文』に収められている。しかし『笈の小文』では、「寒けれど」の句は「寒けれど二人寝る夜ぞ頼もしき」に、「さむき田や」の句は「冬の日や馬上に氷る影法師」と改案されている。また、「麦はえて」の句は、三物懐紙五九頁【図版2】の「麦蒔て能隠家や畑村」が初案であろう。なお、当紀行懐紙は、芭蕉が保美村へ行く時も帰った時にも宿泊した鳴海の千代倉家に蔵されていたことから、杜国慰問後に再び滞在した知足邸での染筆であろう。後に、知足の孫の蝶羅の明和六（一七六九）年四月の奥羽紀行文『松のわらひ・合歓のいびき』（蓼太・明和六年六月序、蘿隠（也有）・同十一月跋）の『合歓のいびき』の巻頭にこの「伊良古崎紀行」懐紙が模刻されており、その理由と「下里知足日記」の当該部分の抄出が掲載されている。

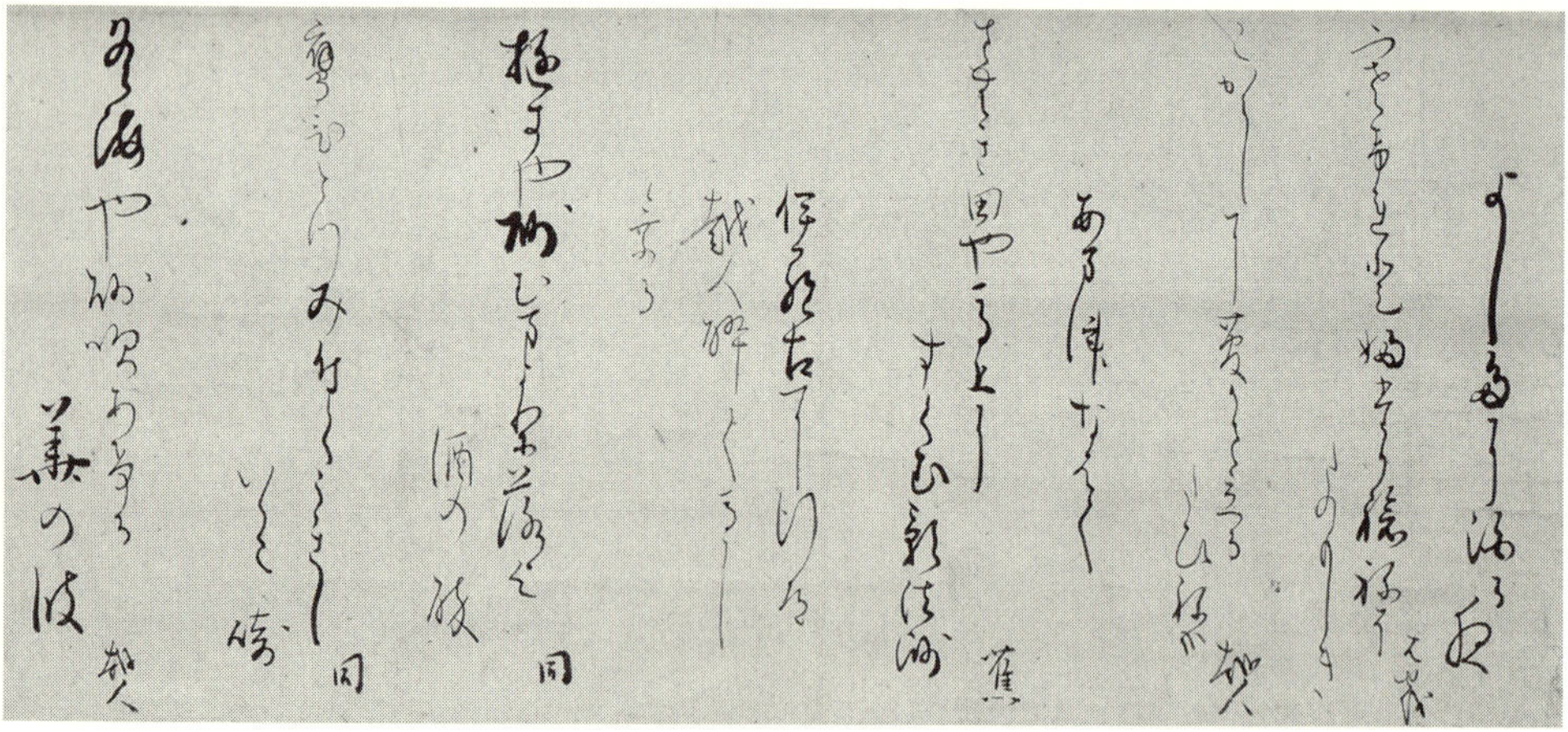

【図版１】「伊良古崎紀行」懐紙（一般財団法人岩田洗心館蔵）

よしだに泊る夜

寒けれどふたり旅ねぞたのもしき　ばせを

こがらしに菅がさ立るたびね哉　越人

あま津なはて

さむき田や馬上にすくむ影法師　蕉

伊羅古に行道越人酔て馬に乗る

ゆきや砂むまより落よ酒の酔　同

鷹ひとつみ付てうれしいらご崎　同

冬海や砂吹あげる華の波　越人

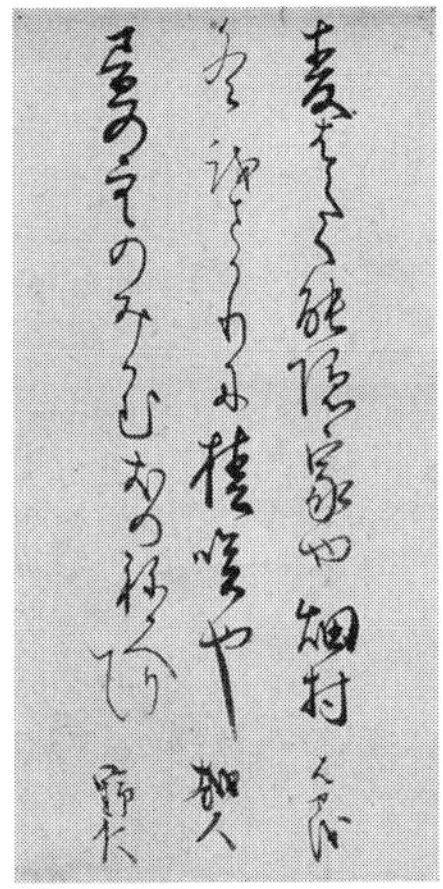

麦はえて能隠家や畑村　　ばせを
冬をさかりに椿咲也　　越人
昼の空のみかむ犬のねがへりて　　野仁

3. 句形の異同

「冬の日や」の句には、次の五つの異同（エは誤伝か）がある。いずれもあま津縄手を通過する時点での句である。

ア「あまつ縄手を過るまで　冬の田の馬上にすくむ影法師」（『如行子』）
イ「あま津なはて　さむき田や馬上にすくむ影法師」（「伊良古崎紀行」懐紙）
ウ「　さむき日や馬上にすくむ影法師」（蝶羅撰『合歓のいびき』明和六年刊）
エ「訪杜国紀行　すくみ行や馬上に氷る影法師」（『笈日記』）
オ「……いと寒き所也　冬の日や馬上に氷る影法師」（『笈の小文』）

アの『如行子』の「冬の田の」の句は切れ字がないので、「冬の田や」の誤写か誤記ではないか。『如行子』は写本でしか伝わらず、他にもまま誤りが見られるから、誤写の可能性がある。また、如行は、この時鳴海に行っておらず、おそらくその聞き書きであろうから、それによる誤りとも考えられる。

イは、真蹟詠草が千代倉家に伝来しており、芭蕉自筆の句と考えられるから初案と見てよいのではないか。

ウの蝶羅の『合歓のいびき』はイの真蹟詠草の模刻と考えられている。模刻の際に「田」を「日」に誤ったおそれはないか。

後に、「さむき田」を「冬の日」に、「すくむ」を「氷る」と改案のうえ、乙州版本の句形となり、成案となったとみられているが、『笈の小文』異本群（大礒本・沖森本・雲英本）がともに、「冬の田や馬上に氷る影法師」と上五が

「冬の田」で『如行子』と同じである。

初案と考えられる真蹟詠草の「伊良古崎紀行」懐紙の「さむき田」が「冬の田」になったのは『如行子』からである。また、中七の「馬上にすくむ」が「馬上に氷る」になったのは、誤写とは想定されないから芭蕉自身の推敲であろうか。推敲の跡を示す根拠となる資料は現在のところないが、下五の「影法師」が「すくむ」としては寒さの度合いもなお実感の範囲にあり、これをさらに「氷る」と推敲して、彫像さながらの旅姿を描き出したのであろう。

この問題を考えるにあたっては、その前文の、

あま津縄手、田の中に細道ありて、海より吹き上ぐる風、いと寒き所なり。

を俎上にのせなくてはなるまい。かつて上野洋三氏が『芭蕉講座　第五巻』（有精堂・昭和60年）の『笈の小文』の当該語釈でこの一文をとらえ、「「田の中に」以下は元来「あまつ縄手」の解説割注であったものが、筆写の過程で本文として扱われたもの」と指摘された。この見解は『笈の小文』の中で生じた発句の異同を読み解く重要な問題を提起していよう。すなわち、この前文は後の、

○臍峠　多武峯ヨリ龍門へ越道也

○布留の瀧ハ布留の宮より二十五丁山の奥也

○津国幾田の川上に有　布引の瀧

と同じく「あま津縄手」の注記が本文となった可能性があるというものである。議論の視点としては至極当然の見方で、『笈の小文』には右のような本文の不統一が混在すると考えてよいが、この点が乙州の手によってなされたもの（乙州編集説）か、不統一のまま忠実に書写されたものなのか、作品の評価にかかわる重要な問題を含んでいる。問題の上五の異同について、これを注記と見る方向で検討すると、「冬の田」では前文注記の表現にやや付き過ぎるきらいがある。また、発句中の「影法師」との呼応を考えると、むしろ「冬の日」とする表現に優位性がある。

〔伊良古訪問〕

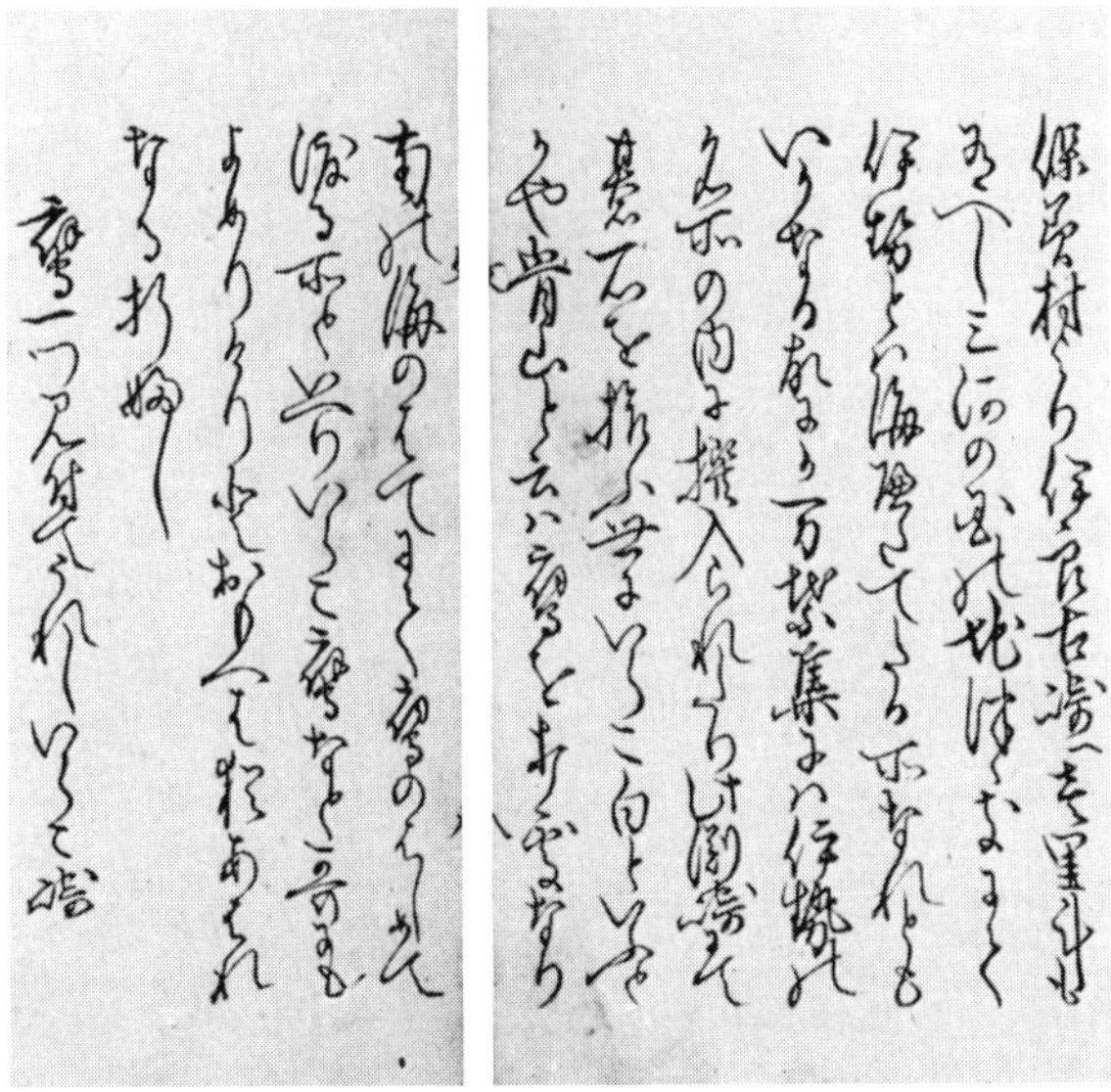

（8丁ウ）（8丁オ）

【翻刻】

保美村より伊良古崎へ壹里計も
有へし三河の国の地つゝきにて
伊勢とハ海へたてたる所なれとも
いかなる故にか万葉集にハ伊勢の
名所の内に撰入られたり此渕崎にて
碁石を拾ふ世にいらこ白といふと
かや骨山と云ハ鷹を打處なり

南の海のはてにて鷹のはしめて
渡る所といへりいらこ鷹なと哥にも
よめりけりとおもへは猶あはれ
なる折ふし
　鷹一つ見付てうれしいらこ崎

【校訂本文】〔伊良古訪問〕

保美村より伊良古崎へ、壱里ばかりも有るべし。三河の国の地つづきにて、伊勢とは海へだてたる所なれども、いかなる故にか、万葉集には伊勢の名所の内に撰び入れられたり。此洲崎にて碁石を拾ふ。世にいらご白といふとかや。

骨山と云ふは、鷹を打つ処なり。南の海のはてにて、鷹のはじめて渡る所といへり。いらご鷹など、歌にもよめりけりとおもへば、猶あはれなる折ふし、

鷹一つ見付けてうれしいらご崎

【概要】

十一月十日、越人と鳴海の知足邸を発った芭蕉は、吉田の宿で一泊、翌十一日保美村に着き、杜国の息災なようすに接し、芭蕉はひと安心したのであろう（旅程二二八～二二九頁参照）。同行した越人の『鵲尾冠』（享保二〈一七一七〉年刊）によれば、翌十二日、一里ほど離れた伊良湖崎へ杜国もともに行く。伊良湖崎は万葉集時代になぜか伊勢の名所のうちに入れられていたことなどを説明し、名産の碁石を拾ったりしてくつろいだようすを見せる。また、岬の後の骨山が鷹を打つところであり、渡りの鷹が一番最初に渡ってくることなどを述べる。

【語釈】

○伊良古崎―渥美半島の先端の伊良湖岬。　**○万葉集には伊勢の名所の内に撰び入れられたり**―『万葉集』巻一・23「麻続王の伊勢国の伊良虞の島に流されし時に、人の哀傷して作りし歌」などのように、伊良湖は伊勢国の島に入れられている。対岸の志摩半島からは島のように見えるからであろうか。　**○洲崎**―渕崎は間違いであろう。洲が海や川に長く突き出た所。　**○いらご白**―伊良湖岬で採れる貝を削って作る白の碁石。『毛吹草』巻四（正保二〈一六四五〉年刊）に「三河国」の「名物」として「伊羅期碁石貝」と出る。　**○骨山**―伊良湖崎の先端の小高い山。「コツヤマ」の読みを諸注採っているが、土地の呼び方は「ホネヤマ」である。現在の骨山は平らに削られ、一一二メートルの高さ。地名は田原市日出町骨山。　**○鷹を打つ処**―鷹を捕る所。　**○南の海のはて**―一番南にあるところ。実際は和歌山県の潮岬が本州の最南端である。　**○鷹のはじめて渡る所**―夏鳥の鷹が春になって、南方から最初に渡ってくるところ。伊良湖崎は、現在も鷹の一種である刺羽が春に最初に渡ってくる場所であり、また秋には集結して南方

へ渡ってゆく場所でもある。刺羽は夏鳥であるため、九月下旬から十月にかけて伊良湖崎に集結して南方に渡ってゆく。　**〇いらご鷹など、歌にもよめり**―「ひき据ゑよいらごの鷹の山がへりまだ日は高し心そらなり」（『壬二集』）、「二つありける鷹の、伊良胡渡りをすると申けるが、一つの鷹は留まりて、木の末に掛りて侍と申けるをきゝて　巣鷹渡る伊良胡が崎を疑ひてなほ木に帰る山帰りかな」（『山家集』下・雑）などが詠まれている。

【通釈】

保美の村から伊良湖崎へは、まだ一里ほどあるという。その伊良湖崎は三河の国とは地続きで、伊勢の国とは海を隔てているが、どのような理由があったのか、『万葉集』には伊勢の国の名所に入れられている。この岬の浜で碁石にする貝を拾った。世間では「いらご白」といわれているようである。かたや骨山は、鷹を打ち、とらえる場所である。ここは一番南にある所で、遥かに鷹が渡って来て、はじめてとどまる所だという。この「いらご鷹」のことは和歌にも詠まれていたことだと、その歌の情趣を思い出した折もおり、ちょうど一羽のいらご鷹が目にはいった。

（鷹一つ見付けてうれしいらご崎）

歌に詠まれたいらごの鷹を、時期を逸したこの季節に、偶然一羽だけ見つけることができたうれしさよ。

【補説】

1．鷹は杜国か

とくに問題とすべきは「鷹一つ」の発句の解釈に、杜国との再会の喜びを含めるか否かの相違があろう。この点は、はやくから論議がなされてきた事柄であり、越人撰『鵲尾冠』（享保二年刊）所収の、

杜国が不幸を伊良古崎にたづねて
鷹のこゑを折ふし聞て
夢よりも現の鷹ぞ頼母しき

の句は芭蕉の句「鷹一つ」の別案と考えるか、それぞれ別個の一句と見るかの相違から問題は生じたもののようである。かりに別案であって、これが『笈の小文』所収句へと発想の移行があったとすれば、「鷹一つ」の句には「現の鷹」である杜国との再会が寓されていてもよいであろう。しかし、一方「鷹一つ」の初案かと目される次の詠草（引用は該当箇所のみ）も伝えられている（「梅つばき・いらご崎」句文懐紙・五八頁【図版1】参照）。

いらご崎ほどちかければ見にゆき侍りて

いらご崎にる物もなし鷹の聲

武陵芭蕉散人桃青

これは保美の里の名の由来を記す句文に続くもので、保美（土地ぼめのほう美）の延長として、同様に「いらご」の地が二つとない鷹のわたる名所であることの「土地ぼめ」の趣意が備っている。こちらを初案と見ると、むしろ『笈の小文』の本文とも近似するひと続きの文脈が見出せるように思われる。また、前掲の「伊良古崎紀行」懐紙（四八・四九頁参照）本文では杜国訪問の途中吟として記している。したがって、「鷹一つ」にあえて杜国の寓意を読み込む必要はなく、ひとまず杜国との再会を喜ぶといった趣旨を退けた。

なお、杜国との再会の趣旨は、もっぱら後の吉野の花見出立に際しての浮かれた気分を出す「かのいらご崎にてちぎり置し人の、いせにて出むかひ」にあらわされている。あくまで、ここは「杜国がしのびてありける」隠里（【補説2】参照）訪問の着想までを読めばよいのである。

2. 伊良古崎紀行の意味

前段の〈保美道中〉の最初の「三河の国、保美といふ処に」から「鷹一つ」の発句までが、越人同道の「杜国訪問の記」、ないしは「伊良古崎紀行」と称してもよいものであろう。鳴海から熱田へ直接文章をもってゆけば、あるいはこの「伊良古崎紀行」は不要の、もしくは『笈の小文』からは漏れるべき一章とも見られなくはない。おそらく芭蕉にも、このようにする考えがまったくなかったわけではないであろう。芭蕉の真蹟懐紙（「京までは」等三句懐紙・三八頁【図版1】参照）、には、「京までは」「ほしざきの」「磨なをす」の三句が記された旅中書すらある。熱田あたりでの染筆であろうが、この懐紙を貞享五年の再訪時点のものと推定する。そのように見れば、比較的早い時期の回想の句文ということになるが、この時点で「伊良古崎紀行」はまったく別の発想にあったのか、ここにはその形跡すら見当たらない。

ところで、その「伊良古崎紀行」に相当する句文に同じく、旅中書と思われる懐紙（四八・四九頁【図版1】参照）がある。「京までは」等三句懐紙と比較して、おそらく伊良湖訪問の直後に染筆されたものと思われる。便宜上、再掲する。

　　よしだに泊る夜

▼寒けれどふたり旅ねぞたのもしき　　ばせを

こがらしに菅がさ立るたびね哉　　越人

　あま津なはて

▼さむき田や馬上にすくむ影法師　　蕉

　伊羅古に行道

　越人酔て馬に

　乗る

ゆきや砂むまより落よ酒の酔　　同

鷹ひとつみ付てうれしいらご崎　　同

冬海や砂吹あげる華の波　　越人

麦はえて能隠家や畑村　　ばせを
冬をさかりに椿咲也　　越人
昼の空のみかむ犬のねがへりて　　野仁

「野仁（のひと）」は杜国の変名で、芭蕉の発句に越人の脇句、杜国が第三を付けた唱和の三句。これにその前に位置する句文とをあわせて、越人同道のいわゆる「伊良古崎紀行」となっている。貞享四年の冬の時点でこのような句文（紀行）があったにもかかわらず、なぜ、この句文を用いて『笈の小文』の本文とはしなかったのか、それが問題となろう。越人の句、及び三句の唱和を削除してこれを裁ち入れ、前段の鳴海、後段の熱田に接続させれば、単調さこそ目に立つが、決して違和感のある行文とはならなかったはずである。しかし、そのように記さなかった以上は、少なくとも現行の乙州版本『笈の小文』の本文は、書き改められた後の案ということになろうか。もしくは、また、先にもふれた「京までは」等三句懐紙のように、伊良湖への旅をまったく省略してもよかったはずであるが、事実はそうではない。

それでは、なぜ寄り道とも思える伊良湖への旅をあえてここに配置したのであろうか。この問題を解く芭蕉の着想は、やはり「伊良古崎紀行」懐紙の中の付合三句の発句「能隠家」にある。わざわざ道をはずれて訪ねる所は、さる上皇さまがことさら景色をおほめになった「ほう美」（保美）の地であり、さらに伊良湖は、『万葉集』にも詠まれた由緒ある名所であった。そこで幸運にも、和歌の情趣を思い出した折もおり、偶然に海を渡る鷹を見つけたのである。これは『奥の細道』の、

十二日、平和泉と心ざし、あねはの松・緒だえの橋など聞伝て、人跡稀に雉兎蒭蕘の往かふ道、そこともわかず、終に路ふみたがえて、石の巻といふ湊に出。こがね花咲とよみて奉りたる金花山海上に見わたし……（西村本による）

と記した「石巻」での「隠里」を趣向した発想と類似する。『笈の小文』の「筆はじめ」にある「わすれぬ所〱、

跡や先やと書集」めた「はなしの種」のひとつとして、ここもまた、紀行本文中に用意した趣向と言い換えてもよいであろう。

なお、先に引用した「伊良古崎紀行」懐紙中の「▼」印の二句は、それぞれ『笈の小文』所収句の初案と考えられるものである。句の推敲が物語るように、前段（三河の国、保美といふ処に……）から「鷹一つ」の発句まで、未消化の一文が指摘されているものの、よく練りあげられた一段と評価してよいのではないか。この傾向は『笈の小文』の冒頭からここまで、一貫している印象さえ抱く。

3．「梅つばき・いらご崎」句文懐紙（【図版1】）

関防印は「青」。落款印は「桃」。『鵲尾冠』及び『如行子』によれば、十一月十一日に保美に着き、翌日の十二日に伊良古崎を越人・杜国とともに訪れた。「いらご崎にる物もなし鷹の聲」の発句は、『笈の小文』の「鷹一つ見付てうれしいらご崎」の初案ではないか、との指摘もある（『校本芭蕉全集』第一巻・富士見書房・一二九頁頭注）。

この句文懐紙は、おそらく旅中の染筆を今日に伝えようとしたもので、「此里をほびといふ事……」という書き出しではじまる土地ぼめの趣向が確認できる。

4．「麦蒔て」三物懐紙（【図版2】）

芭蕉・越人・杜国（野仁）の三吟を記し、杜国の住まいのようすを映し出す「麦蒔て」三物懐紙（【図版2】）を五九頁に掲げる。

関防印は「青」、落款印は「桃」。前書は、白楽天の「長安古来名利地　空手無金行路難」（送ル二張山人ノ帰ルヲ一嵩陽ニ）によっている。前掲の「伊良古崎紀行」懐紙（四八・四九頁【図版1】）にもこの三物を載せているが、発句の上五が「麦はえて」から「麦蒔て」に改められている。

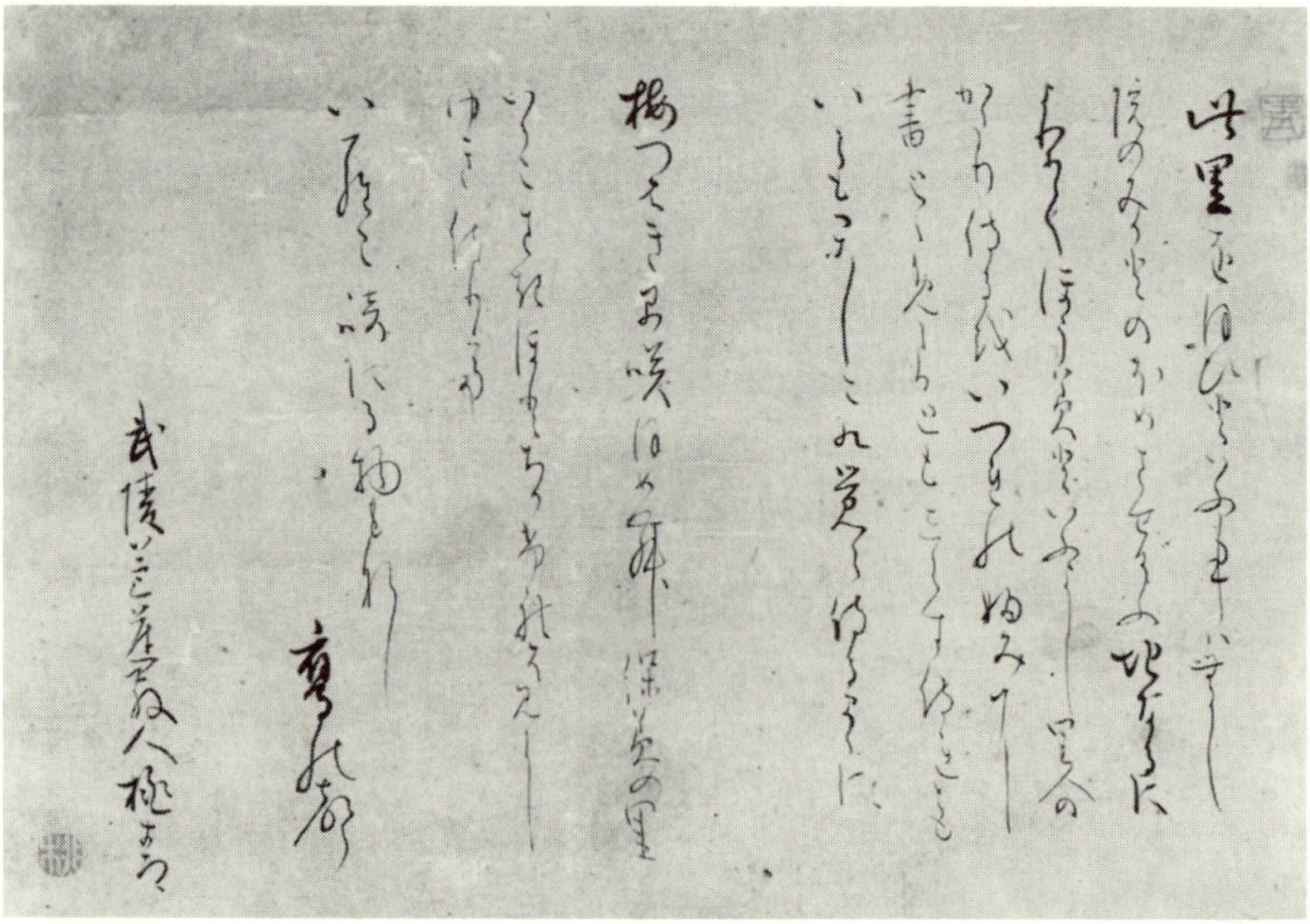

【図版１】「梅つばき・いらご崎」句文懐紙（『芭蕉全図譜』119、岩波書店）

□(印)
此里をほびといふ事は、むかし
院のみかどのほめさせ給ふ地なるに
よりて、ほう美といふよし、里人の
かたり侍るを、いづれのふみに
書とゞめたるともしらず侍れども、
いともかしこく覚え侍るまゝに

梅つばき早咲ほめむ保美の里
いらご崎ほどちかければ見に
ゆき侍りて
いらご崎にる物もなし
鷹の聲
武陵芭蕉散人桃青
○(印)

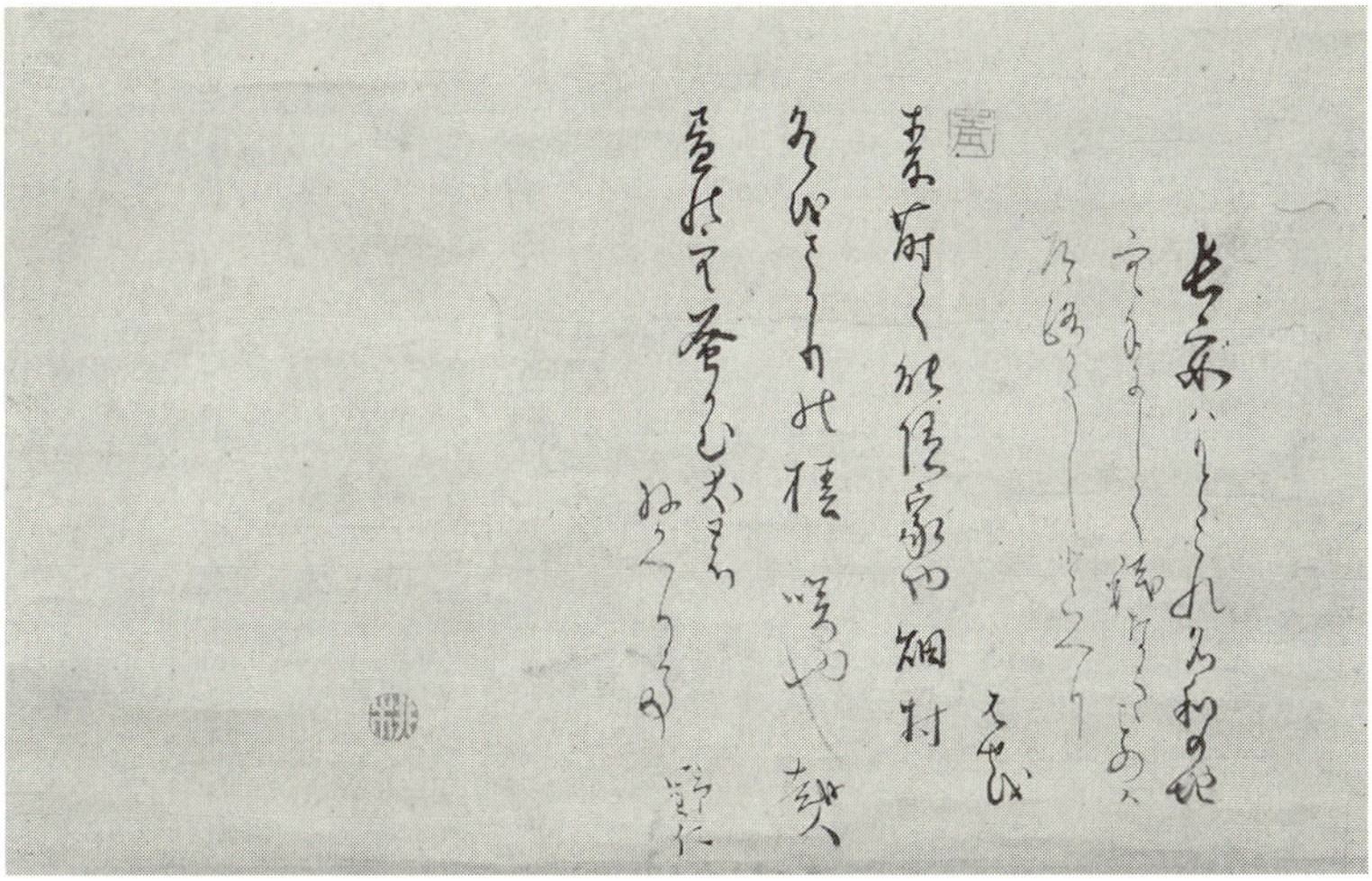

【図版２】「麦蒔て」三物懐紙（個人蔵）

長安はもとこれ名利の地、
　空手にして銭なきものは、
　　道路かたしといへり
□(印)
麦蒔て能隠家や畑村　　ばせを
冬をさかりの椿咲也　　越人
昼の空蚤かむ犬の
　　　ねがへりて　　野仁
　　　　○(印)

芭蕉と越人が訪ねた十一月十一日は新暦では十二月十五日。麦は五、六センチほどは伸びていたのであろうか。家の周囲に麦畑が広がり、早咲きの椿（単弁の赤い花の山椿だろう）の垣根に囲まれて、蚤を噛みながら昼寝をする犬が寝返りをうつ、穏やかな田園風景のなかに溶け込んだ隠家に住む杜国に会い、芭蕉は、白楽天の詩からの引用「長安はもとこれ名利の地、空手にして銭なきものは道路かたしといへり」を前書にした「麦蒔て」三物懐紙で名利をはなれた杜国の生活を描き出している。なお、発句の「畑村」は、最初に住んだ「畠村」のことではなく、麦畑の広がる村のことである。「長安は……」の前書は、芭蕉が深川の芭蕉庵へ移って自己の境涯を述べた折に「しばの戸」の発句に引用した詞句でもある。なお、これはあくまで想像ではあるが、三句一筆の芭蕉の清書に、「ばせを」「越人」「野仁」の署名がそれぞれ銘々に染筆されていたとすれば、この三物懐紙での三人の深い交流の息づかいが実感される。

5.『如行子』

『如行子』は、貞享元（一六八四）年に芭蕉に入門した如行が書いた、「笈の小文」旅中の芭蕉の動静を明らかにする資料である。現在は、天理大学附属天理図書館蔵の写本一冊（本文一五丁）、ならびに京都大学文学部図書館潁原文庫蔵の写本一冊が知られている。現存二本は、同じ字配り、誤字等により、同一原本からの写本と考えられる。貞享四年十一月五日から日を追って十二月五日までの記述がある。『笈の小文』には記されていない内容も多い。今、十一月十日から十六日までの、保美へ越人とともに訪ねた部分を天理大学附属天理図書館蔵本から書き出してみる（句読点・濁点を付した）。

参川の国いらごといふ所に、杜国といひし此道のすき人有。翁むかしよりむつまじくかたり給ひけるゆへ、かの所たづね給ふ道すがら、霜月十日の夜、よし田にて名古屋の越人を伴ひければ、

寒けれど二人旅寝ぞたのもしき　ばせを
凩に菅笠たつる旅寝かな　越人
ご(濁ママ)を焼て手拭あぶる氷哉　ばせを

同十二日

鷹ひとつ見付てうれしいらご(濁ママ)崎　ばせを
冬あれや砂吹あぐる花の波　閑人　野仁

同十三日

さればこそあれたきまゝの霜の宿　ばせを
麦まきてよきかくれ家や畑村　仝

と有ければ、

冬をさかりに椿咲なり　越人
昼の空蚕(ママ)かむ犬の寝がへりて　野仁
あまつ縄手を過るまで
冬の田の馬上にすゝ(ママ)む影法師　ばせを

同十六日、ばせをもと見給ひし野仁を訪ひ、三河の国にうつりますところは伊良虞崎、白岐(ママ)の寄する渚近し。比は木枯の凩雪をおる冬の日のあわれを

帰るさに聞て、

焼食やいらごの雪に崩けん　　寂照

砂寒かりし我足のあと　　ばせを

松をぬく力に君が子の日して　　仝

いつか烏帽子の脱る春風　　越人

眠るやら野馬あるかぬ暖かさ　　仝

曇りをかくす朧夜の月　　照

又、鳴海に帰り宿して、

置炭や更に旅（と）もおもはれず　　越人

雪をもてなす夜すがらの松　　寂照

海士の子が鯨をしらす貝吹て　　ばせを

背戸よりすぐに踏こはす垣　　人

歌よまん此名月をたゞにやは　　照

蕎麦の御調を通す関守　　ばせを

語釈や補説で解説した部分と重なる箇所があるが、鳴海に帰着した十六日までをここに記した。如行はこの旅に同行していないためか、行程が『笈の小文』と前後する場合もある。

〔尾張遊吟〕

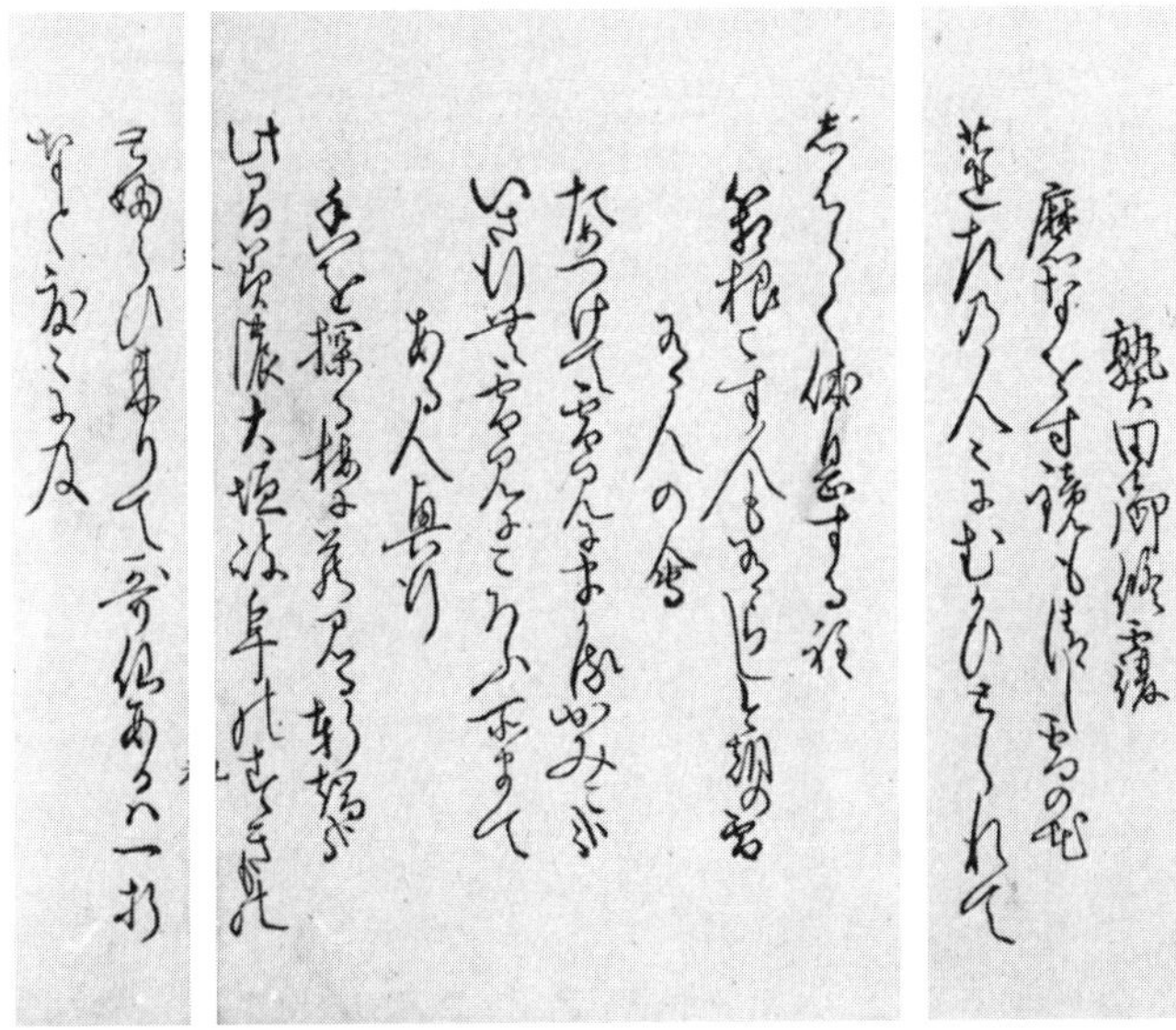

（8丁ウ）（9丁オ）（9丁ウ）

【翻刻】

熱田御修覆
磨なをす鏡も清し雪の花
蓬左の人とにむかひとられて
しはらく休息する程
箱根こす人も有らし今朝の雪
有人の會
ためつけて雪見にまかるかみこ哉
いさ行む雪見にころふ所まて
ある人興行
香を探る梅に蔵見る軒端哉
此間美濃大垣岐阜のすきもの
とふらひ来りて哥仙あるハ一折
なと度とに及

【校訂本文】〔尾張遊吟（をはりいうぎん）〕

熱田御修覆（あつたみしゅふく）

磨ぎなほす鏡も清し雪の花

蓬左の人々にむかひとられて、しばらく休息する程、

箱根こす人も有るらし今朝の雪

ある人の会

ためつけて雪見にまかるかみこかな

いざ行かむ雪見にころぶ所まで

ある人興行

香を探る梅に蔵見る軒端かな

此の間、美濃大垣・岐阜のすきもの、とぶらひ来りて、歌仙あるは一折など、度々に及ぶ。

【概要】

鳴海に戻った芭蕉はこの約一か月の間に、鳴海・熱田・名古屋の間を行き来して、歌仙・半歌仙・表合等十余回もの俳席をつとめたが、『笈の小文』には、それらの作の中から取捨し、熱田・名古屋での歌仙の発句四句（雪の句）と単独発句一句（探梅の句）を、実際の句作の順を前後して収めた。文章は、句の簡単な前書とその状況を記すのみで、交流した人名は一切記していない。

当初、芭蕉はこの地に数日立ち寄って郷里へ向かうつもりであった。そのことは、名古屋出発直前に江戸の杉風に宛てた十二月十三日付の書簡の中で、「霜月五日鳴海迄つき、五三日之中、いがへと存候へ共」（七七頁参照）と記している。それが当地の人たちから、貞享元年・二年以来のこととて、再三句会に呼ばれて、甚だ多忙であった。それだけこの地での芭蕉の声価が高まっていたのであり、その指南を仰ごうと引く手あまたで、芭蕉も乞われるままにその期待に応えようと努めた。ただ、杉風へは謙遜気味に「なるみ此かた二、三十句いたし候へば、よき事も出で申さ

ず候。只まを合せたるまでに御座候」と書いて送っている。

【語釈】

○熱田―原本に「埶田」と記すのは芭蕉の誤記。芭蕉特有の異体字。『野ざらし紀行』の自筆本や真蹟懐紙（三八頁【図版1】）や自筆書簡（『芭蕉全図譜』321・386他）などでも「埶田」と書くが、「熱田」と書くのが正しい。この「熱田」は熱田の宮で、現在の熱田神宮をいう。名古屋市熱田区に鎮座し、日本武尊が帯びたとされる草薙剣を神体とする。芭蕉は三年前の『野ざらし紀行』の旅でも参拝している。**○御修覆**―暁台編『熱田三歌仙』（安永四〈一七七五〉年刊）に、「みしふく」と仮名書きにしているので、そのようにも読まれているが、『易林本節用集』に「修覆（シュフク）」とあり、近松作『平家女護嶋』（享保四〈一七一九〉年上演）にも「本宮の社檀修覆（しゃだんしゅふく）のため」と振仮名があるので、「みしゅふく」と読む。元来、「修復」とあるべきところ、「修覆」とも書かれていたらしい。この社殿の修復は、幕府への陳情開始から四八年を経て貞享三（一六八六）年正月に修理が決定し、同年四月から造営をはじめてその七月に竣工を見た。この工事は三か月余という短期間ながら、面目を一新する空前の大造営であった。芭蕉が「御修覆」成った社殿を見たのは、その一六か月後のことで、一変した境内・社殿のようすを見た感動は甚だ大きかったと思われる（二四〇頁参照）。**○磨ぎなほす鏡**―東藤編『熱田皺箱物語』（元禄八〈一六九五〉年刊）に「磨（トキ）なをす」と振仮名を付す。「なほす」はハ行転呼音で、ハ行がワ行に転じて発音されたので、『邦訳日葡辞書』に〈Nauoxi, su〉とある。歴史的仮名遣では「なほす」が正しい。異本大礒本のみ「ミかきなをす」と仮名書きにするが、これは筆写者の恣意による誤りであろう。『冬の日』（貞享元年刊）の五歌仙第四「炭売の」の巻の荷兮の付けた脇句に「鏡磨寒（トキサム）」と振仮名があり、支考編『笈日記』（元禄八年刊）に掲出するこの句を「とき直す」とする。熱田の宮は草薙剣を神体とするので後世に奉納された刀剣が多いが、それに次いで多くの鏡も奉納されているという。新しい装いの成った社殿の輝くばかりのみごとさを、清らかな光沢を放つ磨き直された神鏡で象徴して表現したのである。**○雪の花**―一面に降り積もった雪が、あたかも白い花が一斉に開いたかと見られたようすをいう。「雪の花」が当季の季語で、『増山井』「四季の詞」に十一月に配す。花の少ない冬季に、純白の雪を花にたとえて、新しくなった神域のすがすがしい清浄な華やかさ、まぶしいばかりの美しさ、神々しさ、尊さをあらわし出そうとした。**○磨ぎなほす鏡も清し雪の花**―見違えるばかりのりっぱな神域、木の香のかぐわしい社殿になった熱田の宮をことほぎながら、神鏡が折からの清らかな純白の雪に映えて輝くようすを感慨深く表現しようとした。**○蓬左の人々**―「蓬左」は、京から東海道を熱田へ向かう街道筋から見て左の方、すなわち熱田の北にあたる名古屋城下のこと。名古屋の人々をいう。「蓬」が熱田を指すのは、熱田の宮が中世以降「蓬萊宮」と呼ばれたことによる（二四一頁参照）。**○むかひとられて**―本来は「むかへとられて」であって、待ち受け迎え入れて留められる、の意。「迎ふ」はハ行下二段活用、「向ふ」はハ行四段活用、この二語の混同から「むかへとる」「むかひとる」の両形が行われていたようで、『邦訳日葡辞書』にも両形が掲出されている。『易林本節用集』・『落葉集』も「迎」に「ムカヒ」・「むかひ」とあり、そのほかにも「迎ひ馬」「迎ひ火」等の用例があって、「むかひ」がかなり用いられていた。後に〈同行門出〉の箇所で、杜国が「伊勢に出むかひ」とある。ただし、異本三点とも、ここは「むかへとられて」と記す。**○箱根こす人も有るらし今朝の雪**―この句は、『如行子』によると、その前書に「四日はみのやの聴雪にとゞめらる、。その夜の会、」とあるので、名古屋滞在中の十二月四日に聴雪亭での夜の句会で巻かれた歌仙の発句である。したがって、二度めに名古屋に来ている時の作で、次に記す二句とは作句の時が前後する。**○ある人の会**―「有人」は「或人」とあるべきところ。『如行子』によると、次の句の前書に「同二十八日名古や昌碧会」とあるので、十一月二十八日に熱田から名古屋に来て、昌碧亭で八吟歌仙を巻いた句会と見られる。**○ためつけて**―「矯め付けて」で、「矯む」は悪いところを矯正して正常な状態に復するようにする、の意。ここでは、紙子の折れ目や皺をよく伸ばしてきれいにし、きちんと整え直すことをいう。長い道中に着続けて皺だらけになった紙子を着て晴れがましい招待の席に出るのは失礼なので、せめて少しでもと癖の付いた皺をできるだけ伸ばし、格好を整えて、の意。**○雪見にまかる**―「雪見」は、雪の降り積もった白銀の世界を眺め賞しながらの風流な集いで、ここでは前書から見て、そうした俳席をいう。「まかる」は、古くはその場から退出することの謙譲語であったが、平安時代以降は、行くことや来ることの謙譲語「参る」の意に用いられる。**○ためつけて雪見にまかるかみこかな**―旅中のうす汚れた不粋な紙子ではわびしく、精いっぱい皺を伸ばして、いささか威儀を整えた格好で、ちょっと弾んだ気持ちで参上する、の意。名古屋の昌碧亭で催された八吟歌仙の俳席に臨んで、亭主に対する挨拶として披露した発句である。**○いざ行かむ雪見にころぶ所まで**―『笈の小文』では、前句に続いて掲載されているので、「雪見」二句と見る。「ある人の会」で、こうして雪見の会の席へ参りましたと前句で挨拶し、その後、室内に座して雪見を楽しむのもよいが、せっかくのみごとな銀世界、どうです一緒に外に出て雪の上を歩き回って楽しみましょうと呼びかけた、という構成になっていると見える。しかし、実際は、前掲の句とは全く別の時・場所での作で、昌碧亭での俳席のあと一度熱田へ引き返し、後日再度名古屋に出向いて、書籍商の夕道亭で作った単独の発句である。その時の真蹟懐紙も残っていて（七二頁【図版1】）、書肆風月堂の主、夕道にこの句を染筆して与えた。その句の上五は「いざ出む」となっており、後に「いざ行む」と改案し、さらにその後、「いざさらば」と推敲が重ねられたと見られる（【補説1・2】参照）。**○ある人興行**―前掲の雪見の二句の前書と同じ書き方であるが、この方は日時・連衆・連句を伝える資料を欠くので、実情は明らかではない。「興行」とはとくに連歌・俳諧の席を設けて会を催すことをいう。なお、支考編『笈日記』「尾張の部」に次の「香を探る」句を録し、その前書に「防川亭」と記している。ただ、この時の連句は伝わらず、どのような連衆が一座したのかは不明である。防川なる人物も『あら野』に二句入集しているのが残るのみで、どういう人物か明らかではない。**○探る梅**―漢詩に「探梅」の題目があって、連歌・俳諧にもそれが採り入れられた。早咲きの梅を歳末の時期に尋ね求め、冬のうちに春らしい情趣を見つけ出して興ずることをいう。したがって、冬の季とする。連歌では一条兼良著『連歌初学抄』

の和漢篇（和漢聯句のための式目）の中に、「探梅」を冬季と記す。しかし、俳諧作法書（重頼編『毛吹草』・季吟『増山井』など）には、早梅・冬梅・寒梅等を挙げて、探梅は見えない。俳諧では、芭蕉の用いたのが最初か。**〇香を探る梅に蔵見る軒端かな**―師走の寒気の厳しい中、訪れた屋敷の奥にあるりっぱな土蔵の軒端に、早咲きの梅の花の一、二輪を見つけた。南面の日だまりの暖かさの中に、やがて来る春にさきがけて咲くほのかな色香を発見した喜びをあらわしてる。防川亭での句会に出した挨拶の発句であろう。寒冷もつのり、歳末のあわただしい折ではあるが、福々しいご亭主のお宅にはや春の予兆を見つけて、まことに結構なおめでたい雰囲気だと言祝ぎ、句会を楽しませてもらうあたたかい饗設に感謝する意を込めた。なお、『笈日記』「尾張の部」には、句の中七が「家みる」になっており、『泊船集』・『蕉翁句集』も同じで、これを初案と見、「蔵見る」はその改案とする見方がある。他にこれを徴する資料がないため断定しにくいが、これはおそらく『笈日記』の誤伝で、『泊船集』がこれを踏襲し、土芳も『泊船集』によって『蕉翁句集』に記したと見てよいであろう。この系列にはこうした誤伝の例が他にも認められる。**〇美濃大垣・岐阜のすきもの、とぶらひ来りて**―美濃の国の大垣や岐阜の俳人が滞在先まで訪ねて来て、の意。「すく」とは、自分の興味関心のあるものに心をひかれて愛することで、それが高じて夢中になることをいい、「すきもの」はそのようになっている人を指す。古くは好色家をいい、時には普通以上にそのことに偏することを非難の気味を含めて使われることもあるが、ここでは趣味的世界の風流である俳諧に熱心な者を好意的に表現している。芭蕉は、元禄六（一六九三）年四月二十九日付で大垣の荊口宛に出した書簡の中に、「山口素堂・原安適など詩哥のすきもの共入来りて」と記している。ここでも、これまで同様に名を明示しないが、大垣の如行や岐阜の落梧と蕉笠らをいうのであろう。如行は、三年前の『野ざらし紀行』の旅の途中に大垣を訪れた時以来の門人で、芭蕉に親炙し、終始敬慕することと篤かった（【補説3】参照）。**〇歌仙あるは一折など、度々に及ぶ**―「あるは」は、又は・及び・あるいは、と同じ。「歌仙」は連俳の様式のひとつで、発句から挙句まで、長句（五七五）と短句（七七）とを三六句続けるものをいう。この時の熱田・名古屋滞在中では、歌仙四回（内一回は三〇句で終る）、半歌仙（一折）二回、二四句一回の興行があり、防川亭での連句も加えて、「度々に及ぶ」といったのである。

【通釈】

熱田の宮のご修理完成

（磨ぎなほす鏡も清し雪の花）

みごとに磨ぎ直された神前の鏡も清浄そのもので、燦然と光り輝いてまことに神々しい。境内に降り積もった純白の雪が花のようにきらめいて、社殿の修復成ったのを寿いでいるようである。

名古屋の俳人たちに、待ちかねていたように迎えられて、ここにしばらく滞在し、旅の疲れを休めている時、

（箱根こす人も有るらし今朝の雪）

今朝起きると、昨夜からの雪があたり一面に降り積もって、風景が一変した。自分はこの手厚いもてなしの中で、雪を眺めて悦に入っているが、この分では、先日越えてきたあの険阻な箱根路を、雪でさらに難渋しながら山越えをしている旅人もいることであろう。

ある人に招かれた俳諧の会で

（ためつけて雪見にまかるかみこかな）

風流な雪見の俳席に招待していただきましたが、なにぶん長途の旅の道すがらの者ゆえ、着用している紙子もすっかり汚れ、よれよれになっていまして、この座にはふさわしくなく、まことに気がひけます。せめてもと、その皺を伸ばし伸ばししてこの席にまかり出ました。

（いざ行かむ雪見にころぶ所まで）

皆さんと雪見をしながら俳諧を楽しんでひと時を過ごしました。さあ、それではこれから外へ行きましょう。室

内での雪見もなかなか風流ですが、この雪の中にうかれ出て、あげくに滑って転ぶ所まで歩き回るのも、もっとおもしろいではありませんか。

ある人の主催する俳諧の席で

（香を探る梅に蔵見る軒端かな）

こちらへお伺いすると、この寒気の中に早咲きの梅のかおりがほのかに感ぜられましたので、はてどこだろうとお庭を探してまいりますと、りっぱなお蔵が見えてその南向きの軒端にそれを見つけました。お宅では、春がもうそこまで来ているような心のぬくもりが感じられて、うれしく存じます。

このように、熱田・名古屋で俳席に日を送っている間にも、美濃の大垣や岐阜の俳諧好きの風流人たちがわざわざ訪ねて来て、一緒に歌仙を巻いたり、半歌仙で切り上げたりと、俳諧に興じて何度も回を重ねたのであった。

【補説】

1．「いざ行む」の推敲

伝存する真蹟懐紙二点（後掲【図版1・2】参照）により、芭蕉が夕道に与えた発句の上五は「いざ出む」であった。ところが、荷兮編『あら野』巻一には、「雪二十句」の中にこの句が掲載され、前書はなくて、句形は上五が「いざゆかむ」と『笈の小文』と同じ。荷兮は、十二月三日の夕道亭での句会に同席しており、夕道のもらった芭蕉の懐紙を寓目する機会もあったはずだから、『あら野』の「いざゆかむ」の句形は、その後芭蕉が改案して荷兮に提示したものと思われる。同書には元禄二（一六八九）年弥生と記された芭蕉の序が巻頭に見えるので、改案はそのころまでになされたと考えてよい。夕道については、二四二頁参照。

さらに、元禄三年刊の其角編『花摘』には、五月四日の条に、諸氏の四〇句を書き連ねていて、そのうち芭蕉の句七句の中にこの句を掲げ、その上五が「いざさらば」となっている。其角の掲出した芭蕉七句の他の六句はすべて

『奥の細道』の旅以後、すなわち元禄二年九月から翌三年三月までの間に作られた句で、この句もそれらとともに江戸の其角のもとに届けられたと思われる。そうすると、『あら野』刊行以後にさらに推敲された句形が「いざさらば」ということになる。この句形で載せているのはいずれも芭蕉歿後のもので、『芭蕉庵小文庫』（元禄九〈一六九六〉年刊。春之部の史邦の句の前書中）、『陸奥鵆』（同十年刊）、『泊船集』（同十一年刊）、『旅寝論』（同十一年刊）、『三冊子』（同十六年ごろ成）等であるが、いずれも『花摘』の句形を定案と考えて採録したのであろう。それにしても異本三点とも「いざさらば」の句形で載せるのは不審である。この場合の経緯について、今栄蔵氏は、異本が乙州版本と同じ原稿から転写される際に、恣意的に『泊船集』の句形で修正された、と見る。

要するに、この句については、夕道亭で「いざ出む」と書かれたのが初案であり、それを『あら野』に提供する段階で「いざゆかむ」と改められ、『笈の小文』の素稿もそれで記されたが、その後其角に送る際に、「いざさらば」と再度改案されたものと思われる。

○「**いざ出む**」**発句懐紙**（【図版1】）

関防印は「不耐秋」、落款印は「芭蕉」。

この発句懐紙は、句の前書及び添書に記されているように、芭蕉が、名古屋本町一丁目京町角にあった書林風月堂の主人の夕道に、貞享四年（丁卯）十二月はじめに染筆して与えたものである。同家に代々伝えられて名古屋でもよく知られていたようで、後の也有の『うづら衣』（鏡裏梅）にある「懐旧辞」の中にもこの模写が載せられている。芭蕉が風月堂を訪れたことは、如行の書き残した『如行子』によると、貞享四年十二月三日のことらしい。如行はその日に芭蕉に同行して熱田から名古屋に移り、三日の夜は、夕道亭で、如行・夕道・荷兮・野水・芭蕉らで六吟表合を催したとある。また、芭蕉歿後、その百か日追善に如行の編んだ『後の旅』の中に、夕道の句「初雪は翁の墳も降たるか」が見え、その前書に「一とせ芭蕉翁予が寓居にて雪見にころぶの句高吟あり」と書いていることからも確か

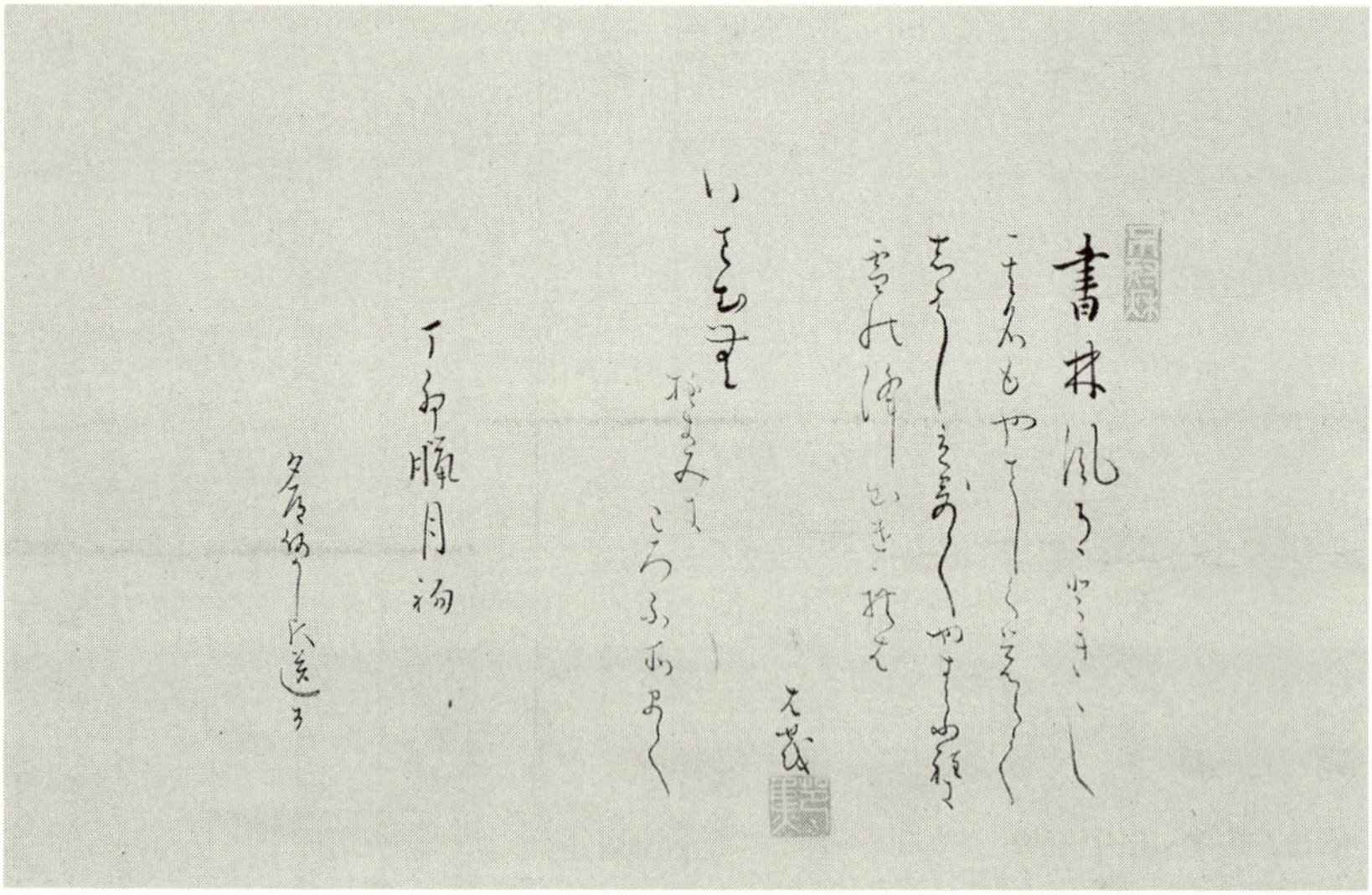

【図版１】「いざ出む」発句懐紙（名古屋市博物館蔵）

である。おそらく三日の夜は夕道亭に泊まり、翌日主への謝礼の気持ちをもって染筆して与えたものであろう。発句上五は『笈の小文』乙州版本の「いざ行む」と異なり、この「いざ出む」が初案であったとわかる。

□(印)
書林風月とき丶し
其(その)名もやさしく覚えて、
しばし立寄(たちより)てやすらふ程に
雪の降出(ふりいで)ければ
　　　　　　ばせを　□(印)
いざ出(いで)む
　ゆきみに
　　ころぶ所まで
丁卯臘月初
　夕道何がしに送る

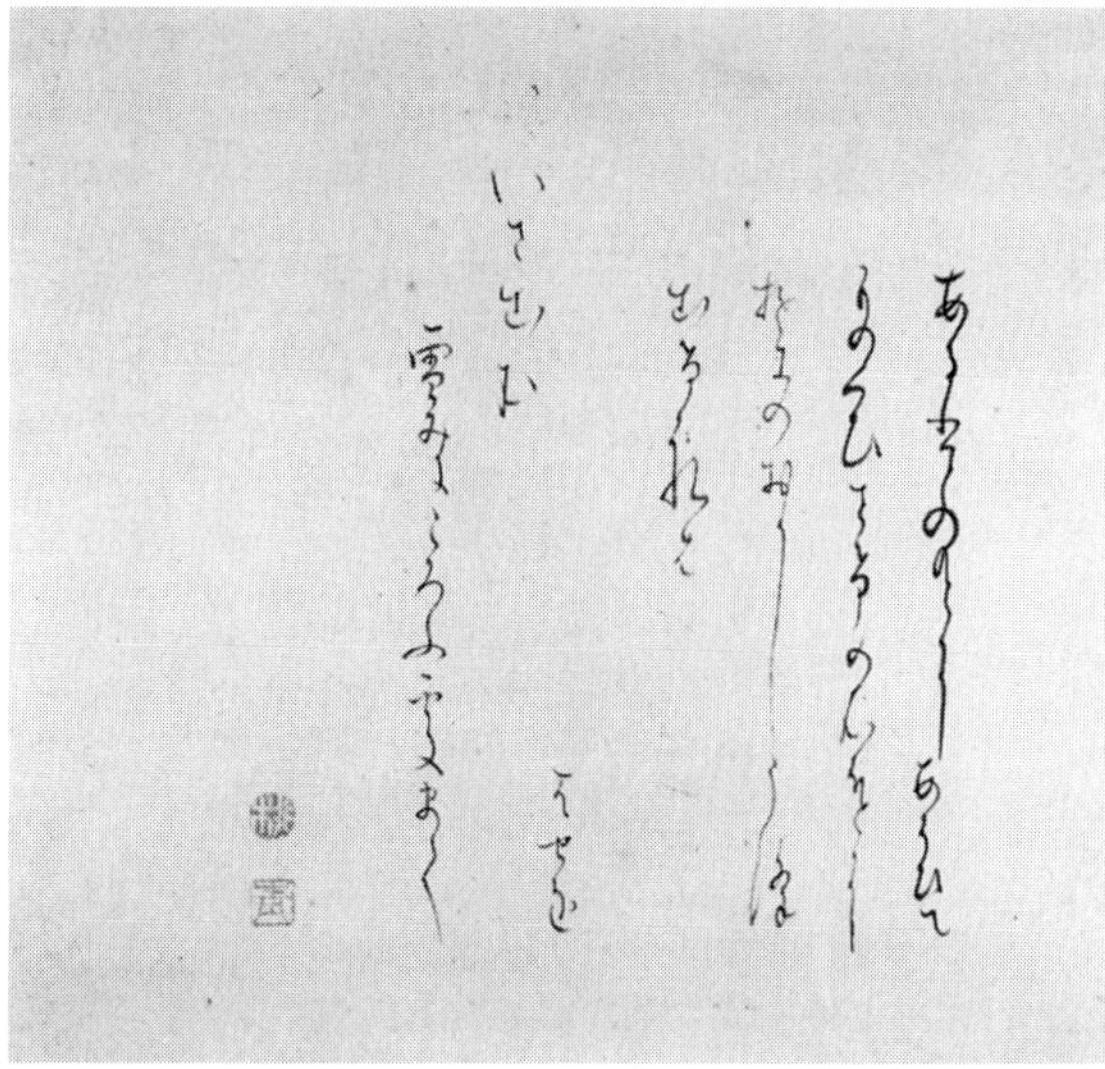
【図版2】「いざ出む」発句懐紙（『芭蕉全図譜』122、岩波書店）

○「いざ出む」発句懐紙（【図版2】）

あるひとのもとにあそびて
ものくひさけのむほどに、
ゆきのおかしう降(ふり)
出(いで)ければ
　　　　　　　　ばせを
いざ出む
　雪みにころぶ處まで
　　　　　　○（印）□（印）

落款印は「桃」と「青」。

この発句懐紙は、昭和五十年の『第二回東美入札目録』に写真が掲載されていたのを、石川真弘氏の発見によって、その後『芭蕉全句集』（桜楓社・昭和51年）に紹介されてはじめて知られたが、懐紙そのものは『芭蕉真蹟』（学習研究社・平成5年）に新出として平成五年に掲載されて世に出た。この懐紙の前書には、先の懐紙（【図版1】）のように夕道の名は書かず、「あるひと」と記すのみなので、おそらく、夕道亭を辞した翌日の十二月四日から名古屋出立直前の十三日までの間に、夕道とは別の人のために揮毫したものであろう。こちらも発句の上五は右の懐紙と同じく、「いざ出む」となっているので、この形が初案であることを裏づけている。

なお、如行は夕道亭での夜の表合に発句を出していて、その六句を『如行子』に書き残しているが、芭蕉が夕道に与えたこの句については全く記載していない。

2. 紀行『笈の小文』の、いわゆる断簡

芭蕉の他の紀行には自身の書いた草稿や初稿が残って伝わるが、『笈の小文』のみそれが伝存しない。しかし、部分的には詠草ないしは草稿という形で断片的に残るものがいくつか伝わっている。

上野洋三氏は、古書目録『尚古』第六巻五号（昭和7年9月10日発行）に掲載されている写真の内容が『笈の小文』本文とほとんど同句文であり、これが乙州の手許にあったという芭蕉自筆の紀行礎稿の断簡である可能性が高い、とする（「『笈の小文』幻想稿」、『俳諧攷』俳諧攷刊行会・昭和51年所収）。現在、その現物は所在不明で、同誌の写真によるしかないが、それが極めて不鮮明な写真で、上野氏はそれをもとに非常な苦心をして判読し、慎重に考察した結果、たしかに芭蕉の筆蹟らしいという。なお、これには、乙州版本刊行の三〇年後にあたる元文元（一七三六）年に記された、仙鶴による芭蕉真蹟とする極書が付いているようである。

上野氏によると、この断簡は、芭蕉の落款がなく誰かのために書いた一般の詠草とは見られないこと、最後の「此間……」以下の三行が紀行文的であること、また、『更科紀行』の自筆草稿のような補訂が加えられておらず、清書本に近い筆遣いで書かれている成稿だと見られることなどから、芭蕉が乙州に与えた紀行の断簡ではないかという。ただし乙州版本と比べても、一部に表記の異同があり、句を文章よりも高く書き出すなどの相違がある。また、よく観察すると断簡中央に折り目、もしくは切り継ぎによるものかと思われる線が映っており、左右対称でともに七行ずつ記されているものの、文頭に差異が生じている不自然さがある。

なお、本文中の相違は一点だけあり、「いざ行む」の句の上五が「いざ出む」と読めるという。すなわち、この断簡では、当初染筆された真蹟懐紙二点と同じ句形になっている。この断簡の句形が初案のままだとすると、書かれた時期や乙州版本の「いざ行む」との関係をどのように考えるべきか。この断簡が句の改案されるまでに書かれたとす

ると、上野氏は、乙州が版本を出すにあたり、礎稿の「出む」を『あら野』によって修正した可能性を指摘する。ただし、『笈の小文』所収句で『あら野』にも掲載されている句は、芭蕉一四句・杜国三句であり、そのうち句形の異なるものは、「いざ行む」以外に芭蕉三句、杜国三句である。そうすると、それらの他の句については、なぜ『あら野』による修正がなかったのかという問題が残る。

3．大垣の如行と岐阜の落梧・蕉笠

如行が大垣から熱田の桐葉亭に出向いて、三年ぶりに芭蕉に会うと、早速三吟歌仙を巻いた。その時、芭蕉の江戸出立時の吟「旅人と我名よばれん初時雨」の句を聞いた如行は、「旅人と我見はやさん笠の雪」という発句を出し、芭蕉はそれに「盃寒く諷ひ候へ」と脇を付けた。熱田の東藤の画に、芭蕉が謡曲「梅枝」の詞章と譜点まで付けた「『たび人と』謡前書付発句画賛」（二五頁参照）を染筆したのは、このころのことであろう。如行はその後名古屋へも同行し、夕道亭での六吟表合で発句を、聴雪亭での六吟歌仙で第三をつとめている。その折の状況や自分の同席しなかった折の芭蕉の動静も聞き取って、それらを書き留めて残した。その書留は写本でしか伝わらないが、後人がそれに『如行子』と名づけて知られる（六〇頁【補説5】参照）。写本は誤写もあるが、この時の芭蕉の尾張での行実や句作についてこの書留から知らされるところが多く、貴重な資料である。なお、一年後、「奥の細道」の旅を終えて大垣に着いた芭蕉が、まず草鞋の緒を解いたのは如行宅であった。また、その翌年、如行は芭蕉が幻住庵滞在中にも訪問している（『猿蓑』所収「几右日記」）。終始芭蕉に誠意を尽くし、芭蕉歿後にも百か日追善集『後の旅』（元禄八〈一六九五〉年刊）を編んで、大垣の正覚寺に芭蕉塚を建てて追悼した。如行は、元大垣藩士で当時は浪々の身であったとも、竹島町に住んだ町人だともいわれる。

岐阜の落梧は、『如行子』によると、十一月二十六日の荷兮亭での俳席で、「凩のさむさかさねよ稲葉山」の発句を出して、岐阜稲葉山西麓の自宅へお迎えしたいと挨拶し、芭蕉が脇に「よき家続く雪の見どころ」と付けた。落梧は岐阜本町の富裕な小間物雑貨商という。蕉笠は岐阜上大森の人で富商丹羽家の一族といわれ、荷兮邸俳席では五句目以下に付けている。その時は七吟で三〇句で挙げたようで、連衆はほかに荷兮・越人・舟泉・野水で、名古屋の錚々たるメンバーであった。両人の岐阜俳壇での位置がうかがえる。なお、芭蕉はその後二人からの督促の手紙の返信（十二月一日付）で、「来春、初夏の節、必ず其の御地御尋ね申すべく候」と書いてやった。実際の落梧訪問は翌年の六月上旬で、雪ならぬ夏景色も闌けたころであった。

また、これら大垣・岐阜の俳人との交流について、芭蕉自身が、名古屋出立の際に江戸の杉風に宛てた十二月十三日付書簡（後掲）の中に、尾張での状況に続いて、「岐阜・大垣などの宗匠共も尋ね見舞ひ候。隣国近き方へまねき、待ちかけ候へば、先、春に春にと云ひのばし置き申し候」と記している。

○貞享四年十二月十三日付杉風宛芭蕉書簡（『芭蕉全図譜』330、岩波書店）

この旅で、芭蕉の当初の心づもりでは、郷里伊賀へ帰る道中に、四年前の『野ざらし紀行』の旅の折以来親交をもつようになった、鳴海・熱田・名古屋の人々に久闊を叙する挨拶がてらに立ち寄るつもりであったのが、予想以上の歓待を受けて一か月半にも及ぶ長逗留となった。それで、十二月十三日にいよいよ郷里へ向かおうとするに際し、江戸の杉風宛に便りを書いたのがこの書簡である。「先書にも申し進じ候」とあるので、鳴海到着のころにも杉風へ便りを出していたようだが、それは伝わらない。おそらく、これまでの道中のことを報じ、近日中に鳴海を出て伊賀へ帰るとしたものであろう。ただし、本簡の「霜月五日」は、「下里知足日記」によると、四日の誤り。尾張滞在中のことは、『如行子』によってかなり具体的に知ることができる。

なお、この書簡を模写とする指摘もあるが、内容についてはとくに問題はなく、事実と見てよいと思われる。また、文中の「隣国近き方」は「隣国近江方」と読む（田中善信氏『全釈芭蕉書簡集』新典社・平成17年）のが妥当であろう。

尚々甚五兵へ殿・
又兵へ殿・仙化へ無事
之事御しらせ可被成候。
其元別条無御坐候
哉、承度奉存候。寒氣
之節、屋布御勤相
調候哉、無心元存候。
先書にも申進之候通、
霜月五日鳴海迄つき、
五三日之中、いがへと存候
へ共、みや・なごやよりなるみ
まで、見舞あるは飛脚
信信さしつどひ、わり
なくなごや（へ）引越候而、師
走十三日、煤はきの日
まで罷有候。色々馳走
不浅、岐阜・大垣などの
宗匠共も尋見舞候。
隣国近き方へまねき、
待かけ候へば、先、春に〳〵
と云のばし置申候。
なるみ此かた二、三十句
いたし候へば能事も
出不申候。只まを
合たるまでに御坐候。

旅寝して
　みしやうきよの
　　すゝ拂

極月十三日

杉風雅丈　　ばせを

〔旧里越年〕

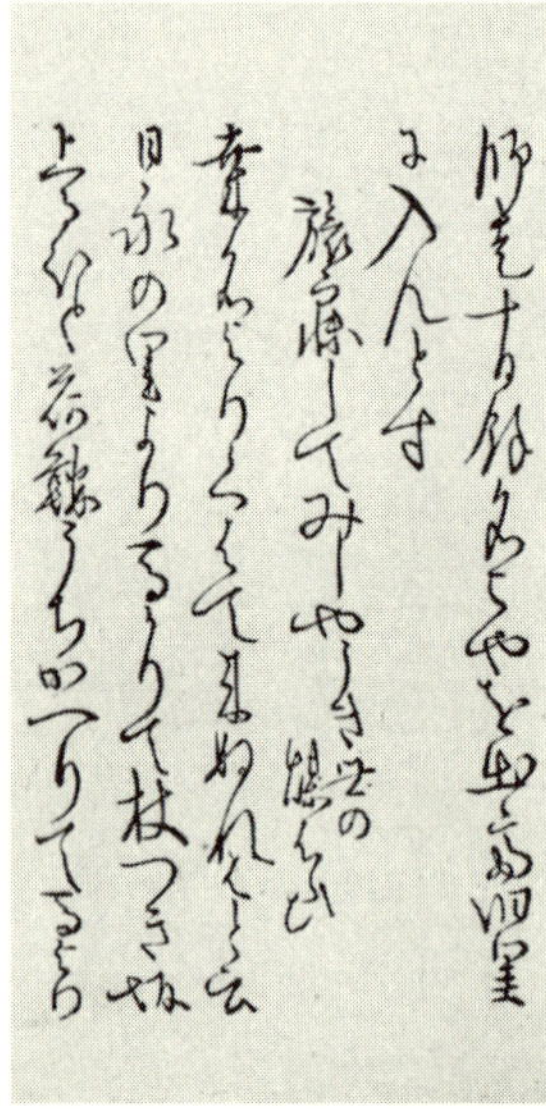

（9丁ウ）

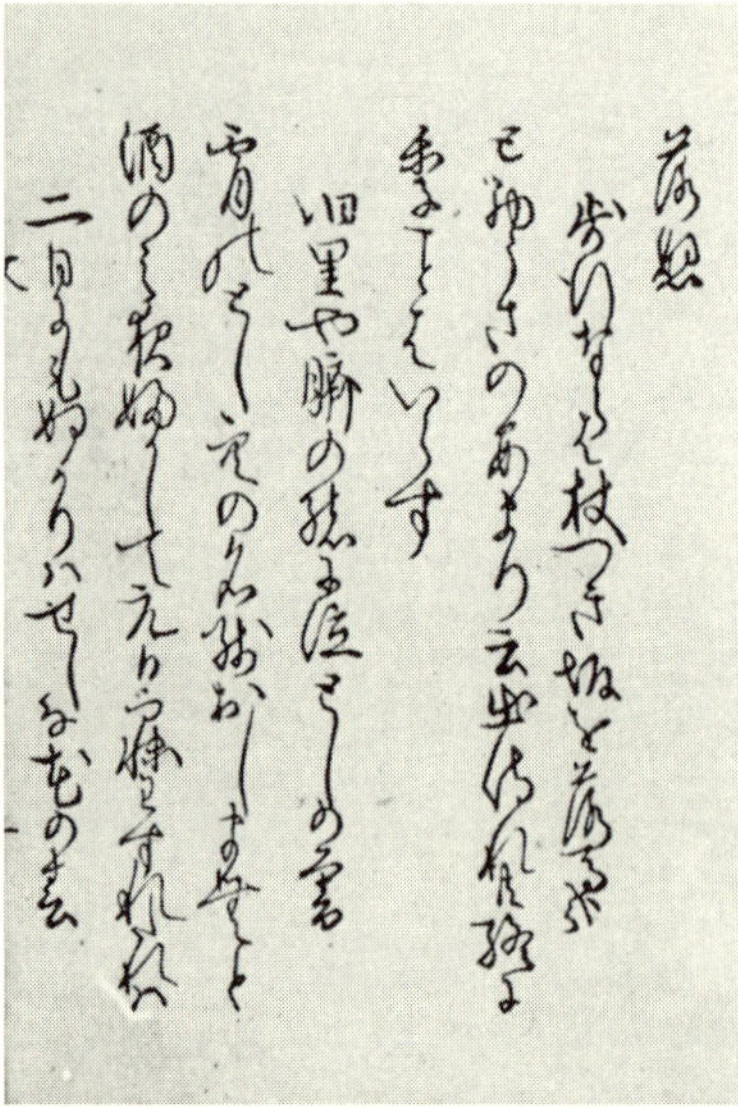

（10丁オ）

【翻刻】

師走十日餘名こやを出て旧里
に入んとす
　旅寐してみしやうき世の煤はらひ
桒名よりくはて来ぬれはと云
日永の里より馬かりて杖つき坂
上るほと荷鞍うちかへりて馬より
落ぬ
　歩行ならは杖つき坂を落馬哉
と物うさのあまり云出侍れ共終に
季ことはいらす
　旧里や臍の緒に泣としの暮
霄のとし空の名残おしまむと
酒のミ夜ふかして元日寐わすれたれハ
　二日にもぬかりハせしな花の春

【校訂本文】〔旧里越年〕

師走十日余、名古屋を出て旧里に入らんとす。

　旅寝してみしやうき世の煤はらひ

「桑名よりくはで来ぬれば」と云ふ日永の里より、馬かりて杖つき坂上るほど、荷鞍うちかへりて馬より落ちぬ。

　歩行ならば杖つき坂を落馬かな

と、物うさのあまり云ひ出で侍れども、終に季ことばいらず。

　旧里や臍の緒に泣くとしの暮

宵のとし、空の名残をしまむと、酒のみ夜ふかして、元日寝わすれたれば、

　二日にもぬかりはせじな花の春

【概要】

約一か月半に及ぶ尾張滞在を終え、桑名、日永を経て十二月半ば近くに旧里・伊賀上野へと向かう。旅の途中、煤払いの光景に出会い、年の暮れが迫っていることを感じる。桑名から日永を過ぎ、旅の疲れからか日本武尊の故事で有名な杖突坂では落馬してしまう。

年末に漸く伊賀上野に帰着。兄弟、旧友が暖かく迎えてくれ、人並みの年の瀬を迎える幸せを味わう。大晦日の夜には、深酒をして初日の出を拝みそこねる。句文の呼吸に速度が加わり、帰省までの心境と旧里での安堵感が語られる。

問題点として、引用の「桑名よりくはで来ぬれば」の意味するもの、「歩行ならば」の無季句に対する芭蕉の考え方に言及してみたい。

【語釈】

○師走―陰暦十二月の別称。『増山井』（寛文七〈一六六七〉年刊）に、『むかしは諸家に仏名を行ひて導師ひまなくはしりありく。故に、師はせ月といふを略してしはすといふ也』とあり、年末の慌しい世情が想起される。「師走十日余」と、後の発句の「煤はらひ」と呼応し、年の瀬をひき出している。**○旧里**―『書言字考節用集』（村上平楽寺版・享保二〈一七一七〉年刊・乾坤門）に「舊里（きゆうり）」、「故郷（ふるさと）・舊里（同）」とある。芭蕉は現存する書簡の中で、伊賀上野の事を「旧里」と書き（12例）、特別な感情を込めて使っている。歳暮吟「旧里や」は真蹟懐紙（『芭蕉全図譜』125）に「ふるさとや」と仮名書きにしている例があるが、発句以外は一般に音読しているのに従う（【補説5】参照）。**○旅寝して**―旅に日を過ごすこと。**○うき世**―浮き世、世間の意。**○煤はらひ**―正月の神を迎えるために、家屋や調度を掃除し清めること。十二月十三日に行う所が多い。**○旅寝してみしやうき世の煤はらひ**―本文では、世間と離れた自分の境涯を省みるかのごとき心境がただよう。**○桑名**―揖斐・長良・木曽三河川の河口にあり、東海道交通の要衝として栄えた。桑名は海上七里の宮宿（現名古屋市）と川上三里の佐屋宿（現愛西市）への渡船場となり、人馬問屋とともに船会所が設けられた。川上三里の渡しは、宮から佐屋までは陸路で、佐屋からは佐屋川、木曽川を三里下って桑名に入る航路である。海上七里の渡しは宮から桑名まで海上七里で、所要時間約三、四時間である。三里の渡しの方が遠回りであったが、難破の危険や船酔いを避けるために盛んに利用された。「かちならば」の句文（【補説4】参照）によると、「笈の小文」の旅は佐屋廻りの三里の渡しを利用したと考えられる。**○桑名よりくはで来ぬれば**―生白堂編『古今夷曲集』（寛文六〈一六六六〉年刊）、『名所方角抄』（寛文六年刊）、西鶴編『一目玉鉾』（元禄二〈一六八九〉年刊）にも見える、当時よく知られた狂歌。『古今夷曲集』のみ、西行上人に仮託している。『名所方角鈔』に「桑名よりくはで来ぬれば星川の朝気は過ぬ日永成けり」とあるが、『古今夷曲集』巻六に「伊勢桑名の辺ほし川あさけ日ながといふ三ケ村をよめる。西行上人　桑名よりくはで来ればほし川の朝けはすぎて日ながにぞ思ふ」

とあって、下の句に異同があり、芭蕉が何によったか判然としない（【補説2】参照）。**○杖つき坂**―現在の四日市市采女町から鈴鹿市石薬師町へ越える坂。日本武尊が尾張の熱田から大和への帰途、近江の伊吹山の賊を平定するも自らも傷つき、杖をついてこの坂を上ったという。『古事記』巻中に「其地より差少し幸行でますに、甚疲れませるに因りて、御杖を衝きて稍に歩みたまひき。故、其地を號けて杖衝坂と謂ふ」と由来を記す。**○歩行**―『易林本節用集』に「歩行」、『邦訳日葡辞書』には〈Cachi. カチ（徒・徒歩）陸路を通って。Cachideyuqu. カチデユク（徒歩で行く）歩いて行く〉とある。「かちならば」句文懐紙（『芭蕉全図譜』123）に「かちならば杖つき坂を落馬哉」と仮名で書く。**○歩行ならば杖つき坂を落馬かな**―この時の状況は【補説4】の①「かちならば」句文懐紙の前書に記されている。**○物うさ**―なんとなく心が重いこと。**○季ことばいらず**―季ことばは、季題や季語のこと。芭蕉は杖突坂で落馬し、動転したので季節の詞を入れない発句を作ってしまった、と即興で戯れたのである（【補説3】参照）。**○としの暮**―『山の井』に、題目「歳暮」を「おほつごもりは一年のはてなれば、日くれ夜更るにつきて名残をおしみ、わが数そはん年をわび、ながるる年はせくもせかれず、ゆくとしのやさきにはたてもたまらぬ心ばへ、などいひ」と解説している。一年の最終日にあたり、行く年を惜しむ様々な心情を記す。**○旧里や臍の緒に泣くとしの暮**―嵐雪編『若水』（元禄元〈一六八八〉年刊）に中七を「臍の緒なかむ」とある。これが初案であろう。なお、【補説5】の③真蹟懐紙により「臍」は「へそ」と読む。**○宵のとし**―大晦日の夜。元日からみて前の年や年の暮れをいう。新しい年を迎えてから前年の年末を振り返ることを本意とすることから、前年の暮れではあるが、当時は春の季語に入る。**○空の名残**―なごりの空。初空、初御空に対して、大晦日の空をさす。**○寝わすれ**―時の過ぎるのを気づかずに寝入ること。**○二日にもぬかりはせじな花の春**―新春の失敗談を、郷里で身心ともに寛いだようすとして詠む（【補説5】参照）。**○花の春**―初春、新しい年。陰暦では新年と春が同時に来たので、春という字を新年に用いることが多かった。「花」には新年を寿ぐ意が込められている。

【通釈】

十二月十日過ぎ、名古屋を出発し、旧里に帰ることになった。

（旅寝してみしやうき世の煤はらひ）

行脚に日を重ねてゆくと、忙しく煤払いをしている光景に出会い、年の瀬が近づいたとしみじみと感じることができる。

「桑名よりくはで来ぬれば星川の朝気は過ぎぬ日永成けり」と詠まれた桑名を過ぎ、日永という里に着いた。ここからは馬を借りたが、日本武尊の故事で有名な急勾配の杖突坂を上るうちに、荷ぐらがひっくり返るほど馬が大きく揺れてとうとう落馬してしまった。

（歩行ならば杖つき坂を落馬かな）

日本武尊のように杖を突きながら歩けばよかったものを、馬に乗ったばかりに落馬するはめになってしまった。恥ずかしいことである。

なんとなく心が重いままに、句に詠んでみたが、とうとう季の詞を入れないで終わってしまった。

（旧里や臍の緒に泣くとしの暮）

年末に旧里に帰り、今はなき父母や家族、友人たちと過ごした懐かしい日々を思い、涙することであった。

大晦日の夜、兄弟や旧友と、ゆく年の名残を惜しんだ。酒を飲み過ぎて夜更かしし、元旦を寝過ごしてしまった。

（二日にもぬかりはせじな花の春）

元旦は寝過ごして初日の出を拝みそこねたが、二日の朝こそ早起きして新春の気持ちを味わいたいものだ。

【補説】

1．名古屋出発の時期

芭蕉は、十二月十三日まで名古屋に滞在し、その後、伊賀上野に向けて出発した。貞享四年十二月十三日付杉風宛芭蕉書簡に「旅寝して」の発句がある（七七頁参照）。本書簡によると、当初は、霜月五日（実際は十一月四日。「下里知足日記」に「十一月四日（前略）松尾桃青老、江戸より御越、御泊り」とある）に鳴海に着き、数日のうちに伊賀に向けて出発の予定が、伊良湖の杜国訪問と、その後の鳴海、熱田、名古屋での歓待を受け、結局、煤払いの行われる十二月十三日まで名古屋に滞在した。

2.「桑名よりくはで来ぬれば星川の朝気は過ぎぬ日永成けり」の引用

星川・朝気（朝明）・日永はともに地名で、朝気は朝餉（朝食）との掛詞。桑名から朝食をとらずに来たので、星川の朝気ではないが食事時を過ぎてしまい、長い一日になってしまったの意である。『笈の小文』では、この狂歌の一部が日永の里を引き出す序詞として用いられている。なお、「桑名よりくはで来ぬれば」は、①「かちならば」句文懐紙の前書や②『笈日記』所収の前書にはない（【補説4】参照）。

本文では、近隣の地名を上げる歌の引用によって読み手に道順を想起させ、日本武尊ゆかりの名所、杖突坂を印象づけようとした。これは、「ほしざきの」発句自画賛（四〇頁【図版2】）の中で、「寝覚、呼続、笠寺」と近隣の名所を列挙して挨拶句とした方法に類似する。

3. 無季の発句

杖突坂で、芭蕉は落馬の動転から「歩行ならば」の句が無季となったという。しかし、『三冊子』や『去来抄』に、芭蕉の無季の句についての考えが記されており、意図をもって無季とした。

『三冊子』「赤冊子」には、「朝よさを誰松嶋ぞ片心　此句は季なし。師の詞にも、名所のみ雑の句にも有たし。季をとり合せ、哥枕を用る、十七文字にはいささかこころざし述がたし、といへる事も侍る也。さの心にて此句も有けるか。猶杖突坂の句在」とある。名所を詠む際には雑の句でもよいというものである。一七字に歌枕と季の詞を取り合わせた中に自分の思いを入れることは難しいと土芳に語っている。『笈の小文』では、名所での落馬の実体験を即興風の無季の句にあえて仕立て、心せく帰郷への場面を成立させたのであろう。なお、土芳編『横日記』（元禄三〈一六九〇〉年成）の元禄二年巳の項に、芭蕉の「歩行ならば」の発句で歌仙を巻いたことが記される。

4．「かちならば」の句文

①「かちならば」句文懐紙（『芭蕉全図譜』123）、②『笈日記』所収句文、③『笈の小文』の三点を比較する。

①「かちならば」句文懐紙（『芭蕉全図譜』123、岩波書店）

さやゟおそろしき／髭など生たる飛脚／めきたるおのこ同船／しけるに、折ゝ舟人ヲ／ねめいかるに興さめて、／山ゝのけしきうし／なふ心地し侍る。漸ゝ／桑名に付て、處ゝ／駕に乗、馬にて／おふ程、杖つき坂／引のぼす程（とて）、荷鞍／うちかへりて馬より／落ぬ。／ひとりたびの／わびしさも哀増て、／やゝ起あがれば、まさな／の乗て（ヒ）やと、まごに／はしかられて／かちならば／杖つき坂を／落馬哉／終に季の言／葉いらず。／ばせを／初春の状ニも此／事書進之候。／もようおかしき／ゆへなり。

②『笈日記』所収句文

さやの舟まはりしに、有明の月入はてゝ、みのぢ、あふみ路の山〳〵雪降かゝりて、いとおかしきに、おそろしく髭生たるものゝふの下部などいふものゝ、やゝもすれば舟人をねめいかるぞ、興うしなふ心地せらる。桑名より処〳〵馬に乗て、杖つき坂引のぼすとて、荷鞍うちかへりて、馬より落ぬ。ものゝ便なきひとり旅さへあるを、「まさなの乗てや」と、馬子にはしかられながら、

かちならば杖つき坂を落馬哉

といひけれども、季の言葉なし。雑の句といはんもあしからじ。　ばせを

そのゝちいがの人々に此句の脇して見るべきよし申されしを、

角のとがらぬ牛もあるもの　土芳

①は佐屋の渡しから杖突坂までの苦い体験を「もようおかしきゆへなり」と諧謔味のある句文に調えた。②は、①の道中の体験に加え、名所の本意を生かして無季の句となったことを意識した「季の言葉なし。雑の句といはんもあしからじ」と、『三冊子』や『去来抄』に遺された芭蕉の教えが見られる。③『笈の小文』では「物うさのあまり云ひ出で侍れども、終に季ことばいらず」と季の詞が入らなかった原因を「落馬」という旅の憂鬱な思いで、「杖突坂」の故事由来の追体験をした一人旅の哀感を感じさせる。芭蕉は「歩行ならば」と「季ことばいらず」によって、簡潔にまとめ、前後との呼吸をはかりつつ、紀行文（道の日記）を前提にした名所での句文を試行したのであろう。

5.「旧里や」「二日にも」の関連資料

①土芳編『蕉翁句集』（宝永六〈一七〇九〉年成）

ふる里や臍（ホソ）のおに泣クとしの暮／貞享五辰ノとし／元日昼まて寝てもちくひはつしぬ／二日にもぬかりはせしな花の春

②嵐雪編『若水』（元禄元〈一六八八〉年刊）

歳暮／ふるさとや臍の緒なかむとしの暮　芭蕉／そらの名残おしまんと、旧友の来たり／て酒興じけるに、元日のひるまで／ふし、明ぼのみはづして／二日にもぬかりはせじな花の春／正月十日伊賀山中よりきこえ侍る

③真蹟懐紙（『芭蕉全図譜』125、岩波書店）

ふるさとやへその緒になく／としのくれ／よひのとしは、空の名残おし／まむと、さけのみ、夜ふかして、／元日ひるまでいねたり。／二日にも／ぬかりはせじな／花のはる／ばせを

二句を組み合わせた句文は、『蕉翁句集』・『若水』・真蹟懐紙（『芭蕉全図譜』125）・『笈の小文』の四点がある。四点とも、「ふるさとや」で懐旧の情を盛り上げ、「二日にも」では郷里での安堵感をもたらすという、赤羽学氏が『芭蕉

俳諧の精神』（清水弘文堂・昭和45年）で指摘した二句一対の表現効果をねらったものと思われる。なお、「旧里や」の発句を単独で句文に認めた、知足稿、蝶羽補正『千鳥掛』（正徳五〈一七一五〉年刊）所収の次の句文もある。

歳暮

代々の賢き人々も古郷はわすれがたきものにおもほへ侍るよし。我今は、はじめの老も四とせ過て、何事につけても昔のなつかしきまゝに、はらからのあまたよはひかたぶきて侍るも見捨がたくて、初冬の空のうちしぐるゝ比より、雪を重ね霜を経て、師走の末伊陽の山中に至る。猶父母のいまそかりせばと、慈愛のむかしも悲しくおもふ事のみあまたありて、

古郷や臍の緒に泣としのくれ　　芭蕉

○**「古郷や」の句文**

上の句文は、桃鏡編『芭蕉翁文集』（宝暦十一〈一七六一〉年成）にも所収。自筆資料は知られていない。

貞享四年年末の伊賀上野帰郷時の吟。文中「はじめの老も四とせ過て」と書くように、四四歳の歳末、老境に達した己が境涯や兄弟、亡き父母に思いをめぐらす。『野ざらし紀行』の帰郷の段を強く意識したものであり、『笈の小文』中ではこうした前詞は省略される。

〔伊賀春日〕

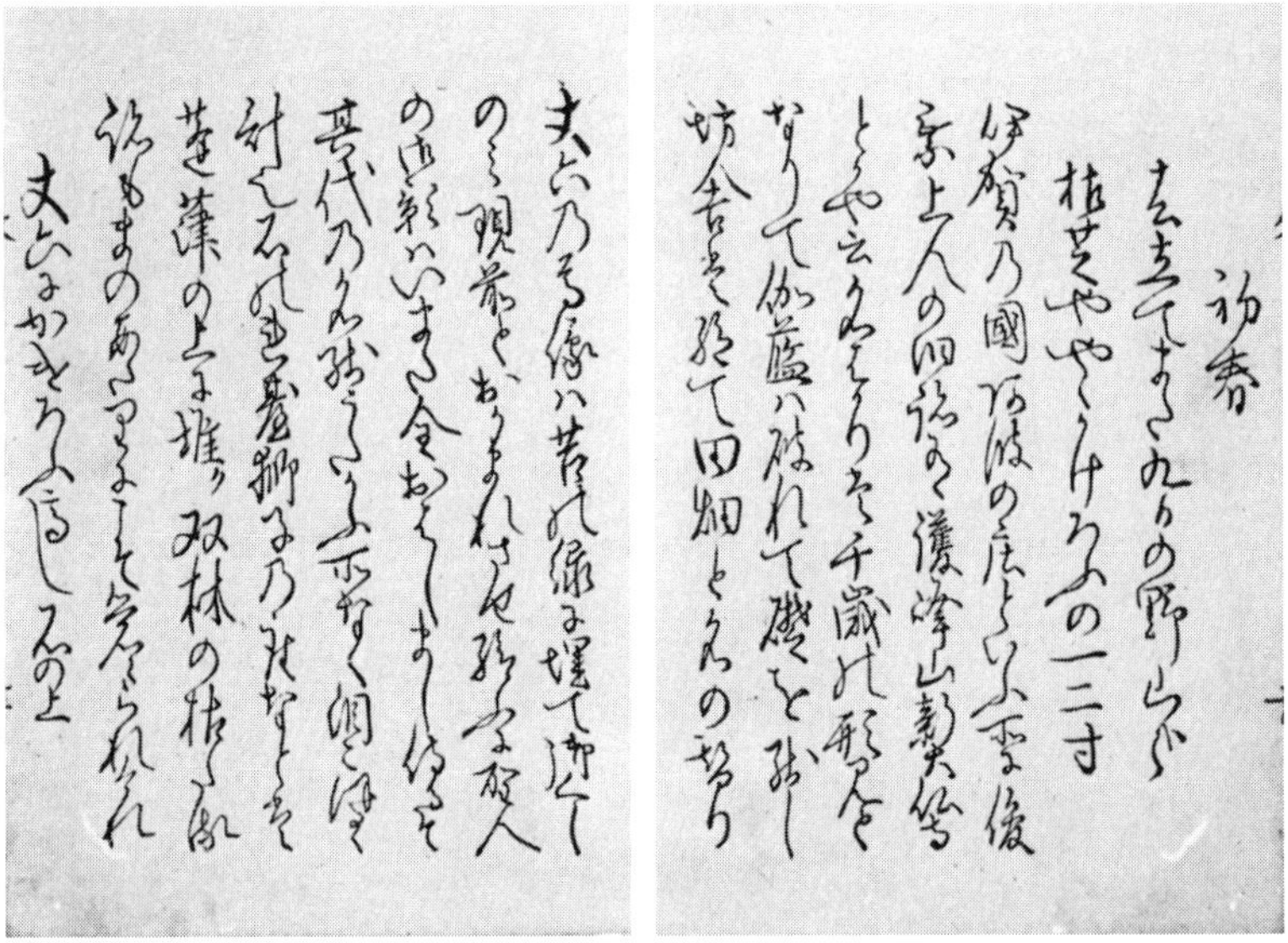

（11丁オ）　（10丁ウ）

【翻刻】

初春

春立てまた九日の野山哉

枯芝やや、かけろふの一二寸

伊賀の國阿波の庄といふ所に俊
乗上人の旧跡有護峰山新大仏寺
とかや云名はかりは千歳の形見と
なりて伽藍ハ破れて礎を残し
坊舎は絶て田畑と名の替り
丈六の尊像ハ苔の緑に埋て御くし
のミ現前とおかまれさせ給ふに聖人
の御影ハいまた全おはしまし侍るそ
其代の名残うたかふ所なく泪こほる、
計也石の連臺獅子の座なとは
蓬葎の上に堆ク双林の枯たる
跡もまのあたりにこそ覚えられけれ

丈六にかけろふ高し石の上

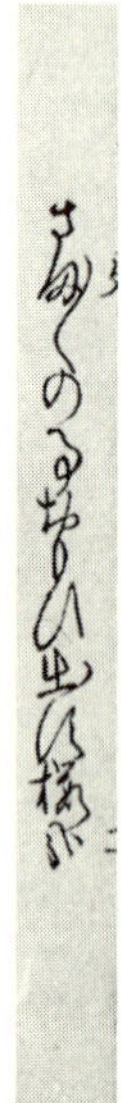

（11丁ウ）

さま〳〵の事おもひ出す桜哉

【校訂本文】〔伊賀春日〕

初春

春立ちてまだ九日の野山かな

枯芝ややかげろふの一二寸

伊賀の国、阿波の庄といふ所に、俊乗上人の旧跡有り。護峰山新大仏寺とかや云ふ。名ばかりは千歳の形見となりて、伽藍は破れて礎を残し、坊舎は絶えて田畑と名の替り、丈六の尊像は苔の緑に埋れて、御ぐしのみ現前とをがまれさせ給ふに、上人の御影は、いまだ全くおはしまし侍るぞ、其の代の名残うたがふ所なく、泪こぼるるばかりなり。石の蓮台・獅子の座などは、蓬・葎の上に堆く、双林の枯れたる跡も、まのあたりにこそ覚えられけれ。

丈六にかげろふ高し石の上

さまざまの事おもひ出す桜かな

【概要】

芭蕉は、貞享五（一六八八）年の正月を伊賀上野で迎え、句会に招かれるなど充実した日々を送る。まず、新春の山国の景二句が詠まれる。

帰省中、芭蕉は伊賀上野から少し離れた在所の新大仏寺を訪れた。新大仏寺は、建仁二（一二〇二）年、俊乗坊重源上人によって草創され、東大寺の別所として栄えるが、時とともに衰退。芭蕉が参詣した折には本堂は廃れ、壊れた本尊の頭部のみが上人堂（御影堂）の一隅に安置されて、荒廃の一途をたどっていた。

芭蕉は、貞享四年の年末から翌年三月中旬ごろまでの約四か月間、伊賀上野に滞在し、父の三三回忌法要や、土芳新庵（蓑虫庵）、瓢竹庵での滞在、藤堂新七郎家での桜の宴など、故郷の人々と交流を深めた。この間に伊勢参宮を果たし、伊良湖隠棲の杜国とも落ち合い行動をともにするが、こういった伊勢での状況は後の段に譲られ、本章では新大仏寺参拝を中心とした伊賀上野での春日の事柄のみを記す。実際の行程と句文の順は一致しない。

【語釈】

○初春―はつはる月。正月の意味もあるが、語感としては「早春」の意。　**○春立つ**―立春にかすかな春色を詠むことは和歌以来の伝統であった。　**○春立ちてまだ九日の野山かな**―早春の伊賀盆地の風情を詠む（【補説1】参照）。

○枯芝やややかげろふの一二寸―冬枯の芝にあるかなきかの陽炎がちらちらと立ち、春の訪れを感じる（【補説2】参照）。　**○かげろふ**―『俳諧御傘』には、「陽炎とて春の日のあたたかにさす時、甍のうへなどにちらちらと眼にさへぎる物をいふ。又、春草をもいふといへり。（新）古今に、今更に雪ふらめやもかげろふのもゆる春日と成にし物を、とよめるは陽炎也。」とあり、春のはかない自然現象をいう。　**○阿波の庄**―伊賀上野東方約一七キロメートル。布引山地の山間にあって、服部川（木津川の支流）上流部の阿波谷の小平地。鎌倉時代より室町時代初期にかけて東大寺の荘園だったので庄という。　**○俊乗上人**―俊乗坊（房）重源。鎌倉時代初期の浄土宗の僧（一一二一～一二〇六）。一三歳で醍醐寺にて出家、四七歳の時入宋し、翌年栄西らとともに帰朝。その後、東大寺大仏殿の再建に尽力した。

○護峰山新大仏寺―新大仏寺は、建仁二（一二〇二）年、俊乗坊重源上人によって草創され、東大寺の別所として栄えるが、時とともに衰退。織田信長による伊賀攻めからは逃れたものの、江戸時代はじめに山崩れにより堂宇は倒壊し、寛永十二（一六三五）年には、山崩れや台風のため堂舎や三尊も悉く倒壊した。延宝九（一六八一）年、藤堂藩に地元富永村の庄屋が、修繕のために大仏山伐採の許しを願い出ている。芭蕉が訪れる七年前のことである。**○とかや云ふ**―とかいう、の意。新大仏寺は、芭蕉にとっては旧知の土地ではあるが、『笈の小文』の本文では、不確実な伝聞の形をとり、後に記す倒壊の現状を引き出す用意としている。**〇千歳の形見**―「千歳」の読みについては、『野ざらし紀行』に「千とせの杉」、「千とせもへたる」と仮名書きしている。『笈の小文』中では、当該箇所の「千歳の形見」と〔須磨浦幻影〕（二〇四頁参照）に「千歳のかなしび」があり、『奥の細道』では「武隈の松」の段に「千歳のかたち」、「壺の碑」・「平泉」の段に「千歳の記念」とある。許六編『本朝文選』（宝永三〈一七〇六〉年刊）の「壺ノ碑」に「千歳」と音読記号を付け、「記念（カタミ）」と振り仮名を付けているので、ともに「センザイのカタミ」と読まれている。よってここの「千歳の形見」は「センザイのカタミ」と読む。**〇伽藍**―多くの堂宇があったが度重なる災害により破壊埋没した。**〇丈六の尊像**―重源の『南無阿弥陀仏作善集』（重源の造寺、造仏などの作善活動を書き上げたもの）に「奉安置皆金色弥陀三尊来迎立像一、幷観音勢至各々丈六」とあるという。従っていわゆる大仏ではなく、元は阿弥陀三尊立像であり、延享五（一七四八）年再興の現在の本尊は毘盧遮那仏坐像である。**〇御ぐし**―御首、御頭。首頭の敬称。ここでは御頭をいい、首から上だけを指す。芭蕉は、上人堂（開山堂）内で安置されているのを見たようである。この仏頭内には快慶の墨書銘が確認されており、延享五年再興時に、これを用いて毘盧遮那仏坐像が造られたという。**〇現前**―目の前にあること。**〇上人の御影**―上人堂に安置されている「俊乗坊之像」を指す。寄木造り、玉眼、彩色像。鎌倉時代の前期の作。「上人」は「聖人」と同じく高僧を示すが、元は「聖人」が一段上の呼称。**〇石の蓮台・獅子の座**―「蓮台」は誤記。蓮台は丈六の本尊を載せる石で造った蓮華の台。その下の石の台座は高さ一〇六・五センチメートルで、直径四八〇センチメートルの平面大の円形の砂岩で造られ、側面には玉を追う獅子、馬を引く童子、牡丹などがレリーフ彫刻されているので「獅子の座」という。**〇双林の枯れたる跡**―釈迦はクシナガラの郊外の沙羅の林で双樹の間に横たわって涅槃に入ったが、その時、東西と南北の各二双の樹が合わさってそれぞれ一樹となり、釈尊を覆い、同時に木は白く変色して枯れたという伝説がある。**〇丈六にかげろふ高し石の上**―異形句には、この治定形以外に四句が知られているが、その詳細については【補説3】参照。**〇さまざ**

まの事おもひ出す桜かな―この発句の成立の背景には、藤堂新七郎家での花見の宴があるが、本文には、これらの経緯についてはまったくふれていない（【補説4】参照）。

【通釈】

（春立ちてまだ九日の野山かな）

立春から九日目かと思うと、心なしか周辺の野山にどことなく春の息吹が感じられる。

（枯芝ややかげろふの一二寸）

枯芝の中に、あるかなしかの一、二寸の陽炎が立っている、淡い春の訪れを感じる。

伊賀の国の阿波の庄という所に、東大寺の再建に尽力した俊乗坊重源上人の旧跡がある。護峰山新大仏寺とかいうそうである。今は寺の名だけが昔を知る縁となっているだけで、多くあった堂宇は崩れて、礎石を残すだけとなった。僧房はすっかりなくなって田畑となり、丈六の仏様は緑の苔に埋もれて、お頭だけが形を留めて目の前に拝ませていただくことができる。俊乗上人の尊影はいまだに往時のままに全く変わらずおわしまして、それこそが、この寺院が栄えた時の名残に疑いようもなく、ただただ涙がこぼれるばかりである。御仏を載せた蓮華台や、獅子などが刻んである台座は、蓬や雑草の上に高く積まれていて、故事に聞く、釈迦入滅時に沙羅双樹がいっせいに枯れて白くなったという風景を、目の前に見る思いがした。

（丈六にかげろふ高し石の上）

今は荒廃して石の台座におわさぬ御仏ではあるが、ほのかに揺れる陽炎の中にかつての丈六のお姿が見えるようである。

（さまざまの事おもひ出す桜かな）

桜の開花も近く、旧里での様々のことが懐かしく思い出されることである。

【補説】

1.「春立ちてまだ九日の野山かな」について

風国編『初蟬』（元禄九〈一六九六〉年刊）に「風麦亭にて」との前書があり、また、川口竹人編『蕉翁全伝』（宝暦十二〈一七六二〉年成）に「其春風麦小川氏亭に会して」と記す。風麦は本名小川政任、通称小川次郎兵衛、藤堂藩士で蕉門の人。

　この句を詠んだ小川風麦亭での句会日は、貞享五年の立春が一月四日であったことから、「春立てまだ九日」は立春から九日目と解すると、一月十二日とも考えられる。しかしながら、土芳編、曰人写『芭蕉翁全伝』（文化元〈一八〇四〉年）には「二日にも」の句の下に「○此句正月九日風麦に会しての吟也」とあり、先行の研究を踏まえ、一月九日とする説に従う。

　前章「旧里越年」で、「二日にも」に詠まれるような寛いだ正月を送った芭蕉も、九日には、旧知の小川風麦亭の句会に臨んだ。「枯芝ややかげろふの一二寸」「あこくその心もしらず梅の花」（『芭蕉翁全伝』）もこの時の吟という。

2.「枯芝ややかげろふの一二寸」の異形句

①かれ芝やまだかげろうふの一二寸　（『あら野』・『泊船集』・『蕉翁句集』・真蹟懐紙〈『芭蕉全図譜』126〉）

②枯芝ややかげろふの一二寸　（『笈の小文』）

「まだ」も「やや」も経過した時間が短いことを意味する副詞であるが、「まだ」（『あら野』）は、陽炎が大きくなるのを期待する待春の気持ちが強くあらわれるのに対して、「やや」は客観的かつ控えめで、「かげろふの一二寸」の繊細な感覚と調和している。「まだ」は初案で、「やや」は『笈の小文』に入れる際に「春立て」の句と早春の風情を揃え、後の新大仏寺の本文との整合をはかるために推敲したのであろう。

3.「丈六にかげろふ高し石の上」の異形句

①かげろふや俤つゝれ石の上（土芳編、曰人写『芭蕉翁全伝』・土芳編『蕉翁句集草稿』・土芳編『三冊子』）
②丈六の陽炎高し砂の上（土芳編、曰人写『芭蕉翁全伝』）
③丈六にかげらふ高し石の跡（竹人編「蕉翁全伝附録　伊勢十句詠草」）
④丈六の陽炎高し石の上（『笈日記』・『蕉翁句集草稿』）
⑤丈六にかげろふ高し石の上（『笈の小文』・『芭蕉庵小文庫』）

治定形⑤以外に四つの異形句がある。

従来知られていた「かげろふや俤つくれ石の上」は、繰り返し文字の「ゝ」を読み誤った誤伝句で、①の句形が正しい。

②「丈六の陽炎高し砂の上」と④「丈六の陽炎高し石の上」については、今栄蔵氏が『芭蕉伝記の諸問題』「第七章 土芳誤伝の「丈六の」句形―付・異本『笈の小文』の問題―」（新典社・平成4年）で上五の「丈六の」句形は誤伝形と指摘するとおりであるが、④「丈六の」の句形については、異本『笈の小文』三本にも書承されている。

③「丈六にかげらふ高し石の跡」は、「蕉翁全伝附録　伊勢十句詠草」の中に模写され伝わる（【補説6】参照）。成立過程は、①の「かげろふや俤つゝれ石の上」が新大仏寺を訪れた時の嘱目吟に近いもので、陽炎の本意を意識して作られたのであろう。③「丈六にかげらふ高し石の跡」は「伊賀新大佛之記」の俳文を意識して①を改作したと思われるが、「かげらふ」と「石の跡」の「跡」のイメージが重複することから再考し、⑤「丈六にかげろふ高し石の上」に治定としたと思われる。

①「かげろふや俤つゝれ石の上」から③の「丈六にかげらふ高し石の跡」、治定形⑤の「丈六にかげろふ高し石の上」へと、過去をさかのぼる心象詠に変化していったのではないかと思われる。

史邦編『芭蕉庵小文庫』（元禄九〈一六九六〉年刊）所収「伊賀新大佛之記」を掲げる。

伊賀の国阿波の庄に新大仏といふあり。此ところはならの都東大寺のひじり俊乘上人の旧跡なり。ことし舊里に年をこえて、旧友宗七・宗無ひとりふたりさそひ物して、かの地に至る。仁王門・撞樓のあとは枯たる草のそこにかくれて、「松（も）のいはゞ事とはむ石居（ずゐ）ばかりすみれのみして」と云けむも、かゝるけしきに似たらむ。なを分いりて、蓮花臺・獅子の座なんどは、いまだ苔のあとをのこせり。御仏はしりへなる岩窟にたゝまれて、霜に朽、苔に埋れてわづかに見えさせ給ふに、御ぐし計はいまだつゝがもなく、上人の御影をあがめ置たる草堂のかたはらに安置したり。誠にこゝらの人の力を

ついやし、上人の貴願いたづらになり侍ることもかなしく、涙もおちて談（ことば）もなく、むなしき石臺にぬかづきて、
　丈六に陽炎高し石の上　　ばせを

芭蕉は、貞享五年春、伊賀上野東方にある新大仏寺を旧友二人とともに参詣した、その折の記。かつて隆盛を誇った新大仏寺は、『古今著聞集』巻五、藤原実定の「古りにける松ものいはば問ひてまし昔もかくや住の江の月」や藤原公実の「昔みし妹が垣根はあれにけり茅花まじりの菫のみして」の古歌を思い出させるような荒廃の様相で、創建の俊乗上人へ思いをめぐらせる。過ぎゆく時の無常に哀れを感じ、上人の思いが丈六のかげろうとなって幻視する。『笈の小文』では、寺の荒廃を釈迦入滅時にたとえて、俊乗上人の貴願がただただ虚しく感じられるとする。自筆資料は知られていないが、叙述が具体性に富んでいることから、『笈の小文』の旅の直後に想を得た早い段階のものと考えられる。

土芳編『蕉翁句集』、桃鏡編『芭蕉翁文集』、蝶夢編『芭蕉翁発句集』に所収。『芭蕉翁文集』には「宗無」が「宗三」に、「年をこえて」が「年を籠て」となっており、『芭蕉庵小文庫』所収の本文によった。

4．さまざまの事おもひ出す桜かな

「さまざま」は、あれこれ異なっているさまをいい、西行の『山家集』に「さまざまのあはれをこめて梢ふく風に秋知るみ山べの里」「さまざまのあはれありつる山里を人に伝へて秋の暮ぬる」「さまざまの錦ありける深山かな花みし嶺を時雨そめつつ」などが知られている。

発句は、貞享五年春、芭蕉が旧主藤堂新七郎家の下屋敷に招かれた折に詠んだもの。花見の宴については、「さまざまの」懐紙がある。

○芭蕉自筆懐紙（『芭蕉全図譜』129、岩波書店）

> 探丸子のきみ、別墅の
> 花みもよほさせ給ひけるに、
> むかしのあともさながらにて
> 　　　　　　桃青
> さま〴〵の事おもひ出す
> 　　　　桜かな
> 春の日はやくふでに
> 　　　暮行　　探丸子
> 　　　　　□（印）□（印）
> 貞享五年春

芭蕉は、貞享五（一六八八）年春、伊賀上野滞在中、かつて奉公していた藤堂新七郎家より桜の宴に招待される。藤堂新七郎家は、藤堂藩主一族の伊賀付侍大将で、芭蕉（宗房）が奉公したころの当主は三代目良精（よしきよ）であった。三男の嗣子良忠（蟬吟）は北村季吟に俳諧を学び、寛文五（一六六五）年十一月に「野は雪にかるれどかれぬ紫苑哉蟬吟」を発句に、宗房を一座に加えた貞徳一三回忌の追善俳諧を興行した。翌年四月に蟬吟は家督を相続しないまま二五歳で亡くなり、それを機に芭蕉は奉公を辞めたのでないかと伝えられる。

新七郎家の下屋敷は、上野台地の北側に位置し八景亭と呼ばれた風光明媚な地にあり、また芭蕉の実家の程近くにあった。

芭蕉の貞享五年の帰郷の折にはここで、花見の宴が催された。「さま〴〵の事おもひ出す桜かな」と発句を詠み、蟬吟の遺児探丸子（藤堂良長）が「春の日はやくふでに暮行」と脇をし、過ぎ去った日々に思いをめぐらして、春日の一日を筆に留めた。三句目以降の句は知られていない。関防印なし。落款印は「芭蕉」・「桃青」。

花見の宴は、三月十九日の旅立ちに、同地の瓢竹庵で「花をやどに」「このほどを」と花を詠んでいることから、この近い時期に催されたと考えられる。この懐紙は享保十二（一七二七）年芭蕉三三回忌追善記念集『伊賀産湯』（太田猩々撰）にはじめて紹介された。『笈の小文』には、発句のみで成立事情は書かれていない。

5．実際の行程と句文の順序

貞享四年の年末から翌年三月中旬ごろまでの約四か月の伊賀上野に滞在中、父の三三回忌法要や蓑虫庵、瓢竹庵での滞在、新七郎家での宴など、故郷の人々と交流を深めたが、『笈の小文』にはこれらの事柄は省かれて、新大仏寺参拝を中心とした伊賀上野での春日の記録として仕立てられ、実際の行程と句文の順は一致しない。

桜の発句が伊賀での句の最後に置かれたのは、旧里での情を季節の推移とともにひとまとりの単位にしようとした意図によっていよう。そのため発句は季戻りにならないよう考慮した配列となっている。「桜」は「ふる里もうとくなりて山に日をかへ」（『和歌題林抄』伝一条兼良著）という「故郷夕花」の本意の類型があり、〔伊賀春日〕を、新七郎家での思い出など旧里の日々を語り終えるにふさわしい「さまざまの」の句で結んだものであろう。

6.「蕉翁全伝附録　伊勢十句詠草」（公益財団法人芭蕉翁顕彰会蔵）

阿波大仏
丈六にかげらふ高し石の跡
いせ
何の木の花とはしらず匂哉
神垣のうちに梅一木も
みえず、いかなる故にやと
人に尋侍れば、唯ゆへは
なくて、むかしより一木も
なし、おこらごの舘の
後に一もと有といふを
梅稀に一もとゆかし子良の舘
暖簾のおくものふかし北の梅
一有が妻
網代民部息雪堂会
ちちが風雅をそふ
梅の木に猶やどりぎや梅花
龍尚舎にあふ
ものの名をまづとふ荻のわかば哉
二乗軒と云草庵会
やぶ椿かどは葎のわかばかな
菩提山即叓
山寺のかなしさ告よ野老掘
久保倉右近会雨降
かみこ着てぬるとも折ん雨の花
十五日外宮の舘に
ありて
神垣やおもひもかけずねはん像

貞享五年春、伊賀新大仏寺参詣、伊勢参宮の旅での発句を書く。一〇句とも即吟に近い句形や配列と思われるが、執筆時期については今栄蔵氏に「貞享五年二月伊勢参宮時の発句を主にした詠草書きで……筆蹟の特徴から、作品成立直後の同年春中の染筆、恐らく伊勢を離れる直前の同月十五、六日ごろの筆と認められる」（『芭蕉伝記の諸問題』新典社・平成4年）とする見解がすでに備わるが、伊賀上野へ帰着して以降、さらに江戸での染筆の可能性を視野に入れるのがよい。「蕉翁全伝附録」は、川口竹人編『蕉翁全伝』（北伊・再形庵白舌翁序、宝暦十二〈一七六二〉年七月日自奥）の別冊の附録として作成された。当時、伊賀上野に伝来した芭蕉資料を透き写しさせたものである。

本点から、「笈の小文」の旅中の二月十五日に外宮の館で「神垣や」を詠んだこと、斯波一有の妻園女の句や雨天での久保倉右近亭の句会での発句や、「梅の木に」の発句が足代民部と雪堂父子を詠んだことがわかる。

『笈の小文』では、「山寺の」が「此山の」、「やぶ椿」は「いも植ゑて」、「梅稀に一もとゆかし子良の舘」が「御子良子の一もとゆかし梅の花」に推敲された。本点との比較によって、『笈の小文』の執筆に際して、芭蕉がふさわしい句形や句文配置への推敲を施したと考えられる。

〔伊勢参宮〕

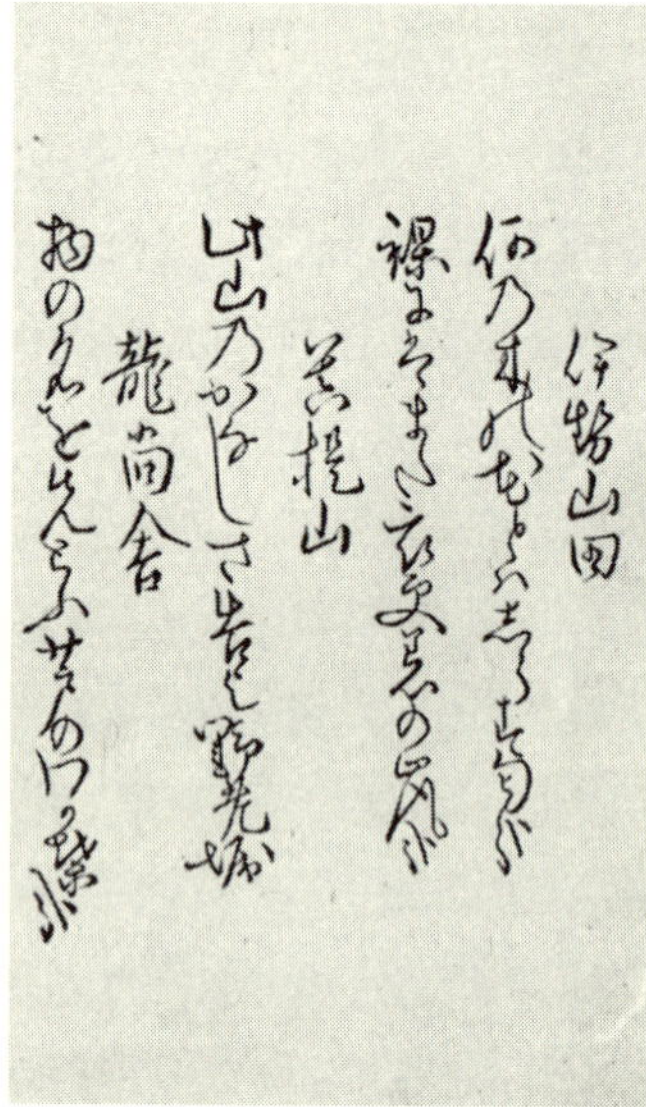

（11丁ウ）

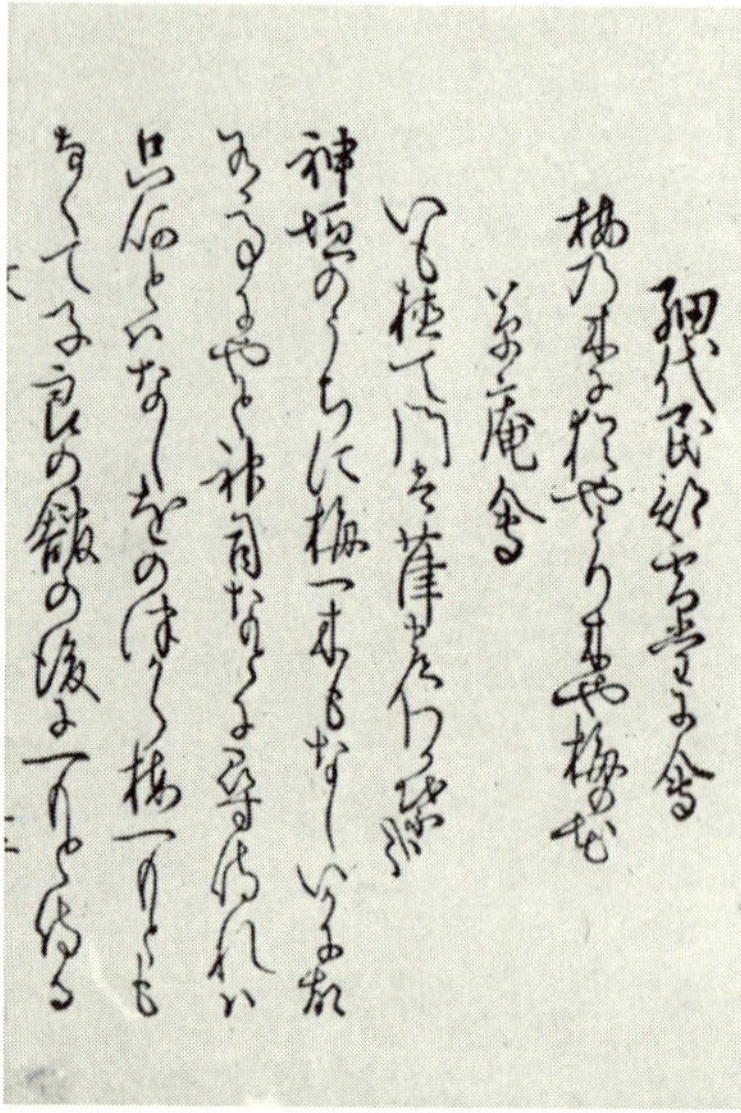

（12丁オ）

【翻刻】

伊勢山田
何の木の花とハしらす匂哉
裸にはまた衣更着の嵐哉
菩提山
此山のかなしさ告よ野老堀
龍尚舎
物の名を先とふ芦のわか葉哉
網代民部雪堂に會
梅の木に猶やとり木や梅の花
草庵會
いも植て門は葎のわか葉哉
神垣のうちに梅一木もなしいかに故
有事にやと神司なとに尋侍れハ
只何とハなしをのつから梅一もとも
なくて子良の舘の後に一もと侍る

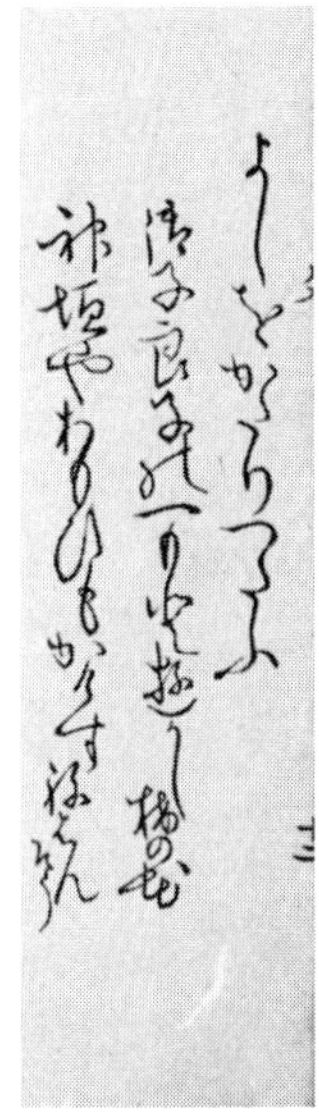
（12丁ウ）

よしをかたりつたふ
御子良子の一もとゆかし梅の花
神垣やおもひもかけすねはんそう

【校訂本文】〔伊勢参宮（いせさんぐう）〕

伊勢山田
何の木の花とはしらず匂（にほひ）かな
裸にはまだ衣更着（きさらぎ）の嵐（あらし）かな

菩提山（ぼだいせん）
此（こ）の山のかなしさ告（つ）げよ野老掘（ところほり）

龍　尚　舎（りゅうのしやうしや）
物の名を先（ま）づとふ芦（あし）のわか葉かな

足代民部（あじろみんぶ）雪堂（せつどう）に会（あ）ふ
梅の木に猶（なほ）やどり木や梅の花

草庵（さうあん）の会（くわい）
いも植（う）ゑて門（かど）は葎（むぐら）のわか葉かな

神垣（かみがき）のうちに梅一木（ひとき）もなし。いかに故有（ゆゑあ）る事（こと）にやと、神司（かむづかさ）などに尋（たづ）ね侍（はべ）れば、只（ただ）何とはなし、おのづから梅一（うめひと）もともなくて、子良（こら）の館（たち）の後（うしろ）に一（ひと）もと侍（はべ）るよしをかたりつたふ。

御子良子（おこらご）の一もとゆかし梅の花
神垣（かみがき）やおもひもかけず涅槃像（ねはんぞう）

【概要】

芭蕉は、貞享五年二月四日から同月十七日まで、二週間にわたって伊勢に滞在した。この小旅行の目的は、後の本文〔同行門出〕に「かのいらご崎にてちぎり置きし人の、いせにて出むかひ」とあり、伊良湖隠棲の杜国と落ち会うためとしている。

伊勢は、伊勢神宮を中心に栄え、俳祖荒木田守武を生んだ俳諧の盛んな土地であった。ここで芭蕉は、伊勢俳壇との接点を求めるかのように有力御師の龍尚舎や足代弘氏の息子雪堂と会い、さらに旧知の勝延や、地元俳人の又玄、一有、園女らに迎えられて俳席をもつ。二見・朝熊へも足を延ばし、道中の楠部や菩提山にも立ち寄る。涅槃会の二月十五日には伊勢山田に戻り、同月十八日に伊賀上野で営まれる父の三三回忌の法要に出るため、二月十七日ごろに伊勢を発ったと思われる。

なお、〔伊勢参宮〕はおおむね句によって紀行は進められるが、その配列は芭蕉の行動順とは一致せず、二見・朝熊訪問も記されていない。

【語釈】

○伊勢山田―現在の伊勢市内。山田は豊受大神宮（外宮）の鳥居前を中心とした地域を指し、皇大神宮（内宮）の鳥居前を中心とした地域を宇治という。伊勢はこの二つの地域を中心に発達した。　**○何の木の花とはしらず匂かな**―発句成立の背景及び次の「裸には」の句との並置については【補説1】・【補説2】参照。　**○裸にはまだ衣更着の嵐かな**―これは、増賀が伊勢に参宮して、道心をおこさんと思う者は名利を捨てよという示現を得て、衣類を脱いで乞食に与えたという故事（『撰集抄』巻一―一）を下に置いて作った句。増賀は平安中期の天台宗の僧。参議橘恒平の子。

比叡山で出家、名利を望まず、狂をよそおって宮中を避け、多武峰に住した（延喜十七〈九一七〉年～長保五〈一〇〇三〉年）。【補説2】参照。　**○菩提山**―菩提山神宮寺。『伊勢参宮名所図会』（寛政九〈一七九七〉年刊）の巻四によれば、「菩提山　神宮寺」は、「ぼだいせん　じんぐうじ」と読みが振られる。聖武天皇の勅願寺で、行基の開基と伝える。伊勢神宮に付属した寺院として栄えた。伽藍は弘長年中（一二六一～六四）に焼失、芭蕉が訪れた時は荒廃していた。宝暦十（一七六〇）年に再建されたが、明治二（一八六九）年に廃寺となる。朝熊山麓、西行谷の近辺にあった。同書には、「山家集別本、伊勢にて菩提山上人月に対して述懐せしに、めぐりあはで雲井のよそになりぬとも月になれ行くむつびわすれな　西行」を記す。　**○野老掘**―「堀」は「掘」が正しい。「野老」は、山野に自生する山芋の類。「野老掘る」は春の季語。ひげ根のついた根茎を老人のひげにたとえ、長寿を祝うため正月のかざりに用いる（【補説3】参照）。　**○龍尚舎**―龍野伝左衛門凞近。尚舎は号。外宮の年寄師職。多くの著述がある和学者。風雅人で伊勢俳壇の重鎮でもあった。その意味では伊勢山田を代表する人物といってもよく、著名人であった。元禄六（一六九三）年歿、七八歳。　**○物の名を先づとふ芦のわか葉かな**―所伝の異形句「荻のわかば」から「芦のわか葉」への変更については、【補説4】参照。　**○足代民部雪堂**―本文には網代とあるが、正しくは足代民部雪堂。名は弘(ひろ)員(かず)。通称は助之進。雪堂はその号。外宮の三方家師職であった。父弘氏は神風館一世で俳人であったが、天和三（一六八三）年に四四歳で歿した。三方家は神宮家に次ぐ高い家格で、神都における政治的権力を握っていた。雪堂は、俳諧に関しては父である弘氏の薫陶を受け、和歌も詠んだとされる。神風館二世の継承については諸説がある。「蕉翁全伝附録　伊勢十句詠草」には「網代民部息雪堂会」とある。　**○梅の木に猶やどり木や梅の花**―弘員雪堂への挨拶とともに足代家への挨拶を含む。『蕉翁句集草稿』に「見るにけ高き雨の青柳　と雪堂の脇ありと也」と記す。　**○草庵の会**―「蕉翁全伝附録　伊勢十句詠草」に上五を「やぶ椿」として、前書「二乗軒と云草庵会」とある。現在の伊勢市船江町の大江寺境内にあったという極めて質素な草庵と見られる。そこでの句会の意。　**○いも植ゑて門は**

葎のわか葉かな―前書に「草庵会」とあるから庵主に対する挨拶句。芭蕉は、草庵の主の飾らない人柄に心魅かれたのであろう。門前の葎を気に留めず芋を好む主の人柄や自足の暮らしぶりがうかがえる。「伊勢十句詠草」の二乗軒の「やぶ椿」は嘱目吟と考えられるが、紀行にする段階でより俳諧味のある「いも植ゑて」と改められた。「葎の若葉」と相まって俳諧味が増幅され、季節感も「やぶ椿」よりも少し早い仲春の「芋植ゑて」となった。異本三点とも「川は」と記すのは、「門は」の誤記。**○神垣のうちに**―神宮の境内に。**○神司**―神官。**○子良の館**―「物忌の子良」の略称。子良は、伊勢神宮の朝夕の神饌（神に供える酒食）を、潔斎して調える童女をいう。その父を物忌の父と云い、童女とともに御饌の事に従事した。「館」はその詰所で、内・外の両宮にあった。**○御子良子**―おこらご、おくらごともいう。子良に同じ。**○御子良子の一もとゆかし梅の花**―御子良子の清楚なようすと梅の花の端正で清らかなようすを詠む（【補説6】参照）。**○涅槃像**―釈迦入滅の横臥した姿をあらわした彫像、またはその画像。二月十五日は釈迦の入滅した日といわれ、その法要を涅槃会という。寺院では横臥する釈迦の彫刻や絵画で表現した像を安置する。**○神垣やおもひもかけず涅槃像**―『金葉和歌集』（巻第九・雑）所収の「神垣のあたりと思ふにゆふだすき思ひもかけぬ鐘の声かな　六条右大臣北方」を踏んだ句。「蕉翁全伝附録　伊勢十句詠草」の前書に「十五日外宮の舘にありて」とあることから、芭蕉も同じような体験をしたものであろう。神宮は当時、仏教を避けていたため、意外な体験であったが、神宮で涅槃像と出会ったことに対する驚きを、率直に「おもひもかけず」と詠み得た。神垣の涅槃像という俳諧味のある珍しい体験に喜びは大きかったであろう。伊勢の旅情にひたる。

【通釈】

伊勢国山田にて

（何の木の花とはしらず匂かな）

神域で何の木の花とも知れない香りがそこはかとなく漂う。その香りは厳かでありがたく感じられることよ。

（裸にはまだ衣更着の嵐かな）
かの増賀上人は、参宮し啓示を受けて裸で帰ったということであるが、俗人の私には二月の嵐の中、とても寒く感じられて増賀のように裸にはなれない。

菩提山
（此の山のかなしさ告げよ野老掘）
かつて、この山には勅願寺として隆盛を極めた大伽藍があったというが今はその面影もない。いったいどんな悲しい物語があったのだ、聞かせておくれ、野老掘りをしている里人よ。

龍尚舎
（物の名を先づとふ芦のわか葉かな）
芦の若葉が美しいころになりました。「芦」は所によって名前が変わるといいますが、伊勢では何という名でしょうか。難波の芦は伊勢では浜荻というと古歌にもあります。博識のあなたに伺います。

足代民部雪堂に会って、
（梅の木に猶やどり木や梅の花）
みごとな梅の木に新たに梅の木が宿って花を咲かせたかのように、父の風雅の上にさらに趣味のある子の弘員氏に会えてうれしく思います。

草庵での会
（いも植ゑて門は葎のわか葉かな）
草庵には芋を植え、門のあたりには茂るにまかせた葎から早くも若葉が出ている。世俗を離れた隠者の住いにふさわしい庵であることよ。

どうしたことか神宮の境内には梅が一木もない。どのようなわけがあるのだろうかと神官などに尋ねたところ、「これというわけもなく、自然と境内には一本も梅がありません。ただ、子良の舘の後ろに一本だけあります」と教えてくれた。

（御子良子の一もとゆかし梅の花）

神に仕える乙女の清純さにふさわしく、子良の舘の裏に一本だけあるという梅の花に心ひかれることよ。

（神垣やおもひもかけず涅槃像）

二月十五日、涅槃会とはいうものの、ここは神の都。伊勢神宮では仏事は忌み事かとばかり思っていたが、思いがけず涅槃像に出会い、拝むことができたことよ。

【補説】

1．「何の木の」と「裸には」の二句並置

作句時期も場所も違う二つの句を、本文では「伊勢山田」の前書に続けて同じ時期に詠んだように並記した。「何の木の」は、昔、西行が伊勢神宮の神々しい雰囲気に感動して「何事のおはしますをばしらねどもかたじけなさに涙こぼるる」（『西行法師家集』延宝二〈一六七四〉年刊）と詠んだこの歌を踏む。「何の木の」を発句として、益光（泉舘半太夫）亭で八吟歌仙が催された。貞享五年二月中旬頃杉風宛芭蕉書簡（二四四頁参照）に、「参宮」と前書しての「何の木の」の発句が記されていることから、二月四日の参宮での吟と推定される。

「裸には」は、芭蕉が伊勢を発つにあたって、増賀のような啓示を受けなかった凡人の己が心境を語ったものであろう。増賀は伊勢神宮の霊験により衣類を乞食に与えて赤裸で下向したという故事が『撰集抄』に見える。これを踏む。「衣更着（きさらぎ）」は「二月」と「衣を更に重ね着たい」の意を掛ける。嵐雪編『其袋』（元禄三〈一六九〇〉年刊）に「二月十七日神路山を出るとて」と前書がある。

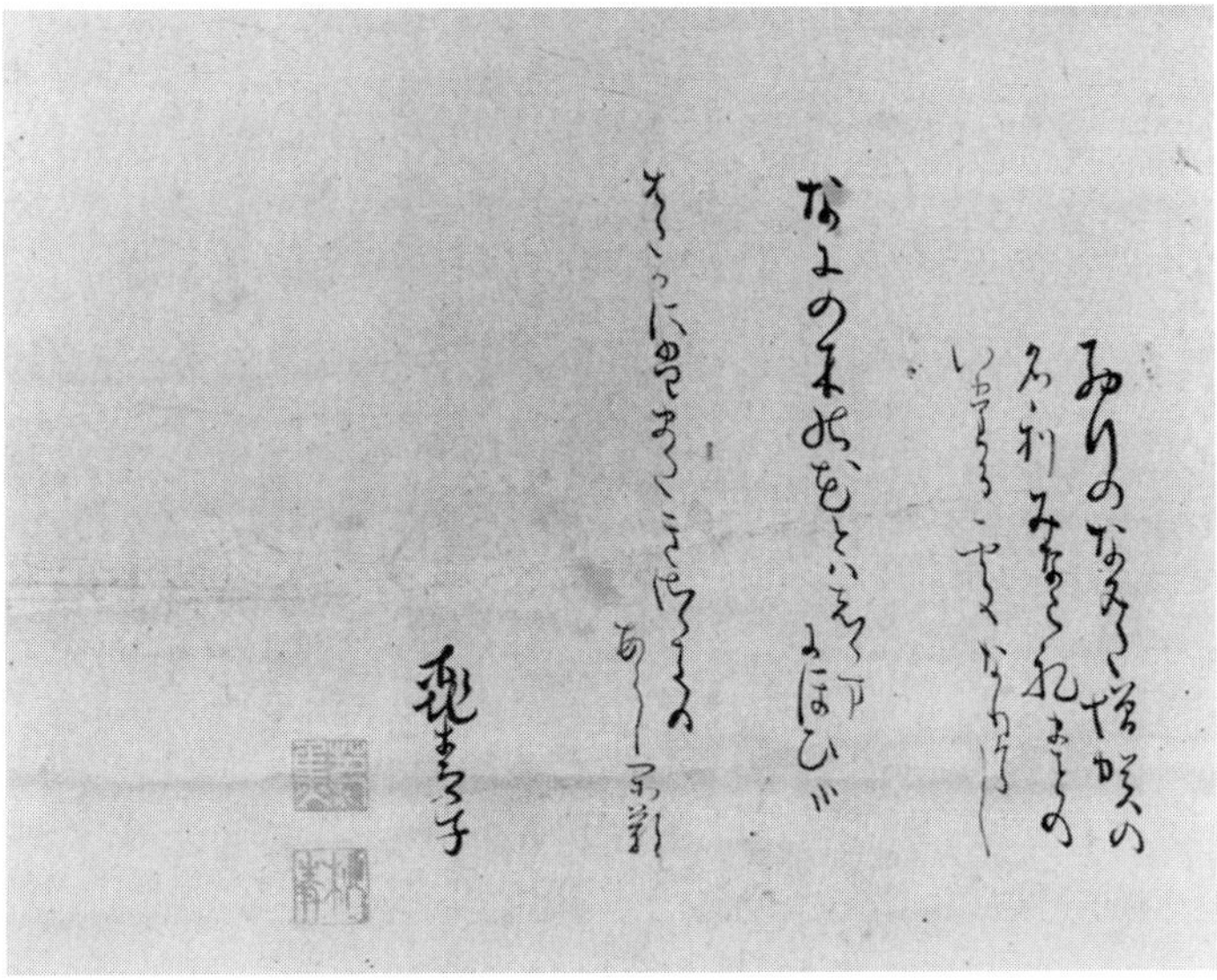

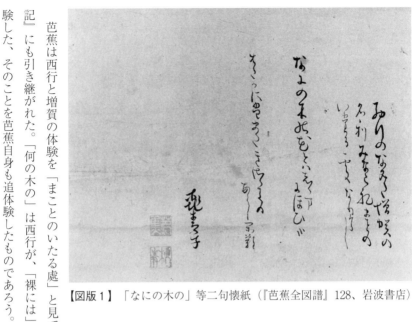

【図版１】「なにの木の」等二句懐紙（『芭蕉全図譜』128、岩波書店）

○「なにの木の」等二句懐紙（【図版1】）

西行のなみだ、増賀の
名利、みなこれまことの
いたる処なりけらし
なにの木の花とハしらず
　にほひ哉
はだかにはまだきさらぎの
　あらしかな
　　桃青子
　　□(印)□(印)

落款印は「芭蕉」・「桃青」。

芭蕉は西行と増賀の体験を「まことのいたる處」と見て二つの句を一対とし、この発想は、『笈の小文』や『笈日記』にも引き継がれた。「何の木の」は西行が、「裸には」は増賀が、それぞれ伊勢神宮での霊的とも思える感動を体験した、そのことを芭蕉自身も追体験したものであろう。

○文考編『笈日記』（元禄八〈一六九五〉年刊）

奉納　二句　　ばせを

西行のなみだをしたひ、増賀の信をかなしむ。

何の木の花ともしらずにほひかな

裸にはまだ二月のあらし哉

右の前書にあるように「何の木の」は西行への思慕であり、「裸には」は増賀への崇敬の念を詠んでいるとされている。本文中の二句並置もまた、先人への思いを詠んだものであろう。

2.『三冊子』の「何の木の」伝

「何の木の」の句は、『三冊子』の「赤冊子」に本歌取りの句としてあげられる。「何の木の花ともみえず匂ひかな此句は本歌取也。西行、何事のおはしますとは知らねどもかたじけなさの涙こぼるゝと有るを俤にして、云出せたる句成るべし」とある。

「何の木の」は、『西行法師家集』の「何事のおはしますをばしらねどもかたじけなさに涙こぼるる」の歌を踏まえた句であるが、この歌は同書にのみ見えるもので、西行の作かどうか疑われている。しかし、古来西行の歌として（表現の異同はありながら）伝えられてきたもので、芭蕉も西行歌と理解し、真蹟懐紙に「西行のなみだ」と記したのであろう。芭蕉は西行の歌心に共感し、追体験したことで、西行の「何事の」を本歌として自身の感動を重ねて句を詠んだ。なおかつ、本歌にはなかった「何の木の花」と季感を入れ、目に見えない神域の厳かな感動を、土芳のいう「俤」を残して抑制の効いた表現へと改めた。

3.「此の山のかなしさ告げよ野老掘」の異形句

①　菩提山即叓
山寺のかなしさ告よ野老掘（「蕉翁全伝附録　伊勢十句詠草」）

②　菩提山
此の山のかなしさ告げよ野老掘（『笈の小文』）

『笈日記』には「菩提山」の前書で「野老掘」は「薢ほり」とあるが、句形としては①「山寺の」と②「此の山の」の二つがある。①は前書に「即事」とあるように菩提山に行った当時の感慨であり、前書がなくても発句として理解できるが、②「此の山の」では前書「菩提山」がなくては意味がわからない。この句形の異同は、旅先での発句を、『笈の小文』の中に入れる際に相応しいように推敲したためであろう。「かなしさ」は菩提山神宮寺の盛衰にまつわる歴史を意味する。また、野老掘の里人が老人とは限らないが、「野老」のイメージから老人を連想させて物悲しさが漂う。芭蕉は、西行の「めぐりあはで」の歌（『西行法師家集』所収）を通じて菩提山を知り追体験することになった。

菩提山神宮寺に立ち寄った時期は、二見までの道中の十三、四日ごろと考えられる。二月十一日付平庵宛芭蕉書簡によれば、翌十二日に予定していた二見行は天気が悪かったため延期したと記されている。

4．「龍尚舎　物の名を先づとふ芦のわか葉かな」異形句

①　龍尚舎にあふ
ものの名をまづとふ荻のわかば哉（「蕉翁全伝附録　伊勢十句詠草」九八頁）

②　いせにて龍尚舎と云ける有職の人に逢て
もの丶名を先とふ荻のわかばかな（「発句色紙」一一一頁【図版2】参照）

③　龍尚舎
物の名を先づとふ芦のわか葉かな（『笈の小文』）

句の異同は、①②は「荻」、③は「芦」と変わる。芭蕉の意図するものは何か。

①②は、芭蕉が実際に龍尚舎に会った折の即吟であろう。「（浜）荻」は伊勢で使われた「芦」の異名で、「草の名も所によりて変わるなり　なにはの芦は伊勢の浜荻　救済法師」（『菟玖波集』）など諸書に見られ、「難波の芦は伊勢の浜荻」と人口に膾炙し、物の名が所によっては違うことのたとえとされた。

①②は、「伊勢では「荻」と呼んでいますが、難波ではなんというかご存知ですか」と植物名を問う形をとるが、③の『笈の小文』では、『菟玖波集』など古歌に謡われた伊勢の芦の美しさを褒める挨拶句として、難波で使われている名「芦」のわか葉に変更したのであろう。

また、芭蕉が、このようにわかりきったことを初対面の龍尚舎に問いかけたのは、『論語』「八佾」の「大廟ニ入リテ毎事ニ問フ」の、「たとえ礼に通じていたとしても間違いのないように事毎に問う」の実践で、礼の精神を句に託して挨拶としたことによる。これにより発句の相手は、大廟の伊勢神宮の神官で博学の龍尚舎が相応しい。「伊勢神宮の博識の神官のあなたに伺います」という意味で「物の名を先づとふ」と上五、中七が詠まれた。さらに、『万葉集』や『新古今和歌集』に詠まれた伊勢の浜荻を讃え、「大廟に入りて事毎に問ふ」の礼を以て挨拶とした句。

○**「ものの名を」発句色紙**（【図版2】）

関防印、落款印を欠くことから、求めに応じて即興即座に書いたと思われる。『芭蕉全図譜』127によれば「金泥で芭蕉の一株の下絵を描く」とあるので、「笈の小文」の旅以後に用意された色紙への執筆を思わせる。「いせにて龍尚舎と云ける有職の人に逢て」となっていることから、伊勢の地以外の人に書き与えたとも考えられる。

「もの、名を」に龍尚舎の名が添えられるのは『笈の小文』や「蕉翁全伝附録」にも見られ、この発句が龍尚舎に対する芭蕉の尊敬の念をあらわしたものと理解できる。

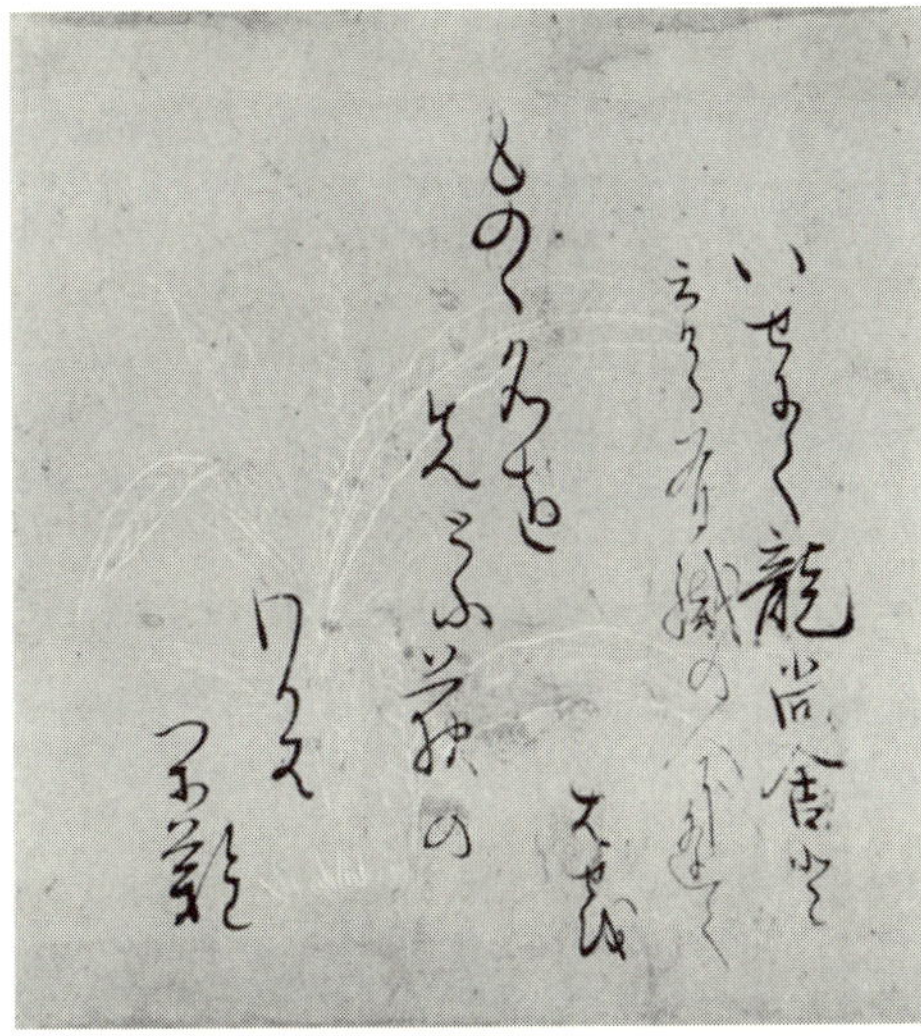

【図版２】「ものの名を」発句色紙
（『芭蕉全図譜』127、岩波書店）

いせにて龍尚舎と
云ける有職の人に逢て
ばせを
もの丶名を
先とふ荻の
わかば
かな

5. 杜国の伊勢到着と芭蕉の動静

本文〔同行門出〕中に「弥生半ば過ぐる程、そぞろにうき立つ心の花の、我を道引く枝折となりて、よしのの花におもひ立たんとするに、かのいらご崎にてちぎり置きし人の、いせにて出むかひ、ともに旅寝のあはれをも見、且は我が為に童子となりて、道の便りにもならんと、自ら万菊丸と名をいふ」とある。杜国の同行は伊良湖で約束したものであり、杜国の方が芭蕉よりも先に伊勢に着いていて出迎えた。杜国が伊勢に着いた時期は、貞享五年二月中旬頃杉風宛芭蕉書簡（二四四頁参照）に「今程山田に居申候。二月四日に参宮いたし」「尾張の杜国もよし野へ行脚せんと伊勢迄来候而只今一所に居候」とあり、「何の木の」歌仙に途中から加わっていることから、二月四日以前にはすでに伊勢に着いていたと考えられる。

一方、芭蕉は二月四日、伊勢山田（外宮）参宮、このころ杜国と落ち合ったと思われる。さらに御師の益光亭で旧知の勝延らと八吟歌仙を興行した。御師の足代民部雪堂に会い「梅の木に」を詠み、二月十日は嵐朝宅に一泊する。二月十一日は浪人の平庵に手紙を書き、雨天で二見行を延ばすことを伝える。久保倉右近亭や斯波一有宅で雨の発句があることから、この雨天の時に訪問し俳筵をもったのではないかと思われる。龍尚舎や二乗軒の訪問も行われた。天気の回復後、二見、朝熊見学の途中で、菩提山神宮寺や楠部へも立ち寄ったのであろう。十五日の涅槃会には外宮の社で涅槃像を拝し、十七日には神路山（内宮）を出て、伊賀上野へ向かった。

6.「御子良子の一もとゆかし梅の花」の句文

①「蕉翁全伝附録　伊勢十句詠草」（九八頁）

神垣のうちに梅一木も
みえず、いかなる故にやと
人に尋侍れば、唯ゆへは
なくて、むかしより一木も
なし、おこらごの舘の
後に一もと有といふを
　梅稀に一もとゆかし子良の舘

②『笈の小文』

神垣のうちに梅一木もなしいかに故
有事にやと神司なとに尋侍れハ
只何とハなしをのつから梅一もとも
なくて子良の舘の後に一もと侍る
よしをかたりつたふ
　御子良子の一もとゆかし梅の花

「蕉翁全伝附録　伊勢十句詠草」には、『笈の小文』本文と同内容の初稿とみられる句文がある。両者を比較すると、句だけでなく文にも変更があり芭蕉の思い入れが深かったことがわかる。推敲によって、梅の花の清々しい印象と御子良子の清新さが重なり合い、神域の神々しい雰囲気が伝わる。

〔伊勢参宮〕のここだけが句文一体になっており、まだ誰も詠んでいなかった梅の木を詠み得た喜びは土芳に語られ、『三冊子』に記されている。

7. 伊勢滞在中の歌仙

○「何の木の」八吟歌仙　益光（泉館半太夫）亭

芭蕉、益光、又玄、平庵、勝延、清里、正永、の人（杜国）の八吟。勝延自筆懐紙が今日に残る。

何の木の花とは知らず匂ひ哉　芭蕉翁
　こゑに朝日をふくむ鶯　益光
春ふかき柴の橋守雪掃て　又玄
　二葉の菫御幸待けり　平庵
有明の草紙をきぬに引包　勝延
　寝覚はながき夜の油火　清里
（中略）
　碁に肱つきて涙落しつ　延
いねがてに酒さへならず物おもひ　の人（杜国）
（中略）
　まづ初瓜を米にしろなす　翁
此坊を時鳥聞やどりにて　正永
（以下省略）

連衆の益光は、外宮の神官中津長左衛門で、山田一志久保の師職家としては泉館半太夫とも称した。又玄（ゆうげん）は外宮の御巫（みかんなぎ）職の家系で度会氏。師職家四階級最下位の平師職として島崎味右衛門と称した。元禄二（一六八九）年九月の芭蕉参宮にも芭蕉を妻と迎え歓待し、「月さびよ明知が妻のはなしせむ」の句を贈られた。平庵は貞享五年二月十一日付の同人宛芭蕉書簡によれば浪人ではあるが、足代雪堂に芭蕉を取りもつことができる地位の人であったようである。勝延は天和二（一六八二）年芭蕉庵再建の寄付帖に「イセ勝延」と名を列ね、其角編『虚栗』（天和三年刊）に二句入集、この歌仙を忠実に記録した俳人である。清里は又玄の弟の義父で平師職として御巫平左衛門と称し、益光と同じ山田の一志久保に住んでいた。正永は不明。

○「**紙衣の**」**歌仙表六句**　　路草亭

乙孝（路草）、一有、杜国、應宇、葛森、など地元俳人に迎えられて俳席をもつ。

紙衣の濡るとも折む雨の花　　芭蕉
　すみてまづ汲水のなまぬる　　乙孝
酒売が船さす棹に蝶飛て　　一有
板屋〳〵のまじる山本　　杜國
夕暮の月まで傘を干て置　　應宇
　馬に西瓜をつけて行なり　　葛森

連衆の乙孝（路草）は俗称を久保倉右近盛僚といい、芭蕉を迎えたころには乙孝と改めていた三方家師職の御師であった。主人の乙孝は「すみてまづ汲」と芭蕉を労い、脇のあしらいとした。一有（別号・渭川）は医業を職としたが、俳諧をよくし、『あけ鴉』（貞享二〈一六八五〉年）を出版。通説によれば、元禄五（一六九二）年八月に大坂へ移住したという。妻は園女。應宇、葛森については不明。

○「**暖簾の**」**付合**　　園女亭

園女亭

暖簾の奥ものふかし北の梅
　松ちりなして二月の頃

○「**時雨てや**」付合

　かへし
時雨てや花迄残るひの木笠　　　　　　その女
　宿なき蝶をとむる若草　　　　　　　翁
なお、この時期のものとして、右の一連の付合が『蕉翁句集草稿』及び『笈日記』によって知ることができる。

〔同行門出〕

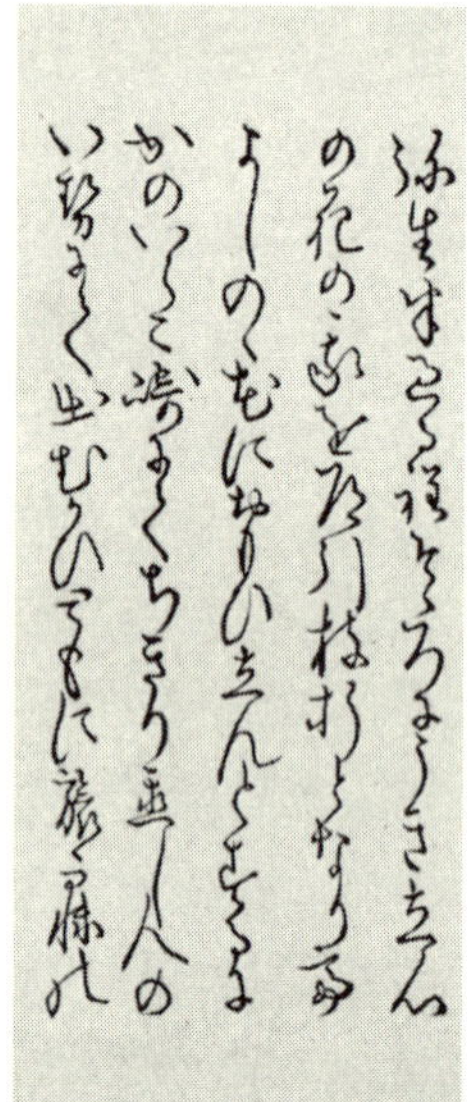
（12丁ウ）

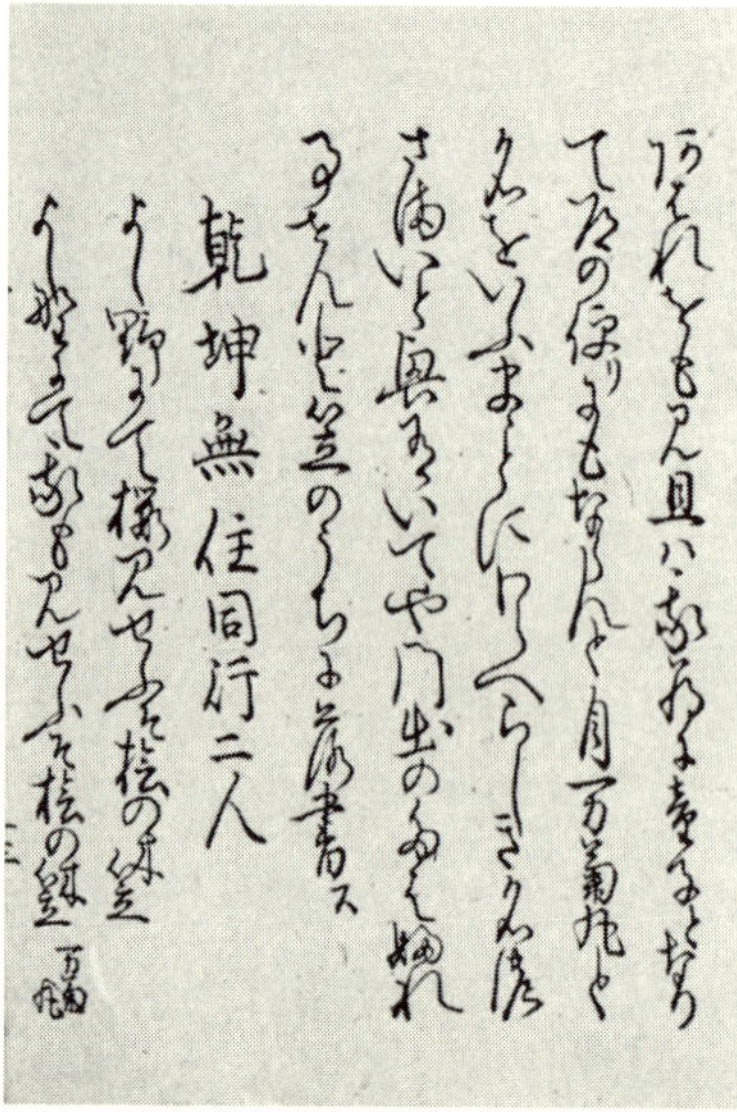
（13丁オ）

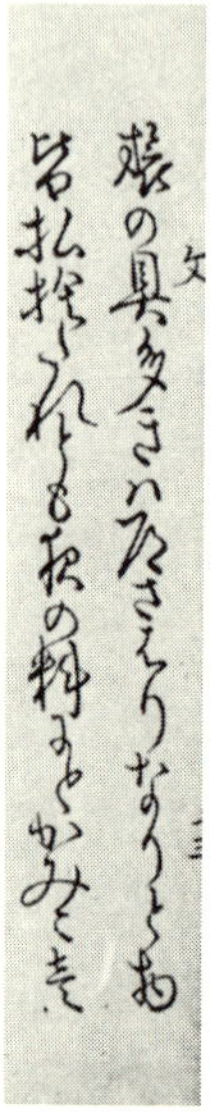
（13丁ウ）

【翻刻】

弥生半過る程そゝろにうき立心
の花の我を道引枝折となりて
よしのゝ花におもひ立んとするに
かのいらこ崎にてちきり置し人の
いせにて出むかひともに旅寐の
あはれをも見且ハ我為に童子となり
て道の便ﾘにもならんと自万菊丸と
名をいふまことにわらへらしき名の
さまいと興有いてや門出のたはふれ
事せんと笠のうちに落書ｽ

　乾坤無住同行二人
　よし野にて桜見せふそ桧の木笠
　よし野にて我も見せふそ桧の木笠　　万菊丸

旅の具多きハ道さはりなりと物
皆払捨たれとも夜の料にとかみこ壹

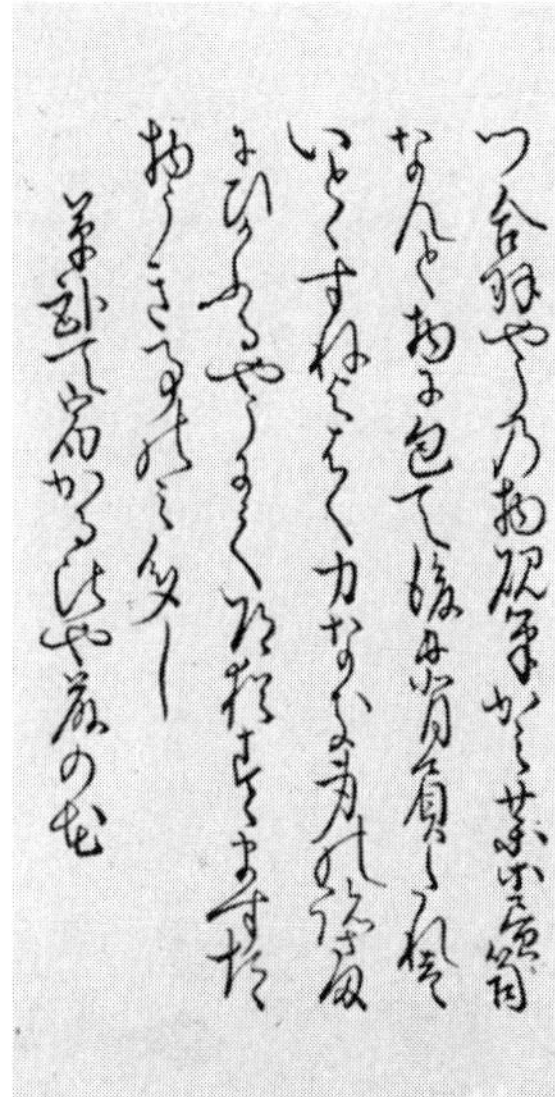

つ合羽やうの物硯筆かミ薬等昼笥
なんと物に包て後に背負たれは
いとゝすねよはく力なき身の跡さま
にひかふるやうにて道猶すゝますたゝ
物うき事のミ多し
草臥て宿かる比や藤の花

【本文校訂】〔同行(どうぎやう)門出(かどで)〕

弥生(やよひ)半(なか)ば過ぐる程、そぞろにうき立つ心の花の、我(われ)を道引(みちび)く枝折(しをり)となりて、よしのの花におもひ立たんとするに、かのいらご崎(ざき)にてちぎり置きし人の、いせにて出(いで)むかひ、ともに旅寝のあはれをも見、且(かつ)は我(わ)が為(ため)に童子(どうじ)となりて、道の便(たよ)りにもならんと、自(みづか)ら万菊丸(まんぎくまる)と名をいふ。まことにわらべらしき名のさま、いと興(きよう)有り。いでや門出(かどで)のたはぶれ事(ごと)せんと、笠のうちに落書(らくがき)す。

乾坤無住(けんこんむじゆう)、同行二人(どうぎやうににん)

よし野にて桜見せうぞ檜(ひ)の木笠

よし野にて我も見せうぞ檜の木笠　万菊丸

旅の具(ぐ)多きは道ざはりなりと、物皆払(はら)ひ捨(す)てたれども、夜の料(れう)にと、かみこ壱(ひと)つ、合羽(かつぱ)やうの物、硯・筆・かみ・薬等(など)、昼笥(ひるげ)なんど、物に包みて、後(うしろ)に背負ひたれば、いとどすねよわく力なき身の、後(あと)ざまにひかふるやうにて、道猶(なほ)すすまず。ただ物うき事のみ多し。

草臥(くたびれ)て宿かる比(ころ)や藤の花

【概要】

前半では、はじめて旅の同行者である杜国が登場し、花の吉野への旅立に、師弟の浮き立つ心が描かれる。後半は現実の旅への不安がよぎり、終には旅の疲れから物憂い気分になる。

芭蕉の行動としては、伊勢参宮から一旦伊賀へ帰り、父の年忌や新七郎家下屋敷での花見、次いで瓢竹庵出立があるが、これらの伊賀での行動は省かれ、「笈の小文」の旅の目的地吉野への出発を記す。

【語釈】

○弥生半ば過ぐる程—陰暦三月中旬過ぎ。「程」はやや朧化した表現。　**○そぞろ**—なんとなく、なんという理由もなく。　**○心の花**—心に浮かぶ桜の花の咲く風情。　**○枝折**—道しるべ。なお、この前後の行文は、『更科紀行』の冒頭の旅立ちにも気脈を通じる書き方となっている。　**○花におもひ立たんとするに**—花見に出かけようと思った折から。　**○かのいらご崎にてちぎり置きし人**—伊良湖隠棲の坪井杜国のこと。貞享五年二月中旬頃杉風宛芭蕉書簡によれば、「尾張の杜国もよし野へ行脚せんと伊勢迄来候而只今一所に居候」とある。本文の〈伊良古訪問〉ではこの約束に関する記述はないが、実際は伊勢で落ち会い、その後行動をともにしている。　**○童子**—身辺の世話をする少年。　**○道の便り**—道案内や道中の助け、の意。　**○万菊丸**—まんぎくまる。杜国がみずから付けたという戯れの童名。　**○乾坤無住、同行二人**—天と地の間を一か所に住み着くことなく、仏と二人で旅する、との意味。本来は巡礼者の笠の裏に書く文句で、昔は同行者の人数を書いた。近年は一人旅が多くなったので、弘法大師と旅するという心で同行二人と書く。杜国こと万菊丸が同行するので、二人というふうにした。『奥の細道』でも、曾良と二人の意味に用いた。ただし、貞享五年四月二十五日付惣七宛芭蕉・杜国連名書簡（一八二頁）によれば、伊賀上野から奈良までは、惣七の下僕の「六」もおり、実際は三人旅であった。なお、「同行二人乾坤無□(住)、風羅坊・万菊丸トアリ」と、土芳編、曰人写『芭蕉翁全伝』（文化元〈一八〇四〉年）に記す。ここでは戯れて万菊丸とともに二人とした。旅笠に浮かれる心を記し、発句二句へと接続する。**○よし野にて桜見せうぞ檜の木笠**―檜木笠を擬人化し呼びかけるというのも、先の文にある戯れの境地での行動である。**○よし野にて我も見せうぞ檜の木笠　万菊丸**―この唱和の句の並置については、【補説1】参照。**○旅の具**―旅の荷物。**○道ざはり**―道中の邪魔になるもの。**○夜の料**―夜の寝具。**○かみこ**―和紙に柿渋を数回塗り、日に乾かして、一晩夜露にさらした後に、もみやわらげて衣服に仕立てたもの。紙製の着物、防寒用。本文の〔送別・旅立〕にある餞別の品の「紙布」か。**○昼笥**―笥は元来、身とふたが細い竹で編まれた箱という意味で、昼食を入れる弁当箱をいったが、転じて昼の弁当をいう。**○いとど**―さらに程度が増すこと。ますます、いよいよ。**○後ざまにひかふる**―後ろの方に引っ張られるようで。**○草臥て宿かる比や藤の花**―初案句からの推敲が加わるが、この点については、【補説2】参照。

【通釈】

三月の半ばを過ぎたあたり、なんとなくそわそわとして、心の中に花の吉野の風景が浮かび落ち着かず、その気持ちが私を旅へと導く。先に伊良湖で約束していた者が伊勢で出迎えてくれて、旅情をともにし、さらに風雅を愛する私のために、童の風を装って自分から万菊丸と名乗って、道中の助けをしようというのである。本当にこどもらしい名前で稚気があっておもしろい。

それでは、出発に当たって少し戯れごとをしてみようと、笠の裏側に落書きをした。

乾坤無住同行二人、この広い天と地の間を、私と童子姿の万菊丸の二人が住む所も定めぬ風雅の旅をしています、遍路を真似て。

（よし野にて桜見せうぞ檜の木笠）

檜の木笠よ、さあこれから花の名所、吉野の桜を見せてやるぞ。

（よし野にて我も見せうぞ檜の木笠　万菊丸）

仰るとおりだ、檜の木笠よ楽しみにするがよい。吉野の花を。

旅に荷物が多いのは道中の邪魔になると、はなむけの品々はうち捨てたが、それでも、夜具に用いる防寒の紙子をひとつ、雨の時の合羽になるような上着、硯、筆、紙、薬などと昼食をひとつに包んで背負うと、もともと足が弱く、体力がないので、後ろに引っ張られるようで、なかなか歩みは進まず、道ははかどらない。ただただ辛いことばかりが多い。

（草臥て宿かる比や藤の花）

永い春の一日、歩き疲れ草臥れて、ようやく宿でほっと一息つくと、窓の外に藤の花房が揺れるのが見える。旅の物憂さと春の哀愁が身に染むことである。

【補説】

1．「よし野にて桜見せうぞ檜の木笠／よし野にて我も見せうぞ檜の木笠　万菊丸」の二句並置

句意は、どちらの句も、「さあ、旅に出よう。檜木笠よ、吉野山に連れていって桜の名所の花を存分に見せてやろう」という、稚気のあふれる呼びかけである。前文の内容と呼応した戯れの心がある。二句目の万菊丸の句は芭蕉に同行する喜びをあらわしているためか、季語はない。二句が並ぶことで、旅立ちのはずむ心の相乗効果をもたせている。

なお、越人撰『鵲尾冠』（享保二〈一七一七〉年刊）には、杜国の述懐を次のように記す。

春は芭蕉翁と同じく、吉野の花、須磨・明石の朧月に杖を引、鞋を踏しも射ル矢のごとくにて、翁は深川の芭蕉庵に帰リ、我は伊良古の草堂に眠リ、なす業もなく旅行の吟など嘯けるに、其所々に著し檜笠の壁にかゝりけるを見て、越人が方へ申つかはしける

121　〔同行門出〕

年の夜や吉野見て来た檜笠　　杜國

2．「草臥て宿かる比や藤の花」の異形句

①ほととぎす宿かる頃の藤の花

②草臥て宿かる比や藤の花

『三冊子』に、「此句始はほととぎすやどかる比やと有、後直る也」とあり、初案①は、貞享五年四月二十五日付惣七宛芭蕉・杜国連名書簡（一八二頁参照）に見られる。それが『笈の小文』には②となっている。いかなる理由で推敲されたのであろうか、その理由を考える。

①は、宿に着いてあまり時間の経っていない旅中吟であろう。『古今和歌集』所収の素性法師の歌「いそのかみふるき都のほととぎす声ばかりこそ昔なりけれ」を踏まえての句作りである。夏の季語「ほととぎす」と春の季語「藤の花」が重なるが、どちらもこの時の旅情に叶っていたのであろう。古くから、たそがれ時の藤の花に託して心情をあらわす歌が多く詠まれている。

②は『猿蓑』所収の句形で、「ほととぎす」を「草臥て」に変えたことで旅人の実状が明らかになった。旅の疲れや春愁を夕暮れ間近の「藤の花」に托し、旅の憂き寝を象徴し、その内容に明快さが加わる。そのうえ『笈の小文』では、旅の苦労を述べた前文とよく呼応している。

初案の「ほととぎす」を詠んだ時期については、貞享五年四月二十五日付惣七宛芭蕉・杜国連名書簡によれば、奈良から布留へ行き丹波市を通って八木に泊まった日のことと推定できる。伊賀上野を出てからの芭蕉、杜国、惣七の下僕「六」の三人は国見山、長谷から花の吉野を満喫し、その後、高野、和歌の浦を経て四月八日に奈良に出て伊賀の連衆と再会した。四月十一日には同地で伊賀連衆と「六」とも別れ、芭蕉と杜国の二人旅になり、八木までもち慣れない旅の荷物に難渋した。そこでの思いが①「ほととぎす宿かる頃の藤の花」の発句となったのであろう。

3. 『笈の小文』〔同行門出〕後半と『奥の細道』の「草加」

芭蕉が紀行の中に旅の労苦を語るのは『笈の小文』だけではない。『奥の細道』の草加の段も同様である。

『奥の細道』「草加」

ことし元禄二とせにや、奥羽長途の行脚只かりそめに思ひたちて、呉天に白髪の恨を重ぬといへ共、耳にふれていまだめに見ぬさかひ、若生て帰らばと、定めなき頼の末をかけ、其日漸早加と云宿にたどり着にけり。痩骨の肩にかゝれる物先くるしむ。只身すがらにと出立侍るを、帋子一衣は夜の防ぎ、ゆかた・雨具・墨・筆のたぐひ、あるはさりがたき餞などしたるは、さすがに打捨がたくて、路頭の煩となれるこそわりなけれ。

（西村本による）

旅立ちから日の浅いころは、心身が旅慣れず、旅を楽しむより、荷物の重さ等で旅の憂鬱な事柄が気持ちを強く支配する。それにもかかわらず、芭蕉が旅を続けるのは、旅に風雅を求める行脚であったからにほかならない。「いとゞすねよわく力なき身の、後ざまにひかふるやうにて、道猶すゝまず。たゞ物うき事のみ多し」は、旅立ちの「わりなき」共通の所感といえるであろう。本文の〔送別・旅立〕にも呼応する内容となっている。

〔大和路行脚〕

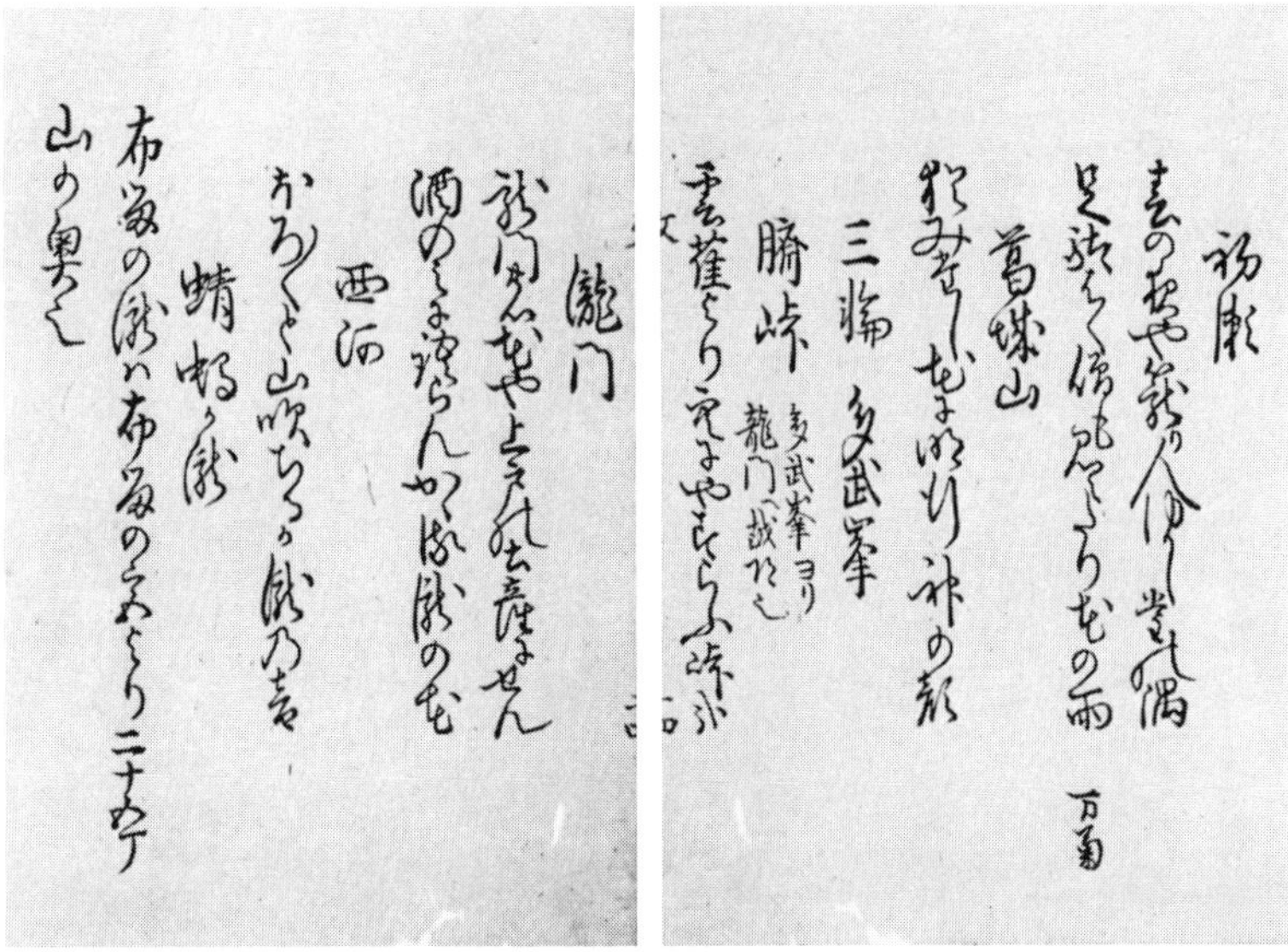

（14丁ウ）　（14丁オ）

【翻刻】

初瀬
春の夜や籠リ人ゆかし堂の隅
足駄はく僧も見えたり花の雨　　万菊
葛城山
猶みたし花に明行神の顔
三輪　多武峯
臍峠　多武峯ヨリ龍門へ越道也
雲雀より空にやすらふ峠哉

瀧門
龍門の花や上戸の土産にせん
酒のミに語らんかゝる瀧の花
西河
ほろ〱と山吹ちるか瀧の音
蜻螐か瀧
布留の瀧ハ布留の宮より二十五丁
山の奥也

（15丁オ）

津国幾田の川上に有
布引の瀧
勝尾寺へ越る道に有

大和
箕面の瀧

【校訂本文】〔大和路行脚(やまとぢあんぎや)〕

初瀬(はせ)

春(はる)の夜(よ)や籠(こも)り人(ど)ゆかし堂(だう)の隅(すみ)

足駄(あしだ)はく僧(そう)も見えたり花(はな)の雨(あめ)　万菊(まんぎく)

葛城山(かづらきやま)

猶(なほ)みたし花(はな)に明(あ)け行(ゆ)く神(かみ)の顔(かほ)

三輪(みわ)　多武峰(たふのみね)

臍峠(ほそたうげ)　多武峰より龍門(りゆうもん)へ越(こ)す道(みち)なり

雲雀(ひばり)より空(そら)にやすらふ峠(たうげ)かな

龍門

龍門(りゆうもん)の花(はな)や上戸(じやうご)の土産(つと)にせん

酒(さけ)のみに語(かた)らんかかる滝(たき)の花(はな)

西河(にじかう)

ほろほろと山吹(やまぶき)ちるか滝(たき)の音(おと)

蜻螟(せいめい)が滝

布留の滝は布留の宮より二十五丁　山の奥なり　大和
布引の滝　津国幾田の川上に有り
箕面の滝　勝尾寺へ越ゆる道に有り

【概要】

貞享五年四月二十五日付惣七宛芭蕉・杜国連名書簡（後掲一八二～一八四頁参照）によれば、三月十九日に伊賀上野を出た芭蕉と杜国は、南下して国見山の中腹にある兼好塚に詣で、名張を経由して大和の国に入り、琴引峠を越して初瀬に至る。三月二十日のことである。長谷寺に参詣後、初瀬街道を西に進んで、多武峰寺に参詣し、臍峠を越して龍門滝・西河滝・蜻蛉が滝などを巡遊している。初瀬の次に葛城山・三輪の地名が見えるが、葛城山は初瀬街道からの遠望、三輪山は道のすぐ北にある円錐形の山容を見たのであろう。また、後半の布留の滝は奈良から八木への道中、布引の滝・箕面の滝は須磨・明石を訪ねた後に訪れた所である。龍門・西河・蜻蛉が滝と滝が続いたため、「笈の小文」旅程中の滝の名をここに一括して記したのであろう。その理由を、さらに作品理解のうえでどのように考えることができるのか、一案を加えてみたい。

【語釈】

○初瀬―現在の奈良県桜井市初瀬町。万葉期には隠口の泊瀬、泊瀬小国、小泊瀬とよばれ、『和名抄』も「城上郡長谷郷」には「波都勢」の訓注を用いて、ハツセと読ませているが、現在ではハセと発音する。元はハツセ、そのツが促音化し、促音表記をしないので、「はせ」となった。『文明本節用集』に「泊瀬　ハセ　或作㆓長谷㆒在㆓大倭㆒也」とあり、他の節用集類も「ハセ」である。本居宣長の『古事記伝』にも、「名義は未だ思得ず」としながらも「此地名中昔より、波世とも云へり、今ノ世もはら波世とのみいへり」と書かれている。初瀬は三方を山に囲まれた峡谷で、「長谷」と書いてハセと読み、伊勢にむかう交通の要所であった。長谷寺の観音信仰が盛んになってからは、女性も含め参詣、参籠がしきりに行われ、門前町としても発達した。長谷観音は霊験あらたかなことで知られ、『毛吹草』の「連歌恋之詞」にも「初瀬を祈」とあるように、恋の成就を祈願する観音であった。**〇籠り人**―寺社に参籠する人。『源氏物語』など、王朝文学に長谷寺に参籠する話は多い。王朝文学を俤に、現実に参籠している人を二重写しにしたか。あるいは、『撰集抄』巻九第一〇に載る、西行が長谷寺にお参りした際、偶然に出会った、尼になった妻を重ね合わせたか。なお、この句との類想の付合、発句については、【補説1】を参照。**〇ゆかし**―対象に心が惹かれるようす。**〇足駄**―雨天用の木造りの高下駄。もとは庶民の履物だが、僧侶も多用した。**〇花の雨**―桜が咲くころに降る雨のこと。なお、「足駄はく僧も見えたり花の雨」の初案とおぼしき句が『あら野』（元禄二〈一六八九〉年刊）に載る（【補説2】参照）。**〇葛城山**―現在の奈良県葛城市・御所市・五條市と大阪府千早赤阪村との境にある山。現在は「カツラギサン」というが、古くは金剛・葛城連山を総称して「カヅラキヤマ」と呼んだ。葛城山は、山伏修験者の霊場。**〇明け行く神の顔**―「神」は一言主神。役行者が諸神を集めて金峰山と葛城山の間に架橋工事をさせた際、一言主神は顔が醜かったので、夜間のみ工事に従事し、昼間は姿を見せなかったため、行者の怒りにふれて谷底に落とされてしまう話が『今昔物語集』等に載る。芭蕉の句文については【補説3】を参照。**〇三輪**―奈良盆地の南東部にある三輪山。山全体を御神体とする大神神社が西麓にある。葛城山の発句の次に「三輪」、続けて「多武峰」の地名を載せるが、貞享五年四月二十五日付物七宛芭蕉・杜国連名書簡の記述から推測すると、芭蕉たちは、三月二十一日に初瀬から慈恩寺追分で南下して多武峰に向かったのであって、三輪明神に参拝したのは、奈良から山の辺を通って四月十一日、八木へ行く途次であったと考えられる。**〇多武峰**―山を指す場合と、多武峰寺を指す場合がある。本文では山を指すものと考えられる。奈良県桜井市の南部、寺川一帯をいう。御破裂山を主峰とする。中大兄皇子と鎌足が蘇我氏討伐の謀議をこらした場所という伝承とともに「談峯」「談山」と表記され、「かたらひのみね」や「たんざん」の読みも成立。後に「たふのみね」と呼ばれる。**〇臍峠**―奈良県桜井市鹿路から吉野郡吉野町西谷に抜ける峠。標高は約七〇〇メートル。多武峰から吉野へ至る峠道は二本あるが、芭蕉は龍門滝に寄るため、多武峰寺の東門を出て臍峠を越した。貞享五年四月二十五日付惣七宛芭蕉・杜国連名書簡の「峠　六ツ」に「臍（ホソ）峠」とフリガナがされている。現在は、「細峠」と書く。**○雲雀より空にやすらふ峠かな**―『あら野』所収句は中七を「上にやすろふ」とする。**○龍門**―「瀧門」は「龍門」の誤記。ただし芭蕉らしい誤字を版面にまで継承したものであろう。芭蕉が「農夫」を「濃夫」と書いた例がある。奈良県吉野郡吉野町と宇陀市大宇陀町との境にある竜門岳（標高九〇四メートル）の南麓にある竜門の滝のこと。歌枕。『大和志』（享保二十〈一七三五〉年刊）の「龍門山」の項に「山中瀑有り。高サ数仞」（仞は一・八メートル）とある。龍門寺には久米の仙人の伝説もあり、龍門は早くから仙境のごとく考えられていたらしい。また、登竜門で有名な中国の龍門と同名であることも仙境の地とされた理由であろう。**○龍門の花**―『後拾遺和歌集』巻十八・雑の歌に、龍門の滝のもとに咲いていた桃の花をどのように思うかと尋ねられ、「ものいはば問ふべきものを桃の花いく代かへたる滝の白糸　弁乳母」と詠んだ歌があり、また、『俳諧類船集』の「龍門」の付合語に「桃の花」が挙げられていることから、この花を桃の花と解する説もあるが、時期的に見て桜であろう（**【補説4】**参照）。**○酒のみに語らんかかる滝の花**―「かかる」には、このような意に、滝の水がかかる意を掛ける。**○西河**―現吉野郡川上村の、中近世の川上郷の二四か村のひとつの西河（にじこう）村。現在はニシガワという。貝原益軒の『和州巡覧記』（元禄元〈一六八八〉年成）には、「西河の滝　是吉野川の上也。大滝とも云。村の名をも大滝と云。清明が滝より五町ばかり有。此滝は、只急流にて大水岩間を漲落る也。よのつねの滝のごとく、高き所より流落にはあらず。岩間の漲り沸事、甚見事也」とあり、この滝は滝つ瀬であった。また、時代は下るが、上田秋成は「岩橋の記」で「さて、大滝に来てみれば、世に殊に珍らしな、河かみよりたぎちくる水の、此岩むらに打ちかくるよとみる〳〵、真白栲の絹を幾千むら引き散したる如に」と記している。**○ほろほろと山吹ちるか**―「ほろほろ」には、木の葉などの散るようすをあらわす擬態語と山鳥・雉子の鳴声をあらわすと思われている擬音語の使い方がある。実は、「ほろろ」「ほろほろ」は山鳥・雉が羽を打つ音であるが、鳴き声と誤解されてきた。ここでは山吹の花が散るようす。なお、真蹟画賛（「ほろほろと」発句自画賛、『芭蕉全図譜』133・一三七頁）の前書に「きしの山吹とよみけむよしの、川かみこそみなやまぶきなれ。しかも一重に咲こぼれてあはれにみえ侍るぞ、桜にもをさ〳〵をとるまじきや」とあり、一重の山吹であったことが知られる。「きしの山吹」は、紀貫之の「吉野川岸の山吹ふくかぜにそこの影さへうつろひにけり」（『古今和歌集』巻第二・春）に詠まれた山吹を指す（【補説5】参照）。

○蜻螐が滝―吉野郡川上村西河にあり、現在は「蜻蛉の滝」という。『和州旧跡幽考』（延宝九〈一六八一〉年成）は、『雄略紀』の話を引き、「蜻蛉小野」の項に「此ほとりに清明が滝といふあり。是は蜻蛉が滝といふなるべきを、あやまれるとおぼえ侍る」と記される。また、益軒の『和州巡覧記』には、「清明が滝　青折が峯より一里有。此滝は岩間より漲落る滝也。十二間許もあらんか。甚見事なる滝也。滝の上、岩の間に淵有。此下の辺、蜻蛉の小野とて名所なり。しからば蜻螟が滝なるべきをあやまりて蜻蛉が滝と書なるべし」と書かれている。四月二十五日付物七宛芭蕉・杜国連名書簡にも「蜻螐」に「セイメイ」と振り仮名が打たれている。なお、異本三点は「蜻蛉滝」である。

○布留の滝―奈良県天理市滝本町にある滝。桃尾滝ともいう。『大和名所図会』（寛政三〈一七九一〉年）に「翠巒峨々として、飛泉三反ばかり」とあり、実際は二三メートルの落差の滝。四月二十五日付物七宛芭蕉・杜国連名書簡に、「石の上在原寺、井筒の井の深草生たるなど尋て、布留の社に詣、神杉など拝みて、こゝばかりこそむかしなりけれと詠し郭公の比にさへなりけるとおもしろくて、滝山に昇る。帝の御覧に入たる事、古今集に侍れば、猶なつかしきまゝに弐拾五丁わけのぼる」（一八二頁）と記している。巡歴順からすれば、ここに布留の滝がくるのはおかしいが、「笈の小文」旅程の滝名をすべて挙げたとするとこの順序になるのであろう。芭蕉は布留の滝の風趣にいたく感動したようで、「滝のけしき言葉なし」と記している。発句は伝存していない。**○布留の宮**―布留山の南麓の高台に鎮座する石上神宮。布留御魂剣を祭神とする日本最古の神社のひとつ。書簡では「布留の社」と記されている。**○二**

十五丁―現在の距離でおよそ二、七キロメートル。　○**津国幾田**―次の「布引の滝」の所在場所を注記の形で示したもの。「津国」は摂津の国の古称。「幾田」は通常「生田」と表記する。　○**布引の滝**―神戸市中央区葺合町にある滝。歌枕。『兵庫名所記』（宝永七〈一七一〇〉年刊）に「生田川の水上なり。滝二段にして流る。間二十三丈余、海辺よりみるもの、布をさらし地にはへたるがごとし」とある。滝は四つあり、一番上流の雄滝（おん）は高さ四五メートル、一番下の雌滝（めん）は高さ二一メートル。歌枕として多くの歌に詠まれた。　○**大和　箕面の滝**―傍注に「大和」とその所在場所を示すが、「津の国」が正しく、「大和」は、布留の滝の注記であれば正しいが、ここは誤記とすべきである。箕面の滝は箕面市の箕面渓谷にある滝。『摂津名所図会』（寛政八〜十年刊）巻六に「巌頭より飛瀉して、石面を走り落つる事凡て十六丈。（中略）天下賞して滝の第二とす」とある。　○**勝尾寺**―箕面市粟生間谷にある高野山真言宗の寺。本尊は十一面観音で西国三三所観音霊場の第二三番札所。平安中期から修験道の霊場のひとつとして今様にも歌われた。

【通釈】

初瀬に参詣して

（春の夜や籠り人ゆかし堂の隅）

春の夜はおぼろにかすんでいる。もうお詣りの人影も絶えて、静かな長谷寺の御堂の片隅でお籠りの人の気配がする。もしかしたら、王朝の物語に登場するような高貴なお方であろうか、恋を祈るこの御寺に、ひっそりと祈っているらしき気配になんとも心惹かれることである。

（足駄はく僧も見えたり花の雨　万菊）

ちょうど見ごろの長谷寺の桜の花に、しずかに雨が降り注いでいる。ぼんやりと花を見ているとその下を足駄を履いた僧が通り過ぎてゆく。

葛城山

（猶みたし花に明け行く神の顔）

葛城山の一言主神は、己の容貌の醜さを恥じて、昼間は姿を隠したといわれているが、この世のものともおもわれないほど美しい葛城山の花に明け行く景色をみると、こんな美しい山に住んでいる一言主神の顔をやっぱり見てみたい。おそらく美しいお顔であろうと思われる。

三輪から

多武峰へ、そして

臍峠。ここは多武峰から龍門へと越える道の峠である。

（雲雀より空にやすらふ峠かな）

この高い峠道で休息していると、麓の里を歩いていた時には空高く囀っていた雲雀の声が、今ははるか下の方で聞こえてくることだ。

龍門にて

（龍門の花や上戸の土産にせん）

龍門の滝あたりに爛漫と咲く桜の花をみていると、滝を愛し、酒を愛した李白のことが思われる。そうだ、江戸の上戸への土産にはここの花にしよう。

（酒のみに語らんかかる滝の花）

江戸に帰ったら、酒飲みの弟子たちに話して聞かせることにしよう、滝の水が散り掛かる龍門の滝の桜の花のことを。

西河にて

（ほろほろと山吹ちるか滝の音）

滝の音で散るのだろうか、山吹の花がほろほろと散っている。
蜻蛉が滝を見る。
布留の滝は、布留の社から二五町入った山の奥にある。
布引の滝は、摂津の国の生田川の川上にある。
箕面の滝は、勝尾寺へ越える道にある。

【補説】

1．初瀬の籠り人

芭蕉は初瀬の「籠り人」を句の素材として興味をもったのか、それとも『撰集抄』巻九第一〇に載る西行ゆかりの言葉として使ったものか、貞享五年九月中旬、江戸に帰ってから巻いた越人との両吟「雁がねも」歌仙においても、越人の「人去ていまだ御坐(おまし)の匂ひける」（名オ5）の句に、芭蕉は「初瀬に籠る堂の片隅」（名オ6）と付け、これを元禄二（一六八九）年刊の『あら野』にも載せている。一方、元禄四年刊の『猿蓑』には、作意・表現ともに芭蕉のこの句に酷似する「春の夜はたれか初瀬の堂籠」の句が曽良の作として採られている。元禄四年三月二十八日に曾良が長谷寺に参詣した折の句か。『猿蓑』編集中にも、「笈の小文」の旅中吟がなお話題にのぼる場面があったことが想像される。

2．「足駄はく」の発句

この句は、「笈の小文」の旅の翌年に刊行された『あら野』（元禄二年刊）では、「木履(ぼくり)はく僧も有けり雨の花　杜国」（巻之八、釈教）となっている。『あら野』の句が初案で、芭蕉が改作して『笈の小文』に載せたものか。「足駄はく僧」に関連して能因本系統の『枕草子』（一二四段）に次の文がある。

（前略）初瀬などにまうでて局などするほどは、くれはしのもとに車引き寄せて立てるに、帯ばかりしたる若き法師ばらの、足駄といふものをはきて、いささかつつみもなくおりのぼるとて、なにともなき経のはしを読み、倶舎の頌をすこしいひつづけありくこそ、所につけてはをかしけれ。（後略）

能因本系統は、江戸時代の流布本系統の底本（たとえば、季吟の『春曙抄』）として使われていたので、「初瀬」「僧」「足駄」の連想として、芭蕉の記憶にあったうえでの改作ではないか。

3.「なをみたし」の句文懐紙

『笈の小文』の「猶みたし」の句の前書は「葛城山」だけであるが、長文の前書を備える懐紙として、現在のところ真蹟五種、写しを入れると六種を数え、また、『猿蓑』巻之四の春の部にも「葛城のふもとを過る」の前書があり、『泊船集』の前書中にも「葛城山のふもとを過るに」がある。「猶みたし」の句は、『笈の小文』では、初瀬と三輪の間に置かれているが、初瀬から葛城山は見えない。この句を詠んだ場所はどこか、それはいつのことか、という問いが浮かび上がる。当句が載る真蹟懐紙五種（①〜⑤）・写し一種（⑥）・『猿蓑』・『泊船集』などすべてに前書があり、その前書に「葛城山のふもとを過る（とをる）」が記される。時期については、真蹟と写し、及び『泊船集』に、「四方の花はさかりに（咲）て」とあり、花の季節であり、④⑤は「やよひの末」、⑥は「やよひのはつかあまり」である。

真蹟及び写し

①『芭蕉全図譜』137、岩波書店
②『芭蕉全図譜』138、岩波書店
③柿衞文庫開館30周年「芭蕉」展26
④『芭蕉全図譜』139、岩波書店
⑤柿衞文庫開館30周年「芭蕉」展27
⑥『祖翁消息写』（大阪府立大学総合図書館中百舌鳥蔵）所収。

①『芭蕉全図譜』137

□（印）
やまとのくにを行脚して、
かづらき山のふもとをとをるに、
よもの花はさかりに咲て
みね〳〵は霞こめたる有明
の月もいとゞ哀ふかきに、
かのみめわるきといひけん
神のみかたち、いかなる人のわる
口にや有けむといぶかしく、
おもひうたがひて
なをみたし
　花に明行神のかほ
　　芭蕉桃青
　　　□（印）
関防印は印文不明、落款印は「芭蕉」。

②『芭蕉全図譜』138
　かづらき山のふもとを過るに、
よもの花はさかりに咲て、みね〳〵ハ、
霞わたれる空のけしき、
　いとゞなつかしかりければ
　　ばせを
猶みたし花に明ゆく神の顔
　○（印）□（印）
落款印は、上は「桃」、下は「青」。

③柿衞文庫開館30周年「芭蕉」展26
　やまとのくにを行脚して
かづらき山のふもとを過るに、
よもの花さかりに咲て、
みね〳〵は霞こめたる
有明の朝もいとゞえん
なる空のけしきに、かの
みめわるきとさたし
けむかみのみかたち、いかな
るひとのわる口にやなど、
猶いぶかしくおもひうた
がひて
　　芭蕉

なをみたし
　花に明行神のかほ

④『芭蕉全図譜』139

○(印)
やよひのすゑ、やまとのくに、
行脚して、かづらき山の
ふもとを過るに、よもの山
花のさかりにて、みね〴〵ハ
霞かゝりて、いとゞなつかし
げなりけれバ
　　　　　　ばせを
猶みたし
　花に明行神の顔
　　　　　　□(印)□(印)

関防印は「桃」、落款印は「芭蕉」・「桃青」。

⑤柿衞文庫開館30周年「芭蕉」展27

□(印)
やよひの末、やまとのくに、
行脚して、かづらき
のふもとを過るに、よもの花
もさかりにて、おかしき
明ぼの、空うち霞て、
有あけの月も一しほ
なつかしければ
猶みたし
　花に明ゆく神の顔
　　　　　　芭蕉
　　　　　　□(印)

関防印は印文不明、落款印は「芭蕉」。

⑥『祖翁消息写』（『芭蕉全図譜』139の解説による）

やよひのはつかあまり、
□(やまとの)く、(ママ)に行脚して、
□(かづらき山)のふもとを過るに、
よも山□(の花)もさかりにて、
おかしき□(あけ)ぼの、空、
うち霞〴〵、有□(明)月も
一しほなつかし□(ければ)
猶見たし

花に明行神□（の顔）
芭蕉庵

右所持、尾陽名古屋士朗。筋のあるかぎりは破れた
る所也。

先行の研究によれば、阿部喜三男氏は、四月上旬、和歌の浦から奈良への道筋の句とされ（『校本芭蕉全集』第一巻・富士見書房・一四八頁）、今栄蔵氏は、三月下旬高野に向かう途中の吟とする（『校本芭蕉全集』第九巻・一七八頁）。檀上正孝氏は、真蹟の前書「やよひの末」「やよひのはつかあまり」をあてはめてみると三月下旬、吉野と高野の間と考えるが、「紀行においてそこを通過した時期と発句の季節が合致しないという点」について、『更科紀行』の例を示して、「その土地の本意に即して題詠として詠んだのではあるまいか」と述べる（『笈の小文・更科紀行』明玄書房・九六頁）。

「猶みたし」の句が「花に明け行く」春の句であること、真蹟等の前書がすべて「葛城やまのふもと」を通っていること、また「やよひの末」とか「やよひのはつかあまり」との記述から、このような時期に葛城山の麓を通り詠んだとして吉野から高野への途中の作と考える。

また、「猶みたし」句を賛とする真蹟の芭蕉自画賛が存する。「なを見たし花に明行神の顔　これはかづらきの山ぶしの寝ごとをつたへたるなるべし」とあって、画は桜の木の下で座ったまま眠る山伏の姿を描き、句は山伏の寝言としたのである。

〔付記〕現時点で確認されている当該句文の『芭蕉全図譜』137・138・139の三点を見比べても、その書風は必ずしも一定していない。たとえば、137は一見して芭蕉の字形をとらない文字もあり、写しの印象さえもってしまう。あわせて印文の不鮮明な要注意の難読関防印「夜明□（不明）」を捺している（不明一字分をからすと読む江戸期の伝承がある）。なお、これもまったくの印象ながら、全図譜番号でいえば、137・139・138の順で書風が展開されているように見受けられる。

4．龍門の花や上戸の土産にせん

当該句は、『笈の小文』にのみ見える句である。

滝の連想で、李白の「廬山の瀑布を望む　其の二」

日照香炉生紫煙（日は香炉を照らして紫煙を生ず）

遥看瀑布挂前川（遥かに看る瀑布の前川に挂くるを）

飛流直下三千尺（飛流直下三千尺）

疑是銀河落九天（疑ふらくは是れ銀河の九天より落つるかと）

により、また、「李白一斗詩百篇」（杜甫・飲中八仙歌）から酒好きの李白を連想し、「上戸」への「土産」が思い浮かんだのであろう。

では、「龍門の花」は、何の花か、「語釈」の項においては、桜としたが、「桃の花」の説を紹介しておく。信胤編『笈の底』（寛政七〈一七九五〉年自序）には、「此吟の花は桃花也。龍門の滝には桃花を景物として詠む也。亦桃花は酒に与へて詩歌にも詠ず常也。故に龍門の桃を酒に比して上戸の土産にせんとの句也」と述べ、この花は「桃の花」としている。また、この点を考えおいて、芭蕉が龍門を訪れた時期を「三月初旬、雛祭りの季節」と推定する説もあるが、首肯しがたい。ここはやはり諸注のように「桜の花」と解すべきであろう。

5．「ほろ〳〵と」発句自画賛（**【図版1】**）

『芭蕉全図譜』所収の図版133は『芭蕉翁遺芳』（勝峰晋風氏編・春陽堂・昭和5年）からの転載で、したがって、寸法の表記を欠く。現存は不明ながら昭和七年三月十四日入札『山代永井氏所蔵品入札目録』（金澤美術倶楽部）を繙いてみると、その寸法は「竪一尺六寸九分　巾八寸四分」とあり、通常想定する画賛の半折大よりはかなり小さな料紙であることが判明する。署名及び落款印の位置から見て、芭蕉画の自賛ものと考えられるが、遠近感を出した構図に細密な描写と着彩が想像され、賛文の筆蹟が、貞享よりはむしろ元禄期初頭に近く思われ、この時期の芭蕉の画業と認定するのはややためらわれる。検討すべき課題が多い自画賛ながら、いま、前述の売立目録から図版をあげる（【図版1】）。

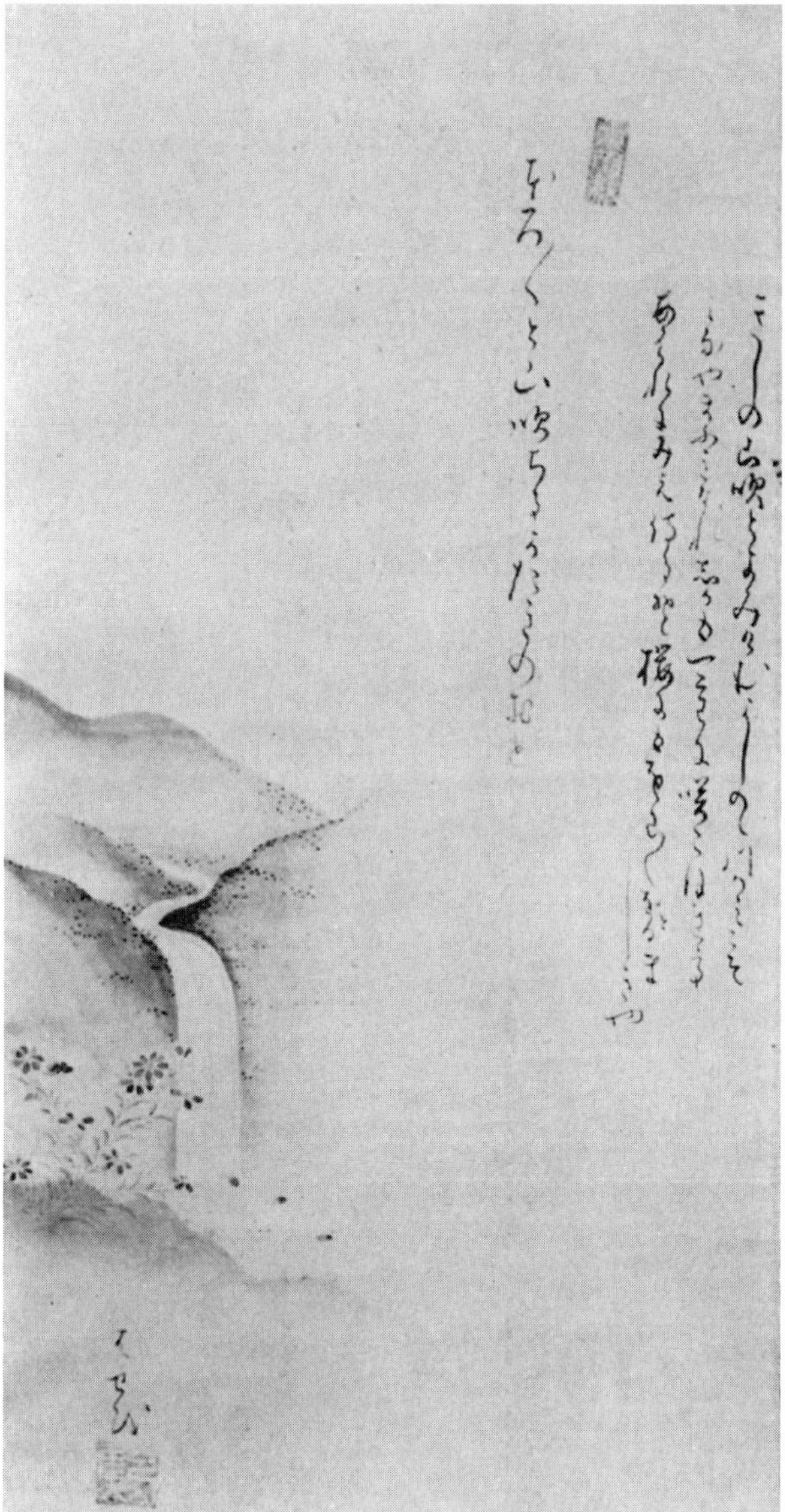

【図版1】『山代永井氏所蔵品入札目録』（金澤美術倶楽部・昭和7年3月14日入札所収）

6．滝を記す

龍門の滝・西河の滝・蜻蛉が滝と巡歴に三滝が続いて記述され、その次に布留の滝・布引の滝・箕面の滝と、巡路からは全く外れた三つの滝が記される。四月二十五日付惣七宛連名書簡に「滝の数七つ」と記される内の六つの滝が、一度に記される。もうひとつの滝は「蟬」の滝で、その蟬が滝は、西河から仏が峯を越えて夏箕（菜摘）へ至る道（旧東熊野街道）の麓のあたりにあり、樫尾峠の茶屋の少し上で、何段かに落ちる滝である。芭蕉が見た「蟬が滝」は、多分下の方のだんだんにおちる滝であろう。そして「蟬が滝」は「龍門」と「西河」の間に入るべき滝である。あまり見栄えのしない滝であったためか、『笈の小文』では採られなかったのではないかとも類推される。【概要】にも記したが、龍門の滝・西河の滝・蜻蝪が滝に続いて書かれた布留の滝・布引の滝・箕面の滝は、「笈の小文」の旅程中の滝である。なお、この三滝の叙述はともに注記を備えている点に共通の特徴があるが、とくに布引の滝、箕面の滝の二つに関しては、作品が須磨・明石で結ばれる前提であれば、事実として廻った「わすれぬ所々」を「書き集め」た備忘の意図を含んでいたとも考えられよう。大和路の峰々を行脚し、ここにことさら滝をとりあげることの意味は、吉野へと旅立つ際にたわむれごととして記した「乾坤無住、同行二人」の巡礼廻国の姿を、「無依の道者の跡」を辿る修行儀礼として、ここに置いて文脈をかたちづくる目的があったからではないかと考える。あくまで、作品を理解するうえでの一案である。

〔吉野山感懐〕

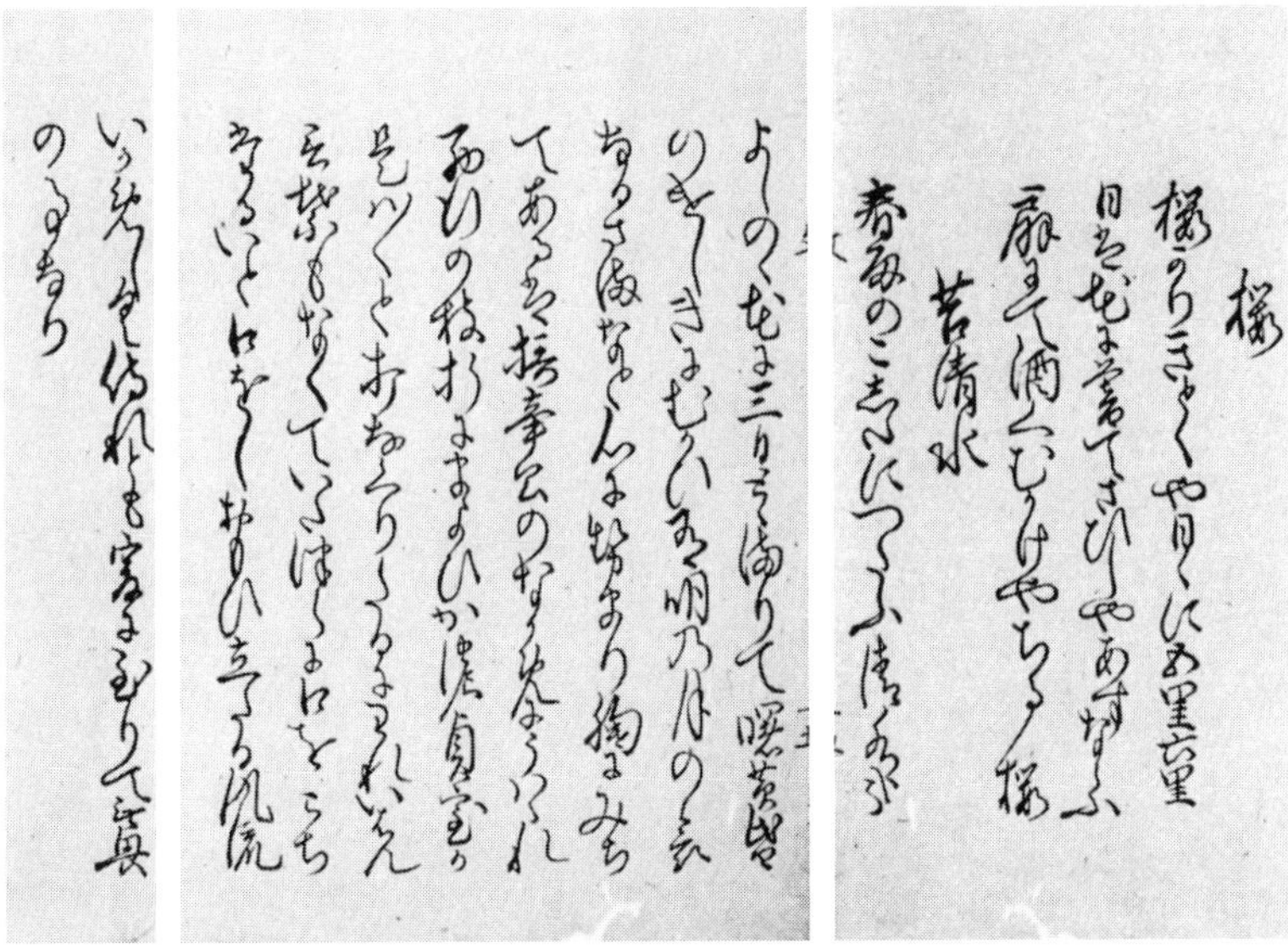

（16丁オ）　（15丁ウ）（15丁オ）

【翻刻】

桜

桜かりきとくや日〻に五里六里
日は花に暮てさひしやあすならふ
扇にて酒くむかけやちる桜

苔清水

春雨のこしたにつたふ清水哉

よしの〻花に三日と〻まりて曙黄昏
のけしきにむかひ有明の月の哀
なるさまなと心にせまり胸にみち
てあるは摂章公のなかめにうハ〻れ
西行の枝折にまよひかの貞室か
是ハ〳〵と打なくりたるにわれいはん
言葉もなくていたつらに口をとち
たるいと口をしおもひ立たる風流
いかめしく侍れとも爰に至りて無興
の事なり

【校訂本文】〔吉野山感懐〕

桜

桜がりきどくや日々に五里六里
日は花に暮れてさびしやあすならう
扇にて酒くむかげやちる桜

苔清水

春雨のこしたにつたふ清水かな

吉野の花に三日とどまりて、曙・黄昏のけしきにむかひ、有明の月の哀なるさまなど、心にせまり、胸にみちて、あるは摂政公のながめにうばはれ、西行の枝折にまよひ、かの貞室が「是は是は」と打ちなぐりたるに、われ、いはん言葉もなくて、いたづらに口をとぢたる、いと口をし。おもひ立ちたる風流、いかめしく侍れども、爰に至りて無興の事なり。

【概要】

四年前の晩秋にはじめて吉野山を訪れた芭蕉は、古来名高い桜花爛漫の春の時期に吉野再訪を期していたようである。前年の江戸出立の前に、内藤露沾邸での送別の俳席でも、旅路に年を越して吉野の花を訪ねたいといっていた（『伊賀餞別』）し、このたび伊賀を出発する時も、「よしのの花におもひ立たん」として「よし野にて桜見せうぞ檜の木笠」の句を掲げて、花見に心を躍らせながら出立した。

その吉野での滞在は三日間、いわゆる上千本・奥千本あたりの桜が見ごろの時期で、連日杜国とともに心を弾ませて、みごとな桜の美景の中を思う存分に彷徨したようである。どこで宿泊したかは明らかではない。紀行には、吉野山での具体的な行実や印象は文章に一切記さず、「桜」と題する三句と、「苔清水」と題する一句とが併記されていて、それに続いて、古来の吉野山の名歌・名吟を想起しながら、それら以上の作をと気負ったものの、予期に反して自らの納得のゆく句ができず、甚だ不本意なことだと述べている。

【語釈】

○桜―次に列記する三句の題。この紀行文では、伊賀出立以後の句の前書はほとんどその句作の場所を示す地名が記されているのに、ここは後段の「衣更」とともに句の題を書く。句の配列から見ても、旅の第一目的から見ても、これらの句は吉野山での桜の句と考えられるが、後半の記述で、吉野山では思うような句ができなかったとするので、あえて「吉野山」の地名を記さなかったものか。これでは句集的な表示で、紀行文らしくないという見方もある。

○桜がり―観桜、花見に歩き回ること。「狩」は、本来、鳥獣を追い立てて駆け回って捕らえることで、それが、花や薬草などを探し求めて歩く意に転用された。めあてとするものを探し求めて山野を歩き回る意で、紅葉狩・茸狩も同じ。『俳諧無言抄』にも、「桜がりは尋ねてありく事也」とある。季語としては、『増山井』に春・三月とする。

○きどく―なんとも感心なことだ、の意。『易林本節用集』・『書言字考節用集』に「奇特（キドク）」とあり、謡曲（江口・花月・白髭など）や狂言（福の神・祢宜山伏など）でも「きどく」といい、『邦訳日葡辞書』にも〈Qidocu〉と表記するなど、「と」は濁音で読む。本来、奇特は奇妙特別の意で、神仏などの不可思議な力、霊験や霊妙の意に用いられた。『邦訳日葡辞書』の語意に、「不思議・奇跡」と注し、謡曲での用例もその意である。それが意味・用法の拡大で、人の行為について、よくできている、殊勝なことであるの意になり、狂言にその用例を見る。芭蕉が自身のことについていうこの場合は、われながらよくやる、感心なことである、と苦笑気味に気恥ずかしいさまを表現している。

○日々に五里六里―毎日花見を楽しみながら、五里も六里も歩いたことをいう。吉野山は山麓から山頂までは約二里であり、山中だけのことならばいささか誇大に思えるので、必ずしも実距離をいうのでなく、よく歩いたということばのあやであろう。　**○桜がりきどくや日々に五里六里**―江戸出立以来期待してきた花見だけに、山道の登り降りもいとわず、精力的に毎日歩き回って大いに楽しんだが、考えてみれば物好きなことだと苦笑する態で、それだけ見ごたえのある桜の景に大満足の気持ちをあらわす。芭蕉は山中に三日滞在したようだが、時期的に下千本あたりは散りかけて、中千本以上が見ごろであったはずである。謡曲「西行桜」の詞章のはじめにある「頃待ち得たる桜狩、山路の春に急がん。（中略）こゝかしこの花をながめ、さながら山野に日を送り候。昨日は東山地主の桜を一見仕りて候。今日は又、西山西行の庵室の花盛なるよし承り及び候」というのを踏まえた作であろう。『芭蕉翁真蹟拾遺』（【補説5】参照）に「六里七里日ごとに替る花見哉」の句を記すが、別案か。　**○日は花に暮れてさびしやあすならう**―前の句を受けて、花見に堪能した一日の暮れ方の景で、暮れなずむ山中も暗くなって、桜花の彩りも薄れたころ、夕映えに立つあすなろうの大木を見上げて、その名にまつわるあわれな空頼みを思うと、改めてわびしさがつのるという感懐を深くした。昼間の桜花の華麗さと暮色に立つ大木の哀感との対照を句にした。　**○あすならう**―ヒノキ科の常緑高木で、高さは二、三〇メートルにもなる大木。材は建築用に使われるが、古くから用材としてはヒノキに劣るとされてきた。その劣等感から「明日は檜になろう」と願って、いつもはかない頼みをかけているといわれてその名になったとされ、翌檜と書く。『枕草子』（春曙抄本三七段）の「花の木ならぬは」の段に、「あすはひの木、この世に近くも見えきこえず。御嶽（吉野の金峯山）にまうでて帰りたる人などの持てくめる。枝ざしなどはいと手ふれにくげにあらくましけれど、なにの心ありて、あすはひの木となつけけむ。あぢきなきかねごとなりや。たれにたのめたるにかと思ふに、聞かまほしくをかし」とある。この「あすならう」という名にちなむ話を、芭蕉も意識においていたと見えて、「さびしさや花のあたりのあすならふ」という句に長い前書を付けた真蹟懐紙（『芭蕉全図譜』136）がある。この方は二月に伊勢滞在中に染筆されたものと思われ、吉野山で「日は花に」に改案されたと考えられる（【補説1】【補説2】参照）。　**○扇にて酒くむ**―能舞台での所作で、扇をひろげて、酒を盃に注いだり盃で酒を飲んだりするしぐさをいう。酌むは、本来、酒を注ぎ入れることをいうが、注がれた盃をもって酒を飲むことも含めて「酒くむ」という。能の舞台では、実際に瓶子や盃を小道具として用いず、その所作として、常に携えている扇をひろげて、酒をついだり飲んだりするようすを象徴的に表現する。盃をもつのをあらわす時は扇をひろげて平らにもち、酌をする所作はひろげた扇を右手で平らにもってそれを斜めに立てて注ぐ形をする。この「酒くむ」所作をする人を自身の姿ととるか、他の人の姿と見なすか、の二つが考えられる。自身の姿ととると、花見に浮かれて幻想の能舞台に立ったつもりでつい演じてみたまねごとであって、興にのった孤影となる。他の人の姿と見ると、たとえば、能のシテの所作をワキの立場で見つめるような叙景であって、演じるのは花見客の酔態となる。ここは、花見客の群れの一人が酔興で演じる所作を、自分も皆とともに興じながら見ている態とする方が花吹雪の下での観桜の景にふさわしいであろう。

○かげ―これを、「陰」と解するか、「影」と解するか、の二説がある。通説では、これを陰と解して、桜の木の下、木陰とする。しかし、それは『芭蕉翁真蹟拾遺』所収の句形「扇にて酒くむ花の木陰哉」を初案とし、それに引かれた解であって、「酒くむかげ」と続いた表現に切字「や」が付いて句切れになっている以上、これを木陰とは受けとりにくい。これは、酒をくむ所作をする人影、すなわち、その人物の姿と解すべきであろう（尾形仂氏『日本詩人選・松尾芭蕉』筑摩書房・昭和46年）。【補説3】参照。 **○苔清水**―吉野山最奥の安禅寺から少し下った所に、昔西行が庵住した跡と伝える小平地があり、その近くに岩間をしたたり落ちる細流があって、苔清水と呼んでいる。謡春菴周可編『吉野山独案内』（寛文十一〈一六七一〉年刊）に、ここに庵住した西行の歌として「とく〱と落る岩間の苺（こけ）清水くみほす程もなき住居哉」を掲げ、それに因んで苔清水（こけしみず）と呼ぶとする。ここは、吉野山でも最奥の場所で、知る人ぞ知る仙境であった。 **○春雨のこしたにつたふ清水かな**―花見の浮いた高ぶりを春雨に鎮めて、寂然と清水を見つめながら、西行のことは全く記さず、言外に西行をしのぶ思いを込めた。なお、「清水」は夏の季語とされるが、貞徳の『俳諧御傘』に、連歌の式目を受けて「清水、雑也。結ぶといへば夏なり」とあり、『増山井』・『毛吹草』にも

「清水結ぶ」として六月（末夏）の季語としており、「清水」単独では採り上げていない。ここでは「春雨」が季語。

○曙・黄昏のけしき――「曙」は、夜が明けてほのかに明るくなるころで、暁より後、日の出の前のころをいう。「黄昏」は、『書言字考節用集』に「タソカレドキ」、『邦訳日葡辞書』に〈Tasocare doqi〉とあり、謡曲（半蔀・雲林院など）でも俳諧作法書（『はなひ草』・『俳諧類船集』など）にも「たそかれ」とあって、いずれも「か」は清音。夕暮の薄暗くなるころ、人の姿がぼんやりして見分けにくく、「誰そ彼は」ということから「たそかれどき」というようになり、後に「たそかれ」で夕暮をいうようになった。「けしき」は元来「気色」で、自然界や人の心などが外にあらわれたようすをいうが、「景色」を当てて風景をいうようになった。夜明け前のほんのり明るくなってゆくころや夕暮の薄暗くなるころの風景。

○有明の月――十五夜の満月以後、日ごとに月の出が遅れるので、夜が明けてもなお天空に残って見える淡い月かげのこと。芭蕉が吉野山中に滞在していたのは三月下旬で、下弦の月である。

○あるは――ある時は、の意。二つ以上の場合を並べていう時に、それぞれの上に付けていうが、この場合は、次の「西行の」及び「かの貞室が」の上に付けるのを省略した。

○摂政公――「摂章公」は誤記。摂政太政大臣、藤原良経（一一六九～一二〇六）をいう。関白兼実の次男。藤原俊成に師事して和歌を学び、新古今集時代の代表的歌人でもある。『新古今集』では仮名序を書き、巻頭歌をはじめ七九首の入集を見た。

○ながめにうばはれ――「ながめ」は、後の〈須磨浦幻影〉に「呉楚東南の詠もかかる所にや」とあるように、ここは「眺」の意よりも「詠」の意で、詠まれた歌を指す。すなわち、すばらしい眺めに感じて口ずさんだ詩歌のことで、良経の詠んだ歌に心を奪われて、の意。ここにいう良経の歌は明示されていないが、良経の自撰歌集『秋篠月清集』巻頭の「花五十首」のはじめに掲げる、「昔誰かかるさくらの花をうゑてよしのをはるの山となしけむ」の詠をいうと見られている。

○西行の枝折にまよひ――「枝折」は、山道などで、踏み跡の定かならぬ所を歩きながら、木の枝などを折って、後の道しるべとするもので、ここでは西行の通ったコースをいう。西行の名歌、「吉野山こぞのしをりの道かへてまだ見ぬかたの花をたづねむ」（『新古今集』・『西行法師家集』）を引き、山中の西行の旧跡を探訪してさまよい歩いたことをいう。　**○かの貞室**—あの貞室。貞室は安原氏。芭蕉は、その率直な表現に好意的であったようである。前年の『鹿島詣』の冒頭にも、貞室の須磨の月見の句を引いて書き起こしており、ここでも貞室の吉野山の句を挙げている。　**○「是は是は」と**—貞室の句で、「是は〳〵とばかり花の吉野山」（未琢編『一本草』初出）を引く。延宝六（一六七八）年の桃青跋のある『十八番発句合』の中で、「花の香や心も言葉も吉野山」という句の判詞に、「洛の貞室、是は〳〵と計（ばかり）花の吉野山、といへる秀句に、猶此句けおされ侍らんかし」と書いている。　**○いたづらに口をとぢたる**—何のなすこともできないまま、むだに黙ってしまったの意（【補説4】参照）。　**○おもひ立ちたる風流**—「風流」は、この場合、日常の俗界を離れて情趣豊かな境地に遊び、詩歌を吟じることをいい、そのために、歌枕に著名な花の吉野山をめざして旅に出ようとした心情をいう。伊賀出発時の「そゞろにうき立つ心の花の、我を道引く枝折となりて、よしのの花におもひ立たんとする」を受けている。　**○いかめしく侍れども**—「いかめし」は、ここでは、志がすぐれてりっぱ、態度が堂々として見上げたものであるようすをいう。われながらその意気は壮とすべきでありますが、の意。　**○爰に至りて**—「爰」は、『書言字考節用集』に「爰（ココニ）」とあり、『俳諧次韻』に「爰に（コヽ）」と振仮名を付ける。このような始末になってしまって、の意。　**○無興**—興味をなくすこと。勢いこんでいたせっかくの期待がそがれて、がっかりしたことをいう。『邦訳日葡辞書』に〈Buqeôna. みじめな、寂しい、あじけない〉と注する。

【通釈】

桜の吉野にて

（桜がりきどくや日々に五里六里）

名にし負う吉野山の桜を訪ね来て、毎日山中を五里も六里もいとわずに歩き回るとは、いかに長年あこがれてやってきたとはいえ、われながら全くよくやるなあと感心するばかりである。

（日は花に暮れてさびしやあすならう）

花に浮かれて時の経つのも忘れていたが、春日遅々の一日もようやく暮れようとするころ、人々の姿も消えて、ふとさびしさを感じた。それまで気づかずにいたが、あすならうの大木の影が黒々と立っているのを見て、この木の名にまつわるあわれさを、改めて感じるのであった。

（扇にて酒くむかげやちる桜）

春爛漫の吉野山。花見客が赤い毛氈を敷いて、酒を酌み交わしながら桜花を楽しんでいる。その中の一人が立って、酔興のあまり、能の仕舞の所作よろしく、ひろげた扇で酒を飲むかっこうをして一座の拍手を浴びている。折から桜の花びらがはらはらと散りかかって興趣を添えている。

苔清水にて

（春雨のこしたにつたふ清水かな）

吉野山の山奥にある西行ゆかりの苔清水を訪れた。ここは閑寂そのものの別天地。しかも、今日は春雨が降り、立木を静かに伝う雫がしたたり落ちて、苔むした石の間にたまっている。ぬれながらたたずんでその清水に見入っていると、俗界を離れて心も澄みゆくのを覚える。

花ざかりの吉野山に三日間滞在して、早朝や夕暮の美景を眺め、明けゆく空に淡く残る有明月を仰いでいると、その情趣がぐっと心に迫り、感動で胸がいっぱいになって、数多い吉野山の名歌・名吟が次々に思い出されてくる。ある時は、摂政、藤原良経公の詠んだ歌にすっかり魅了され、またある時は、西行の「吉野山こぞのしをりの道かへてまだ見ぬ方の花をたづねん」の歌を口ずさみながら、その歌境に近づこうと山中をさまよい歩き、さらに、あの貞室が、「是は〳〵とばかり花の吉野山」と、いい放った句のおもしろさに、自分はそのうえに新たな趣向を見出すこともなく、むなしく黙するばかりであったのは、甚だ心残りなことである。

この旅で、花の名勝の吉野山を訪ねて、会心の句をものしようと意気込で出立したものの、その風流心は自分ながらりっぱなことではあったが、このようなことになってしまって、まことに興ざめなことである。

【補説】

1. 慣用句「花のあたりの深山木」

「日は花に」の初案と見られている真蹟懐紙（『芭蕉全図譜』136、次頁【図版1】）の句形にある「花のあたりのあすならふ」は、古くからの慣用句「花のあたりの深山木」を転用したもの。このことばは、『撰集抄』巻八第一七に、九条殿での七夕の扇合の時、中務という女房の書いた歌に人々が感心していると、遅参した清原元輔の歌もおもしろく優劣分けがたいとして、「此二つの扇、勝にさだまりて、其外のゆゝしかりける扇どもは、花のあたりの深山木の心地して、心とめてみる人もなかりける」とあるのからの引用とされる。このように並べ比べて優劣の明白なようすのたとえとしてよく知られた慣用表現であった。これは、古く『宇津保物語』（蔵開上）に、春宮とあて宮について、「宮のつい並び給へば、花の傍の常磐木のやうに見え給ふ」とあるのや、『源氏物語』の「紅葉賀」の巻頭に、藤壺中宮の前で、「源氏中将は青海波をぞ舞ひたまひける。片手には大殿の頭中将、かたち用意人にことなるを、立ち並びては、なほ花のかたはらの深山木なり」とあるのをはじめ、他にも見える。この「深山木」をその名のもつあわれさを添えて「あすならう」と具体化したのは、俳味を加えたものと考えられる。このような慣用表現をそのまま使った観相的な内容を句にした初案は、吉野での嘱目の句とは句眼が異なる。

2.「さびしさや」句文懐紙

関防印の印文は不明。落款印は「桃」・「青」の二顆。

この句文懐紙の伝来は明らかでないが、これと同文の句文が支考編『笈日記』（元禄八年刊）中巻の伊勢部に「讃二幅」の中の一として掲載されていたので、早くからよく知られていた。それに、昭和八年三月の名古屋美術倶楽部

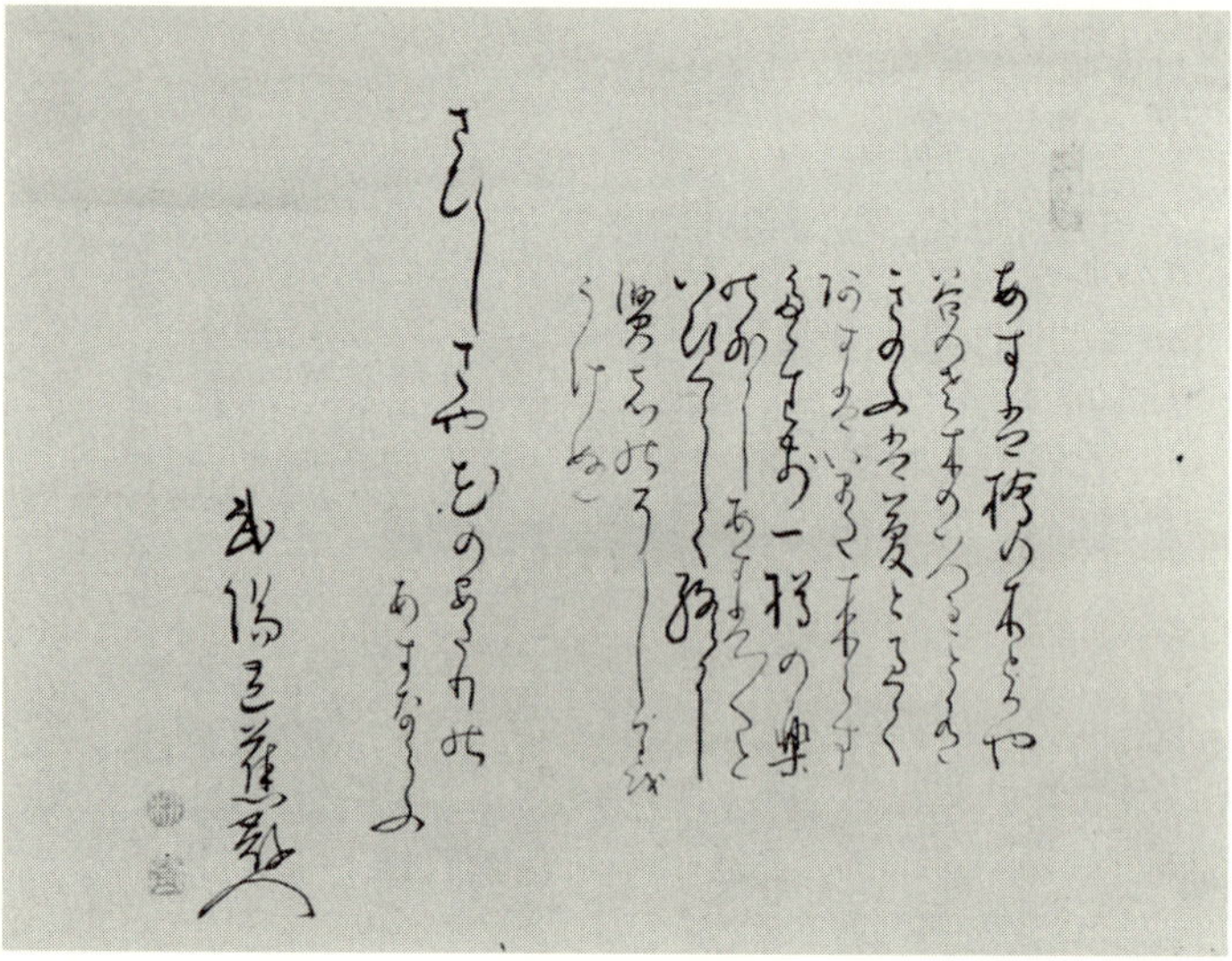

【図版１】「さびしさや」句文懐紙（『芭蕉全図譜』136、岩波書店）

□(印)
あすは檜の木とかや、
谷の老木のいへること有。
きのふは夢と過て、
あすはいまだ来らず。
たゞ生前一樽の楽
の外に、あすは〳〵と
いひくらして、終に
賢者のそしりを
うけぬ

さびしさや花のあたりの
　あすならふ
武陽芭蕉散人
○(印)□(印)

の売立『北岳楼蔵品展観図録』に見えるこの句文懐紙の写真が、昭和五十年に紹介され（大礒義雄氏「芭蕉新資料論考」「連歌俳諧研究」49号）、さらに、昭和六十三年に仙台美術館の『みちのくを訪れた人々展図録』で現物の写真紹介があって、慈光明院蔵のこの句文懐紙が世に出た。ただし、『笈日記』にいう「讃」は画賛と見られるが、慈光明院蔵の懐紙には画はない。現存するこの懐紙には、天保三（一八三二）年の大倉好斎の極札や鑑定書が付属文書としてあり、内箱の裏に「麦林」と書かれているという（『芭蕉全図譜』136）。これは芭蕉の真蹟と見て誤りはないとされる。この懐紙がいつごろ芭蕉によって染筆されたものかは明らかでないが、落款に「武陽」とあって、「武陵」とするものが多い中で、署名の「武陽」は二点のみ存するという。他の一点は、貞享五年春の伊賀帰郷の折のものと見られている、「探丸子等歌仙点巻」（蝶夢編『芭蕉門古人真蹟』天明二〈一七八二〉年成。『芭蕉全図譜』308）に署名されている。また、その落款印の桃と青もこの句文懐紙と同じ。とすると、この二点は同じ時期の染筆ではなかろうか。『芭蕉全図譜』の説明では、この「さびしさや」の句は、『笈の小文』所収の「日は花に」の句の初案とし、これも吉野での作とするが、この句文懐紙は、内箱裏の署名「麦林」（伊勢の乙由）や支考が『笈日記』に「伊勢部」に採録しているところから推して、伊勢に伝来したものと見るならば、署名や落款印とも考え合わせると、貞享五年二月の伊勢滞在中に染筆されたものであろう。それを吉野での花見の時に、前書と切り離して改案して紀行に入れたものと考えることもできる。

この句文は、『笈日記』のほか『陸奥鵆』・『泊船集』等にも載せられていてつとに知られていたのに、『笈の小文』記載の「日は花に」の句形は他に見えず、この「さびしさや」の句形が後案だと見るのが一般であった。ただし、この「さびしさや」の句は、その前書を見ると、白楽天の詩「勧ムレ酒ヲ」の中の「身後堆クシテレ金ヲ拄フトモ二北斗ヲ一、不レ如カ二生前一樽ノ酒ニ一」の句を引いて、あすなろうの木があすは檜になろうというはかない空頼みをあてにする愚を戒めるような口ぶりであり、句の方もその木の哀れさを古来の慣用句「花のあたりの深山木」をそのまま句中に取り込んで、すこぶる観相的な詠みぶりになっており、吉野のことは全く書かれず、別案のように見える。

井本農一氏は、この「さびしさや」の句は情景に乏しく、観念の露骨な観相的性格の顕著な点を考慮し、あすなろうにまつわる一抹の哀感をこめて具象的なさびしさを表現している「日は花に」の句の後案とは考えにくいとして、「さびしさや」の句が先に作られ、それを後に紀行文中の「日は花に」の句形に改めたとした（『芭蕉の文学の研究』角川書店・昭和53年所収、「『笈の小文』の成立時期補説」）。当を得ていると思われる。ただ、二月の伊勢での作だとすれば、「花」は桜でなく、時期的に梅かとも見られるが、それも、この前書の内容から、情景よりも慣用句の取り込みによる、季語としての「花」であろう。

3.「扇にて」の句の「かげ」

『芭蕉翁真蹟拾遺』の春湖蔵一二句（【補説5】参照）の中に録されている句形は「扇にて酒くむ花の木陰哉」とあって、明らかに「木陰」とある。さらに、『笈の小文』に採録されていないが、『あら野』所収の「大和国草（ママ）（平）尾村にて」と前書のある句、「花の陰謡に似たる旅寝かな」をも視野に入れて、この「かげ」を陰と解するのが通説になっている。しかし、尾形仂氏はそれに対し、「酒酌むかげ」を「酒酌む花の下陰」と同義に解するのは措辞として無理だとし、「花の木陰」の句を初案と認めながらも、初案の解がいつも定案の解を規定するとは限らないとして、これは「影」であって人影と見、「影や」と句切れを置いて、二句一章の形をとるとする（『日本詩人選・松尾芭蕉』）。また、この「花の木陰かな」の句形は、芙雀編『駒掫』（元禄十五〈一七〇二〉年刊）にも同じ形で見えるが、上五が「扇子にて」とあるのは誤伝であろう。

なお、『笈の小文』には採録されていないが、『芭蕉翁真蹟拾遺』の春湖蔵の一句に、「聲よくはうたはふものをさくらちる」というのが見える。この句がこの時の吉野山での作かどうかは不明ながら、そこに並ぶ「扇にて酒くむ花の木陰哉」の句の能舞台のおもかげと通ずるところがあり、扇をひろげて酒をくむ所作を見て、自分もその一座に加わって謡一曲をという意にとると、この二句は対になっていると思われる。

4．「いはん言葉もなくて、いたづらに口をとぢたる」

芭蕉は、前年秋の『鹿島詣』で、月見に出かけながら雨で月が見えず、翌朝やっと月を見たが、「たゞあはれなるけしきのみむねにみちて、いふべきことの葉もなし。はるばると月みにきたるかひなきこそ、ほいなきわざなれ」とあり、また、翌年松島に行き、そのみごとな景観に接して、『奥の細道』に「造化の天工、いづれの人か筆をふるひ、詞を尽さむ」とあって、「予は口をとぢて、眠らむとしていねられず」と書いている。これらは、中国の詩の作法で、あまりにもすぐれた景に接しては、ありきたりの表現をするより、むしろ言葉を失って黙するにしかず、というのによるものであろう。

なお、この文の前に、吉野でのものと見られる「桜三句」や苔清水の句が見え、また、この時の吉野での作と思われる句が他書に伝えられている（「旅程と旅中句」参照）が、要するに意にかなう句が作れなかったというのである。

5．参考資料『芭蕉翁真蹟拾遺』

これは、写本一冊で伝わる。幕末の俳人、藻魚庵大蟲が、芭蕉の真蹟として伝えられたものを、多年にわたって各地で披見し、それらを写し取って一冊としたもの。句文や書簡等、計五七点を収録し、その多くに所蔵者名も記す。その中には真蹟そのものが現在に伝わるものもあるが、今日から見て偽物と思われるものもかなりあるので、吟味が必要であろう。それでも、ひとつの参考資料になりうるとされる。大蟲の自筆本は、その歿後（明治三年歿）に、劇作家で詩人としても知られる高安月郊の所蔵となっていたが、戦災により焼失してしまったという。しかし、昭和三年に勝峯晋風が島崎藤村の紹介で月郊から原本を借りて知橋に筆写させた写本が唯一の伝本として残っており（裏扉の晋風識語）、現在は天理大学附属天理図書館に所蔵されている。この天理図書館所蔵本は、赤羽学氏が翻刻して「俳文芸」13号（昭和53年6月）に紹介して解説を加え、その後、『続・芭蕉俳諧の精神』（清水弘文堂・昭和59年）に再

『芭蕉翁真蹟拾遺』

(1)月を見ても物たらはすや須广の夏
　あかし
(2)時鳥消行かたや嶋ひとつ
(3)聲よくはうたはふものをさくらちる
(4)春雨の小したにかゝるしみつ哉
(5)扇にて酒くむ花の木陰哉
(6)六里七里日ことに替る花見哉
(7)足洗てつゐ明安き丸寐かな
　海士の旧跡
(8)あまの顔先見らるゝやけしの花
(9)春立てや、九日の野山哉
(10)かれ芝やまたかけろふの一二寸
(11)さま〳〵の事思ひ出すさくら哉
(12)ほろ〳〵と山吹ちるか瀧の音

右小築菴春湖蔵

『笈の小文』の句形

(1)△「月見ても」
　(前書なし)
(2)○
(3)×
(4)△「こしたにつたふ」
(5)△「酒くむかけやちる桜」
(6)△「桜かりきとくや日ゝに五里六里」
(7)×
　(前書なし)
(8)○
(9)△「また九日」
(10)△「やゝかけろふの」
(11)○
(12)○

○は句形に異同なし
△は句形に異同あり
×は『笈の小文』に収録せず

掲して、世に知られる。なお、今栄蔵氏によると、同書所収作品五七点の内訳は、⑴短冊・懐紙・詠草等と見られる句文二〇点、⑵画賛（画は省略）四点、⑶書簡二九点（内、偽簡一八点）、⑷所見の品目名のみ四点であるという（『総合芭蕉事典』雄山閣・昭和57年）。

同書所収の五七点中の五一番目に、小築菴春湖の蔵として、芭蕉の発句一二句が並記されているのが右に掲げたものである。春湖は、幕末から明治のはじめにかけて江戸三大家と称された俳人で、明治十九年歿。この春湖蔵という真蹟は現在伝わらないが、その一二句はほとんどが「笈の小文」の旅中吟と見られる。ただ、その配列は旅程どおりでなく、順不同である。ここに掲出された句群については注記がなく、それらが、いわゆる「伊勢十句詠草」のように一連の詠草として書かれたものか、あるいは、懐紙や短冊などに記されたものを適宜写し取ったものかは明らかでない。句形については、乙州版本『笈の小文』記載と同じもの四句（○）、一部異なるもの六句（△）であり、紀行文に記載のないもの二句（×）である。また、その作句場所の推されるのは、伊賀三句、吉野五句、須磨・明石三句、その他一句と見られる。七句目の「足洗て」の句のみは他に全く所見がなく、存疑句とする見方もある。三句目の「聲よくは」の句は乙州版本『笈の小文』に記載がないが、他の俳書には所収されている。その他の一〇句は、『笈の小文』所収句と句形に異同があるが、関連する句と見られる。ただし、この句形の異同は、初案ないしは推敲中のものか、あるいは筆写時点の誤りによるものか、さらには春湖蔵の原典に問題のあるものか等については、明らかにすることができない。

〔巡礼廻国〕

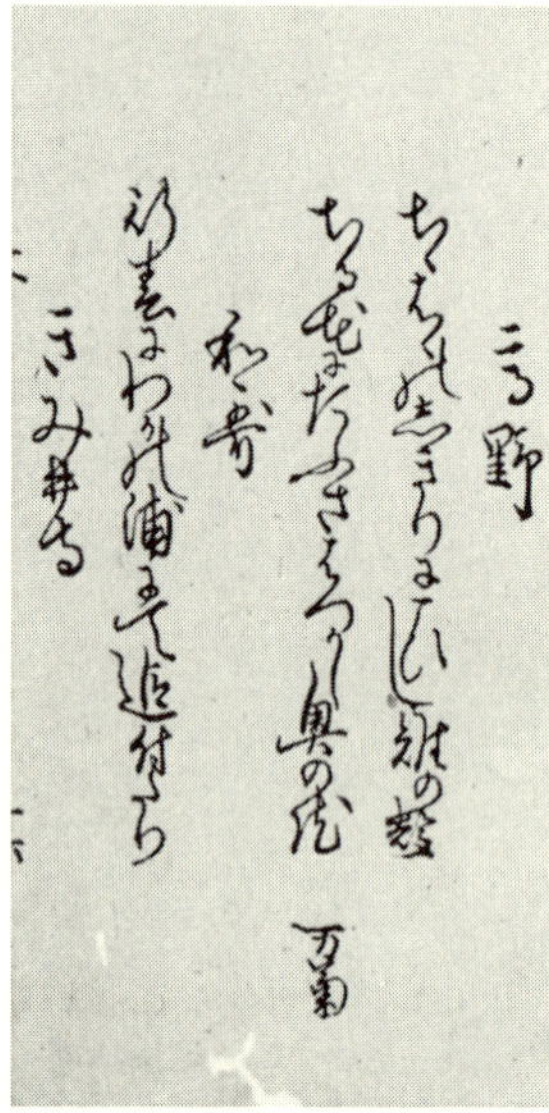

（16丁オ）

【翻刻】

高野
ちゝはゝのしきりにこひし雉の聲
ちる花にたふさはつかし奥の院　万菊
和哥
行春にわかの浦にて追付たり
きみ井寺

【校訂本文】〔巡礼廻国〕

高野
ちちははのしきりにこひし雉の声
ちる花にたぶさはづかし奥の院　万菊
和歌
行く春に和歌の浦にて追ひ付きたり
紀三井寺

【概要】

吉野を出た芭蕉一行は、吉野川に沿って西へ下る。紀州街道を西へとる、いわゆる「宇野坂越え」である。高野へはかぶろ坂、不動坂を通って参詣を済ませたものであろう。「高野」の二句はその折の作。その後、紀の川に沿ってさらに西下し、和歌の浦に着いたのは三月の末であった。一行は紀三井寺にも参詣をしたらしいが、「きみ井寺」と紀行文中にその名のみを記す。『笈の小文』中、最も不可解かつ難解な記載である。

【語釈】

○高野―紀伊国高野山。真言宗総本山金剛峯寺を有し、俳文「高野登山端書」（『枇杷園随筆』文化七〈一八一〇〉年刊による。【補説】末尾の〔付記〕参照）に、「高野のおくにのぼれば、霊場さかんにして、法の燈消る時なく、坊舎地をしめて、仏閣甍をならべ」と、当時の聖地のようすを伝えている。なお、概算ながら、高野山より吉野へ一一里、紀三井寺まで一一里の行程とされている（「高野山現今實細全圖」等）。**○ちちははのしきりにこひし雉の声**―僧行基が高野山で詠んだと伝えられる「山鳥のほろほろと鳴く声きけば父かとぞ思ふ母かとぞ思ふ」（『玉葉集』・釈教）を踏まえる。芭蕉の父は一三歳の折、母は四〇歳の時に世を去っている。**○ちる花にたぶさはづかし奥の院**―花の散るのを見て、遁世して高野に入ったという苅萱道心が、訪ねてきた息子（石童丸）にその素性を明かさず、ともに仏道修行を続けた逸話を踏まえる。たぶさは髻（もとどり）の意、俗体をいう。霊地に俗体であることを恥ずかしく思う、という意味。**○和歌**―紀伊国和歌の浦。本文中に「和哥」とするのは、後の「紀三井寺」とともに名所「和歌浦」を引き出す用意か。万葉以来の歌枕の地。**○紀三井寺**―和歌浦東岸にある、巡礼寺として著名な護国院金剛宝寺のこと。西国順拝第二番札所。この紀三井寺（名草山）から見おろす和歌の浦の風景は春の美景とされている（【補説1】【補説2】参照）。

【通釈】

高野山にて

（ちちははのしきりにこひし雉の声）

高野山の静寂にほろうつ雉の鳴き声を聞けば、行基もかつてこの地で詠んだように、父母の恋しさがつのり、ただただ、父母の慈愛を受けた昔が懐かしく思い出される。

（ちる花にたぶさはづかし奥の院　万菊）

高野の山桜が散るその風情に、清浄な奥の院のたたずまい、わが身の髻を結った俗体が、何と似つかわしさに欠けることであろうか。かの刈萱道心のことも思いあわされる。

和歌の浦にて

（行く春に和歌の浦にて追ひ付きたり）

この和歌の浦の朦朧とかすむ海原に臨むと、弥生末の景色に、かろうじて間に合った感が深い。春の和歌の浦の美景を今しばらく眼前にとどめよう。

紀三井寺に参拝し、和歌の浦を眺望する。

【補説】

1．「きみ井寺」の解

すでに【概要】で指摘したように、「きみ井寺」の一行は難解である。従来の解釈について二、三紹介してみたい。多くはこれを前書と理解し、

・「行春に」の句の次にただ「きみ井寺」とのみあるのは、ここが書写・編集の際の発句の脱落と見るのか、それとも、単に紀三井寺参詣を意味したものか、誰しも不審の念をいだくに違いない。芭蕉が紀行の推敲過程で、発句を抹消し前書のみ消し残されたかとの推定もされているが、特定の部分部分は別として、惣じて一貫した紀行文として芭蕉がこの本文に推敲を加えたとは、上来たびたび指摘したところからも到底考えられない（宮本三郎氏「『笈の小文』への疑問」）。

・後に紀三井寺の句を抹消した時、この前書を消し忘れたか、「一つぬいで後に負ぬ衣がへ」の句をこの寺で詠ん

だとし、推敲の過程で文章（「跪はやぶれて」以下の文）を挿入したので、前書が浮いてしまったものと考えられる。『笈の小文』がまだ決定稿に至っていなかったことを思わせる（井本農一氏『校本芭蕉全集』・『新編日本古典文学全集』）。

・紀三井寺の前書のあとに「見あぐればさくらしまふて紀三井寺」の句があったとする説がある。首肯すべきか。いずれにしても本文は不備な状態である（上野洋三氏『芭蕉講座』有精堂）。

とするもので、編集、書写の時点での不用意な誤脱と見る立場と、推敲過程で生じた不手際と考える見解がある。一方は乙州の編集を視野に入れ、また一方は、未定稿として放置された前書と考える。つまり、いずれにしても、「きみ井寺」は「紀三井寺にて」と、前の「高野」「和哥」と同列に扱うべきものとする不備なのである。はたしてそうなのであろうか。ここに、【補説2】として、『笈の小文』全体を見わたして、発句の前書と地名の項目立てとを抜き出してみたい。

2.「きみ井寺」続解

便宜上、発句の前書と地名の立項とを判別しやすいように分けて掲出する。

前書	地名の立項
・鳴海にとまりて	
＊・あま津縄手　田の中に細道ありて海より吹上る風いと寒き所也	
・熱田御修覆	
・有人の會	

・ある人興行
・初春
・伊勢山田
・菩提山
・龍尚舎
・網代民部雪堂に會
・草庵會
・乾坤無住同行二人
・初瀬
・葛城山
・臍峠　多武峯ヨリ龍門へ越道也
・瀧門
・西河
・桜
・苔清水
・高野
・和哥

三輪　多武峯

蜻蝪か瀧
布留の瀧ハ布留の宮より二十五丁山の奥也
津国幾田の川上に有
布引の瀧　大和　箕面の瀧
勝尾寺へ越える道に有

・衣更
・旧友に奈良にてわかる
・大坂にてある人のもとにて
・須广
・明石夜泊

きみ井寺

前書に分類した冒頭の「鳴海にとまりて」は、他の前書にならえば「鳴海夜泊」といった意味で、末尾の「明石夜泊」に呼応しよう。問題は＊印を付けた二つ目の「あま津縄手……」の前書である。〔保美道中〕五〇頁でも述べたが、「田の中に細道ありて……」の一文は、地名「あま津縄手」の説明書きと見て大きく誤るまい。この見方が成立するとすれば、これと同様の趣旨が、たとえば「臍峠　多武峯ヨリ龍門ヘ越道也」にも見出され、またこれは、地名の立項に付加された一文にも看取することができる。すなわち、

・布留の瀧ハ布留の宮より二十五丁山の奥也
・津国幾田の川上に有　布引の瀧
・箕面の瀧　勝尾寺へ越る道に有

の右の三つがそれに該当しよう。書き様が地の文であったり、傍注のようであったりと一定しないが、右の三例はすべて、その地の位置関係を示すことに重点が置かれ、他の地名との並記相関によって意味づけがなされている。同様に発句の前書は、場所、状況の説明機能としての意味あいが強く、したがって、状況の説明が不可欠の「あまつ縄手」や「臍峠」には、その意味を付加する一文が添えられる。

では、「きみ井寺」はどうか。その位置関係はいうに及ばず、和歌の浦を眺望する古刹として非常に名高い。たと

えば「浦より登ること二十五丁」などの記載を期待してもよいが、それは不要であろう。本文では「和哥」とその発句に接続する意識のもとに記された地名で、やはり海上朦朧とかすむ春景を見わたす名所としての処置ではなかったか。したがって、未定稿ゆえの放置と考えたり、編集上の不備として解を与えない立場には、賛同するものではなく、むしろ、宮本三郎氏が指摘したのみで一顧だにしなかった「紀三井寺参詣を意味した」と解釈すればよいのである。

〔付記〕【語釈】に前述したとおり、『枇杷園随筆』に「高野登山端書」の題で「父母のしきりに恋し雉の声」の句文が収録されている。表現の細部にまで芭蕉らしさがあるか否かの議論も改めて必要になるが、典拠とする「秋挙夜話」にもやや曖昧さが残り、そのうえ『笈の小文』の本文解釈に関係しないことから、本書では掲載を見送ることにした。なお、大礒義雄氏が紹介した『柏声舎聞書』に載る異文（「芭蕉の俳文「高野詣」の異文」「連歌俳諧研究」63号・昭和57年7月、『芭蕉と蕉門俳人』所収）も同様である。

〔旅十徳〕

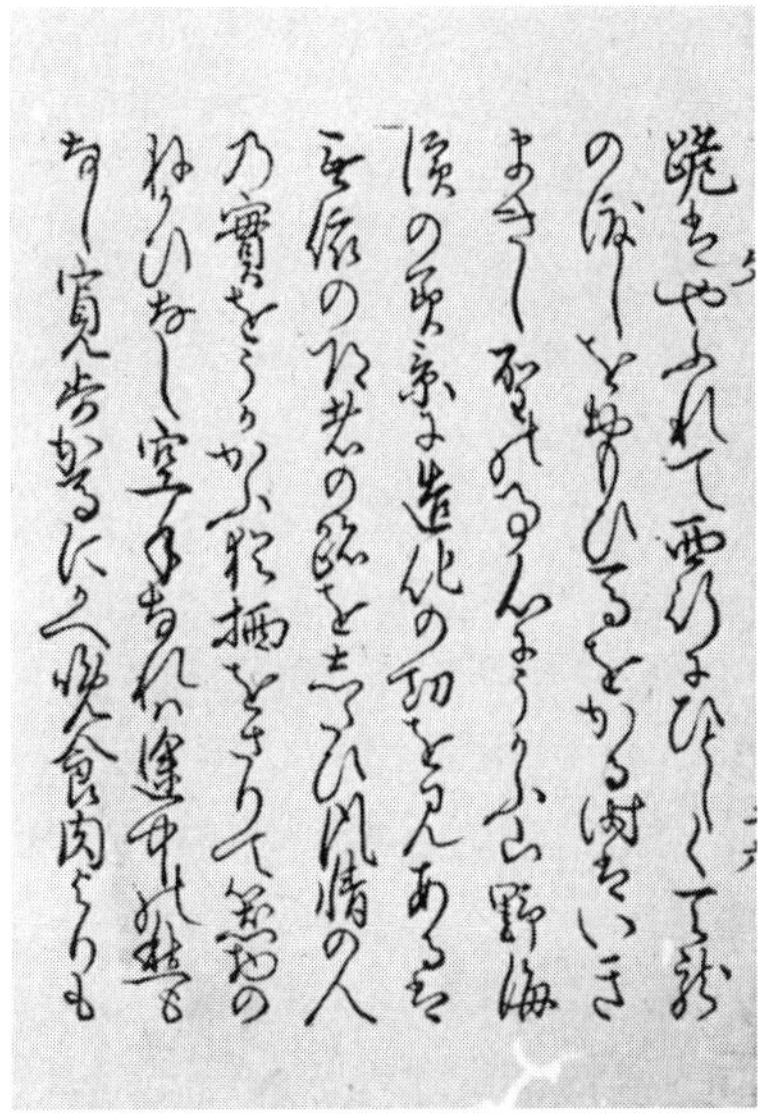

（16丁ウ）

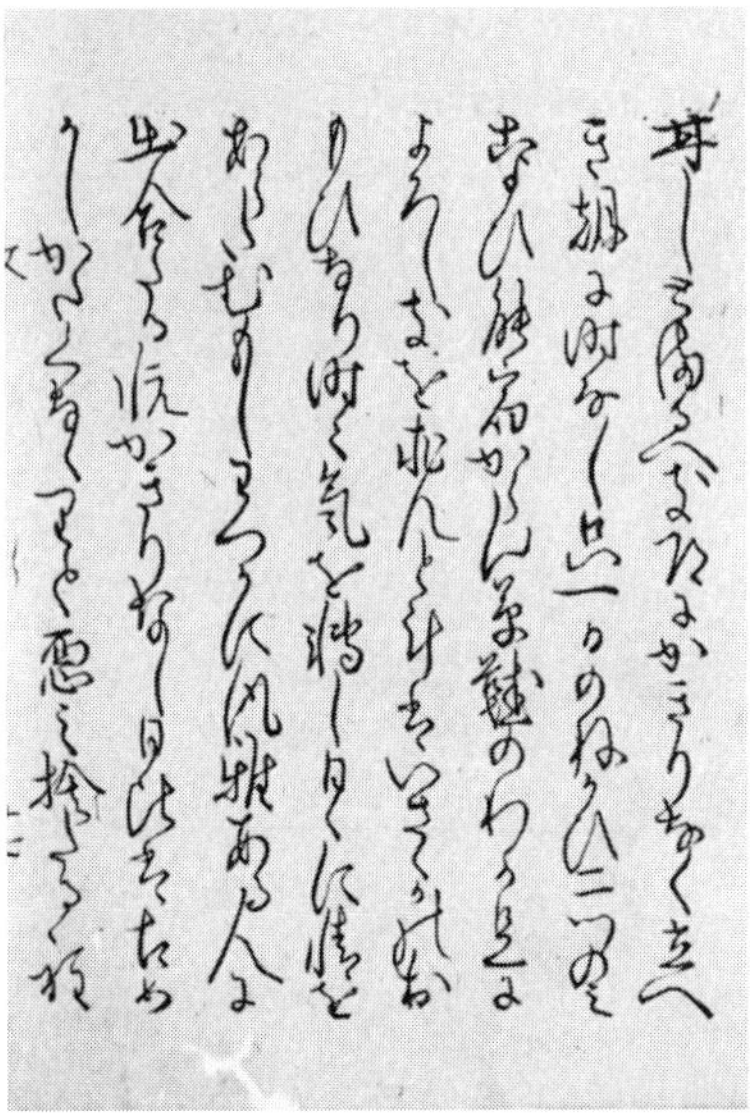

（17丁オ）

【翻刻】

跪はやふれて西行にひとしく天龍
の渡しをおもひ馬をかる時はいき
まきし聖の事心にうかふ山野海
濱の美景に造化の功を見あるは
無依の道者の跡をしたひ風情の人
の實をうかかふ猶栖をさりて器物の
ねかひなし空手なれハ途中の愁も
なし寛歩駕にかへ晩食肉よりも

甘しとまるへき道にかきりなく立へ
き朝に時なし只一日のねかひ二ツのミ
こよひ能宿からん草鞋のわか足に
よろしきを求んと計はいさゝかのお
もひなり時と気を轉し日ゝに情を
あらたむもしわつかに風雅ある人に
出合たる悦かきりなし日比は古め
かしかたくなゝりと悪ミ捨たる程

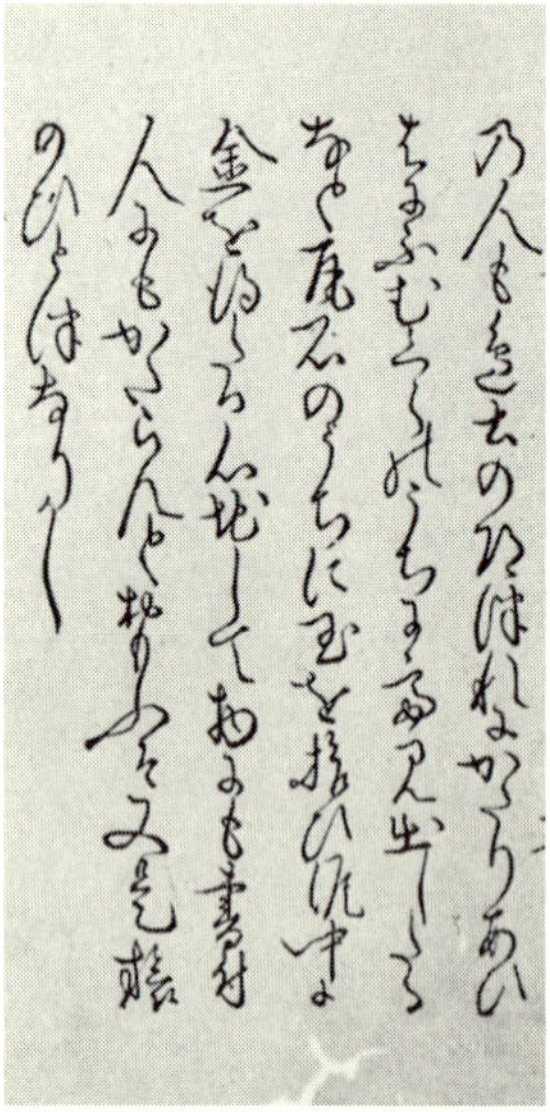

（17丁ウ）

の人も邊土の道つれにかたりあひ
はにふむくらのうちにて見出したる
なと瓦石のうちに玉を拾ひ泥中に
金を得たる心地して物にも書付
人にもかたらんとおもふそ又是旅
のひとつなりかし

【校訂本文】〔旅十徳〕

跟はやぶれて西行にひとしく、天龍の渡しをおもひ、馬をかる時はいきまきし聖の事、心にうかぶ。山野海浜の美景に造化の功を見、あるは無依の道者の跡をしたひ、風情の人の実をうかがふ。猶、栖をさりて器物のねがひなし。空手なれば、途中の愁ひもなし。寛歩駕にかへ、晩食肉よりも甘し。とまるべき道にかぎりなく、立つべき朝に時なし。只、一日のねがひ二つのみ。こよひよき宿からん、草鞋のわが足によろしきを求めんとばかりは、いささかのおもひなり。時々気を転じ、日々に情をあらたむ。もし、わづかに風雅ある人に出合ひたる、悦びかぎりなし。日比は古めかし、かたくななりと、悪み捨てたる程の人も、辺土の道づれにかたりあひ、はにふ、むぐらのうちにて見出したるなど、瓦石のうちに玉を拾ひ、泥中に金を得たる心地して、物にも書き付け、人にもかたらんとおもふぞ、又是、旅のひとつなりかし。

【概要】

旅に備わる十の利得を述べる、いわゆる旅の十徳である。

これを箇条書にして示せば、
(一)自らの旅姿を西行になぞらえれば、道すがらの怒りもわかず、
(二)聖のことを思えば、道中で悟りの心をもつこともできる。
(三)旅ではところどころで自然の美景を目のあたりにでき、
(四)その道の先達の跡に立って、その人の風情を実感する。
(五)何ももたぬ乏しい身の上ゆえに、食べる物にもうまさが加わり、
(六)時間にしばられることもなく、
(七)その日のよき宿と足にあう草鞋を求める程度の願いがあるばかりで、他にこだわりをもつことがない。
(八)その日、その日に新たな情がわく。
(九)風雅をもつ人、そうでない人でも、旅中で貴重な出会いをすることがある。
(一〇)これを語り、物にも書き残すこと、それも旅の興のひとつである。
ということになろうか。右のようなひとまとまりの文章が、紀行文（道の記）の中にあると、それ自体で完結してしまうため、前後との脈絡がとりにくくなろう。したがって、唐突な違和感を生むことがあり、加えて、この一段には、つとに芭蕉の自筆草稿が発見され（金関丈夫氏「芭蕉自筆「笈の小文」稿本の断簡」「連歌俳諧研究」38号・昭和45年3月）、別個に用意した文章が、『笈の小文』に挿入されたものであるとの見解（乙州編集説）にまで発展している。ことの当否は別として、旅の利得を述べる文章が、紀行本文中に記される先例がないわけではなく、この点を含めて、はたして『笈の小文』全体の中で、この一段がどのような意味（働き）をもっているのか、後に言及してみたい。

【語釈】
○跟――「踵（きびす）」のこと。足のかかと。自筆の草稿にも「踉」のように書いた文字があり、おそらく芭蕉が「跪」と

「跟」を混交してしまったために生じた誤字であろう。「跟はやぶれて」とはすっかり旅姿に身をやつす、という意。**○天龍の渡し**―西行は天龍川の渡し場で舟に乗る人がいっぱいなため、頭を鞭でうたれ下舟させられたが、これも修行のひとつと怒らなかったという（『西行物語』）。**○いきまきし聖**―『徒然草』一〇六段の説話で、高野の証空上人が、馬上から堀に落とされていきまいたが、やがて自分の愚かさに気づいて、恥じて逃げ帰ったという話。**○造化の功**―天の造物主の巧みな力、つまり自然美の神わざを賞賛する意。**○無依の道者**―依るべきもの、執着をもたない道の先達。**○風情の人**―後掲【補説1】の対校表の①に見られるように、当初、芭蕉の真蹟草稿では「風雅の人」とあったことから、ここでは風雅を理解することのできる人。**○猶…肉よりも甘し**―諸注にいくつかの典拠を紹介するが、『海道記』に「空腹一坏ノ粥、飢テ啜レバ余ノ味アリ。薄紙百綴ノ衿、寒ニ服タレバ肌ヲ温ルニタレリ。檜笠ヲ被テ装トス出家ノ身、藁履ヲ躡デ駕トス遁世ノ道」とある、この趣向を用いたか（【補説1】参照）。**○はにふ、むぐら**―埴生は埴生の小屋の略、葎のからみついた粗末な家。文中の「辺土」からの連想。

【通釈】

足のかかとはすりへり、西行と同じく旅にやつれたわが身には、すでに旅中で怒りをもつこともなく、たとえ馬に乗る好運に恵まれて、もし難儀にあっても、決して動じることもない。山野・海辺の美しい風景に、天のなす尊業を目のあたりにし、ある時は悟道の先達が踏んだ地に立って往時をしのび、一筋の風雅人の心にふれることもある。それにしても、栖を持たぬ身の上ゆえ、まわりの一切に執着はない。身軽な旅には途中の心配事さえなく、ゆっくりと気持ちにまかせて歩を進めれば、駕（かご）に乗るよりも心地がよい。そうすれば空腹の夕餉は何を食べても美味しい。その日の行程も気ままな旅では、どこで止宿することも、いつ出発するかもその時しだい。そのような旅にあって、今晩よい宿に泊まれること、草鞋の足にあったのがほしい、わずかな願いといえばこの二つだけである。その時、その時に従って気合を転じ、その日、その日に気持ちを新たにする。これも旅のありがたさである。もし、広いものの見方をする人に出会うと、その喜びはたとえようもなく、普段は古くさく、頑迷なことをいうと、相手にせぬような人でも、ひなびた田舎で出会う時などは、旅の興もわき、思いがけない発見に驚くことがある。このような旅中のできごとを、ものにも書き付け、人に語ってみようと思うのも、旅の利得のひとつである。

【補説】

1.〔旅十徳〕に違和感はあるか

右の〔旅十徳〕の文中、「寛歩駕にかへ、晩食肉よりも甘し」の表現の出典については、『書言字考節用集』の「居(ル)レ窮(ニ)四味」の「無(ク)レ事当(ツ)レ貴(ニ)　早寝当(テツ)レ富(ニ)　安歩当(シテツ)レ車(ニ)　晩食当(シテツ)レ肉(ニ)」を挙げればよいが、その前後を含めてこれと同様の着想が【語釈】で示した『海道記』の本文中にも見出すことができる。該当箇所を後掲の自筆草稿との対校表（一六七・一六八頁）について見れば、あきらかに『笈の小文』の本文の表現が推敲後のそれと知れよう。『芭蕉全図譜』237の「『笈の小文』旅行論草稿」の解説にある「縦横に加筆除去、訂正が施され、定稿としての『笈の小文』所収の文章に近づいて行く」とする判断はその意味でも正しい。

さて、今ここで、芭蕉の自筆草稿の推敲前（△印、金関丈夫氏論文）から推敲後（○印、『芭蕉全図譜』237）、さらに『笈の小文』本文（(笈)）の三つを並べてみると、同一の語句を含む一連の改訂、推敲のあることに気づく。すなわち、

①
△　風雅の人の情をはかる
○　風雅の人の情をはかる
(笈)　風情の人の實をうかかふ

②
△　風雅ある人におもひかけす出合たる
○　風雅ある人に・・・・・・出合たる
(笈)　風雅ある人に・・・・・・・出合たる

△　我風雅をを増ます心地するこそ

③ ○　我・・を・・ます心地するこそ
　 笈　・・・・・・・・・・・・

（①～③の番号は後掲の対校表に対応する）

右の三つの箇所がそれである。推敲後、『笈の小文』本文の順でひとつずつ「風雅」の語が減少していることが見てとれよう。このうち、③の「風雅」が意味のうえでは「俳諧」の語義に近いが、ここに草稿の段階でいちはやく推敲の手が加えられた。次に①の「風雅」が『笈の小文』本文へ移行する段階で改訂される。②との重複をさけた推敲かとも考えられるが、「風雅の情」を「風情の實」に改めた。

ところで、これらの推敲が一連の意図のもとで行われたとすれば、『笈の小文』の冒頭の「風雅」と無関係にことが運ばれたとは考えにくい。逆をいえば、自筆草稿は当初から『笈の小文』の冒頭と深く関係したところで発想されている。また、本文中の〔紀行始筆〕にある「されども、其所々の風景、心に残り、山館野亭のくるしき愁ひも、且はなしの種となり、風雲の便りとおもひなして、わすれぬ所々、後や先やと、書き集め侍るぞ、……」の一節も〔旅十徳〕の末尾部分とよく呼応している。つまり、自筆草稿そのものの出発点が、一篇のまとまった俳文を草するということよりも、むしろ道の記の一部として書きはじめられた可能性が高いのである。〔旅十徳〕の執筆は、すでに『笈の小文』の構想、展開の視野の中に入っていたと思われる。

2. 紀行の展開

この一段の冒頭は、長旅に身をやつした自身の姿から書きはじめられ、末尾で新た

〔図〕

吉野
↓
前段の巡礼廻国をもって
ひとつの区切
三月尽
↓
（踵はやぶれて）
＊〔旅十徳〕
（新たな起筆の序として）
↓
夏季の記録
新たな旅（須磨へ）

な旅立ちを示唆し、なお続く旅が予感される。〔旅十徳〕のこの一段を紀行の変わり目に配置し、これを前掲下の図のように、自覚的に書きすすめて推敲した周到な首尾を備えている。『笈の小文』の中にあって、必ずしも違和感の対象とはならない。

対校表

○自筆草稿の推敲後の本文（『芭蕉全図譜』237、岩波書店）　［ ］内は異同のある箇所を示す
◎『笈の小文』本文　（注）自筆草稿の推敲前の本文についてはこれを割愛した。

○跟ハ破　れて西行にひとしく面はこかれて能因にゝたれとも不才性僻のつたなき事ハたれにかなそろふるへき渡
◎跪はやふれて西行にひとしく・・・・・・・・・・・・・・・・・・・

○守にいかられてハ天龍の渡しをおもひ馬士にゝくまれてハ何々の聖をおもひか　山野海濱におゐて造化の功
◎・・・・・・・・天龍の渡しをおもひ馬をかる時はいきまきし聖の事心にうかふ　山野海濱の美景に造化の功

○を見　或　ハ無依の道者の跡をしたひ　[1]風雅の人の情をはかる　猶家をもたされハ　器物のねかひなく　空手
◎を見　あるは無依の道者の跡をしたひ　風情の人の實をうかかふ　猶栖をさりて　器物のねかひなし　空手

○にして金なけれは　途中の愁・なし　寛歩乗物にかへ　晩食骨をも当　とまるへき道にのり　なく　立　へ
◎・・・・な　れハ　途中の愁もなし　寛歩駕にかへ　晩食肉よりも甘し　とまるへき道にかきり　なく　立つへ

○き朝に時なし　只一日の　ねかひ二　のミ　今宵　ハ能宿とらん　草くつのわか足によろしきをもとめむ　と
◎き朝に時なし　只一日の　ねかひ二ツのミ　こよひ・能宿からん　草鞋のわか足によろしきを求　ん　と
○はかりハいさゝかの念にて　時ゝ気を轉し日ゝ・情をあらたむ　わつかに②風雅ある人に出合たる悦かきり
◎計　はいさゝかのおもひなり　時ゝ気を轉し日ゝに情をあらたむもしわつかに風雅ある人に出合たる悦かきり
○なしに侍る日比は古めかしかたくなゝりとて　悪　捨たる程の人も邊土の道つれ・語　合　あるハはにふ（ママ）
◎なし・・・日比は古めかしかたくなゝりと・　悪ミ捨たる程の人も邊土の道つれにかたりあひ・・・はにふ
○葎　の内　にて　与風見出　たるは　瓦石のうちに玉をひろひ　泥中に金を得たる心地して　物にも書付人
◎むくらのうちにて　・・見出したるなと　瓦石のうちに玉を拾　ひ　泥中に金を得たる心地して　物にも書付人
○にもかたらんとおもふそ③我をます心地するこそ　又・旅のひとつ　なれ
◎にもかたらんとおもふそ・・・・・・・・・　又是旅のひとつ　なりかし

〔初夏南都〕

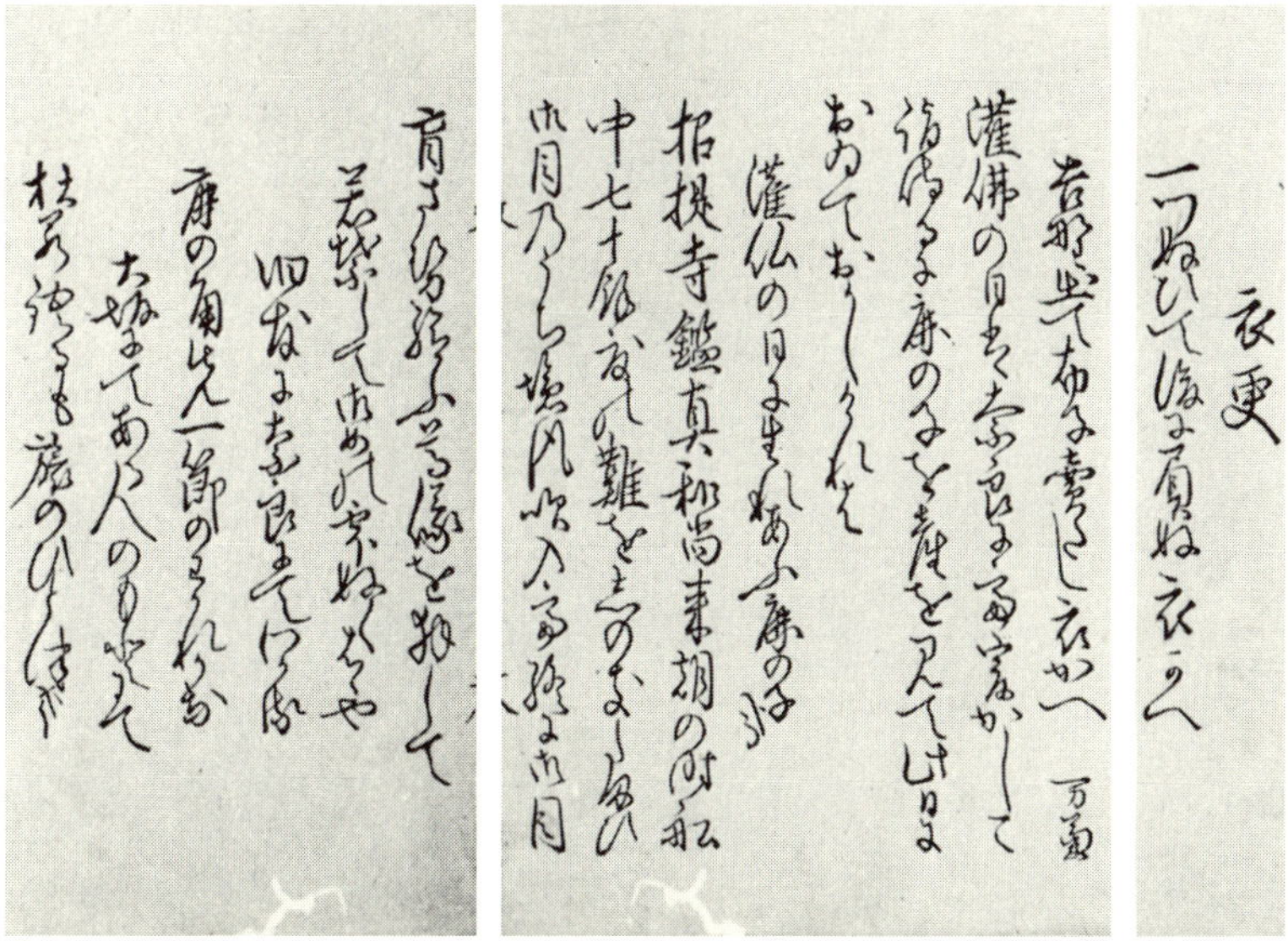

（18丁ウ）（18丁オ）（17丁ウ）

【翻刻】

衣更
一ツぬひて後に負ぬ衣かへ

吉野出て布子賣たし衣かへ　万菊

灌佛の日は奈良にて爰かしこ
詣侍るに鹿の子を産を見て此日に
おゐておかしけれは

灌仏の日に生れあふ鹿の子哉

招提寺鑑真和尚来朝の時船
中七十餘度の難をしのきたまひ
御目のうち塩風吹入て終に御目
盲させ給ふ尊像を拜して

若葉して御めの雫ぬくはゝや

旧友に奈良にてわかる

鹿の角先一節のわかれかな

大坂にてある人のもとにて

杜若語るも旅のひとつ哉

【校訂本文】〔初夏南都〕

衣更

一つぬいで後に負ひぬ衣がへ

吉野出でて布子売りたし衣がへ　万菊

灌仏の日は、奈良にて爰かしこ詣で侍るに、鹿の子を産むを見て、此の日においてをかしければ、

灌仏の日に生まれあふ鹿の子かな

招提寺鑑真和尚、来朝の時、船中七十余度の難をしのぎたまひ、御目のうち塩風吹き入りて、終に御目盲ひさせ給ふ尊像を拝して、

若葉して御めの雫ぬぐはばや

旧友に奈良にてわかる。

鹿の角先づ一節のわかれかな

大坂にてある人のもとにて、

杜若語るも旅のひとつかな

【概要】

和歌の浦で三月尽（貞享五年は三月二十九日）を迎えた芭蕉と杜国は、そのあと南都奈良へ向かった。それは、この四月二日から八日まで催された、東大寺大仏殿再興の釿始め（起工）の盛儀を見物するためで、伊賀出立の時から、伊賀の親しい人たちと奈良での再会を約束してあったらしい。『笈の小文』にはそのことを一切記さず、灌仏会の四月八日に奈良へ回り、そのまま大坂へ出たように記してあるので、紀行を読むうえではその表現に従うべきであろう。奈良では、伊賀の衆と楽しいひと時を過ごし、その後、人々と別れて、杜国と二人で山の辺の旧跡を訪ね、四月十

一日は八木泊。翌日は竹の内で孝女いまに会い、河内へ出て、誉田八幡で泊。十三日に大坂に着き、八軒屋で泊まり、十九日に須磨へ向かうまで大坂に滞在した。このことは、四月二十五日付惣七宛芭蕉・杜国連名書簡（一八二～一八四頁）に詳しく報じているので知れる。

惣七宛書簡に記されている八木での道中吟は、紀行執筆時に改案されて、春の句として伊賀出立と初瀬との間に移して記載されている。

この段には、四月一日の衣更二句（芭蕉・万菊の各一句）と、奈良での鹿の二句及び唐招提寺での一句、それに大坂での一句を記している。

【語釈】

○衣更―次の二句の題。『書言字考節用集』に「更衣（コロモガヘ）」、『邦訳日葡辞書』に〈Coromogaye. 夏に着物を変えること〉とある。異本の雲英本のみ「更衣」と漢語表現になっているが、節用集にあるようにコロモガへと読む。季節の寒暑に応じて衣服を着替える年中行事のひとつ。当時は一般に四月一日は綿入れを袷に、十月一日に袷を綿入れに着替えることを「衣更」という。連俳作法書に四月・十月両方に挙げるのが多いが、とくに四月一日の衣更を初夏の季語とし、袷・綿ぬき・ひとへの衣も衣更に連なる季語とした。　**○一つぬいで**―重ね着の一枚を脱いで、の意。乙州版本に「ぬひて」とあるのは「ぬいで」の仮名違いであるが、元禄九（一六九六）年に鼯翅（せきし）の描く芭蕉行脚図に貼付された真蹟短冊（『芭蕉全図譜』140）には、この句が全て仮名で書かれ、「ひとつぬきて」とある。荷兮編『あら野』には「脱て」とあり、異本二点（大礒本・雲英本）も「脱て」と記す（沖森本の字は乱れているが「脱て」と見える）ので、ヌギテ・ヌイデのいずれか決め難い。真蹟短冊の染筆時期は不明ながら、まず「ぬぎて」としたのを後に「ぬいで」としたものか。なお、史邦編『芭蕉庵小文庫』（元禄九年刊）には「脱で」と濁点を付けるので「ぬいで」と読ませるようである。　**○一つぬいで後に負ひぬ衣がへ**―伊賀出発時には荷の重いのが苦になったとするが、旅人としての生活がすっかり身についたようすをあらわしている。　**○吉野出でて布子売りたし衣がへ**―「出て」は「いでて」・「でて」の両方に読める。「でる」という口語体は室町末期から見えて、芭蕉にも用例がある。ただ、前の芭蕉の句の上五が六音になっており、その唱和の上からこれも「吉野いでて」と読む。「布子」は木綿の綿入れの衣類をいう。「売りたし」は、脱いだ布子はもう着ることもないから、旅中持ち歩くのはかさばってめんどうなため、売り払って処分してしまいたい、という意。芭蕉が背負って行くというのに対して、売り払おうといって唱和した（【補説1】参照）。

○灌仏の日―釈迦は四月八日に誕生したとされて、それを祝う仏事を灌仏会という。草花で飾った小さな御堂を造り、その中央に誕生仏像を安置して、それに柄杓で甘茶をかける習わしがある。「灌」は注ぐの意で、仏像に香水をそそぐのを灌仏という。　**○奈良にて爰かしこ詣で侍る**―奈良にやってきて、たくさんある由緒深い古社寺を、あちらこちらと参詣して回った、の意。四月八日の灌仏会の日は、多くの寺院でその催しがあり、それらを巡拝した。本文には何も記さないが、この年は例年どおりの灌仏会だけにとどまらず、とくに、東大寺の大仏殿再興の起工である釿始めの儀式が盛大に催されていて、この日はその結願の日にあたり、おびただしい参詣者で賑わったのである。百年を経て再建される着工の儀は大きな話題を呼び、伊賀からも親しい人たちが見物に出向いたようである。　**○鹿の子を産む**―奈良には、古く春日明神が鹿島から鹿に乗って影向したという伝えがあり、平安時代から神鹿として大事に保護されてきた。鹿は毎年初夏に出産するが、ふつうは外敵を避けて、人目につかぬ木陰などで子を産む。芭蕉はたまたまその場を目撃したらしい。　**○此の日においてをかし**―子鹿がたまたま釈尊生誕と同じ日に生まれるという幸運に恵まれたのは、まことに不思議な因縁で、興味深く感じられた、の意。　**○灌仏の日に生まれあふ鹿の子かな**―句の季語は、「灌仏」・「鹿の子」とも夏であるが、俳諧作法書では、灌仏は初夏・四月（『誹諧初学抄』・『毛吹草』・『増山井』など）とし、鹿の子は中夏・五月（『はなひ草』・『毛吹草』・『増山井』など）とする。　**○招提寺**―『大和名所記』（和州旧跡幽考、天和二〈一六八二〉年刊）に「招提寺（せうだいじ）」とあり、現在の律宗総本山、唐招提寺のこと。唐招提寺は唐僧のための寺院の意とされる（二四五頁参照）。**○鑑真和尚**—『大和名所記』では「鑑真和尚（がんしん）」と記すが、唐招提寺では「がんじんわじょう」と呼び、天平宝字二（七五八）年、淳仁天皇即位の日に「大和上」の称号を賜った（『続日本紀』）ので、「鑑真和上」と書く。法相宗や真言宗では「和尚」と書いて「わじょう」と読むが、律宗では「和上」と書く（二四五頁参照）。**○船中七十余度の難**—鑑真は、来日に際し何度も困難に遭遇し、第一回渡航（唐代の天宝二年、日本の天平十五〈七四三〉年）の失敗から、五回も蹉跌を重ねて、第六回目の天平勝宝六（七五四）年の平城京到着まで、あしかけ一二年に及ぶ。「七十余度の難」というのは何によるのかは不明。度重なる苦難を強調して誇張したものか。**○しのぎたまひ**—辛抱を重ねて困難な障害をのりこえられて、の意。**○御目盲ひさせ給ふ**—『和名類聚抄』に「盲、和名、米之比、目無眸子也」とあり、『邦訳日葡辞書』に〈Mexij, ijta, ijte. 盲目になる〉とある。謡曲「蝉丸」に「両眼盲（りやうがんし）ひましまして」、『書言字考節用集』に「盲（メシイ）」。「しひ」は「しふ」の連用形。身体の器官がその機能をなくす意。「給ふ」を終止形と見ず、「尊像」に続く連体形と見ておく。**○尊像**—鑑真和上の彫像で、脱活乾漆造のほぼ等身大の結跏趺坐像。渡海の辛労で明を失われたという、静かに閉じられた眼のようすや、秀でた頂骨の特色、不屈の強い意志を内に秘めながらも穏やかそのものの表情など、さながら生けるがごとく端座する像である（【補説2】参照）。**○若葉して**—若葉でもっての意。この「して」は、サ変動詞「す」の連用形「し」に接続助詞「て」が付いて一語となった格助詞で、手段・方法・材料をあらわす。「～を用いて」「～で」の意。「若葉」は、新緑のつややかさ、若々しいしなやかさ、をあらわしている（【補説3】参照）。**○雫**—『書言字考節用集』に「雫（シヅク）」とあり、それに注して「本朝俗用為（テ）二点一滴之義一、所出未レ詳」とあるように、いわゆる国字である。芭蕉に用例は多く、『野ざらし紀行』や「幻住庵記」などに見える。「雫」は水のしたたりのことだが、ここでは目から出る涙をいう。**○ぬぐはばや**—ぬぐってあげたいの意。芭蕉の場合は、「心みに浮世すゝがばや」（『野ざらし紀行』）・「庭掃いて出ばや」（『奥の細道』）などとともに、できればそうしたいと願う意が多い。**○若葉して御めの雫ぬぐはばや**

―この句は、生前の俳書等には見えない。芭蕉歿の翌年に出た、支考の『笈日記』にはじめて見えるが、記載に問題がある（【補説3】参照）。　**○旧友に奈良にてわかる**―紀行には「旧友」としてその名を明示しないが、実は、東大寺大仏殿再興の釿始めの盛儀を見に来て再会した伊賀の衆のことで、芭蕉と杜国とはなお旅を続けるため、故郷へ帰る伊賀の人たちと四月十一日に奈良で別れたことをいう。伊賀の人たちは、惣七・卓袋・梅軒・利雪の四人と見られる（貞享五年四月二十五日付惣七宛芭蕉・杜国連名書簡、及び卓袋宛芭蕉書簡。一八二～一八四・一八七頁参照）。　**○鹿の角**―鹿は牡にのみ角が生える。毎年春先までに自然に落ちて、その後再生する。二歳で再生する時に二股に分かれ、三歳の時には二叉三先に、四歳で三叉四先となって、以後はそれ以上の枝分かれはしない。毎年再生した角は、当初、丸みを帯びた袋をかぶせたような茶色の皮に蔽われているため、袋角と呼ばれる。俳諧作法書（『毛吹草』・『増山井』など）に鹿の袋角は四月の季語とされている。奈良で目にしたのは、二股に分かれた袋角の時である。　**○先づ**―『易林本節用集』に「マヅ」、『落葉集』も「まづ」、『邦訳日葡辞書』に〈Mazzu. 最初に、または、さしあたり〉とある。芭蕉はこの語をよく用いて、ほとんどが何はおいても最初に、の意味で使う。『笈の小文』でも「物の名を先づとふ芦のわか葉かな」や「海士の顔先づ見らるるやけしの花」という句などがそれである。これが古来の用法であるが、中世以降、「ひとまづ」という語のように、さしあたって・一応・とりあえずの意の用例が出てくる。この句の場合はそれで、この別れが永別でないことをあらわす。今回はひとまず別れることになるが、いずれまた再会を期したいという気持ちを含めている。　**○大坂**―オオザカと濁音で読む。四月二十五日付惣七宛芭蕉・杜国連名書簡に「つの国大江の岸にやどる。いまの八間屋久左衛門あたりなり」とあり、同日付卓袋宛芭蕉書簡にはさらに詳しく「大坂へ十三日に着候而、十九日発足、久左衛門方に逗留いたし候。尤せばくやかましく、逗留之内さて〳〵難義、ざつと大坂にて大事之旅之興失ひ申候。気づまり候而、方々見物に出候」と書いている。京橋三丁目あたりの八軒屋（八軒家）の久左衛門の宿に泊まったことがわかる。　**○ある人のもと**―紀行には人物を明記していないが、惣七宛芭蕉・杜国連名書簡に、「大江の岸」の「八間屋」で宿泊したと記した後に、次のように書いている。

杜若語るも旅のひとつかな　愚句
山路の花の残る笠の香　一笑
朝月夜紙干板に明初て　万菊

二十四句にてやむ。

この脇の句を付けた一笑が、「ある人」だと考えられる。一笑は、伊賀の出身で、上野で紙屋を営んでいた人だが、芭蕉が俳諧をはじめたまだ若いころ、すでに上野では知名の俳諧の先輩であった。いつ大坂に出たかは不明ながら、当時は大坂で紙商をしていたという。芭蕉は、郷士の先輩の宅に懐旧の情をもって訪れた。主の一笑が付けた脇の句は、芭蕉の花見旅の話をほほえましく聴いたと答え、杜国は第三に、吉野の西河あたりでの紙すきの景を出して、一笑の紙商の繁昌を念じる付けとした（二四六頁参照）。　**○杜若**―『易林本節用集』・『書言字考節用集』に「杜若（カキツバタ）」、『邦訳日葡辞書』に〈Caqitçubata〉とあり、謡曲「杜若」もカキツバタと読む。初夏に花茎の先端に大輪の濃い紫色の花が咲く。『毛吹草』・『増山井』などに杜若は初夏・四月とする。『伊勢物語』九段の話でよく知られる。それは、主人公の男が東国へ下る途中、三河国八橋で、和歌の各句の頭に、か・き・つ・は・たの文字を置いて詠み込み（折句）、「からころもきつつなれにしつましあればはるばるきぬるたびをしぞおもふ」の歌を作ったという故事で、かきつばたの花にはきまって連想される。　**○旅のひとつ**―旅の途上で経験することのうち、興深いことのひとつである、という意。前段の旅の効用を述べた〔旅十徳〕の文章の中に、「風雅ある人に出合ひたる、悦びかぎりなし」とあって、そのことは、「瓦石のうちに玉を拾ひ、泥中に金を得たる心地して、物にも書き付け、人にもかたらんとおもふぞ。又是、旅のひとつなりかし」と書いているのに照応する。

【通釈】

衣がえ

（一つぬいで後に負ひぬ衣がへ）

花を尋ね歩いて旅を続けているうちに、四月一日になって、もう夏だ。今日は衣がえをする日であるが、旅の途上のこととて、そのような着替えの用意もない。そこで、重ね着の一枚を脱ぎ、それをくるんで背中の荷物と一緒に背負ってゆくことにした。これが道中ならではの衣がえである。

（吉野出でて布子売りたし衣がへ　万菊）

吉野山での花見の折は花冷えの日もあったが、麓におりると、さすがに初夏の陽気である。木綿の綿入れでは少々暑い。今日は衣がえの日で、綿入れを脱いで身軽にはなったが、かえってかさばってもち歩くのにはじゃまとなる。いっそのこと売り払ってしまいたいものである。万菊丸。

四月八日の灌仏会には奈良に来ていた。そこここの古い寺々をゆかしくおもいながらお参りしていると、春日野の木陰で、鹿が子を産んだのを、偶然目にした。今日は釈尊の誕生された日である。ちょうどご縁のあるこの日に生まれた鹿の子は、なんと幸せなめぐりあわせであろうと、おもしろく思えて、

（灌仏の日に生まれあふ鹿の子かな）

釈尊誕生の聖なる日に、たまたま生まれ合わせたとは、この鹿の子はなんと果報者であることか。この子鹿も、み仏のご慈悲にあずかって、きっと幸運に恵まれ、健やかに育つことであろう。

唐招提寺に参詣した。この寺を創建された鑑真和上は、日本に戒律を伝えるために、唐からはるばる大海を渡ってこられたが、船中で七十余度もの非常な苦難の連続にあいながらも、それを克服されたという。その際に、おん目に潮風が入ったためか、遂に視力を失われるという悲惨なめにあわれたと聞いて、いま、この御影堂で、生前のお姿さ

ながらに、静かに座っておられる尊い和上の像を拝観して、

（若葉して御めの雫ぬぐはばや）

生前のお姿を写された鑑真和上の像の前に座って、そのお顔を拝していると、あれほどの辛苦に耐えてこられたとも思えぬ、穏やかで静かな表情に心を打たれて、目頭の熱くなるのを覚えた。あたり一面の新緑をそよがせてくる薫風が、陽光とともに堂内に届いて、瞑目されているまぶたのあたりにきらりと輝いたように見えた。それは和上のおん涙か、私の感涙の投影であろうか。つややかで柔らかい若葉の一枚をとって、そのおん涙をそっと拭ってさしあげたい衝動にかられた。

昔なじみの親友と奈良で別れるにあたり、

（鹿の角先づ一節のわかれかな）

初夏の古都の奈良で、なじみ深いあなたとご一緒しましたが、いよいよお別れかと思うと、なんとも名残惜しい気がします。鹿は生えはじめの角が一節目の枝分かれをしています。とりあえず、この角のように別れますが、根はひとつにつながっています。是非またお会いしましょう。

大坂に来て、ある人のお宅を訪ねて、

（杜若語るも旅のひとつかな）

座敷に季節の花カキツバタが活けてあります。この花を見ると、昔、在原業平が東国へ下る旅の途中で詠んだ有名な歌を思い出さずにはいられません。その下の句「はるばる来ぬる旅をしぞ思ふ」のように、私もこの度の旅のあれこれを思い出しながら、くつろいでお話をしたいと思います。遠い旅先でこうしてお会いできて、親しくお話ができるのも、旅のよろこびのひとつです。

【補説】

1．布子売りたし

杜国は衣更えで脱いだ布子を売りたいと句にしたが、ほんとうに売り払ったらしい。京からの四月二十五日付伊賀の惣七宛連名書簡によると、「かの、布子うりたしと云けん万菊がきり物のあたひは、彼（いま）におくりて」とある。感動のあまり、売却した布子の代価を竹の内で孝女のいまに与えたという。当時は街道筋や奈良には古着を売買する古手屋がいくつかあって、そこで布子を売り払ったものとみえる。

なお、『あら野』巻之七、名所にこの句を載せているが、「芳野出て布子売おし更衣　杜国」とあるので、これを「売り惜し」と解して、初案とする見方がある。しかし、これは「た」と「お（於）」の仮名の類似による単なる誤記であって、前引の芭蕉の書簡に「布子うりたし」と書いているとおりである。

2．尊像

鑑真の彫像は、伝承によると、和上の亡くなるすこし前に、弟子の忍基が、講堂の棟梁の折れる夢を見て、和上遷化の相と悟り、諸弟子らを率いて和上の肖像を造ったとされる。芭蕉の参詣当時に鑑真像の安置されていた御影堂は、その後、天保四（一八三三）年の火災で焼失し、像は辛うじて救い出されて講堂に移されたという。明治以降は講堂の東北にある現在の本願殿に遷されていたが、昭和三十八年に現在の御影堂が完成してそこに安置されている。日本の肖像彫刻の最高傑作といわれ、国宝の指定を受けている。

3．若葉と青葉

芭蕉の「若葉して」の句の上五は、乙州版本『笈の小文』だけに見えるもので、他の俳書や異本三点とも「青葉して」とする。それで、「青葉」が初案で、後に「若葉」に改案したとも見られている。しかし、当時は夏の季語に「青葉」は入っていなかったようだ。芭蕉も利用したという『俳諧無言抄』に、「若葉（ワカハ）　新式（連歌新式）に、花むすびても夏也。青葉に花むすびては春也。青葉は雑の故也。又草の若葉にむすべば、たとひ夏草にても春に成也。右若葉と云は木葉也」とあって、「青葉」の立項はない。『滑稽雑談』にも「青葉」の項はなく、「新樹」の説明に「青葉は雑なり」とある。他の連俳作法書（『至宝抄』・『俳諧御傘』・『毛吹草』・『増山井』など）にも、若葉を夏とし、青葉の記載はない。芭蕉の発句や芭蕉の一座した連句の中に「青葉」を詠みこんだものは、他の季語（夏）があって青葉を季語としたようすはない。ただ、唯一の例として、『続猿蓑』所収の歌仙「猿蓑に」の巻の初裏七句目に惟然の付句「きさんじな青葉の比の椴楓」があり、前句の季が夏なので、諸注ほとんどがこの「青葉」をもって夏の季語とするが、この付句は雑と考えるべきであろう（上野洋三氏注『芭蕉七部集』新日本古典文学大系）。それにしても、異本三点全てが「青葉して」とするのはいぶかしい。

なお、支考の『笈日記』には、伊賀部に、元禄七年九月九日の奈良での芭蕉の句を掲げたついでに、「幾年計先（ばかりさき）にや侍らん、この宮古（都）の西大寺に詣して」と前書を付けてこの句を記すが、上五を「青葉して」と書く。また、『泊船集』・『蕉翁句集』も「青葉して」と記す。しかし、当時「青葉」は初夏の季語とされず、「若葉」は四月・初夏の季語であったから、「青葉して」を初案と見るのは適切ではない。この句は芭蕉生前のもののどこにも見えず、『笈日記』が初出になり、他はこれに倣ったのであろう。『笈日記』の前書にこの寺を「西大寺」とするのも明らかな過誤。「せうだいじ」を「さいだいじ」と聞き誤まったのであり、「青葉して」も採らない。

4．貞享五年四月二十五日付惣七宛芭蕉・杜国（万菊）連名書簡の理解と提言

貞享五年四月二十五日付の標記の書簡が、「笈の小文」旅中の、奈良以降、須磨・明石を経て西国街道から京へ入るまでの行程や行実等を考えるうえで、重要かつ不可欠の内容であることは衆目の一致するところであり、本書もまた、大きくこの書簡に依拠している。先行の研究を踏まえ、前半の芭蕉書簡を川口竹人の『蕉翁全伝』所収本を用い（これに遠藤曰人書写の土芳編『芭蕉翁全伝』を参照した）、後半の杜国書簡については、『芭蕉図録』（靖文社・昭和18年）

所収の影印を底本とした。

さて、この両名一具の書簡には、ともに考えあわせなければならない書簡が他に二通ある。ひとつは四月二十五日、同日付貝増卓袋宛芭蕉書簡（一八七頁）であり、もう一通は前日二十四日付惣七宛杜国書簡である（一八五・一八六頁参照）。

まず、卓袋宛芭蕉書簡と惣七宛同日書簡は、同じ京から伊賀便で出されたものであろう。内容も、たとえば十三日から十九日までの大坂滞留を伝える点で一致し、宿泊地については「いまの八間屋久左衛門あたり」とする惣七宛と「久左衛門方に逗留」と言明する卓袋宛の表現に、今日的に見て多少の差異こそあるが、ほぼ同一の内容を書き送ったと考えてよいであろう。また、一方、四月二十四日付惣七宛杜国書簡に「大坂にて例のすみやたづね申候」とある人物が、芭蕉の卓袋宛書簡に「奈良墨やも大坂に而見舞被申候」と見える共通点もある。なお、当然のことながら、惣七宛の三点（芭蕉一点、杜国二点）に行程、距離を含めた細部にも一致する表記が見られ、相互に書簡の信憑性を補完しあう内容となっている。

ところで、標記の二十五日付惣七宛連名書簡には大きな問題点がある。それは、芭蕉の書簡が滔々とした長文で綴られている一方で、杜国のそれは備忘書き風の記録を点綴するのみで、両者の体裁と内容にはまったく異なった意図が込められていたと思われることである。では、これをどのように説明することができるのか。

おそらく、二十四日付で杜国が報じた内容を、さらに詳しく記したものが翌二十五日付の芭蕉の書簡で、あえて申せば、このことを間近で見知っていた芭蕉自らが、翌日、詳細な旅の報を認めたということであろう。前日に書簡を送った杜国は同内容を避けるべく、芭蕉書簡の趣旨をよく理解したうえで、同行の手控帳からナマの記録を書写し、芭蕉との連署のかたちをとったのである。空米事件で所払いになっているとはいえ、杜国には商用の伝達網があり、知る人もある京の地で、独自の伝達方法がないわけではなかったろう。ただこのような想像をはたらかせなくとも、京の市中はいくらか便の事情もよかったはずである。したがって、二十四日、二十五日の連日の重便に不審をいだく必要はない。

また、前日付で杜国が出した書簡は、宛名に「惣七様　人々御中」とあることから、惣七をとおして伊賀上野の複数の人々に回覧されたことであろう。このように考えれば、二十五日付の連名書簡も当然のことながら、さらに詳しい報が芭蕉からも続いて到来したわけであるから、惣七から人々に伝えられ、芭蕉・杜国の旅の無事をともに慶んだことであろう。その中には確かに市兵衛として登場している、二十五日付の芭蕉書簡を手にする（した）惣七と同年配の卓袋も含まれていよう。したがって、これを予測した芭蕉は、卓袋宛の書簡には内容に重複のなきよう執筆したのである。

なお、前半の芭蕉の書簡には、日付も宛名も署名もないが、後半の連名書簡と一連のものと見て、前半も惣七宛と考えられている。この惣七は、竹人の『蕉翁全伝』も、曰人写の『芭蕉翁全伝』も、共に芭蕉が京より猿雖へ送った返書である旨を記すので、宛名の惣七については、猿雖（意専）とする説が長くおこなわれてきた。しかし、使われている表現から考えて、芭蕉よりも四歳年長の猿雖とするよりは、むしろ若い世代の人物を想定すべきであろう。杜国書簡の口吻もまた同様である。田中善信氏「芭蕉と宗七」（「近世文芸研究と評論」66号・平成16年6月）に同音の宗七とする見方が備わるが、書簡が内神屋（うちのかみや）に伝来したことを思えば、惣七は猿雖の子、惣七郎と考えてもよい。二通がそれぞれ別々に伝えられたのは、先述のとおり、書簡の性格（趣向）の違いが反映してのことであろう。

いずれにせよ、二十五日付惣七宛前半の芭蕉書簡の原本の出現が期待されるところであり、本書簡の理解が、その原本の発見によって変更される場合のあることも、十分に考えおかなければならない。

5. 貞享五年四月二十五日付惣七宛芭蕉・杜国連名書簡

大坂迄御状忝く拝見、此度南都の再会、大望生々の楽、ことばにあまり、離別の恨み筆に不被尽候。我たのもし人にしたる奴僕六にだに別れて、弥おもき物打かけ候而、我等一里来る時は人々一里可行や。三里過る時は各今や三里可行や、いまだしや。梅軒何がしの足の重きも道連の愁たるべきと墨売がおかしがりし事ども云々、石の上在原寺、井筒の井の深草生たるなど尋て、布留の社に詣、神杉など拝みて、こゝばかりこそむかしなりけれと詠し郭公の比にさへなりけるとおもしろくて、滝山に昇る。帝の御覧に入たる事、古今集に侍れば、猶なつかしきまゝに弐拾五丁わけのぼる。滝のけしき言葉なし。丹波市、八木と云所、耳なし山の東に泊る。

ほとゝぎす宿かる頃の藤の花

と云て、猶おぼつかなきたそがれに、哀なるむまやに到る。今は人々旧里にいたり、妻子童僕のむかへて水きれいなる水風呂に入て、足のこむらをもませなどして、大仏の法事のはなしとり〴〵なるべき。市兵衛は草臥ながら梅額子へ巻ひけらかしに可被行、梅軒子は孫どのにみやげねだられておはしけんなど、草のまくらのつれ〴〵にふたりかたり慰て、十二日竹の内いまが(伊麻)茅舎に入。うなぎ汲入たる水瓶もいまだ残りて、わらのむしろの上にて茶・酒もてなし、かの、布子うりたしと云けん万菊がきり物のあたひは、彼におくりて過る。おもしろきもおかしきも、かりのたはぶれにこそあれ。実のかくれぬものを見ては身の罪かぞへられて、万菊も暫落涙おさへかねられ候。当麻に詣て、万のたつときも、いまを見るまでの事にこそあなれと、雨降出たるを幸にそこ〳〵に過て、駕籠かりて太子に着。誉田八幡にとまりて、道明寺・藤井寺をめぐりて、つの国大江の岸にやどる。いまの八間屋久左衛門あたりなり。

杜若語るも旅のひとつかな　　愚句

山路の花の残る笠の香　　一笑

朝月夜紙干板に明初て　　　万菊

二十四句にてやむ。

十九日あまが崎出船。兵庫に夜泊。相国入道の心をつくされたる経の島・わだのみ崎・わだの笠松・内裏やしき・本間が遠箭を射て名をほこりたる跡などきゝて、行平の松風・村雨の旧跡、さつまの守の六弥太と勝負したまふ旧跡かなしげに過行、西須磨に入て、幾夜寝覚ぬとかや、関屋の跡も心とまり、一の谷の逆落し、鐘掛松、義経の武功おどろかれて、てつかひが峰に昇れば、すま・あかし左右にわかれ、あはぢ嶋、丹波山、かの海士が古里田井の畑村など、めの下に見おろし、天皇の皇居はすまの上野と云り、其代のありさま心に移りて、女院おひかゝへて舟に移し、天皇を二位殿の御袖によこ抱にいだき奉りて、宝劔・内侍所あはたゞしくはこび入、あるは下々の女官は、くし箱・油壺をかゝへて、指櫛・根巻を落しながら、緋の袴にけつまづき、臥転びたるらん面影、さすがにみるこゝちして、あはれなる中に、敦盛の石塔にて泪をとゞめ兼候。磯近き道のはた、松風のさびしき陰に物古りたるありさま、生年拾六歳にして戦場にのぞみ、熊谷に組ていかめしき名を残し侍る。その日のあはれ、其時のかなしさ、生死事大、無常迅速、君わするゝ事なかれ。此一言、梅軒子へも伝度候。須磨寺のさびしさ、口を閉たるばかりに候。蟬折・こま笛、料足十疋、見るまでもなし。此海見たらんこそ物にはかへられじと、あかしよりすまに帰りて泊る。

廿一日、布引の滝にのぼる。山崎道にかゝりて、能因の塚、金龍寺の入相の鐘を見る。花ぞちりけるといひし桜も若葉に見えて又おかしく、山崎宗鑑屋鋪、近衛どのゝ、宗鑑がすがたを見れば餓鬼つばた、と遊しけるをおもひて、

　有難姿拝がまんかきつばた

と心の内に云て、卯月廿三日京に入る。

三月十九日、伊賀上野を出て三十四日。道のほど百三
十里。此内船十三里、駕籠四十里、歩行路七十七里、
雨にあふ事十四日。
滝の数　七つ　〈竜門　〈西河　〈蜻蛉（セイメイ）　〈蟬
〈布留　〈布引　〈箕面

古塚　十三
兼好塚　哥塚　乙女塚
忠度塚　清盛石塔　敦盛塚
人丸塚　松風村雨塚　通盛塚
越中前司盛俊塚　河原太郎兄弟塚
良将楠が塚　能因法師塚

峠　六つ
琴引　臍（ホソ）峠　（小仏峠（野路）
くらがり峠　岩や峠（当麻）　樫尾峠

坂　七つ
粧坂　ぢいが坂（西河上）　うばが坂
宇野坂　かぶろ坂　不動坂
小野坂（生田）

山峯　六つ
国見山　安禅嶽　高野山
てつかいが峯　勝尾寺ノ山
金龍寺ノ山
此外橋の数、川の数、名もしらぬ山々、書付にもらし
候。以上。
卯月廿五日　万菊
惣七様　桃青

芭蕉は、吉野・高野山・和歌の浦・奈良・大坂・須磨・明石を歴遊し、四月二十三日に京都に入った。この四月二十五日付の惣七宛の惣七は、奈良で落ち合い、一夜の歓を尽くした伊賀の俳人たちの一人で、その人に奈良で別れて後の見聞や旅懐を報じた書簡である。前半は芭蕉筆と推測されるが、原簡は所在不明である。後半の「三月十九日、

伊賀上野を出て」からは、万菊（杜国）かと思われる筆蹟で、署名の「桃青」のみ芭蕉が認めたものであろうか。ただし、そのように見る『校本芭蕉全集』第八巻（富士見書房・七三頁）の頭注にはにわかに従いがたい。

なお、前半部は、『笈の小文』ではほとんど記されていない芭蕉の動静が伝えられる。奈良からすぐに大坂に出たのではなく、竹の内村を通って、伊麻女に会い、「布子うりたし」と詠んだ万菊のあたいを彼女に贈っている。その後、当麻寺・誉田八幡・道明寺・藤井寺をめぐって、三日後に大坂八軒屋に着いている。

大坂を出て須磨に向かったのは、四月十九日であり、尼崎から船に乗り、兵庫で「夜泊」したこと、また『笈の小文』では「明石夜泊」とあり、明石で泊まったと思われていたのが、この書簡に「あかしよりすまに帰りて泊る」とあり、「明石夜泊」は虚構だということが判明するなど、注意をひく箇所がある。

後半の杜国筆の「三月十九日伊賀上野を出て三十四日」からは、旅程のメモで、『笈の小文』には記されない箇所についても記録され、旅の足跡が明らかにされる。

6．貞享五年四月二十四日付惣七宛杜国書簡

ならの別れの悲しさ、はらわたをたつばかりに覚え申候。其元御無事に御座候哉。私共も大坂を十九日に出、廿一日にすま・あかしおもひのまゝに一見、桃青老も達者にて、てつかいが峯まで分のぼり、一の谷のくずれも見るやうに覚、あつもりのつかにまいりては、をの〳〵こたへられず泣申候。其夜すまに一宿もうれしき一つに奉レ存候。此おもしろさ御物がたり申さではと御ゆかしく御座候。今井（今市の誤記）村ノいまにもあひ申候。いまが庵の煮茶、むねを清め申候。大坂にて例のすみやたづね申候。され共留守の時にて、うれしく奉レ存候。宿に居申候はゞ、又々なぶり可レ申ものをとのこり多くも御座候。其元、さればあやしの御うなり御情出申候よし、おかしく候。なにとぞ御上京あれかし。一うなり可承（ママ）度候。漸ゆびを折見申候へば、百三十里ばかりの旅、され

共両人共に無事に見めぐり候事、ありがたき事に候。猶此すえは、おばすて・さらしな・むさし野・富士までも、安く見めぐり候様にと、いのるばかりに御座候。一笑。以上
卯月廿四日　万菊　市助
物七様　人々御中

なお、右の5・6の書簡に関しては、校訂の際に今栄蔵氏『芭蕉書簡大成』（角川書店・平成17年）を参照した。

7．貞享五年四月二十五日付卓袋宛芭蕉書簡

「笈の小文」の旅で、芭蕉は、四月二十三日に京に着き、二十五日に伊賀の惣七と卓袋それぞれに宛てた手紙を書いた。この卓袋宛書簡は、荻野清氏『芭蕉論考』（養徳社・昭和24年）にその写真が掲出されて知られる。同日の惣七宛の方は、長文のもので、奈良で別れてからの道中の詳細な記述があり、『笈の小文』に記されなかった当時の旅の詳細を補える貴重な資料であるが、その真簡が伝わらず、『芭蕉翁全伝』に記載されたものが残る。この卓袋宛の本簡は、それに比してごく短いもので、惣七宛と重複するところはほとんどない。書簡中に、「先日大坂よりも以書状申進之候」とあるのから見て、惣七宛書簡に記されているような道中のあれこれを大坂から既に報じてやっていたので、京からはこのような簡略なものを送ったのであろうか。あるいは、「猶追而具に可申進之候。到着いまだ間も無御坐候故、早々申残候」とあるので、改めて書き送るつもりであったか。なお、『芭蕉全図譜』所収334の書簡は、署名・日付・宛先を欠くが、内容から見て、卓袋宛に四月末ごろに出した芭蕉の京からの第二信と推定されている。卓袋に出京を促しているところから、対面のうえで委細を物語るつもりであったからか、この第二信にも、本簡にいう「追而具に可申」の内容は記されていない。

なお、掲出に際しては、読みの便をはかるべく一部に仮名を傍記した。

尚々奈良墨やも
大坂に而見舞被申（まうされ）候。
留主に而逢不申候。道々（みち）
云出し語（かたり）出し、笑ひ申候。
大坂へ十三日に着候而、
十九日発足、久左衛門方に
逗留いたし候。尤（もつとも）せばく
やかましく、逗留之内
さて〳〵難義、ざつと大
坂にて大事之旅之
興失ひ申候。気づまり候而
方々見物に出（いで）候。若（もし）は
貴様御越可被成（おこしなさるべき）かと、あたごは
節句過（すぎ）まで残し置（おき）可申候。
乍去（さりながら）人をまちて約束は
ちがひ候へば、興をうし
なひ、力をぬかし候故、

御出とは不存（ぞんぜず）候間、尤成合（なりあひ）に
可被成候。大かたは節句過、
七日八日までは逗留可
致候。先日大坂よりも
以書状（しよじやうをもつて）申進候。奈良に而
遊興、誠（まことに）旅中之慰み、
与兵・貴様御物入（ものいり）、推量
いたし候。猶追而（おつて）具（つぶさ）に可
申進之候。當（到）着いまだ
間も無御坐（ござなく）候故、早々申残候。
与兵へ殿・権左衛門殿へ可然（しかるべく）
御意得（こころえ）被成可被下候。又〳〵
いが衆なつかしく罷成（まかりなり）候。以上

芭蕉桃青

卯月廿五日

卓袋丈

〔須磨早暁〕

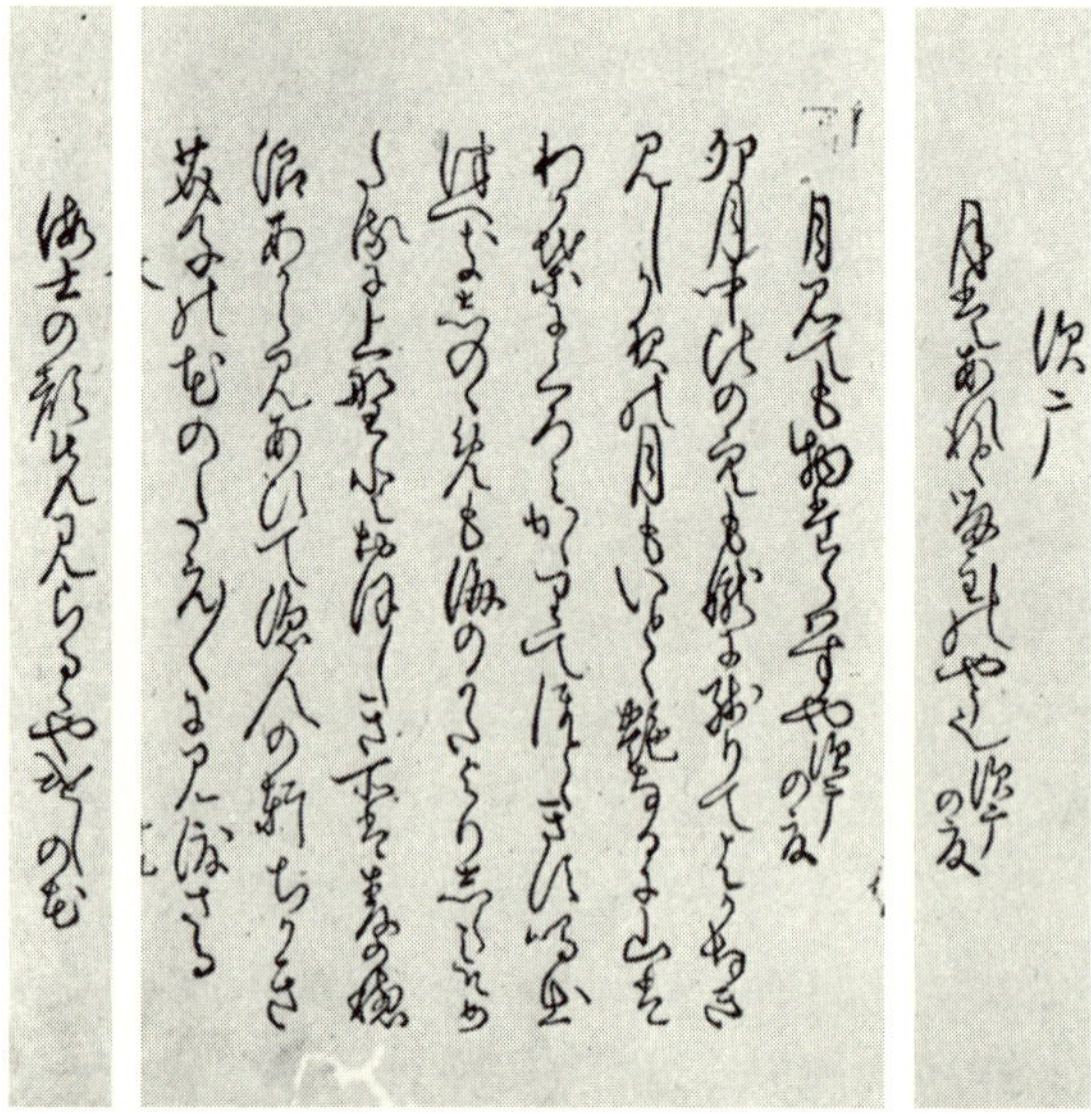

（18丁ウ）（19丁オ）（19丁ウ）

【翻刻】

須广
月はあれと留主のやう也須广の夏

月見ても物たらハすや須广の夏
夘月中比の空も朧に残りてはかなき
みしか夜の月もいとゝ艶なるに山は
わか葉にくろミかゝりてほとゝきす鳴出
つへきしのゝめも海のかたよりしらミそめ
たるに上野とおほしき所は麦の穂
浪あからみあひて漁人の軒ちかき
芥子の花のたえ〲に見渡さる

海士の顔先見らるゝやけしの花

【校訂本文】〔須磨早暁〕

須磨
月はあれど留守のやうなり須磨の夏

月見ても物たらはずや須磨の夏

卯月中比の空も朧に残りて、はかなきみじか夜の月もいとど艶なるに、山はわか葉にくろみかかりて、ほととぎす鳴き出づべきしののめも、海のかたよりしらみそめたるに、上野とおぼしき所は、麦の穂浪あからみあひて、漁人の軒ちかき芥子の花のたえだえに見渡さる。

海士の顔先づ見らるるやけしの花

【概要】

大坂から須磨に来た。四月二十五日付惣七宛連名書簡によれば、四月二十日であることがわかる。本文には交通手段は書かれないが、右の書簡によれば「十九日あまが崎出船。兵庫に夜泊」とあり、尼崎から船に乗って兵庫津に着き、その夜は兵庫津で泊まった。「夜泊」は、張継の「楓橋夜泊」から船中泊を指す場合が多いが、この船は、数十石の屋根なし船の渡海船と考えられるから、旅籠に泊まったのであろう。早朝、あけぼののころ、旅籠を出、右の書簡によると「経の島・わだのみ崎・わだの笠松・内裏やしき・本間が遠箭を射て名をほこりたる跡などきゝて、行平の松風・村雨の旧跡」などを遥かに見やりつつ須磨に到着。翌早暁、須磨の名所、上野辺りから海を臨んだ情景が書かれている。

【語釈】

○須磨―「須广」の「广」は慣用の書き方。兵庫県神戸市須磨区南部の地。摂津国西境に位置する。淡路島を沖に眺め、風光明媚の地であるが、古は藻塩焼く蜑の里であり、流謫の地であった。在原行平や『源氏物語』「須磨」の巻の光君のそれは有名である。また、源平合戦の旧跡としても知られる。**○月はあれど**―後述の「夏はあれど」とともに伝統的な歌語。定家の「里わかずもろこしまでの月はあれど秋のなかばのしほがまの浦」（『拾遺愚草』）や「蓮さく池の夕風夏はあれどよし一花の秋のなでしこ」（『拾遺愚草員外』）などにその用例がある（【補説1】参照）。**○留**

守のやうなり―留守のようだ。古来、須磨では月は欠かせないものとされてきた。今、月は出ているが、肝心の主人が留守のようだ。肝心の主人とは、在原行平が須磨に謫居して「わくらばに問ふ人あらば須磨の浦に藻塩たれつつわぶとこたへよ」と詠んで以来、須磨は淋しい雰囲気の土地とされてきた、その淋しさを指し、夏の月では淋しさはあまり感じられない、と詠む。　**○月はあれど留守のやうなり須磨の夏**―『芭蕉全図譜』142の句文懐紙に「月」と「夏」が入れ替わった倒装法の句「夏はあれど留主のやう也須磨の月」が載る。句の意味は同じ（【補説1】参照）。**○物たらはず**―「たらはず」は、「足（たら）ふ」の否定形。不十分なところがあると感じること。物足りない。　**○朧に残り**―月がぼんやりと空に残っている。早暁のころ、下弦の二十日の月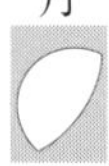が南西の空に残っている。「朧」は春の季語であるが、早暁の月の朧の情景をあらわすために使った。　**○はかなきみじか夜**―四月中旬ごろの夏の明けやすい空。　**○艶なる**―ほのぼのとした情景の趣深い美しさ。　**○くろみかかりて**―しののめ時分のことで、若葉が黒みがかって見えるのは、新緑の度合も増してきているのであろう。　**○上野とおぼしき所**―山の手の、須磨寺のある一帯の台地。『便船集』の「須磨名処」に「上野」とあり、ここからの眺望は、欠くことのできぬ須磨訪問の儀礼かと思われる。名所ゆえにあえて「おぼしき所」から須磨の海辺に臨んだのである。　**○麦の穂浪あからみ**―麦の収穫期が近く、その穂は黄金色に輝き、あたりの早朝の景をさらに明るく見せている。　**○あからみあひて**―明るく映り合って。海と山で明るく映り合って。　**○漁人の軒**―漁師の家の庇。　**○海士の顔先づ見らるるや**―芥子の花の中から先ずあの海士の顔が見られるかと注視したよ。「海士」は、用字の「士」でこれまで男だと考えられてきたが、女性でもよい。むしろ謡曲「松風村雨」の二人の俤があったとすれば、女性と考えるのがよい。四月二十五日付惣七宛芭蕉・杜国連名書簡でも、謡曲「松風村雨」（元和卯月本）にも「海士」の文字が書かれている。　**○けしの花**―ケシ科の一、二年草。日本には、『源氏物語』「葵」に、六条御息所の「御衣などもただ芥子の香にしみかへりたり」とあり、平安時代には伝来していた。茎は直立して八〇から一七〇センチメートル。葉は互生して、七から一五センチメートル、縁に不規則な切れ込みがある。初夏、枝の先端に白・紫・紅・絞りの四弁花を開く。果実は球形で黄褐色に熟す。未熟のものからアヘンの原料になる乳液を採る。花・実ともに季は夏。『和漢三才図会』によれば、「嫩苗は蔬菜にして食べ」、花は「四弁で大きさは盞を仰むけたぐらい」で、『滑稽雑談』には「紅・白二種有」とある。「ちるときの心やすさよ米囊花（ケシノハナ）　越人」（『猿蓑』二）にはその特色がうかがえる。

【通釈】

須磨にて、

（月はあれど留守のやうなり須磨の夏）

須磨は古くから、月影は欠かせない名所ながら、今日も月は出ているが、須磨の主が不在のような心持ちになるのは、やはり秋の月ではなく夏の月だからでしょうか。

（月見ても物たらはずや須磨の夏）

期待どおりの須磨の月が出ているが、なにか物足りない淋しさがある。夏の月だからでしょうか。

四月の中ごろの早暁のことで、空には月が朧にのこっていて、夏のはかないみじか夜の月もたいへん趣深く美しい。山の方を見ると明け方の若葉が新緑の時期とあって黒みがかって見え、情趣を加えている。ほととぎすが鳴き出す東雲の時間、普通は山の方から明るくなってゆくのに、須磨では海の方角から白みはじめた。須磨寺辺りの上野とおぼしき所では麦の穂浪が黄金色に明るく輝き、海と山とがともに明らみ合っている。海辺の蜑の家の軒近くには、芥子の白紅の花がとぎれとぎれに広がっているのが見える。

（海士の顔先づ見らるるやけしの花）

蜑の家から顔を出した海士の顔を、芥子の花の中に先ず注視したことだよ、古物語の松風村雨ではないかと。

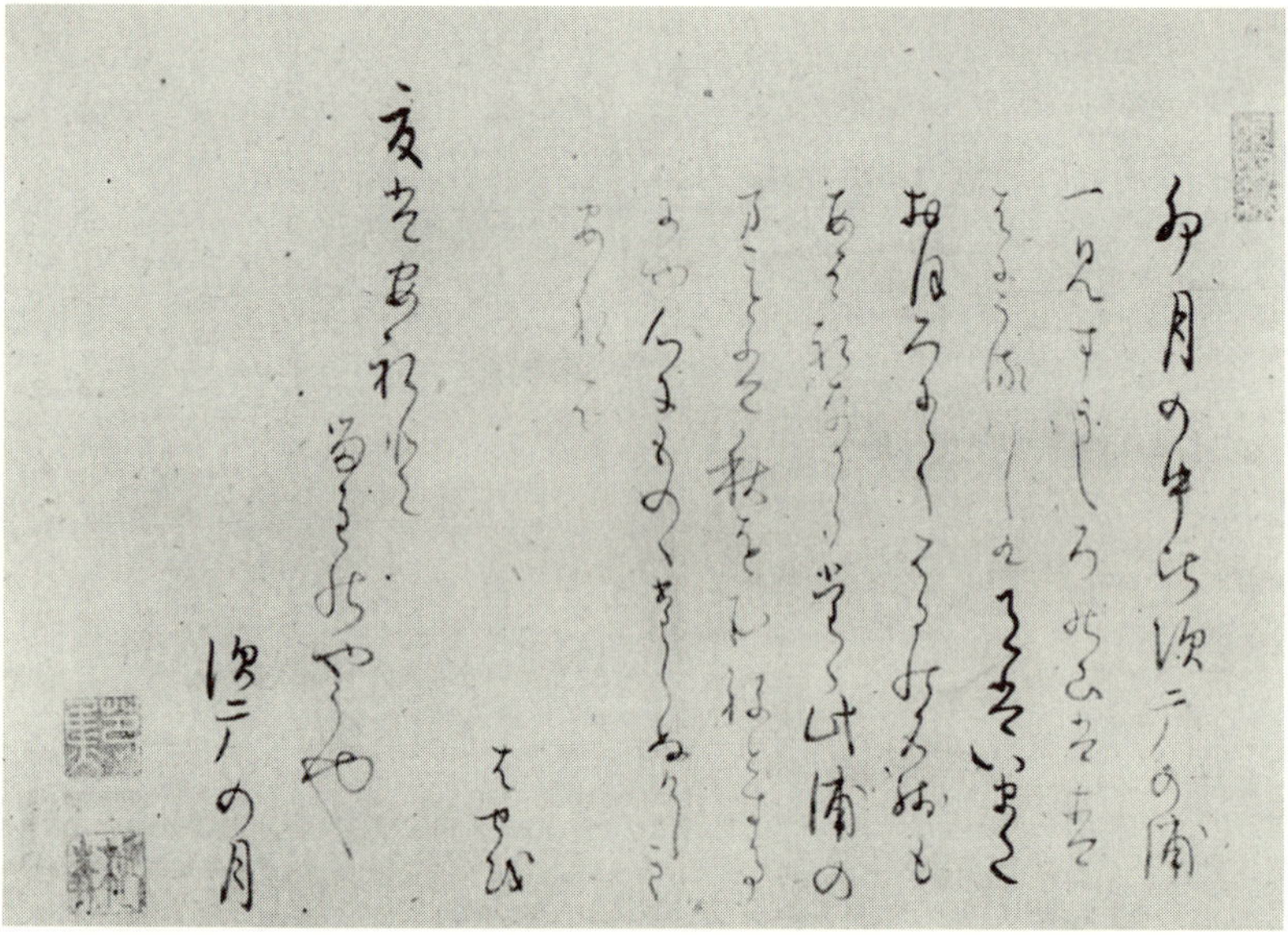

【図版１】「夏はあれど」句文懐紙（『芭蕉全図譜』142、岩波書店）

【補説】

1.「夏はあれど」句文懐紙

□（印）

卯月の中比、須磨の浦
一見す。うしろの山は青
ばにうるハしく、月はいまだ
おぼろにて、はるの名残も
あはれながら、たゞ此浦の
まことは秋をむねとする
にや、心にもの、たらぬけしき
あれば

ばせを

夏はあれど
留主のやう也
須磨の月

□（印）　□（印）

関防印は難読の「夜明□」の印文。落款印は、「芭蕉」と「桃青」。「卯月の中比」に須磨の浦に行ったと書いているが、芭蕉と杜国が須磨に一泊したのは、四月二十日のことである。染筆時期はなお確定しがたいが、仮名文字の書き方から判断して元禄二年以降、三年ころにまでくだる可能性がある。必ずしも旅中の懐紙と見る必要はない。なお、一部の文字に真蹟を疑わせるものもあり、印影の不確かな関防印を捺す。現物の確認によって再度真偽を見極めるべき資料である。発句は上五に「夏はあれど」とあり、『笈の小文』所収句とは下五の「月」と入れ替わった句形になっている。

2．二句の並置

冒頭に「須磨」と題して「月はあれど留守のやう也須磨の夏」と「月見ても物たらはずや須磨の夏」の二句が並記されている。同想同趣の句を並記した理由は、〔須磨浦幻影〕の「「かかる所の秋なりけり」とかや、此の浦の実は、秋をむねとするなるべし。かなしさ、さびしさ、いはむかたなく、秋なりせば、いささか心のはしをもいひ出づべきものをと思ふぞ、我が心匠の拙きをしらぬに似たり」と述べる。『源氏物語』や謡曲「松風」の須磨のまことの風情を感じる季節でない無念さを重ねて強調するためであろう。二つの句の中七を入れ替えても一句がともに成立するような等類の句が並ぶが、同想同趣の句を二句置いたところで、秋の情趣を旨とするこの浦の伝統的な理解には到底及ぶものではなく、まさにもの足りない旅懐を、未練の趣向で対峙させた工夫、苦心を読み込みたいところである。むしろ「此の浦の実」をはかなき夏、短夜に託す芭蕉の新たな発見と言い換えられようか。その意味でも、須磨は、この浦の眺望のきく、名所上野からの早暁から書きはじめられたのである。

〔須磨眺望〕

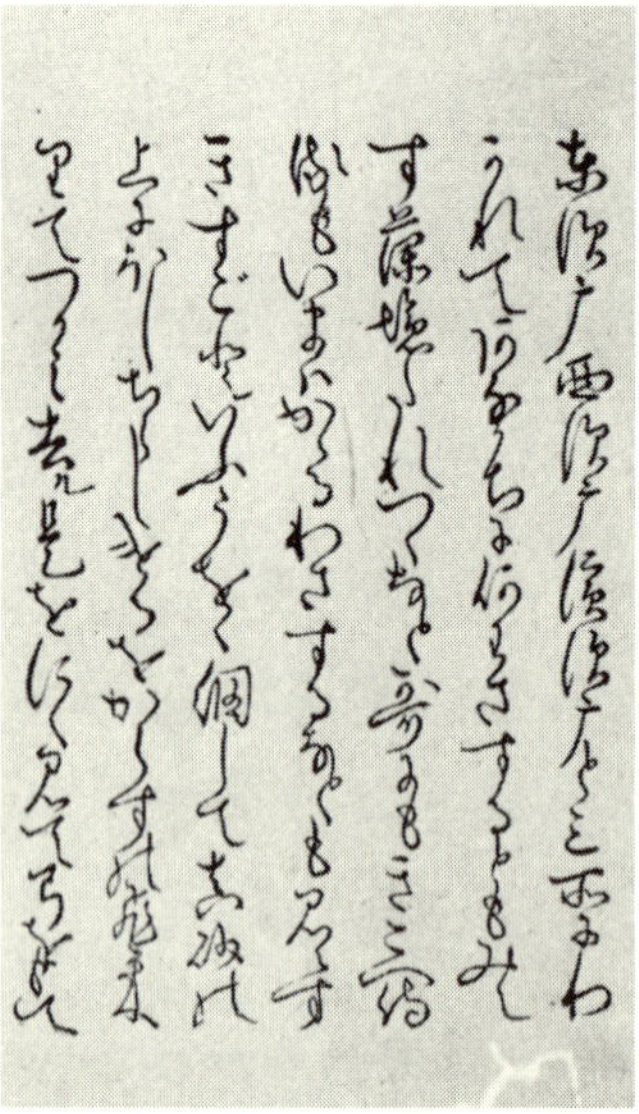

（19丁ウ）

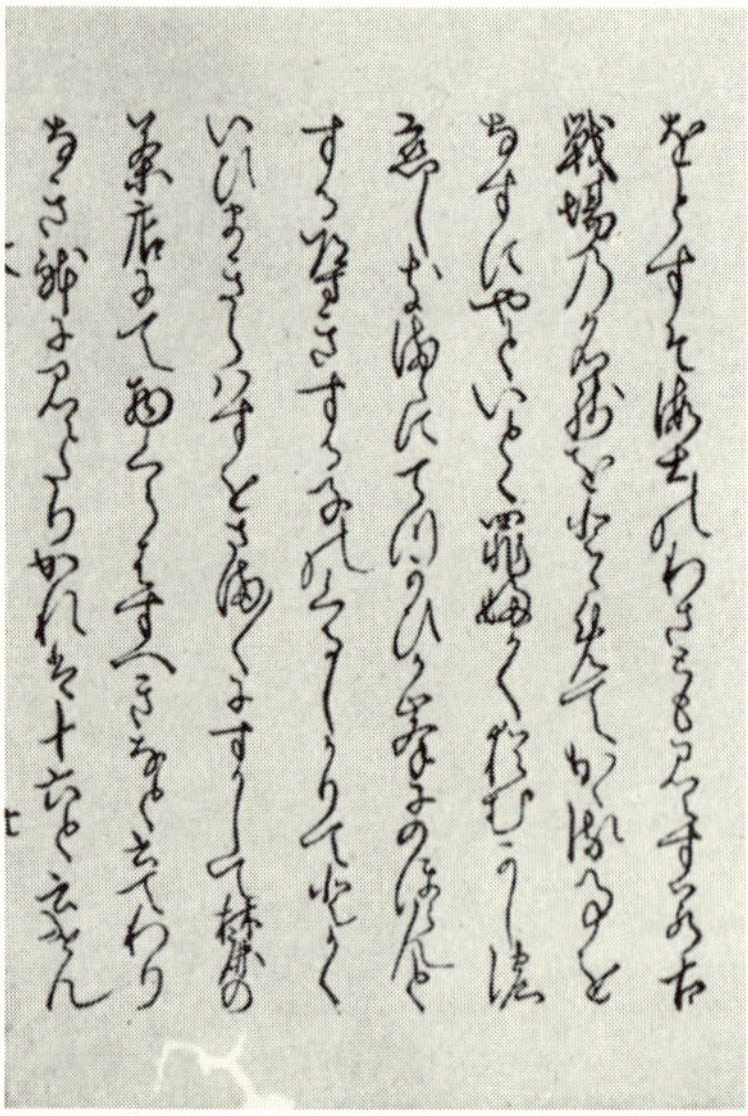

（20丁オ）

【翻刻】

東須广西須广濱須广と三所にわ
かれてあなかちに何わさするともみえ
す藻塩たれつゝなと哥にもきこへ侍
るもいまハかゝるわさするなとも見えす
きすごといふうをゝ網して真砂の
上にほしちらしけるをからすの飛来
りてつかみ去ル是をにくみて弓をもて
をとすそ海士のわさとも見えす若古
戦場の名残をとゝめてかゝる事を
なすにやといとゝ罪ふかく猶むかしの
恋しきまゝにてつかひか峯にのほらんと
する導きする子のくるしかりてとかく
いひまきらハすをさまく〵にすかして麓の
茶店にて物くらはすへきなと云てわり
なき躰に見えたりかれは十六と云けん

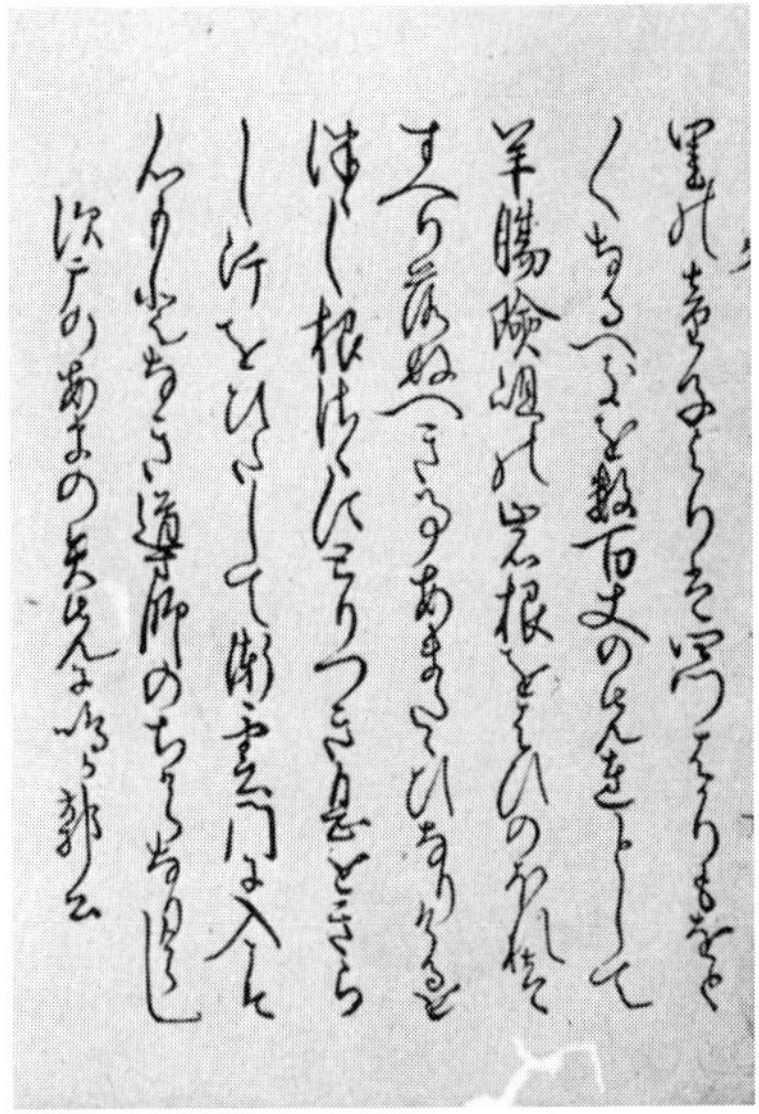
（20丁ウ）

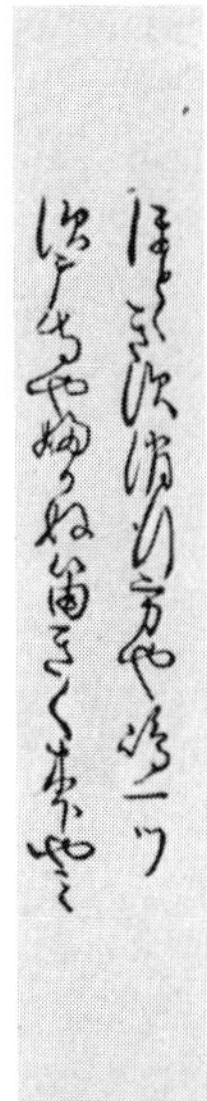
（21丁オ）

里の童子よりは四つはかりもをと
くなるへきを数百丈の先達として
羊腸険岨の岩根をはひのほれは
すへり落ぬへき事あまたゝひなりけるを
つゝし根さゝにとりつき息をきら
し汗をひたして漸雲門に入こそ
心もとなき導師のちからなりけらし
　須广のあまの矢先に鳴か郭公

ほとゝきす消行方や嶋一ツ
須广寺やふかぬ笛きく木下やミ

【校訂本文】〔須磨眺望〕

東須磨・西須磨・浜須磨と三所にわかれて、あながちに何わざするともみえず。「藻塩たれつつ」など、歌にもきこえ侍るも、いまは、かかるわざするなども見えず。きすごといふうをを網して、真砂の上にほしちらしけるを、からすの飛び来りてつかみ去る。是をにくみて、弓をもておどすぞ、海士のわざとも見えず。若し、古戦場の名残をとどめて、かかる事をなすにやと、いとど罪ふかく、猶むかしの恋しきままに、てつかいが峰にのぼらんとする。導きする子の、くるしがりて、とかくいひまぎらはすを、さまざまにすかして、「麓の茶店にて物くらはすべき」など云ひて、わりなき体に見えたり。かれは、十六と云ひけん里の童子よりは、四つばかりもおとうとなるべきを、数百丈の先達として、羊腸険岨の岩根をはひのぼれば、すべり落ちぬべき事あまたたびなりけるを、つつじ・根ざさにとりつき、息をきらし、汗をひたして、漸う雲門に入るこそ、心もとなき導師のちからなりけらし。

須磨のあまの矢先に鳴くか郭公

ほととぎす消え行く方や島一つ

須磨寺やふかぬ笛きく木下やみ

【概要】

須磨の里に言及する。昔は藻塩を製造したと歌にも詠まれているが、今は漁師ばかりで、その漁師が烏を追い払うのに、矢で追い払うなど、古戦場の名残が何百年も経った今も残るあわれさを述べる。その古き戦場を、この地で一番高い場所から眺望しようと、少年の案内で鉄枴が峰に登り、須磨浦を眼下にし、やがて後の文章で、平家没落のあわれさ、淋しさに思いを馳せる。

【語釈】

○東須磨、西須磨、浜須磨と三所にわかれて―寛文九（一六六九）年ごろの尼崎藩青山氏領地調によると、当時は東と西の二村であったが、後に西須磨村が浜須磨村とに分かれた。東から東須磨村・西須磨村・浜須磨村の順。東須磨村は、兵庫津より五〇丁、農業を主とし、西・浜須磨村は、漁船をもち漁師として、また海産物の販売を生業としていた。なお位置関係については【図版1】を参照。**○藻塩たれつつなど歌にもきこえ侍る**―在原行平の歌「わくらばに問ふ人あらば須磨の浦に藻塩たれつつわぶと答へよ」（『古今和歌集』巻第十八・雑歌）を指す。「藻塩垂る」は、塩を焼くために、藻塩草に海水を注ぐこと。**○きすご**―鱚のこと。〈Qisugo. キスゴ〉（邦訳日葡辞書）。寂斎梧青著『笈の小文抄注解』の頭注に『大和本艸』を引く。今、『大和本草』巻一三から引用すると「キスゴ　大サ七八寸ニ至ル猶大小アリ其肉潔白性カロク好シ佳品ナリ」とある。**○網して**―網で捕って。**○古戦場の名残**―源平合戦の、一の谷の合戦などのなごり。昔、合戦において弓矢で戦った名残が今も残り、鳥を追い払うのに弓をもち出すことを指し、「いとど罪ふか」いのは、何百年経ってもこのような行為をさせる戦いの罪深さをいう。〇**てつかいが峰**―鉄枴山。神戸市須磨区・垂水区境にある山。一の谷・安徳内裏跡の北にあり、海抜二三七メートル。「此峯より麓までを坂落し、巌石おとしの名あり」（摂津名所図会）。この山に登れば、南に一の谷・安徳内裏跡を見、北に松風・村雨の故郷の田井の畑が見え、また須磨の海・淡路島まで一望できる。〇**導きする子**―道案内に頼んだ子ども。〇**わりなき体に見えたり**―山に案内するのは苦しいが、でも麓の茶屋で物も食べたい、といった困ったようすで、しぶしぶ承知したように見えた子どもの様をいう。〇**十六と云ひけん里の童子**―『平家物語』巻九に伝える、義経を鵯越えに案内した熊王という童は、一説に「十六歳」とあり、この熊王を指したか。〇**数百丈**―数百メートル。〇**羊腸険岨**―曲がりくねった険しい山の坂道。なお、羊腸を用いた同趣の例に『本朝文粋』六、大江匡衡奏状の「退求㆓刺史之車㆒、亦羊腸嶮而無㆓推轂㆒」や『海道記』「羊腸坂キビシクシテ」がある。〇**すべり落ちぬべき事あまたたびなりけるを**―すべり落ちそうになることが何度もあったのだが、の意。乙州版本『更科紀行』にも「落ぬべき事あまたゝびなりけるを」と同じ一節が見られる。〇**つつじ**―丈の低い岩つつじ（「もちつつじ」ともいう）ではないか。花期は、三、四月（旧暦）。〇**根ざさ**―山野に自生する小竹類。〇**雲門**―雲の出入りする門。高い山を形容していう。〇**導師**―本来は法会などの時、たくさんの僧を導く僧のこと。ここでは、道案内の子どものことを興じていった。〇**須磨のあまの矢先に鳴くか郭公**―先に、干してある魚をつかみ去る鳥を追い払うのに、漁師が弓でおどす場面があるが、歌枕としての「須磨のあま」と、現実の須磨のあまを上五に、「古戦場のなごり」を中七にして、その重層性を詠み込む。〇**須磨寺**―上野山福祥寺の通称。神戸市須磨区須磨寺町。寺には平敦盛の遺愛の「青葉の笛」（『平家物語』では「小枝の笛」）が蔵されている。しかし、芭蕉たちは、先の貞享五年四月二十五日付惣七宛連名書簡によれば、「蟬折・こま笛、料足十疋、見るまでもなし」と笛の拝観をしていない。

【図版1】 毛利正守編『加藤隆久所蔵 摂州名所記』（武庫川女子大学大学院文学研究科日本語日本文学専攻発行・平成21年）

東須磨村

村雨堂

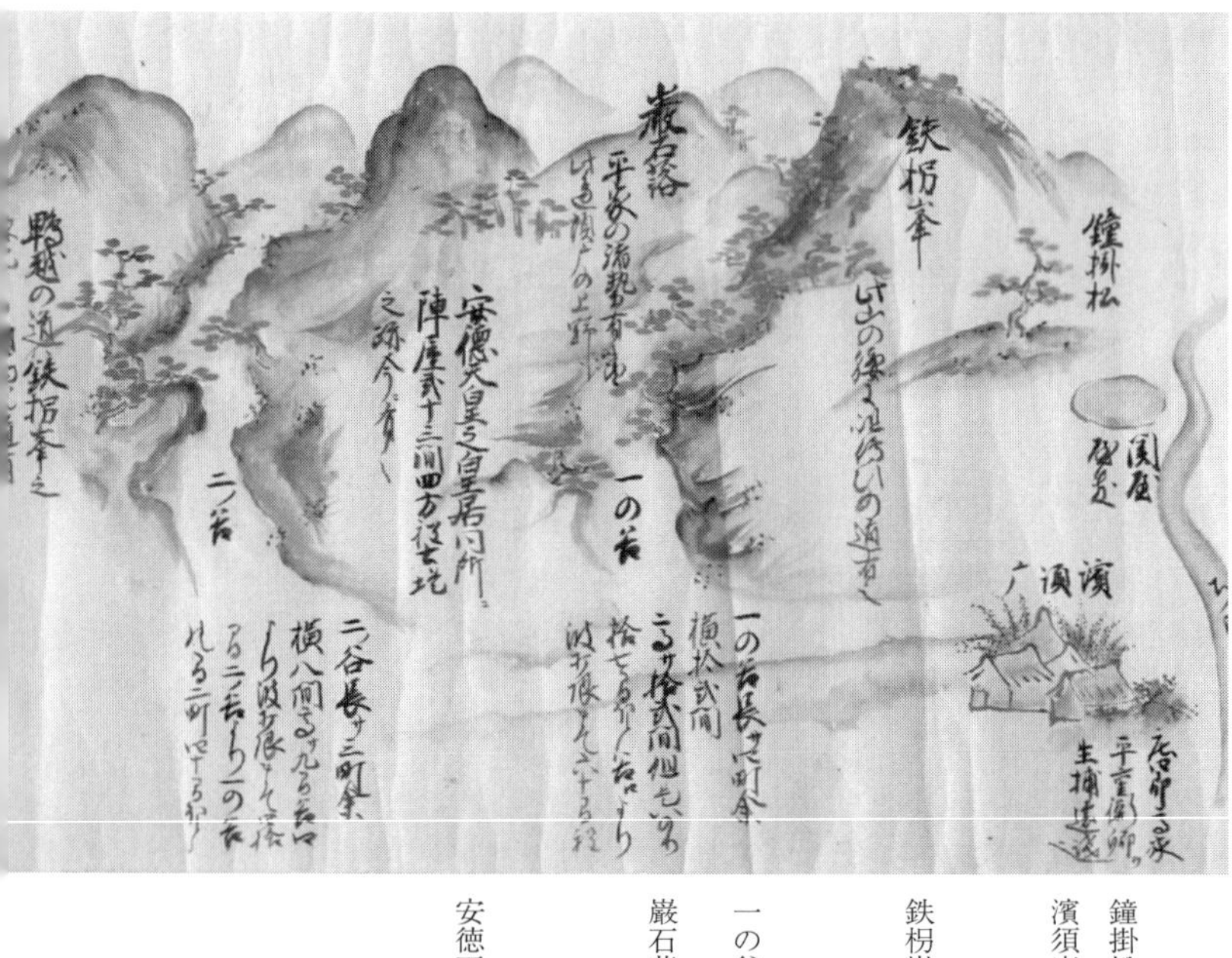

鐘掛松

濱須磨

鉄枴峯

一の谷

巌石落

安徳天皇皇居

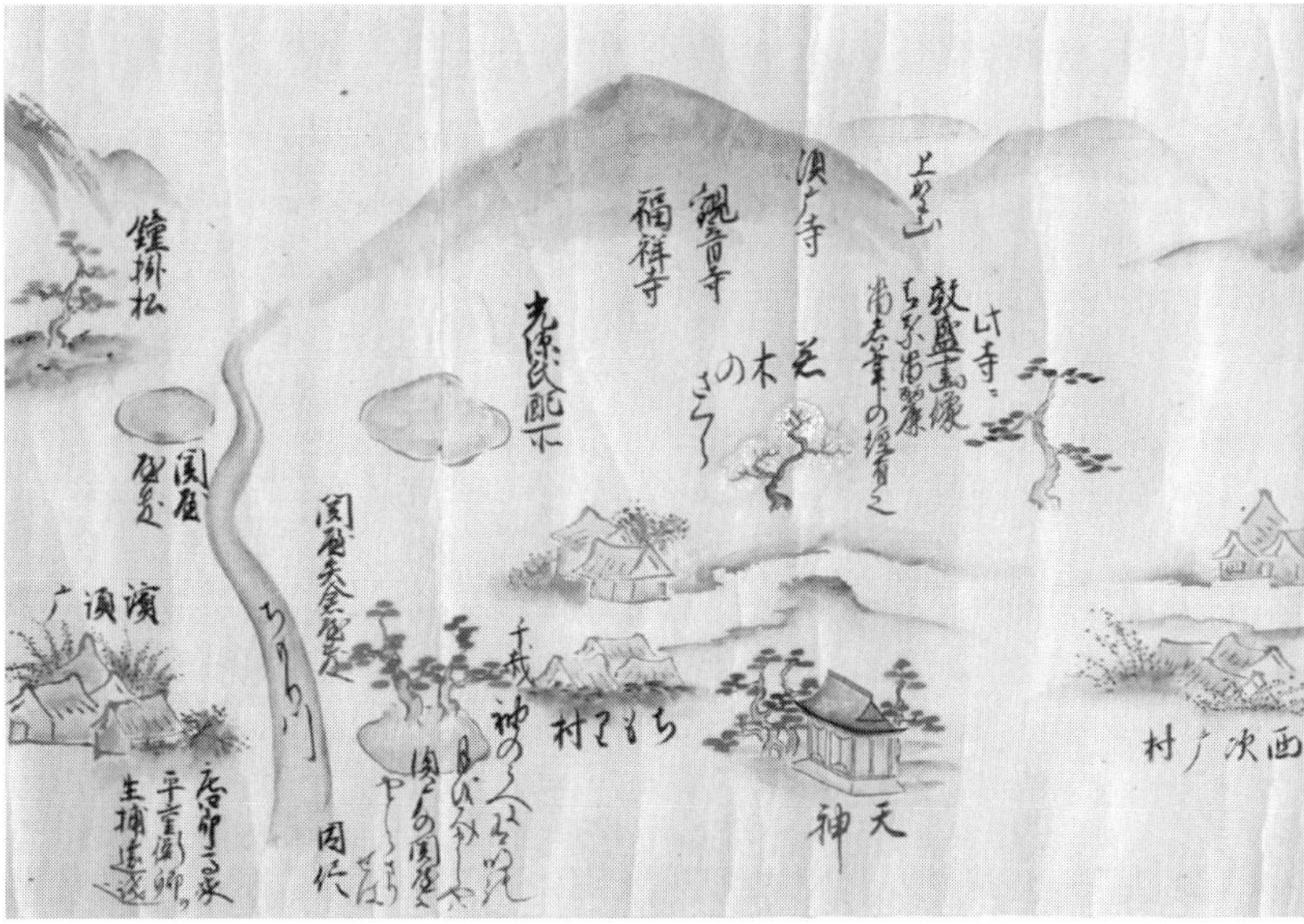

西須磨村
上野山
須磨寺
濱須磨

鉢伏(山)
敦盛石塔

【通釈】

この須磨の地は、東須磨、西須磨、浜須磨と三か所の集落に分かれているが、とくに何を生業としているとも見えない。「藻塩たれつつ」などと古歌にも詠まれているものの、今はそのような仕事をしているとも見えない。きすごという魚を網で捕って、浜辺の砂の上に干し散らしているのを、カラスが飛んできて、奪い去る。これを憎らしく思い、弓で脅すのは漁師のすることとも思えない。もしかして、昔の古戦場の名残で、何百年も昔の源平の戦いの気質が今の人にも残っていて、このようなことをするのかと、ますますその生業が罪深いものだと思われた。それでもやはり、昔のことが偲ばれて、鉄枴が峰に登ろうとした。案内に頼んだ子がいやがって、いろんなことをいってのがれようとするのを、さまざまにいい賺して、「麓の茶屋でなにか食わせよう」などといって、しぶしぶ承知したようすだった。この子は、一六歳だったというかの熊王より、四歳も年下であったのに、数百丈の山登りの先達として、険しい岩根を這い登ってゆくと、滑り落ちそうになることが何度もあったが、つつじや根笹に摑まって、息をきらし、汗をかきかき、ようやく頂上にたどりついたのは、頼りないながらもこの案内者の子どものおかげであった。

(須磨のあまの矢先に鳴くか郭公)

須磨の浦がかつて古戦場であった名残なのか、海士がカラスを追い払うためにつがえた矢の先を、やはり追われるようにほととぎすが鳴いて飛び去っていった。

(ほととぎす消え行く方や島一つ)

折からほととぎすが鳴いて飛び去った姿を追って目をやると、向こうには島影がひとつ見える。あれが淡路島である。

(須磨寺やふかぬ笛きく木下やみ)

須磨寺の繁った小暗い木立ちの下に佇むと、今では、誰も吹かない、あの敦盛の青葉の笛の音が聞こえてくるように思われる。

【補説】

1．三句並置と「須磨寺や」の句

本文を読み進めて、次の三句の並置を考えるとどのようになるのか。

○須磨のあまの矢先に鳴くか郭公
○ほととぎす消え行く方や島一つ
○須磨寺やふかぬ笛きく木下やみ

まず、最初の発句は、本文の「きすごといふうをを網して、真砂の上にほしちらしけるを、からすの飛び来りてつかみ去る……若し、古戦場の名残をとどめて、かかる事をなすにやと、いとど罪ふかく」に続けて配置すれば、非常に分かりやすい一句となり、むしろ今日的にはそれを期待してしまうが、「猶むかしの恋しきままに」の一節を挟んで鉄枴が峯への登頂へと進む。したがって、その処置として二句目の「ほとゝぎす」の鉄枴山頂からの眺めを踏まえた一句が並ぶのであろう。それならば、二句の並置はよく理解できる。しかし、ここになぜ、「須磨寺や」の句が続くのであろうか。

少し本文を進めて、後段の冒頭にある虚構としての「明石夜泊」と「蛸壺や」の句に接続してゆく場合、この三句目は、どうしても地理的に後戻りした須磨寺の句となってしまう。また、対応する本文もない。地理的な感覚のない者が、ここに配置したとすればそれはありうることである。後に配置を変更するつもりで、かりに置いたと見てもよい。これまでの乙州編集説や未定稿説につけば、このように処理されるのであろう。

しかし、この句が鉄枴が峰の登頂後、実際に詣でた敦盛塚での感慨をとおして、須磨寺を思いやるかたちで成立したとすれば、むしろこの地を踏んだ者の手際と考えるのがよい。

「須磨寺や」の句が初出するのは、浪化編『続有磯海』（元禄十一〈一六九八〉年刊）である。

須磨の浦一見の時

須磨寺に吹ぬ笛きく木下やみ　　芭蕉

此句は湖南の丈艸、幾とせ袖底におさめられしを、
此たび我続集結縁にとて、文通の中に緘して
送られ侍る。されば亡師の句、諸邦の集に洩レ
たるもすくなく、程なき年月のうちに、その言葉
さへ俤とともに残りなく成果ぬるぞ歎し。
よつて右に写して追懐の志をあらはす。

これに、上五は「須磨寺に」とあり、丈草から『続有磯海』発刊の祝意として、世に知られていない芭蕉のこの一句を贈られたことが付記されている。丈草は、浪化が三年前に出した『有磯海』にも序文を贈っていた。その縁で、このたびもまた厚情を届けたのであろう。

この付記に、「幾とせ袖底におさめ」ていたものを、「文通の中に緘して送」るとあるので、この句は、芭蕉染筆のものと推察されて、「須磨寺に」が初案であったとする見方がある。しかし、それは、次の丈草書簡によると、必ずしもそうではなかったと思われる。書簡は次のとおり。

須磨の浦一見の折からの事にて、前書も有レ之候やに覚申候へども、それは不レ慥候。発句は

須磨寺に吹ぬ笛きく木下闇

ふかぬ笛誠にあはれに聞へ申候と、愚情迄感情候ゆへ、記憶仕候。此度御合力と奉レ存候。扨々遅引に罷在、万緒千端可二申分一事も無二御座一候へども、油断仕にてもなし。彼是にて及二今日一□□□□、御用に立候はゞと奉

㆑存候。猶期㆓後音㆒候。草々。頓首頓首

二月二十二日　　丈艸

この書簡は、年次と宛先を欠くが、その内容から見て、前掲の付記とおおむね一致するので、丈草が浪化宛に芭蕉の句を贈る時のものと見て、大きく誤るまいと思われる。この書簡は、『蕉門俳人書簡集』（飯田正一氏編・桜楓社・昭和47年）によったもので、原簡は、土居唯波旧蔵とあり、「丈草研究書簡集」（市橋鐸氏編）から引く。これから推すと、丈草が届けたものは芭蕉の染筆ではなく、丈草の聞き覚えであろう。また、不確かだと断わっていることから、上五の「に」は過誤のおそれがあり、必ずしも初案とは限らない。

それでは、丈草がこの句をどうして知っていたのか。それは明らかにできない。丈草が芭蕉に正式に入門したのは、元禄二（一六八九）年十二月とされる（石川真弘氏編『蕉門俳人年譜集』前田書店・昭和57年）から、「笈の小文」の旅の一年半後のことである。元禄四年の芭蕉の『嵯峨日記』の四月二十一日に、

（前略）今宵は人もなく、昼伏たれば夜も寝られぬまゝに、幻住庵にて書捨たる反古を尋出して清書。

とある「清書」は「幻住庵記」のそれともとれるが、『笈の小文』の草稿かとする推察もあり（尾形仂氏「鎮魂の旅情―『笈の小文』考」〈「国語と国文学」昭和51年1月〉。その後、『芭蕉・蕪村』に再録）、その四日後の二十五日に、丈草が芭蕉のいる落柿舎を訪れて泊まっているので、その時に知ったのであろうか。また、芭蕉歿後も、丈草は膳所に居住していた関係で、乙州の手もとにあった『笈の小文』の草稿を瞥見する機会がなきにしもあらずであろう。いずれにしても立証は難しい。

ところで、『笈の小文』の異本三点とも、この句を欠く。他の句については、句形の異同はあっても、句の記載を欠くものはないのに、この一句のみ欠落する。これは、甚だいぶかしいが、これについては、今後の問題としておく。

〔須磨浦幻影〕

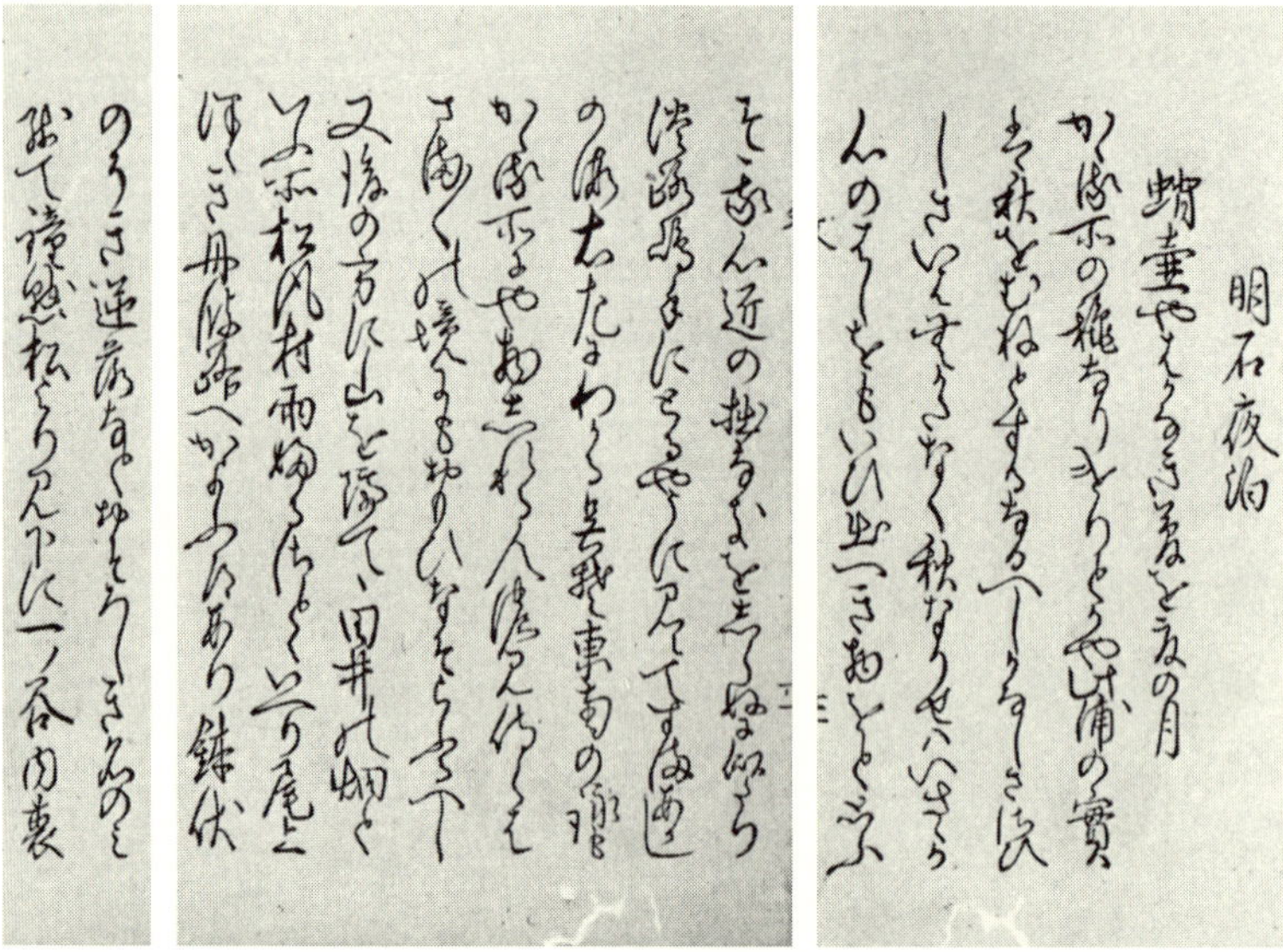

（21丁ウ）　（21丁オ）

【翻刻】

明石夜泊

蛸壺やはかなき夢を夏の月
かゝる所の穐なりけりとかや此浦の實
は秋をむねとするなるへしかなしささひ
しさいはむかたなく秋なりせハいさゝか
心のはしをもいひ出へき物をと思ふ
そ我心匠の拙なきをしらぬに似たり
淡路嶋手にとるやうに見えてすまあかし
の海右左にわかる呉楚東南の詠も
かゝる所にや物しれる人の見侍らは
さま〳〵の境にもおもひなそらふるへし
又後の方に山を隔てゝ田井の畑と
いふ所松風村雨ふるさとゝいへり尾上
つゝき丹波路へかよふ道あり鉢伏
のそき逆落なとおそろしき名のミ
残て鐘懸松より見下に一ノ谷内裏

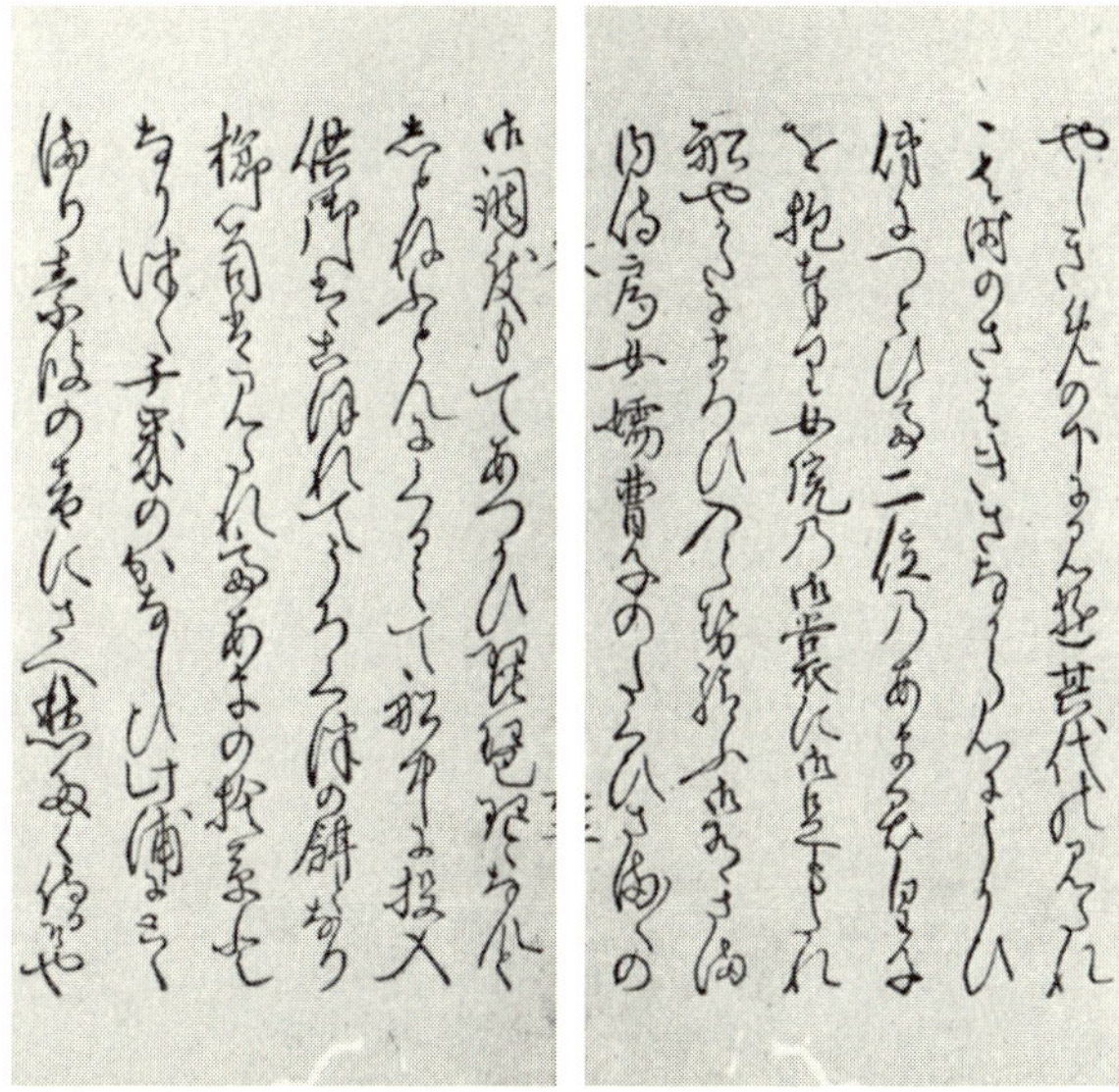

（22丁ウ）　（22丁オ）

やしきめの下に見ゆ其代のみたれ
其時のさはきさなから心にうかひ
俤につとひて二位のあま君皇子
を抱奉り女院の御裳に御足もたれ
船やかたにまろひ入らせ給ふ御有さま
内侍局女嬬曹子のたくひさま〳〵の
御調度もてあつかひ琵琶琴なんと
しとねふとんにくるミて船中に投入
供御はこほれてうろくつの餌となり
櫛笥はみたれてあまの捨草と
なりつゝ千歳のかなしひ此浦にとゝ
まり素波の音にさへ愁多く侍るそや

【校訂本文】〔須磨浦幻影（すまうらげんえい）〕

明石夜泊（あかしやはく）

蛸壺（たこつぼ）やはかなき夢（ゆめ）を夏（なつ）の月（つき）

「かかる所の秋（あき）なりけり」とかや、此（こ）の浦（うら）の実（まこと）は、秋（あき）をむねとするなるべし。かなしさ、さびしさ、いはむかたなく、秋なりせば、いささか心のはしをもいひ出（い）づべきものをと思（おも）ふぞ、我（わ）が心匠（しんしやう）の拙（つたな）きをしらぬに似たり。淡路島（あはぢしま）、手（て）にとるやうに見えて、すま、あかしの海、右左にわかる。呉楚東南の詠もかかる所にや。物しれる人の見侍らば、さまざまの境にもおもひなぞらふるべし。又、後の方に山を隔てて、田井の畑といふ所、松風村雨のふるさとといへり。尾上つづき、丹波路へかよふ道あり。鉢伏のぞき、逆落など、おそろしき名のみ残りて、鐘懸松より見下すに、一ノ谷、内裏やしき、めの下に見ゆ。其の代のみだれ、其の時のさわぎ、さながら心にうかび、俤につどひて、二位のあま君、皇子を抱き奉り、女院の御裳に御足もつれ、船やかたにまろび入らせ給ふ御有さま、内侍、局、女嬬、曹司のたぐひ、さまざまの御調度もてあつかひ、琵琶、琴なんど、しとね・ふとんにくるみて、船中に投げ入れ、供御はこぼれて、うろくづの餌となり、櫛笥はみだれて、あまの捨草となりつつ、千歳のかなしび、此の浦にとどまり、素波の音にさへ、愁ひ多く侍るぞや。

【概要】

「明石夜泊」の前書と「蛸壺や」の発句を置き、再び浜須磨に戻り、おそらく内裏屋敷のあたりの高台から、須磨の風景を眺望する。貞享五年四月二十五日付惣七宛芭蕉・杜国連名書簡（一八三頁）によれば、

> …一の谷の逆落し、鐘掛松、義経の武功おどろかれて、てつかひが峰に昇れば、すま・あかし左右にわかれ、あはぢ嶋、丹波山、かの海士が古里田井の畑村など、めの下に見おろし、天皇の皇居はすまの上野と云り、其代のありさま心に移りて、女院おひかゝへて舟に移し、天皇を二位殿の御袖によこ抱にいだき奉りて、宝劔・内侍所あはたゞしくはこび入、あるは下々の女官は、くし箱・油壺をかゝへて、指櫛・根巻を落しながら、緋の袴にけつまづき、臥転びたるらん面影、さすがにみるこゝちして、あはれなる中に…

との記事を報じており、『笈の小文』の該当箇所に類似の叙述が見られることから、旅中の鉄枴が峰からの眺望の感慨を紀行末尾に配したと考えられる。

では、「明石夜泊」の虚構の前書とともに、発句と後ろに続く右の眺望の記事が、はたして紀行全篇の最末尾に

あってどのような意味をもちうるのか、この問いの答えに迫ってみたい。

【語釈】

○明石夜泊―惣七宛連名書簡によれば、「あかしよりすまに帰りて泊る」とあることから、芭蕉は四月二十日に明石まで足をのばし、夕刻近くにふたたび須磨に戻って来たものであろう。『須磨浦古跡記』（延享三〈一七四六〉年開板）によれば、須磨浦から明石までの道のりは「三リ」とあり、往復六里を当日のうちに徒歩で消化するのは、二十日の行程を考えて少々困難であったろう。同書簡には「三月十九日、伊賀上野を出て三十四日。…此内船十三里」とも記していることから、三里の船路を用いた可能性が高い。ただ、いずれにしても、「夜泊」すなわち停泊した船で仮寝の事実はなく、この前書と発句の関連性については、後の【補説1】を参照。**○かかる所の秋なりけり**―『源氏物語』「須磨」の巻の、「須磨にはいとゞ心づくしのあき風に、海はすこし遠けれど、行平中納言の、関吹き越ゆるといひけむ浦波、夜々はげにいと近くきこえて、またなくあはれなるものは、かゝる所の秋なりけり」を踏まえる。また、本文最後尾の「千歳のかなしび　此の浦にとどまり、素波の音にさへ、愁ひ多く侍るぞや」の叙述もこの典拠を踏まえた延長にあろう。芭蕉好みの文体である。**○此の浦の実**―須磨浦の伝統的な詩情。**○心匠**―心中を吐露すべき表現の技巧。**○呉楚東南の詠も**―杜甫の「登岳陽楼」の一節「呉楚東南拆　乾坤日夜浮」による。眺望のきく雄大な景色をいう。**○田井の畑**―在原行平が須磨に流された時、寵愛した姉妹、松風・村雨の住んでいた村、鉄枴が峰の北の山間にあり、須磨から二五町、播磨との境の村。**○鉢伏のぞき**―三ノ谷の上の鉢伏山から長さ二町余りの谷をのぞき見ることのできる場所。**○逆落**―一ノ谷の急坂。**○鐘懸松**―一ノ谷側の中腹に位置し、義経が陣の鐘を掛けたという松。**○一ノ谷**―「西須磨の村はづれより一町餘西にあり。谷の廣さ二十間計、高さ十二間、谷口より波打際まで一町餘あり」（『摂津名所図会』）とある。**○内裏やしき**―「一谷の上にあり、ここも須磨の上野といふ」（『摂津名所図会』）、「須磨上野内裏屋敷　安徳天皇御皇居、平家ノ諸勢此所籠ル　陣屋弐拾三間四方　土手ノ跡今ニ有」(『福原鬢鏡』)とある。　**○二位のあま君**―平清盛の妻で建礼門院の母。　**○皇子**―安徳天皇。幼少であったためこのように記した。　**○女院**―安徳天皇の母、建礼門院。　**○御足もつれ**―底本の「もたれ」は「もつれ」の誤記か。雲英本では「もつれ」とする(四本対校表三一六頁参照)。　**○船やかた**―船上に造られた御座所のこと。　**○内侍、局、女孀、曹司のたぐひ**―天皇の近くに仕える内侍司(ないしのつかさ)の女官、宮中で自室をもつ女官、雑務にあたる下級女官、その下で雑役に従事する女官などの意。位を意識した序列。　**○御調度**―室内で用いるお道具。　**○供御**―天皇の飲食物。　**○櫛笥**―櫛などの装飾品、その他を入れる箱。　**○あまの捨草**―漁師も捨ててかえりみない海草同然のもの。　**○うろくづ**―魚類全般をさす。

【通釈】

明石にて船中で夜泊をする

夏の月は、短夜のこととてやがて空から姿を消してゆく。かたや、夜のうちに海底の壺に入って結んだ蛸の夢も、これまたはかなく一夜のこととして消えてゆく。

(蛸壺やはかなき夢を夏の月)

「またなくあはれなるものは、かかる所の秋なりけり」とは、かの光源氏の須磨での所懐であったが、この浦の風情はそのとおり、ことに秋を心におかなければならない。ただ、夏のこの時期にあっても、浦々のかなしさ、さびしさはたとえようもなく、もし、秋にこの地に居合わせたならば、いくばくかの拙い感想も表現できたものをと思うが、才に乏しくわが身につまされるばかりである。遠く眺めれば、淡路島は、晴天のこの日、手に届くほどの距離にあり、須磨や明石の海を左右に一望できる。杜甫の詠んだ岳陽楼からの雄大な眺望も、このような見晴らしのよい場所であったのであろう。見聞の広い人であれば、この風景をさまざまな名勝の地にきっと思い寄せるに違いない。

一方、私の背にしている後ろの山を隔てて、田井の畑という土地があり、この地は、行平が愛した松風・村雨姉妹の故郷である。尾根づたいにたどれば、はるか丹波へと続く道がある。「鉢伏のぞき」「逆落し」といった恐ろしげな名だけが今日に残っているが、源平の古戦場にゆかりの鐘懸松から見おろすと、かの一の谷や安徳天皇の内裏屋敷跡が下に見える。戦場古跡を目のあたりにすると、そのころの戦乱のようすや戦のざわめきまでが想い起こされ、実際の姿までも彷彿とし、たとえば、二位の尼君が皇子をお抱き申し上げている姿、建礼門院がお召しものの裾に足をとられて転ぶように屋形船に乗られるようす、内侍以下局、女嬬、曹司といった女官らが、あれこれお道具を運びかねている光景、琵琶や琴などを敷物やふとんにくるんであわてて船中に投げ入れるようすなどが目に浮かぶ。そうかと思うと、帝の召しあがり物は海にこぼれ、魚の餌になり、豪華な装飾品やそれを納める箱も、漁師がかえりみない海草同然となりはてたのである。この哀れで悲しい出来事が、永い時間をかけてこの浦々に刻まれ、白波の寄せる音にまでその悲愁が込められている。

【補説】

1．前書の意味

「明石夜泊」の四字題の前書は、『笈の小文』の中では「熱田御修覆」の一例にのみ共通するもので、発句成立の具体相に踏み込んだ漢詩題の体裁をとっている。上野洋三氏の指摘（『芭蕉講座』有精堂）では「楓橋夜泊」などの題の類型に擬したものという。

ところで、『笈の小文』の前書の一覧については、先の「きみ井寺」のところで掲出した（一五七～一五九頁）ので再び掲げないが、作品全体の構成上から眺めれば、「明石夜泊」は、紀行の書きはじめにあたる鳴海の「鳴海にとまりて」と、意味のうえでも首尾の照応があるように思われる。内容は「星崎の闇」を引き出す「鳴海夜泊」であり、船中泊の意味こそないが、これを図示すればうえの

鳴海にとまりて……（鳴海夜泊）	㊟首
↕	
明石夜泊……（明石にとまりて）	㊟尾

ような構図になろう。

【語釈】で簡単に指摘したように、「明石夜泊」が事実に基づかない虚構の産物であってみれば、むしろこの四字題に、首尾の照応という一篇の紀行としてのまとめ、体裁を整える作為が働いたとも考えられる。なお、これに続く発句は、【通釈】に示したとおり、夏の夜の夢を主題とした「はかなさ」を詠みあげており、後の「須磨浦」の眺望の趣旨とも矛盾なく接合しているようである。

しかし、紀行の本文は「明石夜泊」から再び須磨浦の眺望をもって結ばれ、この点に創作上の不備や不可解さが見られるようであり、先の上野洋三氏は、

前書は『猿蓑』に見られるものと一致する。『笈の小文』編集にあたって、編者乙州が『猿蓑』から採取して、無理に押しこんだものか。前後の須磨の記述の間で、まことに不自然な位置をしめる一段である。

と指摘する。「明石夜泊」が一篇の紀行中で意図された創作であるとすれば、須磨の記述で本文を結んだ意図についても同様、明快に説明されなければならないであろう。

2. 結びの方法

問題の所在は、須磨の一段が明石の後に位置することにある。今かりに、須磨の記述を事実の旅程どおりに、鉄枴が峰登頂に続く発句三章の後に配してみると、紀行は「蛸壺や」の発句で結ばれることになる（左の図参照）。

〔図〕

……千歳のかなしび、此の浦にとどまり、素波の音にさへ、愁ひ多く侍るぞや。

明石夜泊

蛸壺やはかなき夢を夏の月

ところで、『奥の細道』の結末は、同様に「蛤の」句を据えて、新たな旅立ちを予感させて本文を締めくくる。「行く春や」の旅立ちの発句に対して「行く秋ぞ」で結ぶ首尾の照応も、つとに指摘されている。では、明石での「蛸壺や」の発句はその結末にふさわしい内容をもっているのであろうか。答えは否定的にならざるを得ず、発句を最後に置くものの、本文をくくる役割には乏しいようである。

そこで、意図されたのは、須磨の発句三章に続けて「明石夜泊」でひとまず旅程をくくり、須磨浦の本情（さびしさ・悲しさ）を引き出すべく、「弔古戦場」の文型（『古文真宝後集』上野洋三氏説）になぞらえ、時間軸をひきもどす、回想の一段を用意したのであろう。須磨の眺望にたち返って、場と時間を巻き戻して終える方法である。「明石夜泊」と発句一章で旅程をまとめ、後段の一文を用意して一巻（全篇）をくくる、いわば巻子本を巻おさめる契機をつくる趣向であり、なお続く旅の余韻を残す方法といえばよいであろうか。

『笈の小文』序

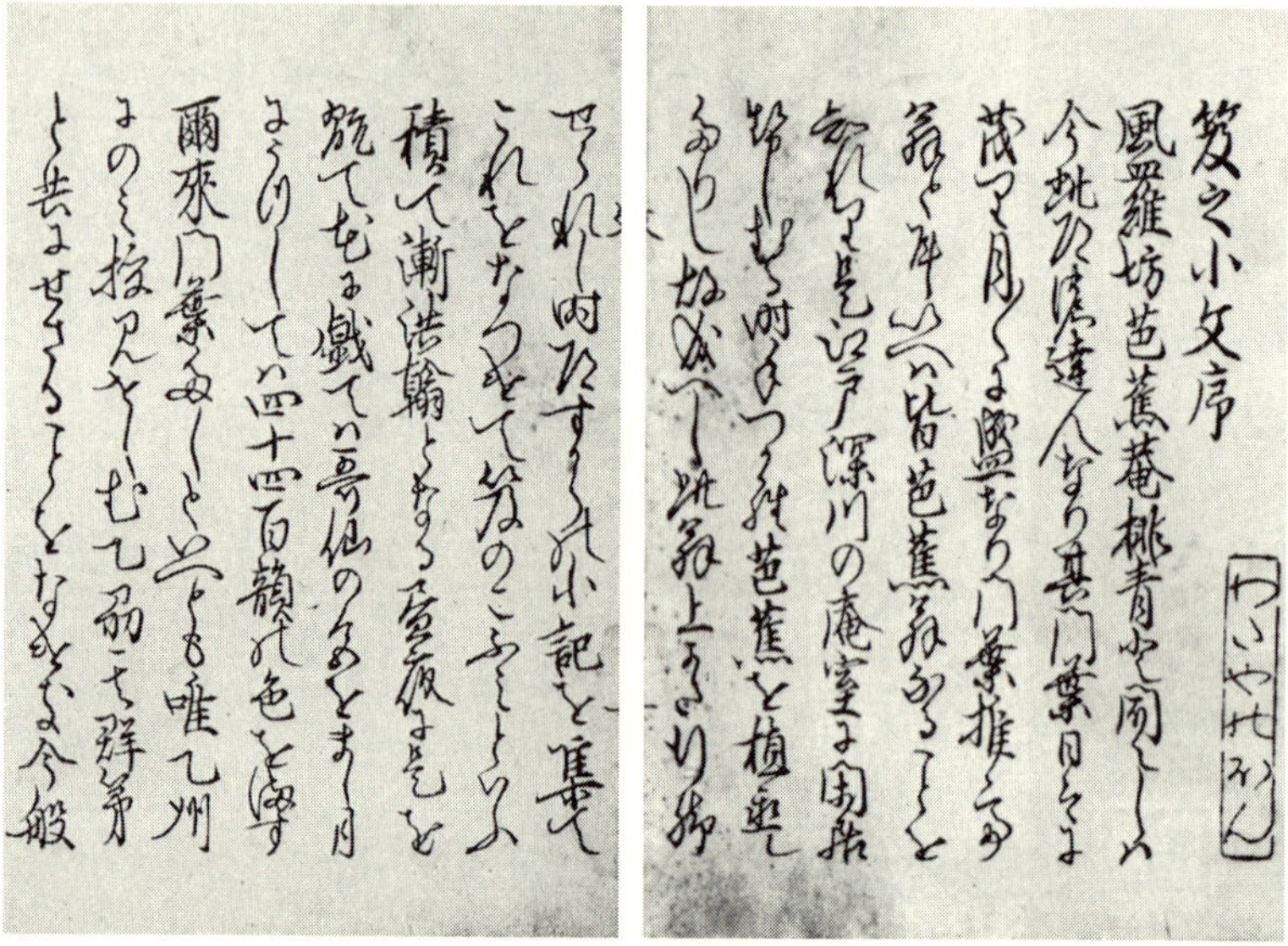

（1丁ウ）（1丁オ）

【翻刻】

笈之小文序
風羅坊芭蕉菴桃青と聞えしハ
今此道の達人なり其門葉日々に
茂り月〳〵に盛なり門葉推て
翁と耳いへは皆芭蕉翁なることを
知れり是江戸深川の庵室に閑居
せしむる時手つから芭蕉を植置レ
たりし故成へし此翁上かた行脚

せられし時道すからの小記を集て
これをなつけて笈のこふミといふ
積て漸浩翰となる昼夜に是を
翫て花に戯てハ哥仙の色をまし月
にうつしてハ四十四百韻の色をます
爾来門葉多しといへとも唯乙州
にのミ授見せしむ乙州其群弟
と共にせさることをなけき今般

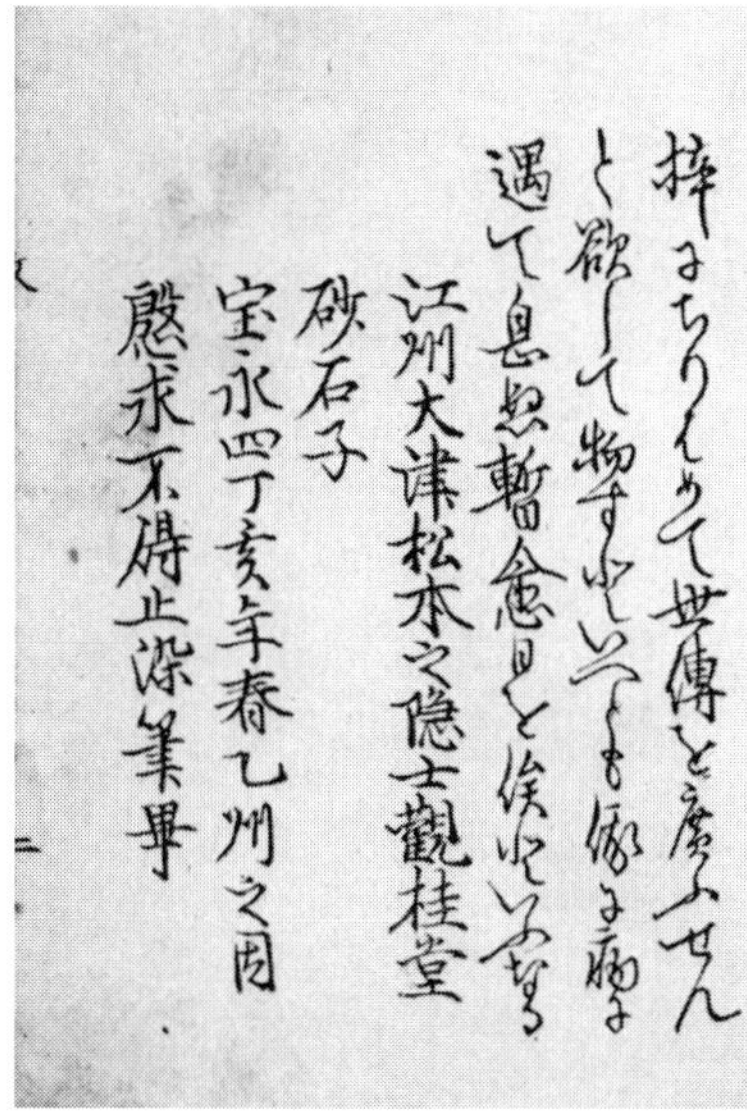

(2丁オ)

梓にちりはめて世傳を廣ふせん
と欲して物すといへとも俄に病に
遇て息ぬ暫愈日を俟といふなる
江州大津松本之隠士觀桂堂
砂石子
宝永四丁亥年春乙州之因
慇求不得止染筆畢

【校訂本文】

笈の小文序

風羅坊芭蕉庵桃青と聞えしは、今此の道の達人なり。其の門葉日々に茂り、月々に盛なり。門葉推して翁とのみいへば、皆芭蕉翁なることを知れり。是、江戸深川の庵室に閑居せしむる時、手づから芭蕉を植ゑ置かれたりし故なるべし。此の翁、上方行脚せられし時、道すがらの小記を集めて、これを名づけて笈のこぶみといふ。積もりて漸う浩瀚となる。昼夜に是を翫びて、花に戯れては歌仙の色をまし、月にうつしては四十四・百韻の色をます。爾来、門葉多しといへども、唯乙州にのみ授け見せしむ。乙州、其の群弟と共にせざることをなげき、今般梓にちりばめて、世伝を広うせんと欲して物すといへども、俄に病に遇ひて息みぬ。暫く癒ゆる日を俟つといふなる。

江州大津松本の隠士、観桂堂

砂石子
宝永四丁亥の年の春、乙州の慇なる求めに因り、
止むを得ず筆を染め畢んぬ。

【概要】

乙州版本『笈の小文』の巻頭に掲げられたこの序文は、紀行の成立や出版の経緯について記された、伝存する唯一の資料である。これによると、紀行は、①芭蕉が上方行脚をした時の句文の集録であること、②芭蕉が「笈のこぶみ」と名づけて座右に置いていたこと、③他の門人には見せず、乙州にだけ与えて見せたものであること、④乙州は、師の歿後その遺稿を自分だけのものにしておくのを心苦しく思っていたこと、⑤乙州はこの遺稿を世に伝え広めるために、このたび出版しようと思い立ったこと、⑥乙州の急病で出版が遅滞していること、などがわかる。

ただし、右の諸点については、幾つかの疑問点もある。たとえば、①芭蕉が、ひとり乙州にのみこの紀行『笈の小文』を与えたのはなぜか。②芭蕉が『笈の小文』と名づけた稿本については、他の門人たちの伝えるところと食い違いがある。③乙州は芭蕉歿後一三年もの間、同門の他の者に漏らさず、この時期になぜ出版しようとしたのか。④乙州に依頼されて序文を草した「砂石」とは、どういう人物か、等々である。これらの点を甚だ不審として、さらに乙州版本『笈の小文』の本文自体が内包する諸問題もあり、これは、乙州の恣意による編集ではないかという臆説がある。

とはいえ、他に解明する資料をもたぬ以上、ただ推測を積み重ねるよりも、まずこの内容を理解したうえで、紀行『笈の小文』を読むべきであろう。

【語釈】

○風羅坊芭蕉庵桃青――「風羅坊」は、芭蕉が一時期に自ら称した俳号。現存する芭蕉自筆のもの数点に見えるが、あ

まり多く使われていない。ほかに、門人の編んだ俳書にも見えるが、「風羅坊」・「風羅坊芭蕉」と記しており、このように「風羅坊芭蕉庵桃青」とするのは他に例を見ない。乙州版本の内題の下にある「風羅坊芭蕉」に、通り名の「芭蕉庵桃青」を続けたものか。**〇と聞えしは**―その名が世間によく聞こえて知られているこの方は、の意。この表現から見て、筆者はその名を聞いているだけで直接面識がないことを含意する。後に「門葉推して翁とのみいへば、皆芭蕉翁なることを知れり」と述べているのも、自らは門外にいる第三者としての発言を思わせる。すなわち、筆者は芭蕉門の人でないことを言外に意味する表現である。**〇門葉**―「門」は同じ師匠の指導を受けた一門で、同門の意。「葉」は中心の幹から枝分かれした先につく木の葉で、同じ師匠の系列に属する弟子たちをたとえていう。『邦訳日葡辞書』に〈Monyô. ある系統の親族、血族。また、同じ宗派に属する人々〉と注する。**〇庵室**―質素な仮の住まい。『易林本節用集』にアンジツ、『邦訳日葡辞書』に〈Anjit. 現世を捨てた人の茅屋、あるいは粗末な藁屋〉と注する。謡曲（西行桜・三輪など）でもアンジツと読む。**〇閑居せしむる**―「閑居」は世の俗事にわずらわされず静かに住まうこと。『邦訳日葡辞書』に〈Canqio. 人里離れた所など静かな所に引き込んでいること〉とある。「しむ」は本来使役の助動詞として使われるが、平安時代ごろに「しめたまふ」という敬意をあらわす用法が多くなり、後に「しむ」だけで敬意をあらわす使い方が行われた。この場合もそれで、都塵を避けて心静かにお住まいになる、の意。**〇上方行脚**―「行脚」は『易林本節用集』・『書言字考節用集』にアンギヤ、『邦訳日葡辞書』に〈Anguia. 巡歴〉とある。元は入宋した禅僧が伝来した語で、宋音で読む。僧が諸国を巡歴して師に教えを乞い、厳しい修行を積むことをいうが、僧の回国に習って、俳諧師たちが各地に旅をすることも行脚というようになった。「上方」は古くから都のあった京都を中心とした地域で、ここでは、貞享四年から翌五年にかけて、芭蕉が近畿一円を旅したことをいうのであろう。**〇道すがらの小記**―「道すがら」は道中ずっと、また、その道の途中で、という意。上方各地の旅の途中でものした句や文などの作品を記したささやかな記録をいう。**〇笈のこぶみ**―「笈」は背中に負うものの意で、諸国巡遊の修験者や行脚僧などが、旅の用具を入れて背負って歩く箱形の道具。「こぶみ」は小さな冊子。ここでは、芭蕉が上方の旅の途次、持参して随時句文を書き留めた旅の記に、自ら標題として付けた名という。しかし、この標題については、他の門人たちによる異なった伝承がある（【補説1】参照）。**○漸う**―次第に、だんだんとの意。中世以降、かろうじて、やっとの意にも用いる。『易林本節用集』にヤフヤフ、『落葉集』には「やうやく」と「やうやう」の両方の読みを記し、『邦訳日葡辞書』も〈Yŏyacu〉と〈Yŏyŏ〉の両方を掲出する。ヤウヤウはヤウヤクの音便形と見られる。ここはいずれとも決め難いが、一応ヤウヤウと読んでおく。**○浩瀚**―原文の「翰」は鳥の羽で作った筆記具で、文書や手紙をいう書翰の意。この場合は「瀚」と書くのが正しい。浩・瀚ともに水が広々としているさまで、分量の多いことをあらわす。「浩瀚」は、書物のページ数の多い意。**○翫びて**―『易林本節用集』に「モテアソブ」、『落葉集』にも「もてあそぶ」とある。慰みに手に取っていじるの翫弄の意でなく、ここは賞翫の意で、そばに置いていつも手にもって見ている意。**○歌仙**―原文の「哥」は「歌」の原字。「歌仙」は連句形式の一で、発句から挙句まで三六句を連ねる。百韻を正式とし、これは略式。和歌の三十六歌仙に因む名。芭蕉及びその一門には歌仙形式が多く見られる。**○色をまし**―旅中の体験や印象などをよく生かして歌仙の付句に用い、その効果を挙げたことをいう。座したままでの俳席では、発想や展開に変化が乏しくなりやすいので、旅の経験をいかして活気を与えた、の意。**○四十四**―連句の形式の一で、四四句をもって一巻とする。「し」という音を忌み嫌い、縁起をかついで「世吉（よよし）」とも書き、慶事を祝う興行に使われる。芭蕉がこの旅の出立にあたり、其角亭で送別の句座がもたれた時に催されたのはこの世吉で、その時芭蕉の出した発句が「旅人と我名よばれん初しぐれ」であった。

○百韻―百句を連ねて一巻とする、連句の基本の形式。本来即吟で続けるものだが、時間がかかり過ぎるので、半分の五十韻や世吉・歌仙などの略式が多く行われた。芭蕉の一座したのでは、貞享三年正月の「日の春をさすがに鶴の歩み哉　其角」を発句とする百韻以後には見られず、ほとんどが歌仙であった。**○爾来**―「爾」は、それ・そのことの意で、そのことがあって以来今まで。この道すがらの小記を書いてから今日に至るまで、の意。『落葉集』に、「じらい」。『邦訳日葡辞書』に〈Irai. その時からこのかた〉とある。**○乙州**―本名、河合又七。旧姓、山岡。姉（智月）が、大津で荷問屋を営み伝馬役を勤める佐右衛門に嫁していたが、子がないのでその養嗣子として入り、貞享三（一六八六）年ごろ佐右衛門の死去のあとを継いだ。家業の傍ら尚白について俳諧を嗜み、尚白編『孤松』（貞享四年刊）に一〇七句の入集があった。家業の所用で江戸や金沢に出かけることも多く、元禄二（一六八九）年七月に『奥の細道』の旅中金沢に滞在した芭蕉の句座に列席しているので、そのころ入門したかと見られている。その後、芭蕉が湖南に逗留中、智月とともに指導を受けて親炙し、芭蕉をしばしば自宅に招き、経済的援助も行ったようである。芭蕉も、智月ともどもよき門人として公私にわたり恩顧で報いた（【補説2】参照）。**○授け見せしむ**―「授見」という漢語の用例を見ないので、訓読する。草稿をただ見せただけでなく、それを与えたことを意味する。その時期がいつか明らかでないが、路通編『芭蕉翁行状記』（元禄八年刊）に、ある時、芭蕉が東下するにあたり、別れの形見として「智月には幻住庵の記一巻、やつがれ（乙州）はいまだ若し、誠の後の形見とて、自画の像を出して給りぬ」とあるので、あるいはその時のことか。そうすれば、元禄四年九月二十八日のことになる。**○共にせざることをなげき**―共有できないことを悲しんで、の意。他の芭蕉の門人たちに、せっかくの師の遺作を見てもらえないのを心苦しく、残念に思って。**○梓にちりばめて**―「梓」は『易林本節用集』・『書言字考節用集』にアヅサと読む。カバノキ科の落葉高木で、材は固く、昔、中国で版木の用材とした。日本では、版木は主にサクラ・ツゲ・ホオの板を使うが、中国の「上梓」（出版する）という語から、日本でも「梓に上す」という。「ちりばむ」は彫り刻みつけるの意で、版木に文字を彫って印刷することをいい、本を出版する、の意。乙州版本『笈の小文』巻末の自跋には「江南杙々菴乙州梓之」と記す。**○世伝を広うせん**―「世伝」は、世々代々に伝えてゆくことで、時間的な伝来をいうが、ここでは「広うせん」と続けていることから、空間的な伝播の意も含めて用いている。**○物す**―動作を具体的に表現せず、何かをすることを婉曲にあらわすいい方で、ここでは出版することをいう。**○息みぬ**―『易林本節用集』にヤスムとヤム、『落葉集』に「やむ」と「やすむ」の両方の訓が見える。ヤスミヌと読めば急病で寝込んでしまったの意、ヤミヌと読めば急病で出版がストップしたの意になる。どちらにもとれるが、一般に「やみぬ」と読むので、それに従う。**○癒ゆる日を俟つといふなる**―「愈」は『書言字考節用集』にイユルとイヨイヨの両方の訓を付し、『落葉集』も同じ。「愈」は「癒」と同意に使われるので、ここではイユルを取って、「愈日」は「いゆるひ」と読む。「俟」は、『易林本節用集』・『書言字考節用集』ともマツと読む。立ち止まってなにかのくるのを待つ、の意。「なる」は伝聞。したがって、快癒の日を心待ちにしていると聞いている、の意。**○江州**―近江の国の別称。和州（大和）・泉州（和泉）・芸州（安芸）などと同じ。**○大津松本**―松本村は東海道の大津の宿と膳所城下との中間にある立て場で、大津から東へ六町。現在、大津市松本。村下の石場は、琵琶湖岸の打出の浜から対岸の矢橋（矢走）との間の湖上五〇町に渡船があって、その船着場としてこのあたりは賑わった。**○隠士**―『書言字考節用集』にヰンジとあるのでインジと読む。世俗の煩わしさを避けて、ひとりでひっそり暮らす人。芭蕉は、素堂や等栽のことを「隠士」と呼んでいる。**○観桂堂**―「桂」は中国の伝説で月にある木とされたので、月の異名として使われた。したがって、「観桂」は観月で月見のこと。東海道の松本から南へ三町ほど山手に月見坂と呼ぶ所があった。伝承によると、花園天皇がこの地で琵琶湖を眼下に月見の宴を開いたといわれ、この名がある（『大津市史』）。この月見坂のあたりに居住して、その宅を「観桂堂」と号したのであろう。乙州も隠居後にこの地に住み、正徳五（一七一五）年に刊行した随筆集『それぞれ草』の自序（宝永元〈一七〇四〉年）に、「江南観桂坂（かうなんつきみざか）の散人（さんじん）」と振仮名つきで名のっているので親しい隣人であろう。よって「観桂堂」を「つきみだう」と読んだかと思われるが、次の名を音読するので、一応「くわんけいだう」と読んでおく。**○砂石子**―「子」は自らの謙称であろう。この人物についてはあまり知られないので、あるいは乙州の偽名と見る臆説もあったが、同時期の宝永四年の歳旦集（井筒屋庄兵衛板）の「俳諧三物揃」に、「観桂堂隠士砂石」が乙州・智月との三物に発句を出しているので、乙州らと親交のあった俳諧仲間で、実在の人物と見てよい（【補説3】参照）。ただし、この序文の書きぶりから見て、蕉門の一人とは見られない。「させき」・「しゃせき」の両方に読めるが、普通名詞としては『落葉集』に「しやせき」、『邦訳日葡辞書』に〈Xaxeqi〉とある。一応シャセキと読んでおく（【補説4】参照）。　**○慇なる求めに因り**―原文の「慇求」という漢語の用例を見ない。『落葉集』に「慇（いん）（ねんごろ）」とあるので、「ねんごろなるもとめにより」と訓読しておく。丁重に辞を尽くして頼みこまれたので、の意。　**○筆を染め畢んぬ**―「畢」は『元亀本運歩色葉集』にヲハンヌとあり、『邦訳日葡辞書』に〈Vouannu. 書き言葉で過去を示す助辞〉とある。これは「をはりぬ」の変化した形で、文末に慣用的に使われて「をはんぬ」と読む。「染筆」を漢語として音読してもよいが、上の文言の訓読に合わせて、「ふでをそめをはんぬ」と読んでおく。書き記し終わった、の意。

【通釈】

風羅坊芭蕉庵桃青という名で世によく知られた人は、今この俳諧の道を究めたすぐれた人物である。その門人たちは日ごとに葉の茂るように増え、月ごとに大いに繁栄の一途をたどっている。その門弟たちがあがめて、単に「翁」と呼ぶと、それは芭蕉翁のことだということを、皆の者がよく知っている。この人を芭蕉翁というのは、江戸の深川に小さい庵を結んで静かに住まいされる時、自分の手で芭蕉の一株を植えておかれたことに由来するのであろう。

この芭蕉翁が、かつて上方の各地を旅してめぐられた時、道中でその折々に書き留めておかれた、いくらかの句や文を集めて、これに「笈の小文」という名をつけられた。その作品も次第に増えてかなりの分量になっていた。芭蕉翁はいつもこれを手元でひろげて見ては、その旅での花見の印象を歌仙を巻く際にうまく生かしたり、また、月の美しかった景を思い出しては、世吉や百韻の座をいきいきと盛り上げるのに役立てられたりした。

それから後、芭蕉翁は、生前に門弟が多くいたのにもかかわらず、この旅の記をただ乙州だけに与えて見せられたのであった。乙州はそれを師の形見と思って大事にしながらも、このままでは、せっかくの師の遺作を、他の多くの門人たちが見ることのできないのを、なによりも残念に思っていたので、このたび一書として刊行し、世に広め、後の世にも伝えていきたいと切望して出版することにした。ところが、思いがけず急病にかかって、そのことが停滞してしまうことになった。それで、今しばらく養生して回復する日を期待しているそうである。

近江の国大津の松本に俗世を避けて住む者、観桂堂、砂石子。

宝永四年ひのとゐの年の春、乙州のたっての求めにより、やむをえず筆を執り書き記した。

【補説】

1.『笈の小文』という名称

芭蕉が生前に『笈の小文』という俳諧撰集を企図していたことについては、芭蕉自身の記したものが全く残っていないが、門人の中に、そのことを聞いたと伝えているのが二、三存する。

まず、芭蕉の歿した翌年の元禄八（一六九五）年に支考が刊行した『笈日記』の冒頭に、

笈の小文は先師ばせを庵の生前におもひをける集の名也。是は人〱のふみの端に、ほつ句あり、文章あるものをあつめて、行脚の形見となすべきよし、かねておもひたち申されし也。しかるに、その人おはせずなりて、この心ざしのむなしからん事をおしむに、はた吾ちからの小文集にたへざらんとすや。

と記している。

また、去来は、元禄十年に許六に宛てた「答許子問難弁」（『俳諧問答』天明五〈一七八五〉年刊）の中で、

先師、人々の句の奥意に叶ふものを集めて、集を撰んとし給ふ。此を笈の小文と号すとつたへたり。

と書いており、後に『去来抄』（安永四〈一七七五〉年刊）の「先師評」の中に、

去来曰、笈の小文集は先師自撰の集也。名をきゝていまだ書を見ず。定て草稿半にて迁化ましまし〱けり。

とあって、去来の句「岩鼻やこゝにもひとり月の客」（元禄五年八月の芭蕉自筆「芭蕉庵三ケ月日記」には「岩はなや爰にも月の客独　同（去来）」として所収。『芭蕉全図譜』264）を、「珍重して笈の小文に書入」れてあると、芭蕉から聞かされたという。なお、その時去来が、その集に自分の句は幾句入っているかと問うと、芭蕉は「我が門人、笈の小文に入句、三句持たるものはまれならん」と答えた、とある。

さらに、伊賀の土芳の『三冊子』（安永五〈一七七六〉年刊）の「くろさうし」に、

師のいはく、わが句ども多くの集に書誤り多し。是をみづから書本とし、門人の志を以て二三句ほどづゝ書添て、所々の歌仙一折宛、是もいがの門人を初として、志を以て書留むべし。号を笈の小文とせん。又小文と計やすべき。此号は或方にて能見侍るに、太刀とかいふ謡に此事あり。宜集の名と思ひ留たる也。書号によろしきものなど、常に見置べし。拙号はあさましき物也。万に心遺ひ有事也。

と記す。

これらの伝えを要約すると、芭蕉自身が、自分及び人々の句や文章の中から意にかなうよいものを選び、既刊の集に誤りがあるのも気になるので、これを正して自筆で書き記し、一種のアンソロジーを編み、自撰の集として『笈の小文』と名づけようと意図していた。しかし、旅先で死去して完成をみなかった、というのである。

この草稿が伝わらないので、それがどの程度形をなしていたかは全く不明であり、去来も話に聞いただけで見たことがない、とする。なお、これに関して、江戸の門人たちの伝えはなく、察するに「笈の小文」については、芭蕉が晩年に京・伊賀滞在中に支考・去来・土芳あたりに漏らしたものであろう。ただ、其角が芭蕉の葬儀のあと、追悼集『枯尾花』の編集を終えて江戸へ帰る途中、十一月下旬に駿河の宇津の山から、湖南や伊賀の人々に「置捨に笈の小文やとしのくれ」という句を送ったという（『続有磯海』所収、元禄十一〈一六九八〉年刊）。ここに「笈の小文」が見えるが、これは其角が芭蕉葬送のころや法要の際に話題になったのを聞いたものであろう。

ところで、乙州がこのことを芭蕉から直接聞かされていたかどうかは不明であるが、前記の去来・土芳の著書が世に出るのは乙州歿後のことながら、『笈日記』や『続有磯海』は目にしていたはずで、「笈の小文」という名称の由来は知っていたものと思われる。あるいは、乙州が授かって手もとにあった芭蕉の遺稿の中に、「笈の小文」という名があったのであろうか。それとも、人々の話題に上ったことを聞いて、亡師の果たさなかった撰集の名を、『笈日記』序にいう「行脚の形見」として、こういう形で残そうとしたのであろうか。その場合は、序文にいう「これを名づけて」の主語は乙州ということになる。

それにしても、乙州版本が世に出た時、なお健在であった支考も土芳も、さらに去来から聞いていた許六も、これについて言及したものは伝わらない。ただ、乙州版本出版の九年後の享保三（一七一八）年に、支考編の『本朝文鑑』が刊行され、その中に「庚午紀行」と題する風羅坊の紀行が収められていて、『笈の小文』の著しい短縮と甚だしい表現の異同が見られる。これについて、支考が乙州版本をもとに大きく手を加えた偽作とする見方が強く、あまり採り上げられていない。これが支考らしいひとつの反応といえようか。ただし、これを支考のさかしらとは見ず、芭蕉が元禄四（一六九一）年に江戸に帰ってから推敲した稿を、支考が桃隣から得たとする詳しい推論がある（堀切実氏「庚午紀行の問題」『蕉風俳論の研究』所収）。ただ、その確証がない。

2. 乙州

乙州は芭蕉によく尽くし、芭蕉も懇ろに遇したが、家業に忙しく、蕉門で重きをなすに至らなかった。それでも、湖南の門人の中でも格別に芭蕉から目をかけられた。

乙州は、元禄七年十月、大坂の芭蕉の病床にも駆けつけ、臨終の席で、芭蕉から遺骸は木曽塚（義仲寺）に葬るようにとの遺言を請け負ったという（路通編『芭蕉翁行状記』）。芭蕉歿後も一家を挙げてその葬儀・追善に尽力した。家業隠退後は大津郊外松本村の月見坂に住して（乙州著『それぞれ草』序・宝永元〈一七〇四〉年）、宝永六年に『笈の

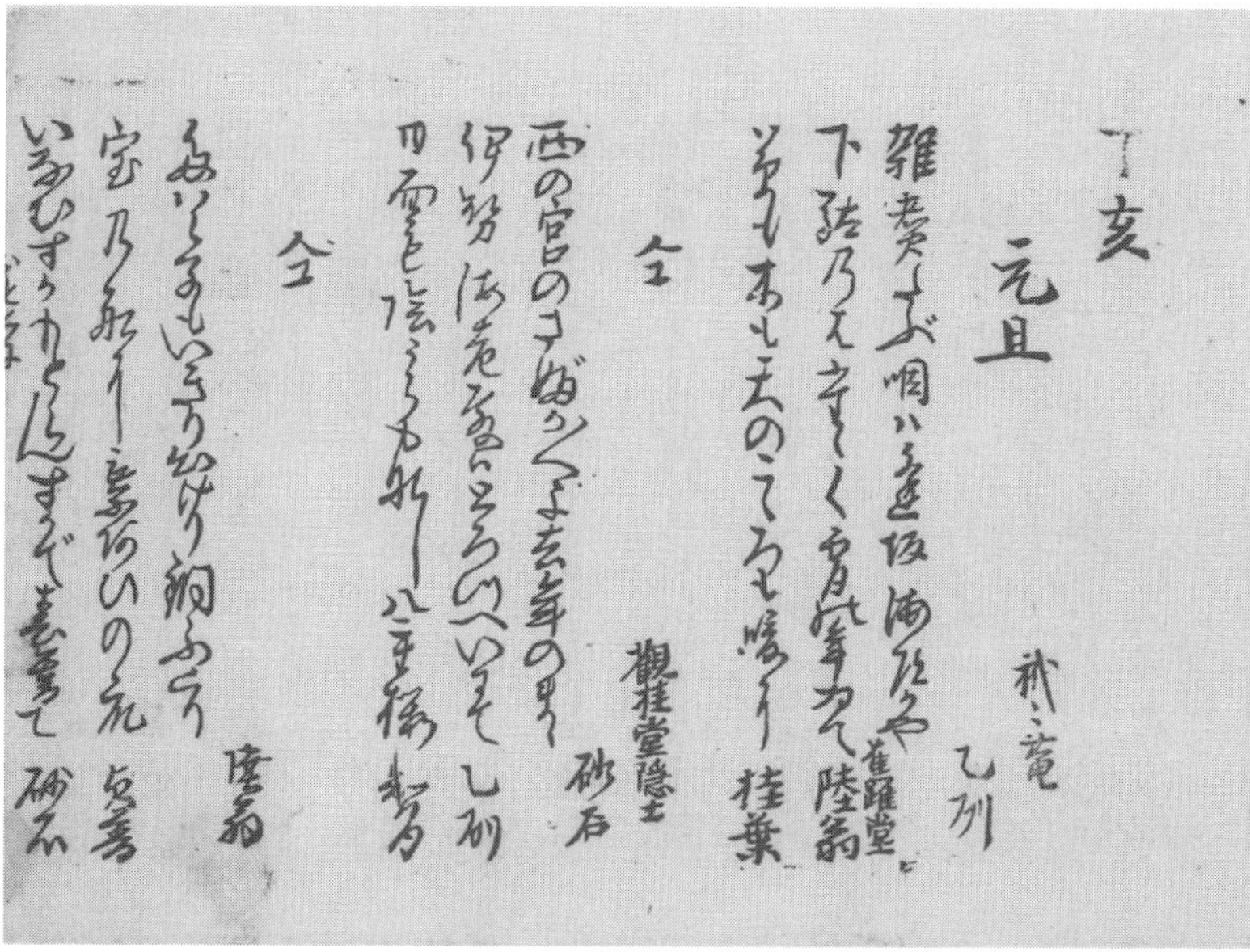

【図版１】「宝永四年俳諧三物揃」44丁オ（『天理図書館綿屋文庫俳書集成29・俳諧歳旦集三』）

小文』を刊行した。出生年は不明であるが、実家の山岡家に伝来する板書法名に、享保五（一七二〇）年正月三日、六四歳で歿したと記すという（田尻紀子氏「乙州と智月の生没年」「連歌俳諧研究」75号・昭和63年7月）ので、逆算すると明暦二（一六五六）年の生まれと見られ、この序の記された時は、五一歳にあたる。すなわち、芭蕉の享年と同い年になっていたことになる。

3．井筒屋庄兵衛板「宝永四年俳諧三物揃」（天理大学附属天理図書館蔵）

丁亥
　元旦
雑煮たぶ咽は逢坂海道かや　杮々庵 乙州
下駄のはたゝく宵の年ゐて　雀躍堂 陸翁
草も木も天のこゝろも暖に　桂葉
　　仝
西の宮のさぶか〳〵よ去年のまゝ　観桂堂隠士 砂石
伊勢海老殿はとろつへいにて　乙州

日面も陰うらもなし八重桜　　智月

仝

たはら子もいきり出けり銅ふくり　　陸翁

宝の船に乗あひの衆　　貞普

いなむすかもとらんすかで春暮て　　砂石

4. 砂石

元禄ごろの俳書に「砂石」という名の俳人が他に二人ほど見えるが、一人の肩書が「三州（三河）」（白支編『春草の日記』元禄十二〈一六九九〉年序）で、もう一人は文考編『国の花』（宝永元〈一七〇四〉年序）に美濃大垣のグループとともに見える。いずれも湖南の砂石と同一人物かどうかは不明ながら、おそらく別人であろう。

資料篇

旅程と旅中句（その異同）一覧

〔凡例〕

一、「笈の小文」の旅程が一覧できるよう、表の形に編集した。日付（推定を含む）、滞在地、行実を記し、あわせてその折の発句を掲出している。句の表記については濁点を付して掲載した。紀行所収句には、その異形句も並記した。

一、日付の（ ）は推定を意味し、絞りきれない場合は（ ）を空白にした。

一、『笈の小文』に収めない道中句のうち、〈 〉で括った発句は、芭蕉以外の作者の句を参考として採録した。

一、先行研究を踏まえつつ、検討の結果を容れ、従来の学説に修正を加えた箇所がある。

一、『笈の小文』所収句の句形は校訂本文により、○内の番号は乙州版本の掲載順を示す。

一、写本の略号は

「大」　大礒本

「沖」　沖森本

「雲」　雲英本　である。

一、真蹟番号は『芭蕉全図譜』（岩波書店）による。

一、表中の日付に○を囲んだ箇所には、「評釈篇」の【語釈】と関連する内容を、後に一括して【補注】に記した。その際、年月日を再度ゴシックで立項している。

一、旅の行程を地図でたどるべく、一部に関係性の深い地名を入れて作成した。

年	月	日	行実	『笈の小文』所収句・その異形句	『笈の小文』に収めない道中句
貞享4年	9	（　）	・江戸。露沾邸。餞別七吟歌仙。（伊賀餞別）	・時は秋吉野をこめし旅のつと　露沾（伊賀餞別） ・時ぞ冬芳野をこめし旅のつと　露沾（続虚栗） ②時は冬よしのをこめん旅のつと　露沾	
	10	11	・江戸。其角亭。送別一一吟世吉。（続虚栗）	①旅人と我が名よばれん初しぐれ 又山茶花を宿々にして　由之（続虚栗・真蹟112 113 114）	
		25	・江戸出発。（伊賀餞別）		
	11	4	・鳴海着。知足亭。（知足日記）		
		5	・鳴海、業言亭。七吟歌仙。（知足日記・如行子）	④京まではまだ半空や雪の雲（真蹟120）	
		6	・鳴海、如風亭。七吟歌仙。（知足日記・如行子）		
		7	・鳴海、安信亭。七吟歌仙。（知足日記・如行子）	③星崎の闇を見よとや啼く千鳥（あら野・真蹟115 120）	
		8	・熱田、桐葉亭。（知足日記・如行子）		
		9	・鳴海、知足亭。越人同伴。三吟表合。（知足日記・知足筆句稿）		
		10	・鳴海発。越人同伴で保美へ。（知足日記）		

年	月	日	旅程	旅中句	
貞享4年	11	10	・吉田泊。（如行子）	・寒けれど二人旅ねぞたのもしき（あら野・如行子・真蹟117） ・寒ければ二人旅ねぞたのもしき「大」「沖」「雲」 ⑤寒けれど二人寝る夜ぞ頼もしき	・ごを焼て手拭あぶる氷哉（如行子）
		11	・天津縄手。 ・保美着、杜国宅。	・さむき田や馬上にすくむ影法師（真蹟117） ・冬の田の馬上にすくむ影法師（如行子） ・冬の田や馬上に氷る影法師「大」「沖」「雲」 ⑥冬の日や馬上に氷る影法師	・ゆきや砂むまより落よ酒の酔（真蹟117）
		12	・保美、杜国宅。杜国同道で伊良湖崎へ行く。（如行子・鵲尾冠）	・いらご崎にる物もなし鷹の聲（真蹟119） ⑦鷹一つ見付けてうれしいらご崎	
		13	・保美、杜国宅。三吟三物。（如行子）		・麦蒔て能隠家や畑村（真蹟118・如行子）
					——（保美滞在中）—— ・麦はえて能隠家や畑村（真蹟117） ・夢よりも現の鷹ぞ頼母しき（鵲尾冠） ・さればこそあれたきまゝの霜の宿（あら野・如行子）

貞享4年

11

⑭	・保美、杜国宅発。	・先祝へ梅を心の冬籠り（あら野） ・梅つばき早咲ほめむ保美の里（真蹟119）
16	・鳴海、知足亭。（知足日記） 三吟表六句。（如行子）	
17	・鳴海、知足亭。笠寺奉納七吟歌仙。（知足日記）	
18	・鳴海、知足亭。荷兮・野水来訪。（知足日記） 四吟一巡。（知足筆句稿）	
19	・大高、長寿寺参詣。知足亭。（知足日記）	
20	・鳴海、自笑亭。（知足日記） 三吟三物。（知足筆句稿）	・面白し雪にやならん冬の雨（知足筆句稿）
21	・熱田、桐葉亭。（知足日記）	・みがきなをすかゝみも清し雪の花
㉒	・熱田、桐葉亭。熱田参宮。越人書簡受信。　両吟歌仙。（知足宛書簡）	⑧磨ぎなほす鏡も清し雪の花「大」
㉔	・熱田、桐葉亭。知足使用人の三郎兵衛来訪。知足宛書簡執筆。（知足宛書簡・『下里知足の文事の研究』年表篇）	

年	月	日	旅程	句	異同
貞享4年	11	（　）	・熱田滞在中、体調わるく、医師の起倒子により服薬。発句・脇。（如行子）		・薬のむさらでも霜の枕かな（如行子）
		25	・熱田、桐葉亭。知足来訪。（知足日記） 名古屋、荷兮亭へ移る。（如行子）		
		26	・名古屋、荷兮亭。岐阜の落梧・蕉笠来訪。 七吟三〇句。（如行子）		
		㉘	・名古屋、昌碧亭。八吟歌仙（如行子）	⑩ためつけて雪見にまかるかみこかな	
	12	1	・熱田、桐葉亭。如行とあう。 三吟半歌仙。（如行子） ・落梧・蕉笠宛書簡執筆。（同書簡）		
		③	・名古屋、夕道亭。六吟表合。（如行子）	・いざ出む雪見にころぶ処まで（真蹟121 122） ⑪いざ行かむ雪見にころぶ所まで（あら野） ・いざさらば雪見にころぶ所まで 「大」「沖」「雲」（花摘）	
		④	・名古屋、聴雪亭。六吟歌仙。（如行子）	⑨箱根こす人も有るらし今朝の雪	
		9	・名古屋、一井亭。 七吟半歌仙。（熱田三歌仙）		・たび寐よし宿は師走の夕月夜（熱田三歌仙）
		（　）	・名古屋、昌圭亭。（三つの顔） 十吟二四句。（筆のしみづ）		・露凍て筆に汲み干す清水哉（三つの顔）
		（　）	・名古屋、防川亭。（笈日記）	⑫香を探る梅に蔵見る軒端かな	
		13	・名古屋。杉風宛書簡執筆。	⑬旅寝してみしやうき世の煤はらひ	

貞享4年	12	(14)	・名古屋発、伊賀へ。佐屋路経由、桑名へ。（真蹟123）	（あら野・杉風宛書簡）	
		( )	・東海道、日永・杖突坂。（真蹟123）	⑭歩行ならば杖つき坂を落馬かな（真蹟123） ・ふるさとや臍の緒なかむとしの暮（若水）	
		( )	・伊賀上野帰着。	⑮旧里や臍の緒に泣くとしの暮（あら野）（真蹟124 125）	
貞享5年	1	1	・伊賀上野。（真蹟125）	⑯二日にもぬかりはせじな花の春（あら野・真蹟125）	
		9	・上野、風麦亭。（芭蕉翁全伝）	⑰春立ちてまだ九日の野山かな	・あこくその心もしらず梅の花（芭蕉翁全伝・句集草稿）
		( )	・上野。	・かれ芝やまだかげろふの一二寸（あら野・真蹟126）	
	2	(2)	・上野発、伊勢神宮へ。途中、阿波庄、新大仏寺参詣か。宗七、宗無同行。（全伝附録）	⑱枯芝ややかげろふの一二寸 ・かげろふや俤つゞれ石の上（芭蕉翁全伝） ・丈六の陽炎高し砂の上（芭蕉翁全伝） ・丈六にかげらふ高し石の跡（全伝附録） ・丈六のかげろふ高し石の上「大」「沖」「雲」（句集草稿）	

年	月	日	旅程	旅中句
貞享5年	2	④	・伊勢山田、参宮。杜国とおちあう。（杉風宛書簡）	⑲丈六にかげろふ高し石の上 ・何の木の花ともしらず匂哉　「大」「沖」「雲」（笈日記）
		（　）	・山田、益光亭。八吟歌仙。（勝延筆懐紙）	㉑何の木の花とはしらず匂かな（真蹟128）
		⑨	・山田、雪堂亭。発句・脇。（平庵宛書簡・句集草稿）	㉕梅の木に猶やどり木や梅の花（あら野）
		（　）	・山田、龍尚舎宅。（全伝附録）	・ものゝ名を先とふ荻のわかばかな（真蹟127）
		（　）	・山田、二乗軒。（全伝附録）	㉔物の名を先づとふ芦のわか葉かな ・やぶ椿かどは葎のわかばかな（全伝附録） ・いも植て川は葎のわか葉かな　「大」「沖」「雲」
		（　）	・山田、路草亭。六吟歌仙。（一幅半）	㉖いも植ゑて門は葎のわか葉かな
		（　）	・山田、園女亭。発句・脇。（句集草稿）	
		10	・山田、嵐朝宅。（平庵宛書簡）	
		11	・山田、嵐朝宅。（平庵宛書簡） ・平庵宛書簡執筆。杉風宛書簡執筆。	
			－（伊勢滞在中）－	・紙衣のぬるとも折む雨の花（一幅半） ・かみこ着てぬるとも折ん雨の花（全伝附録） ・暖簾のおくものふかし北の梅（全伝附録）

年	月	日	事項	発句	その他
貞享5年	2	（　）	・菩提山。（全伝附録）	・山寺のかなしさ告よ野老掘（全伝附録） ㉓此の山のかなしさ告げよ野老掘	・盃に泥な落しそむら燕（笈日記）
			・楠部。（笈日記）		
			・二見浦・朝熊山へ行くか。（杉風宛書簡）	・梅稀に一もとゆかし子良の舘（全伝附録）	
		（　）	・伊勢神宮。	㉗御子良子の一もとゆかし梅の花（猿蓑）	
		15	・山田、外宮。（全伝附録）	㉘神垣やおもひもかけず涅槃像（あら野）	
		17	・伊勢発、伊賀上野へ。（其袋）	㉒裸にはまだ衣更着の嵐かな（真蹟128）	
		18	・上野。亡父三十三回忌法要。（杉風宛書簡）		
		19	・上野。杜国・宗波来訪。（宗七宛書簡）		〈・八重がすみ奥迄見たる竜田哉　杜国（あら野）〉
		（　）	・上野、苔蘇の瓢竹庵。（真蹟130）		・手鼻かむ音さへ梅のさかり哉（句集草稿）
	3	（　）	・上野、探丸別邸。発句・脇。（真蹟129）	⑳さまざまの事おもひ出す桜かな（真蹟129）	・かににほへうにほる岡の梅の花（横日記）
		11	・上野、土芳新庵。（庵日記）		・初桜折しもけふは能日なり（芭蕉翁全伝）
	3	19	・上野、瓢竹庵。（芭蕉翁全伝）		・花をやどにはじめをはりや

（伊賀滞在中）

年	月	日	旅程	旅中句	異同
貞享5年	3	19	・伊賀上野発。吉野へ。（惣七宛書簡） ・兼好塚・国見山・琴引峠。粧坂。（惣七宛書簡）	㉙よし野にて桜見せうぞ檜の木笠 ㉚よし野にて我も見せうぞ檜の木笠　万菊丸	はつかほど（真蹟130） 〈・のどかさにものもおもはぬ朝寐かな　万きく（真蹟130）〉 ・このほどを花に礼いふわかれ哉（真蹟130）
		⑳	・初瀬、長谷寺。（惣七宛書簡）	㉜春の夜や籠り人ゆかし堂の隅 ・木履はく僧も有けり雨の花　杜国（あら野） ㉝足駄はく僧も見えたり花の雨　万菊	〈・春の夜はたれか初瀬の堂籠　曽良（猿蓑）〉
		㉑	・三輪、多武峰。（惣七宛書簡） ・臍峠。 ・龍門滝。 ・平尾村泊。（あら野）	・雲雀より上にやすろふ峠かな（あら野） ・雲雀より上にやすらふ峠かな　「大」「沖」「雲」 ㉟雲雀より空にやすらふ峠かな（真蹟131） ㊱龍門の花や上戸の土産にせん ㊲酒のみに語らんかかる滝の花	・花の陰謡に似たる旅ねかな（あら野・真蹟132）
		㉒	・蟬滝、西河滝、蜻螐滝。（惣七宛書簡）	㊳ほろほろと山吹ちるか滝の音（あら野・真蹟133 134 135）	

貞享5年	3	（　）	・樫尾峠・小仏峠・ぢいが坂・うばが坂。（惣七宛書簡） ・吉野山。安禅嶽。（惣七宛書簡）	・六里七里日ごとに替る花見哉（真蹟拾遺） ㊴桜がりきどくや日々に五里六里 ・さびしさや花のあたりのあすならふ（真蹟136） ㊵日は花に暮れてさびしやあすならう ・扇にて酒くむ花の木陰哉（真蹟拾遺） ㊶扇にて酒くむかげやちる桜	・聲よくばうたはうものをさくらちる（真蹟拾遺） ・花ざかり山は日ごろのあさぼらけ（小文庫）
		（　）	・吉野山、苔清水。	㊷春雨のこしたにつたふ清水かな	
		(25)	・葛城山。　宇野坂・くらがり峠。（惣七宛書簡）	㉞猶みたし花に明け行く神の顔（猿蓑・真蹟137 138 139）	
		(26)	・高野山。　かぶろ坂・不動坂。（惣七宛書簡）	㊸ちちははのしきりにこひし雉の声（あら野） ・散花にたぶさ恥けり奥の院　杜国（あら野） ㊹ちる花にたぶさはづかし奥の院　万菊 「大」「沖」「雲」記名「万菊」	
		(29)	・和歌の浦、紀三井寺。	㊺行く春に和歌の浦にて追ひ付きたり	

年	月	日	旅程	句
貞享5年	4	①	・和歌山から奈良へ。	㊻一つぬいで後に負ひぬ衣がへ（あら野・真蹟140） ㊼吉野出でて布子売りたし衣がへ　万菊 「大」「沖」「雲」に「万菊」なし（あら野）記名「杜国」
		8	・奈良。伊賀の衆とあう。（惣七宛書簡） ・諸社寺参詣。	㊽灌仏の日に生まれあふ鹿の子かな（あら野） ・青葉して御目の雫拭ばや 「大」「沖」「雲」（笈日記）
		⑩	・唐招提寺。	㊾若葉して御めの雫ぬぐはばや
		11	・奈良発。伊賀の衆と別れる。（惣七宛書簡） ・哥塚・在原寺・布留社・布留滝。 八木泊。（惣七宛書簡）	㊿鹿の角先づ一節のわかれかな ・ほととぎす宿かる頃の藤の花（惣七宛書簡） ㉛草臥て宿かる比や藤の花（猿蓑）
		12	・竹の内・當麻寺・岩屋峠・太子。 誉田八幡泊。（惣七宛書簡）	
		⑬	・道明寺・藤井寺、大坂着。八軒家泊。（惣七宛書簡・卓袋宛書簡） ・卓袋宛書簡執筆（同書簡）。 ・惣七よりの書簡受信。（惣七宛書簡） ・大坂、一笑宅。三吟二四句。（惣七宛書簡）	(51)杜若語るも旅のひとつかな（惣七宛書簡）

年	月	日	事項	句	参考
貞享5年	4	19	・大坂発。尼崎より海路兵庫へ。兵庫泊。（惣七宛書簡）	・夏はあれど留主のやう也須磨の月（真蹟142） ㊷月はあれど留守のやうなり須磨の夏 ㊸月見ても物たらはずや須磨の夏 ㊹海士の顔先づ見らるるやけしの花 ㊺須磨のあまの矢先に鳴くか郭公 ・杜宇聞行かたや嶋一つ　「大」「沖」「雲」（泊船集） ㊻ほととぎす消え行く方や島一つ ・須磨寺に吹ぬ笛きく木下やみ（続有磯海） ㊼須磨寺やふかぬ笛きく木下やみ　「大」「沖」「雲」句なし ㊽蛸壺やはかなき夢を夏の月（猿蓑・真蹟143）	〈・似合しきけしの一重や須磨の里　亡人　杜国（猿蓑）〉 ・かたつぶり角ふりわけよ須磨明石（猿蓑）
		(20)	・須磨。清盛石塔・忠度塚・松風 村雨旧跡・一ノ谷・鉄枴峯・鐘懸松・敦盛塚。（惣七宛書簡） ・明石。人丸塚・須磨寺。須磨泊。（惣七宛書簡）		
		(21)	・須磨発。京へ向かう。盛俊塚・通盛塚・楠塚・河原太郎兄弟塚・小野坂・乙女塚。布引滝。（惣七宛書簡）		
		(22)	・山崎街道。箕面滝・勝尾寺山。		

貞享5年	4	23	・能因塚・金竜寺山・山崎宗鑑屋敷。（惣七宛書簡）	・有難姿拝がまんかきつばた（惣七宛書簡）
			・京着。（惣七宛書簡）	
		25	・京。惣七宛・卓袋宛書簡執筆。（同書簡）	

【補注】

貞享4年11月22日

名古屋からの要請——伊良湖に同行して十一月十六日に鳴海に戻った越人が、芭蕉と別れて名古屋に帰ったあと、芭蕉が鳴海に滞在していることを知った荷兮と野水が名古屋から鳴海に来訪して、十一月十八日に知足とともに四吟一巡の連句があった。三年前の『冬の日』の俳席以来で、芭蕉の名古屋来訪を要請したと見られる。また、芭蕉が二十一日に鳴海から熱田の桐葉亭に移って逗留していると、越人から二十二日付の芭蕉宛書簡が届いた。それには、名古屋の連中が待ちきれなくてそちらまでおしかけてゆくとせがむので、旅宿に迷惑がかかると留めている。早く来訪を乞う、という懇請であった。その手紙は次のとおり。

弥御無為に御坐被成候哉、寒気之節御心元なく奉存候。扨は爰元へはちと〳〵御こし被遊被下候。連中は毎度私をせめ申候。私は大かた御越被下候節はかねて存居申候得共、舟泉・重五・昌碧など申候人々、又其元へ可参と申候へ共、御旅舎之御造作に御坐候間、ひらに留置申候。少早く御越被遊可被下候。以上。

十一月廿二日　越人

芭蕉□先生　脚下

これを受けて、芭蕉自身も名古屋へ出る心づもりをして、鳴海の知足の代理として見舞に来た使用人の三郎兵衛に託した二十四日付の返信の中に、「なごやよりも日々に便り被致候間、明日荷兮迄参可申候はんと存候。持病心気ざし候処、又咳気いたし薬給申候。なごやにても養生可成事に御坐候間、明日比なごやへと存候」と書いて、体調のまだすぐれないのをおして、翌二十五日に名古屋へおもむいた。

なお、右の書簡は『紫水北田家所蔵品入札目録』（東京美術倶楽部・昭和9年12月24日入札）をはじめ、展覧会図録所収の写真版を参照して翻刻した。

貞享4年11月22日

熱田の宮――熱田神宮は、古代当地の豪族の尾張氏が祖神を祀ったのが創始かと思われるが、記紀の伝えによると、日本武尊が東国遠征からの帰途、この地の国造の祖とされる尾張氏の家で、その女の美夜受比売（宮簀姫）と結婚し、その後、佩いていた草薙剣を残し置いたまま伊吹山に向かったところ、山の神の祟りによって病み、伊勢鈴鹿の能褒野（のぼの）で死去した。そこで姫はその剣を神体として祀り、熱田の宮の創祀になったという。したがって、当社の主祭神の熱田大神の神体は草薙剣であって、当初は正殿に祀られていた。それがいつのころからか正殿隣の土用殿に遷され、正殿には、天照大神・素戔嗚尊・日本武尊・宮簀姫命・建稲種神（尾張氏祖神）の五神が祀られるようになった。中でも、日本武尊は、火焚翁との片歌問答の唱和が連歌の起源とされて、連歌の始祖として連歌師・俳諧師の尊崇を集めた。

熱田の宮の貞享大修理――熱田の宮は、芭蕉が貞享元（一六八四）年十一月に参拝した時は極度に荒廃していて、その状況を『野ざらし紀行』に、「社頭大いに破れ、築地はたふれて草村にかくる。かしこに縄をはりて小社の跡をしるし、爰に石をすゑて其神と名のる。よもぎ・しのぶ、こころのまゝに生たる」と書いている。しかし、神官たちは社殿の造営や境内の整備を多年の悲願として懸命の努力を続けていた。宮司が幕府へその陳情を開始したのは寛永十五（一六三八）年で、芭蕉の生まれる六年前のことである。毎年、江戸に出向いて改修の請願を続けること宮司三代に及び、半世紀近くたって貞享二年にようやく幕府から検分の派遣があり、翌三年正月に修理決定の通知が下りた。造営は同年四月から開始され、江戸・名古屋・熱田の大工三三〇人を含む二〇〇〇人もの工事関係者が動員されて、七月に竣工を見た。この工事は僅々三か月の短期間であったが、単なる応急修理でなく、新造・修復された社殿建物は、本宮をはじめ九六棟、土手・垣・築地・井戸等一六件に及ぶもので、当時あった建造物のほとんど全部を建て替え、または修理を加え、さらにいくつかを再興するという大規模な造営であって、神宮史上でも稀有の大修理であった（篠田康雄『熱田神宮』）。それだけに、再興一年あまり後に再訪した芭蕉は、驚嘆の眼で拝したはずである。

貞享4年11月24日

桐葉との両吟歌仙――紀行に記さないが、芭蕉は熱田の桐葉宅に逗留した。桐葉は林氏、元織田家の重臣であった熱田の郷士の裔で、熱田の宮の門前近くに広壮な敷地をもつ旧家である。現存する五月三日付木示（桐葉の前号）宛芭蕉書簡が、天和年間と見られるので、そのころから文通での交流はあったようである。その書簡は木示からの句の点評依頼に対する返信のようで、おそらく当時文通のあった大垣の木因あたりの紹介によるものか。芭蕉との初対面は貞享元年十一月の「野ざらし」の旅の途上で、木因が案内したらしい。その時、熱田の宮に参拝し、当地の俳人たちと歌仙を巻いた。これは後年暁台編『熱田三歌仙』（安永四〈一七七五〉年刊）に収められて知られる。また、その翌年江戸への帰途に再度訪れて、桐葉に与えた「牡丹蘂ふかく分出る蜂の名残哉」の句を『野ざらし紀行』に記す。なお、桐葉は先妻亡きあと、延宝七（一六七九）年に大垣の下里家から後妻ふさを迎えていたので、鳴海下里家の知足とも姻戚につながる。

このたびの芭蕉・桐葉の両吟歌仙は、十一月二十四日付で鳴海の知足に宛てた芭蕉書簡に、「二三日此かた両吟致し、大かた出かし候。出来候はば、御目にかけられ候様」と書いているように、二、三日もかけて満尾したらしい。このころ、芭蕉は旅の疲れや寒気からか持病を煩い、医師の起倒に投薬を受けていたようである。この医師も前回の旅中に親しくなった人で、芭蕉自身は記さないが、『如行子』に、「翁心ちあしくて欄木起倒子へ薬の（事）いひつか（は）すとて」と前書があって、「薬のむさらでも霜の枕かな」と芭蕉の発句を載せ、医師起倒の脇句「昔し忘れぬ草枯の宿」を録す。これによると、桐葉との歌仙は、芭蕉の体調を見ながらの進行で、休み休み満尾したものと思われる。『熱田皺箱物語』（元禄八〈一六九五〉年刊）にはこの歌仙の第三以下は省略されているが、後年、夏目成美撰『浅草』（寛政元〈一七八九〉年刊）にその歌仙の全容が掲載されている。この時の桐葉の付けた脇句は「石敷庭のさゆるあかつき」とある。

熱田蓬萊宮・蓬左――熱田の宮を蓬萊に擬するのは何によるのかは明らかでないが、古く寛弘八（一〇一一）年ごろ成立の大江匡衡の『江吏部集』に見えるのが初見だとされる。大江匡衡は文章博士として名高いが、尾張の国府に三度勤め、晩年は尾張国守として善政を施いたという。

蓬萊山とか蓬萊島とかいうのは、中国神仙伝説上の山で、東方海上にあって不老不死の仙人が住む理想郷とされた。伝宗祇編の『名所方角抄』に、「熱田宮　此処を蓬萊島とも申す也。仍て蓬萊山とて社頭より西鳥居の外につき山あり。形は亀に似たり」とあり、西鶴編『一目玉鉾』（元禄二年刊）にも、「熱田社」の項に「西の御門の脇に蓬萊山有。亀の形に松村立たり」とある。熱田の宮の西に白鳥山古墳という前方後円墳があって、それを日本武尊の墳墓と見る伝承から白鳥山と呼ばれるが、亀の形をした築山と見られて、これが蓬萊山伝説と結びつけられたのであろう。この山は、貞享二（一六八九）年四月に芭蕉が「野ざらし」の旅で熱田再訪の時、桐葉・叩端との三吟歌仙の発句に、「何とはなしに何やらゆかし菫草」と吟じた所である。

熱田は現在名古屋市内の中心部近くになっているが、当時は名古屋城下から南へ二里隔たった別の町であった。名古屋は、徳川家康が江戸と上方との中間の要として、慶長十五（一六一〇）年に直接指示して低湿地の清洲を避けて名古屋城を築城し、第九子の義直を入れて六二万石にふさわしい城下町を新たに建設した。熱田の北にあたり、東海道の街道筋からすこし外れている。

中世には京から東国への街道は、関ヶ原から美濃路を墨俣へ出、長良川・木曽川を渡って尾張へ入ると萱津の宿に至る。ここで桑名・津島を経てきた伊勢路と合して熱田へ向かう。行く手の熱田の社の手前に横たわる前方後円墳が島のように見え、その山が長寿のシンボルの亀の形をするので、不老不死の蓬萊山とか蓬萊島とかよばれたのであろう。慶長六年に徳川家康が街道整備の施策を実施して東海道が江戸時代の幹線道路となった時、それまでの美濃路回りを変えて桑名から熱田へ向かうようになる。当初は桑名から北上して木曽川左岸の津島に至り、萱津へ出て熱田へ向かった。元和二（一六一六）年からは海上七里の渡船がはじまり、この方が楽で便利なので、以後これが主流となるが、風雨の激しい時は渡海が困難なため、陸路を主とする佐屋路も通行された。このコースは、桑名から川を遡行すること三里で佐屋宿に達し、万場を経て宮の宿に至る。いずれにしても名古屋を通らず、西から熱田へ向かう途中、左手（熱田の北）に名古屋を遠望して通るのである。熱田へ向かう旅人たちは、高くそびえ立つ名古屋城の英姿と、六二万石の新興城下町を左手はるかに指さして話題がはずんだと思われる。よって「蓬左」は名古屋をいう。諸注に「熱田から見て左（西）」とし、「熱田・名古屋一帯をいう」とするのは、甚だ疑わしい。

なお、「蓬左」の語の見える最古の文献が『あら野』の芭蕉の序文だとされる。おそらく正式な名称として使われていたのではなく、当地の漢詩人らが名古屋の雅号として使ったようである。

貞享4年11月28日

昌碧――この人は、『春の日』に発句一句、『あら野』に発句一三句と歌仙一にその作が見え、十一月二十二日付の芭蕉宛越人書簡の中に、芭蕉を訪ねて熱田まで出向こうという三人の一人としてその名が見える。また、『熱田三歌仙』に録する、十二月九日興行の一井亭での七吟半歌仙「たび寝よし」の巻にも一座しているが、どういう人物か具体的に伝えるところがない。芭蕉の発句「ためつけて」の脇の句は亭主の昌碧が付け、「凍てゐる土に拾はれぬ蘆」と謙遜の挨拶をしている（『如行子』）。この八吟歌仙の連衆は、他に亀洞・荷兮・野水・聴雪・越人・舟泉が名を連ねている。

貞享4年12月3日

夕道――書肆風月堂の夕道は、名古屋城門前の本町一丁目で店を構えていた風月堂孫助（二代目）で、先代は京の書林風月堂で奉公し、新興名古屋に書店がなかったので、はじめて書店を開いたと伝える。なお、『如行子』には、十二月三日の記事に続けて、当日は如行・夕道・荷兮・野水・芭蕉の五人が一座して六吟表合（六句目は執筆の付け）が行われたことを記録している。如行の発句「霰かとまたほどかれし笠やどり」の前書に「その夜風月堂にまかりて」とあり、芭蕉は五句目に付けている。

芭蕉は、その夜は夕道亭に宿泊し、翌日染筆して夕道に与えたと思われる真蹟懐紙が伝存していて（七二頁【図1】）、その前書に「書林風月とき〻し其名もやさしく覚えて、しばし立寄てやすらふ程に雪の降出ければ」とあって、句は上五が「いざ出む」と書かれており、句の左に「丁卯臘月初夕道何がしに送る」とある。また、これとは別の真蹟懐紙があって（七三頁【図2】）、その前書には「あるひとのもとにあそびてものくひさけのむほどに、ゆきのおかしう降出ければ」とあって、句の上五は「いざ出む」と右に同じ。この方はいつの染筆か不明ながら、十二月四日から十三日の間のいつかで、名古屋滞在中のものであろう。以上のことから、この句は、貞享四年十二月はじめに、風月堂という書肆で、主人の夕道に贈った作であり、句は上五が「いざ出む」の形が初案であったことがわかる。おそらく、夕道の歓待に対する謝意に出るものであろう。ただ、『笈の小文』には「ある人の会」と前書を付ける句の続きに記されて、その句会の席での発句のように見える。実は、尾張遊吟中で伝存する唯一の単独発句であった。

貞享4年12月4日

聴雪亭での句——芭蕉は十二月三日に熱田から再び名古屋に移り、夕道亭で六吟表合に加わり、そこで泊まって、翌朝雪の降り積もった景を見て「いざ行む」の句を作った。その四日の夜に聴雪亭で催された六吟歌仙に列して、発句に「箱根こす」の句を披露したものと見られる。したがって、「今朝の雪」を見たのは夕道亭でのことになる。『笈の小文』には道中の箱根越えの記述はないが、自ら難渋したことを想起し、今朝の当地名古屋での雪から箱根路の困難に思いをはせる一方で、今の自分は皆さんの温かい歓待を受けてこの俳席に招ぜられているのを、ありがたく思うと挨拶したのである。

聴雪は、「みのや」という屋号から商人かと思われるが、荷兮編『春の日』（貞享三年刊）に発句二句と表合一句とが見えるのみで、詳細は不明。ただ、同じ荷兮編の『あら野』に発句一五句と歌仙一を載せる荷兮門の「釣雪」という俳人がいるので、あるいは改称した同一人物ではないかとも見られている。なお、この芭蕉の発句に聴雪の付けた脇句は「舟に焼火を入る〻松の葉」（『如行子』）で、連衆は、他に如行・野水・越人・荷兮が一座する。

貞享5年2月4日

杉風宛芭蕉書簡（貞享五〈一六八八〉年二月中旬頃）

其元御無事と見え候而歳旦伊勢にて一覧珍重に存候　拙者無事に越年いたし今程山田に居申候　二月四日参宮いたし当月十八日親年忌御座候付伊賀へかへり候て暖気に成次第吉野へ花を見に出立んと心かけ支度いたし候　尾張の杜国もよし野へ行脚せんと伊勢迄来候而只今一所に居候　卯月末五月初に帰菴可致候　木曽路と心かけ候深川大屋吉御逢候ハヽ可然奉願候　よく御伝被成可被下候　いまた爰元にても発句も不致候

　参宮

何の木の花とハしらす匂ひ哉

追付　二見浅熊へ参候　爰元方々馳走残る所もなく萬御気遣被成ましく存候

一濁子丈御子達御奥方御堅固ニ被成御座候哉　拙者無事之旨御告可被下候　其元別条無御座候ハヾ御状不及候若急ニ御しらせ之事御座候ハヾ関の地蔵ニ而笠屋弥兵衛と申方迄飛脚便御状可被遣候　二月十八日ゟ三月十四五日迄ハ伊賀に居申候　以上

はせを

杉風様

本書簡は、貞享五年二月中旬、伊勢で書かれた杉風宛の書簡である。赤羽学氏『続・芭蕉俳諧の精神』（清水弘文堂・昭和59年）による（原本は大蟲編『芭蕉翁真蹟拾遺』所収。原本は戦災で焼失、天理図書館所蔵本が唯一の伝本）。

『笈の小文』の旅の伊勢参宮の芭蕉の行動に関して多くの情報を収めて、次のとおりである。二月四日参宮、同月十八日親の年忌で帰郷、吉野出立の時期、杜国と伊勢での待ち合わせ、「参宮　何の木の」前詞と句の関係、二見、朝熊見学、伊勢滞在や伊賀滞在の期間と笈の小文の旅程に関する情報を記す。

貞享5年4月1日

和歌山から奈良へ——和歌山から奈良までの行程は、よるべきものがなく全く不明であるが、おそらく、紀の川筋を引き返して大和の五條に出、北上して御所・高田・八木・郡山・奈良と進むのが普通のコースであろう。その行程は約二五里。八日の灌仏会（仏生会）が釿始めの儀の結願の日なので、五、六日ごろに奈良着かと推測される。和歌山あたりで二泊し、三、四日ほどかけて奈良に着いたのであろう。

奈良では、伊賀の衆とともに、東大寺をはじめ諸社寺に参詣して回り、唐招提寺へも参った。夜は再会の宴を楽しみ、俳諧にも興じたようである。その後、伊賀の衆と別れて、芭蕉は杜国と二人で旅を続けて大坂へ向かう。この大坂までのことは紀行に全く記述がないが、後に京に着いてから、四月二十五日付で伊賀の惣七に宛てた芭蕉の書簡の写しが伝わっていて（「芭蕉・杜国連名書簡」一八二〜一八四頁）、それに詳しく報じられている。それによると、四月十一日に奈良を立って直接大坂へ向かわず、山の辺の名所旧跡を訪ねながら上街道を南下し、その日は八木に泊まる。翌十二日は竹の内に寄って孝女いまに会い、當麻寺を経て岩屋峠越えで太子に出て、誉田八幡で泊。十三日は道明寺・藤井寺に参って大坂の八軒家に着。そこで十九日に出発するまで逗留した。

貞享5年4月10日

招提寺――『大和名所記』（和州旧跡幽考、天和二〈一六八二〉年刊）に「招提寺（せうだいじ）」とあり、現在の律宗総本山、唐招提寺のこと。中国僧鑑真が天平勝宝六（七五四）年に来日し、東大寺で聖武太上天皇・光明皇太后・孝謙天皇以下四四〇人に授戒し、日本に授戒伝律を確立して大僧都に任ぜられた。二年後、高齢で任を解かれ、平城京右京五条二坊にあった故新田部親王邸の旧地を賜わって寺とし、天平宝字三（七五九）年に唐律招提寺と名づけて戒律の道場とした。

「招提」とは、サンスクリット（梵語）のチャトルディシャを漢字の音写で「拓鬪提奢」と書き、それを略して「拓提」としたが、誤記されて「招提」となったという（『一切経音義』）。本来の意味は四方の人々ということで、遊行の出家者の意。その僧坊寺院として「招提寺」と一般に称したが、伝孝謙天皇筆という「唐招提寺」の額が伝わっていて、唐招提寺は唐僧のための寺院の意とされる。

鑑真は創建後四年で死去したので、諸堂・伽藍の整ったのはその歿後であった。平安遷都後は寺勢も衰退したが、鎌倉時代に中興された。芭蕉来訪のころまでは、地震による建物の損傷はあったもののその都度修復されており、古寺としては珍しく火災にほとんどあわず、古刹の遺構がほぼそのまま存続していたという。奈良の三条通を西へ一里八町の所にあり、「奈良にて爰かしこ詣」でたというその一寺だと思われる。

鑑真は、唐の揚州江陽県に生まれ（六八八年）、一四歳の時大雪寺で出家、長安・洛陽で律・天台などを兼学し、その後、揚州に帰って大明寺などで律を講じて、高僧として尊崇を集めた。天平五（七三三）年に遣唐使に従って入唐した日本僧の栄叡と普照は、伝戒の師を日本へ招請するという任を与えられており、その尽力で菩提僊那や道璿が来日し、さらに天平十四年に鑑真にも日本への渡航を懇請した。鑑真は諾して弟子とともに渡日を決意し、出航しようとしたが、その都度妨害や海難に遭って五回も渡航に失敗する。五回目は遠く海南島まで流されて、栄叡は病死し、鑑真は失明した。それでもひるまずに伝戒の初志を貫いて、天平勝宝五（七五三）年十一月に六六歳の高齢をおして六回目の出航を敢行。翌年二月にやっと平城京に到着した。直ちに待望ひさしかった聖武太上天皇以下に授戒し、東大寺に戒壇院を造って日本に授戒制度を伝えた。また、渡日の際にもたらした、おびただしい仏像・仏画・仏具・仏典・薬物などは、後世に寄与するところ極めて大であった。その後、東大寺を退いて唐招提寺を創建。天平宝字七（七六三）年五月六日に七六歳で示寂した。その生涯については、『唐大和上東征伝』に詳しく伝える。

なお、芭蕉の参詣した貞享五年は、ちょうど鑑真生誕一〇〇〇年にあたるので、寺でも話題になっていたと思われる。

貞享5年4月13日

大坂八軒屋の宿――八軒屋（家）は、大坂城北の京橋（京街道の起点）より西、天満橋と天神橋との間にあった、淀川左岸の船着場で、船宿が八軒あったことから呼ばれた名。このあたりを「大江の岸」と称した。ここは、京伏見から淀川を上下する客船の三〇石船が着く所で、昼夜を問わず舟が発着していたので、人の往来で雑踏甚だしく、宿ではゆっくり落ち着けなかったようである。六日も滞在しながら、喧騒に悩まされて、旅の楽しさもすっかりそがれ、すこぶる不愉快な日々であったらしい。

芭蕉の大坂来訪はこの時がはじめてのようで、宿は伊賀の誰かの紹介であろうか。京からの惣七宛書簡の冒頭に「大坂迄御状忝く拝見」と書いているので、宿泊中に惣七から手紙が届いていたように思われる。あるいは惣七の紹介か。また、芭蕉は卓袋に大坂から手紙を出していたらしく、京から四月二十五日付で出した書簡に「先日大坂よりも以書状申進候」とあって、その手紙は伝わらず内容はわからないが、惣七宛のように大坂までのことを詳しく書いてやっていたか。ただ、賑やかで困るという不足は卓袋だけに書いて、惣七にはいわないところからすると、惣七紹介の可能性はあるかもしれない。なお、この滞在六日間に、「方々見物に出」（卓袋宛書簡）とあるが、どこへ見物に出かけたか、具体的な行先は全く不明である。唯一、一笑宅訪問は知れるが、その所は不明。また、そこでの句以外の作も残らない。

一笑は保川姓、伊賀上野の出身で紙商を営み、寛文ごろ、伊賀では知られた俳人の一人。芭蕉が宗房としてまだ二一歳の寛文四（一六六四）年に、俳書『佐夜中山集』にはじめて二句入集したが、同書に一笑は六句入集。その翌年に藤堂蟬吟主催の「貞徳翁一三回忌追善俳諧百韻」が興行され、それに一笑・宗房とも一座していずれも一八句を付けた。三年後の『続山井』には宗房三一句、一笑は四八句が入集している。その後、芭蕉は江戸に出、一笑は大坂に出て紙屋をしていたらしいが、その住所も歿年も不詳。この時、芭蕉はプロの俳諧師、一笑は遊俳としてそれぞれ歩む道は隔たったが、久しぶりの邂逅に話が弾んだことであろう。もちろん、旧主の蟬吟の思い出話や過日の探丸邸での花見のこと、先日の奈良での伊賀の衆との再会のことなど、話題は尽きることなく夜をふかしたに違いない。三吟二四句のあと、その夜はおそらく一笑宅で宿泊したことであろう。

『笈の小文』行程図

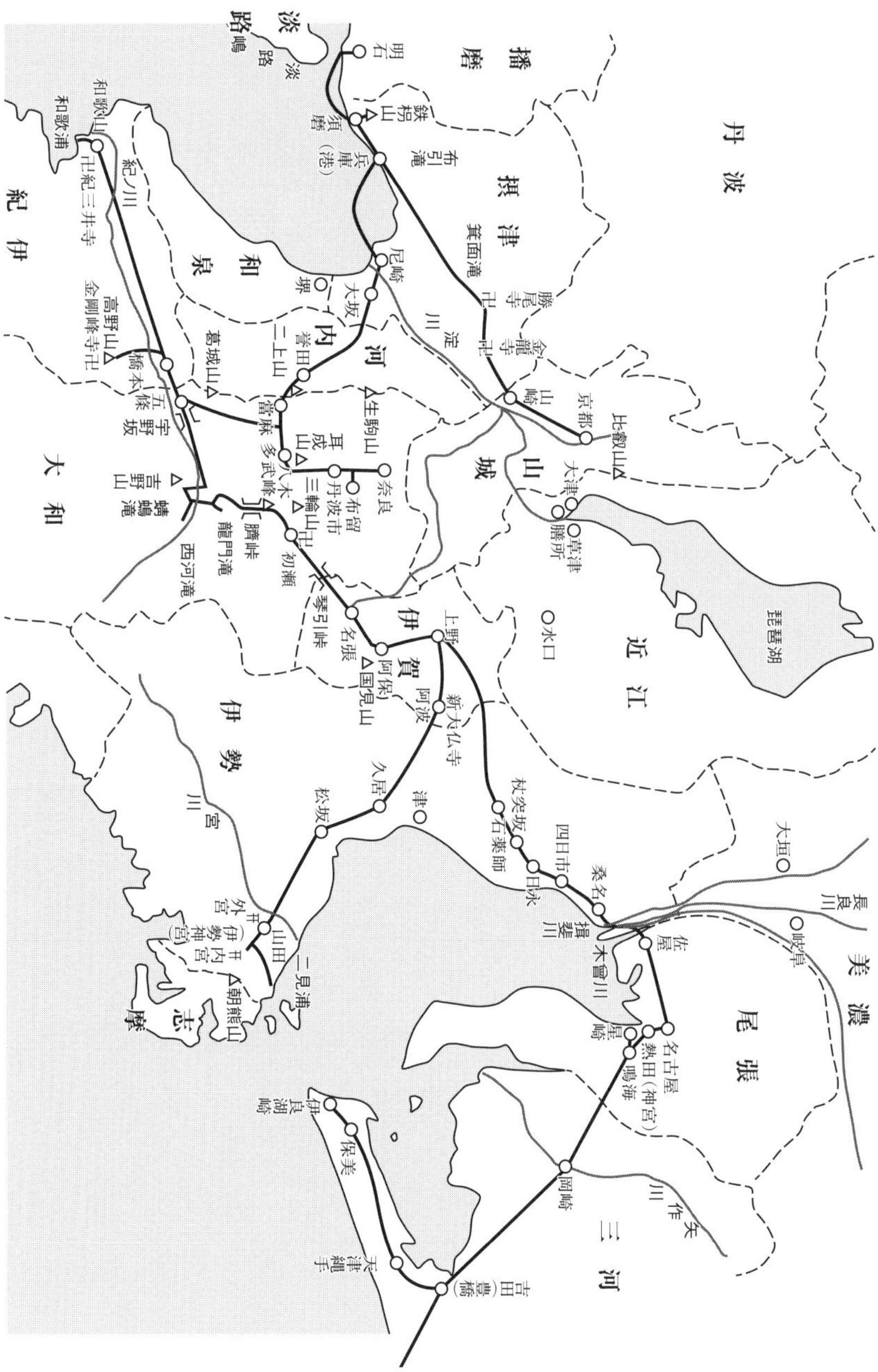
丹波
播磨
摂津
淡路
和泉
河内
紀伊
大和
山城
近江
伊賀
伊勢
志摩
尾張
美濃
三河
琵琶湖
明石
淡路島
鉄拐山
須磨
兵庫（港）
布引滝
箕面滝
勝尾寺
尼崎
大坂
堺
淀川
金龍寺
山崎
京都
比叡山
大津
膳所
草津
水口
誉田
二上山
葛城山
当麻
生駒山
耳成山
多武峰
八木
三輪山
奈良
布留
丹波市
初瀬
琴引峠
名張
上野
阿保
国見山
阿波
新大仏寺
久居
津
松坂
宮川
外宮
伊勢神宮
内宮
山田
二見浦
朝熊山
杖突坂
石薬師
四日市
日永
桑名
揖斐川
木曽川
長良川
大垣
岐阜
佐屋
星崎
名古屋
熱田（神宮）
鳴海
岡崎
矢作川
吉田（豊橋）
天津縄手
保美
伊良湖崎
和歌山
和歌浦
紀三井寺
紀ノ川
高野山
金剛峰寺
橋本
五条
宇野坂
吉野山
蜻螐滝
龍門滝
西河滝
臍峠

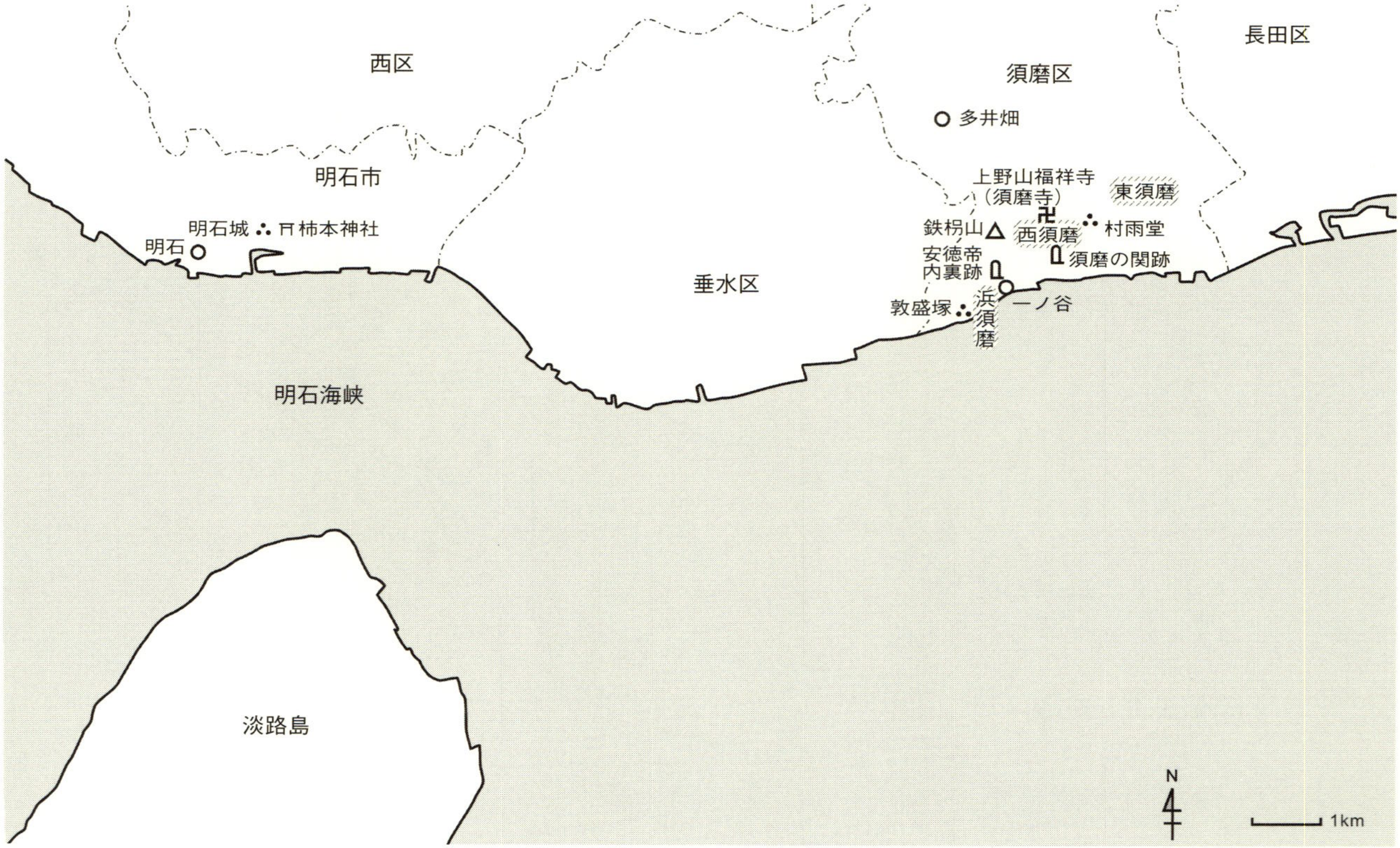

須磨明石地図（参考に現在の行政区分を書き入れている）

『笈の小文』の諸本

『笈の小文』には、芭蕉の自筆本が確認されておらず、現時点においては、門人乙州が宝永六（一七〇九）年に出版した、いわゆる乙州版本と、本文末尾に歌仙、ならびに付合の抄録を付載する写本の異本群（後掲三本）が、芭蕉の推敲を知る手掛りとなる伝本ではないかと目されている。

まず、乙州版本の出版状況を順に追ってまとめてみよう。

① 平野屋佐兵衛板　初版初刷本と考えられている。「二条通高倉東へ入ル町／書林　平野屋佐兵衛開版」との刊記をもつ。

② 井筒屋庄兵衛、同宇兵衛板　右の平野屋の初版本を覆刻出版したもの。刊記に「京寺町二條上町／書林　井筒屋庄兵衛／同宇兵衛　板」とある。

③ 井筒屋庄兵衛、橘屋治兵衛板　②の覆刻本を再覆刻して出版した第二次覆刻板。刊記に「京寺町二條下町／書林　井筒屋庄兵衛／橘屋治兵衛　板」

③a 奈良屋長兵衛、同為三郎奥付（見返し）　③と同板。一時期版権を得た奈良屋の売捌本であろう。

③b 浦井徳右衛門、井筒屋庄兵衛、橘屋治兵衛　諧仙堂蔵板　刊記に三書肆を並記する相版本。③と同板。

③c 出雲寺和泉掾奥付（見返し）　これも③と同板ながら、出雲寺和泉掾の求版本ないしは売捌本であろう。弘化・嘉永ごろの摺刷本。

③ｄ塩屋彌七奥付（見返し）　これも③ｃと同様、塩屋彌七の求版、売捌本であろう。「天保八年丁酉六月求版」の年記があるが、これは他本からの流用でこの年の塩屋の求版本ではない。幕末期から明治にかけての摺刷本であろう。

右のうち、③ｄの製本、販売が明治にまで及んでいた可能性を視野に入れると、かりに宝永六年から数えて一六〇年以上の本文享受の歴史を想定することができる。流布した本文は、この乙州版本の覆刻と数次の摺刷によっている。なお、近時、永井一彰氏（「『笈の小文』の板木」「奈良大学総合研究所所報」第18号・平成22年3月）が初版初刷本と見られている平野屋板の奥付部にある入木痕に注目し、書肆平野屋佐兵衛が求版本をもって成長した背景を踏まえ、これまでの①の平野屋板に先んずる乙州版本があったのではないかと想定されている。もし、これが正しいとすれば、流布と享受の歴史は若干だが長くなるわけである。

では、この乙州版本は、どのような素性の本文なのであろうか。その序文によれば、芭蕉から「授見せし」められた本文に依拠し、乙州自らが出版をする準備を整えていたが、宝永四（一七〇七）年の春の時点で病を得たため、実現しなかったものという。これを宝永四年の春の時点で想定すれば、その本文は、

芭蕉自筆本（草稿）　→　乙州清書本

のとおり、芭蕉の自筆草稿（そのままでは出版できる体裁ではなく、草稿であったろう）を乙州が清書した転写の本文であったはずである。これが病のため、およそ二年後の宝永六年の正月にまで出版が延びた。出版された本文の版下は、「序より刊記まですべて乙州自筆」と見る宮本三郎氏（『天理図書館善本叢書　芭蕉紀行文集』八木書店・昭和47年・解題）以来の通説に反し、『笈の小文』平野屋板の紙面には、乙州筆とは断定し得ぬ文字群が広がっている。今後は、数少ない乙州自筆資料をはじめ、歳旦などの版下、平野屋板の版本の版下などと慎重に照合し、検討する必要があろうと思

うが、あえて一言を加えれば、平野屋板の題簽「笈の小文　全」にわずかに乙州の筆蹟をしのばせる字形が確認できる。

　このような立場から乙州本を再評価すれば、

　芭蕉自筆本──→乙州清書本──→版下浄書本

のとおり、芭蕉の自筆本から二度の転写を経た本文が、乙州版本であったことが見えてくる。ただし、版下浄書本の書写の状況を想像するに、乙州の目の届く範囲で、別の人物が自筆本とも再度校合しうる状況下にあったと考えられるから、その書写はよほど厳密なものであったろう。したがって、通常の一対一の転写よりは誤りも少なかったと思われ、以下に述べる異本群の写本に比して、より確度の高い本文が提供されたと推定する。これは、本書に付載した四本の対校表によって確かめることができる（二九三頁以下参照）。

　また、別の角度から乙州版本が本文のすぐれた版下であったことを示す例が、同じ状況下での書写が想定される乙州版本『更科記行』と芭蕉自筆草稿本（いわゆる沖森本）との関係である。付載資料1（二六〇頁）は、右に芭蕉自筆草稿本、左に乙州版本とを影印で対校したものである（発句群は省略）。異同のある箇所にのみ傍線を付しておいたが、乙州版本の依拠した本文が草稿本の第一紙から第四紙であったことを証明する結果が得られよう。このような双方の漢字、仮名宛に及ぶ細部にまで一致する実態は、『笈の小文』の書写態度もともに同様であったことを想定させ、乙州版本の本文を評価する場合には、十分注目しておくべきであろう。

　ところで、一方、右の乙州版本の原典にあたる、芭蕉の自筆本に先立つ初稿本の写しではないか、として世に問われた『笈の小文』の異本群三本がある。冒頭にも記したとおり、付録を末尾に備えた点に特徴があり、本文にも異本と認識しうる異同を含む。その三つの写本とは、

①大儀義雄氏旧蔵・現岡崎市美術博物館蔵本（同氏著『笈の小文（異本）の成立の研究』ひたく書房・昭和56年に影印ならびに本文翻刻がある）
②雲英末雄氏旧蔵・現早稲田大学図書館蔵本（右の著書に影印ならびに本文翻刻を収録する）
③沖森直三郎氏旧蔵、現伊賀市蔵本（本書収録の解題、影印ならびに本文翻刻、四本対校本文参照）

であり、右の順序のとおり、それぞれの書写年次を①享保を下らない時期、②安永七年弥生中七日、③天保より少しは遡るか、と見られている。以下、行論の都合上、①を大儀本、②を雲英本、③を沖森本の通行の呼称で表記する。

大儀本・雲英本の詳細については右の収録本を参照いただくにして、問題は、はたしてそれぞれの写本が沖森本を含めて、どのように評価できるのかであろう。ごく簡単に見通しを述べれば、まず、その特徴は再三述べるように、同一の付録を末尾に有する点で、さかのぼれば三本ともに同じ祖本に発している写本であろうと判断される（付載資料2（二六八頁）参照）。これによれば、大儀本と雲英本にそれぞれ傾向の違う書写が確認され、大儀本のそれは沖森本と同様、誤認に基づく単純な誤写が多く、一方、雲英本の書写には作者名を除いて一部に書写者の解釈が入り込んでいる。一見して、書き入れを含む沖森本に原典の俤を想定してしまうが、これは、乙州版本との一部校合を経た後人の手（とくに見せ消ちの書き入れは棚橋碌翁の可能性が高い）が加わっていると見た方がよいであろう。したがって、全体に大儀本と沖森本との関係が近い。なお、三本間のうちで独自の表記、表現があらわれてくるのが雲英本で、とくに注目すべき異同を抽出すれば、

大　終に無藝無能にして只　此一筋につなかる
イ沖　終に無藝無能にして只　此一筋に繫（ツナカ）る
雲　終に無能無藝にしてた丶此一筋に繫　かる

ロ
大　道化に随　ひて四時を友とす
沖　道化にしたかひて四時を友とす
雲　造化に随　ひて四時を友とす

ハ
大　道化にしたかひ道化に帰　れと也
沖　道化にしたかひ道化にかへれとなり
雲　造化にしたかひ造化にかへれとなり

ニ
大　人に亡殖（モウテウ）せよ
沖　人に亡殖（モウテウ）せよ
雲　人又亡聴せよ

ホ
大　名計ハ千歳のかたミとなりて
沖　名計ハ千歳の形見　となりて
雲　名計ハ千歳の記念　と成　て

ヘ
大　西行の抄肝にまよひ
沖　西行の抄肝（セウキモ）にまよひ
雲　西行の枝折にまよひ

大　絶うる・・・・・・・・・・・・・・・・・・・・・・
ト　沖　艶なる・・・・・・・・・・・・・・・・・・・・・
雲　艶なるに山ハ若葉に黒ミかゝりて郭公鳴出つへきしの、めも

右のようになる。このうち、イ・ロ・ハ・ニ・への異同については、その表記が乙州版本のそれとなっており、トの脱文もまた、版本によって補ったものかと推定する。つまり、雲英本は異本群の中にあって、その骨子を異本によりながら、異本の足らざる部分に乙州版本を校合して本文を書写しているのである。これは雲英本が『奥の細道』と同一本に書写されている点と無関係ではない。おそらく雲英本は芭蕉の文章を集成する、いわば全集の類を作成する試みの一環で、あえて異本を探り、校合と書写者の理解を加え、本文を完成させたものであろう。ホの「記念」は『奥の細道』の中にも見られる表記である。

『笈の小文』の異本三本間での書承関係は、まずないと見て間違いなく、あわせて沖森本と乙州版本とはどのような関係にあると考えられるのであろうか。大礒氏は異本と乙州版本との間に推敲関係を認められているが、紀行本文の中でそれとおぼしき異同を挙げれば次のとおりである（右に沖森本、左に乙州版本を並記し、一部に芭蕉の真蹟資料を引用する）。

1
沖　紀氏・・阿佛の尼の文をふるひ情を盡して・・・・・・・・・其精粕を
乙　紀氏長明阿佛の尼の文をふるひ情を盡してより餘は皆彿似かよひて其糟粕を

2
沖　・・季詞　いらす
乙　終に季ことはいらす

3
沖　子良(コラ)の舘・・に一もと侍る由
乙　子良の舘の後に一もと侍るよし

4
沖　道猶すゝまん・・ものうき事のミ・・
乙　道猶すゝますたゝ物　うき事のミ多し

5
沖　・・　箕面・瀧　（大和）※前の行にあり
乙　大和　箕面の瀧

6
真　風雅の人の情をはかる・
沖　風雅の人の實をうかかふ
乙　風情の人の實をうかかふ

7
真　日比は古めかし・かたくなゝりとて悪　捨たる程の人
沖　日頃ハ古めかしくかたくなゝりと・にくみ捨たる・・人
乙　日比は古めかし・かたくなゝりと・悪　ミ捨たる程の人

8
沖　愁ふかく侍るそや
乙　愁多　く侍るそや

この中から沖森本から乙州本への推敲を印象づける異同は、はたして指摘しうるであろうか。多くは沖森本の脱落（沖森本原典での脱落であろう）と見て誤らないであろうし、唯一、推敲らしく見える6の異同も沖森本を仲介しなければできない推敲とまではいえないであろう。総じて紀行本文中の異同からは、沖森本原典（異本群原本）から乙州版本原典への推敲関係は認めがたい。なお、誤解のなきよう申し添えるならば、沖森本原典、つまり異本群の原本は、直接乙州版本を書写したものでもなかろう。

では、発句の異同はどうであろうか。都合一〇句に異同がある。

1
沖　寒けれハ二人旅寐そたのもしき　（如行子）▼
乙　寒けれと二人寐る夜そ頼もしき

2
沖　冬の田や馬上に氷る影法師
乙　冬の日や馬上に氷る影法師

3
沖　いささらハ雪見にころふ所まて　（花摘）▼
乙　いさ行む雪見にころふ所まて

4
沖　丈六の陽空（カケロウ）高し石の上　（笈日記）▼
乙　丈六にかけろふ高し石の上

5
沖　何の木の花ともしらすにほひ哉　（笈日記）▼
乙　何の木の花とハしらす匂哉

6
沖　雲雀より上にやすらふ峠かな　（あら野）▼
乙　雲雀より空にやすらふ峠哉

7
沖　散花にたふさ耻けり奥の院　万菊　（あら野「杜国」）
乙　ちる花にたふさはつかし奥の院　万菊

8
沖　青葉して御目の雫拭はや　（笈日記）▼
乙　若葉して御めの雫ぬくはゝや

9
沖　杜宇聞行かたや嶋ひとつ　（泊船集）
乙　ほとゝきす消行方や嶋一ツ

10　沖　ナシ
乙　須广寺やふかぬ笛きく木下やミ

括弧書きは初出本等の出典名で、▼印は『泊船集』にも収録されている句形である。今栄蔵氏（「「丈六」の句形をめぐって―付、異本『笈の小文』の問題―」「俳文芸」第38号・平成3年12月）は、異本群原本の書写者が「何らかの関心で任意的に『泊船集』の句形で修正」したものと考え、必ずしも初案、成案の関係を直ちに示すものではないと推断された。なお、10は異本の誤脱、2は「日」を「田」とした誤写が想定されよう。「田」から「日」の誤写を考えるよりは、こちらの方に現実味がある。おおむね今栄蔵氏の見方に賛同するにして、やはり異本原本の書写者は元禄二、三年の出典にまず目を向け、『笈日記』を閲し、最終的に『泊船集』にたどり着いたものであろう。やや念の入った異本の書写過程であるが、これは乙州の所持資料を思わせる歌仙、付合の抄録を付載した姿勢にも通じてこよう。ここに現時点で考えうる諸本の関係図を示してみる。

〔図〕

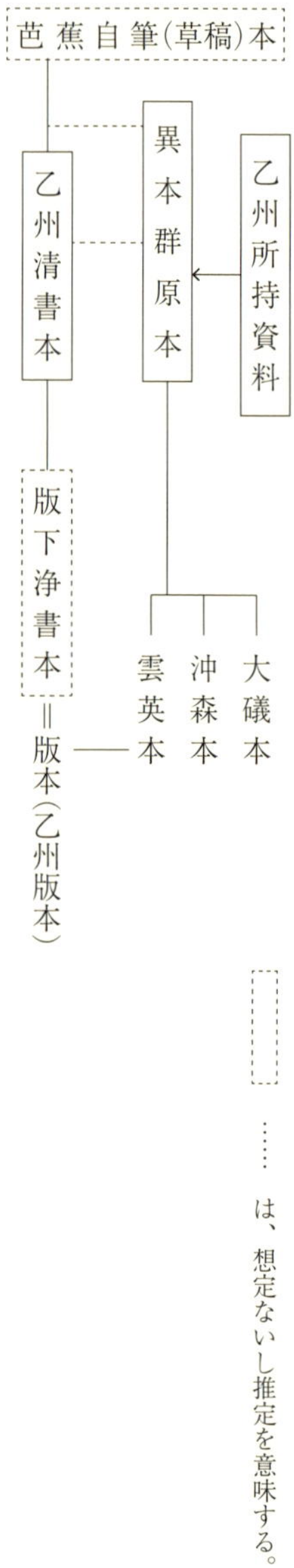

乙州版本の流れについては、先述のとおりである。問題の異本群の原本は、乙州が書写した芭蕉自筆（草稿）本の本文、ないしはその清書本により、併せて乙州伝来資料の歌仙、付合を抄録して書写したものであろう。この乙州所持の資料については、大礒氏の想像どおり、芭蕉伝受の信憑性のある資料として、大津あたりでは伝承されていたことであろう（大阪府立中之島図書館所蔵・万和自筆日記・寛政十二年十一月二十七日の記事に、乙州所持資料を伝える大津の松井又呼のことと、その内容を記している。二七〇頁参照）。『笈の小文』の本文とはまったく関係のない資料をとり込んで、異本群の原本は付加価値を得て書写を終える。原本の書写者は、誤認・誤脱があるものの、おおむねその転写に満足し、手間のかかる作為的な校合の手を発句に加えた。これは転写にかかる準備段階での構想と言い換えてもよい。ただ、このような姿勢が当時の通念として許容されるのかといえば、相対的に見て異例のことであろう。しかし、こと『笈の小文』の本文の享受史を背景に置くと、一方で『庚午紀行』が意識されていれば、この程度の手際は、ありうる好意的な解釈として、容認される範囲内と考えたのである。

異本は、人の手によって書承されてゆくしかないはずの本文であったが、これが時間の経過の中で、かえって異本としての存在感を高からしめたといえばよいであろうか。

付載資料1　『更科紀行』影印・対校

1. 自筆草稿本（伊賀市蔵。『芭蕉全図譜』154）
2. 乙州版本（天理大学附属天理図書館蔵。『天理図書館善本叢書和書之部第十巻　芭蕉紀行文集』八木書店・昭和47年）

〔・仮名字母の相違は、異同として採らない。
・異同のある箇所には傍線を付け、相互対校の便を考え、右に翻字を添えた。〕

1. さらしなの里おばすて山の月見事しけりにすゝむる秋風の
　　（月見事　しけりに）
2. さらしなの里をばすて山の月見ん事しきりにすゝむる秋風の
　　（月見ん事　しきりに）

1. 心にふきさはぎてともに風雲の情をくるはすもの又ひとり
2. 心に吹さはぎてともに風雲乃情をくるはすもの又ひとり

1. 越人と云木曽路は山深く道さがしく旅寝の力も心もとなしと
2. 越人と云木曽路は山深く道さがしく旅寝の力も心もとなしと

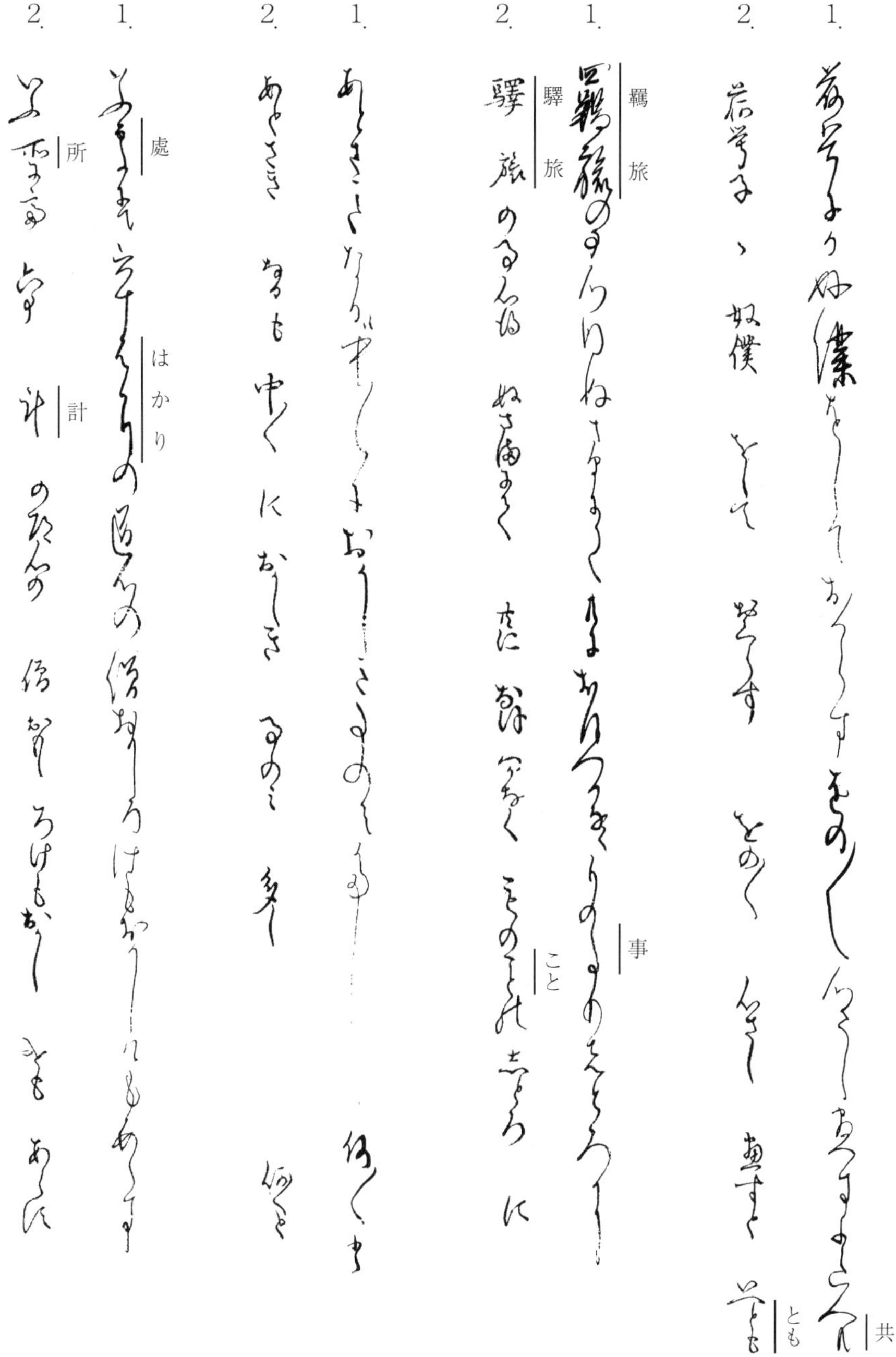

1.
2.
共
とも
1.
2.
羈旅
驛旅
事
こと
1.
2.
1.
2.
處
はかり
所
計

1. ふもとにてしはらくらう腰をかけしはしあそひ月はいせうしく見へ

2. ふもとにて とまりて 海を ながめて おもひ 月は せうしく 見え

1. こゝさしやまはあゆみをはこひてきこととまりける人のあとゆるやかにくちるく

2. こゝろせはやまに あゆみ 来れ ると このまへ ゆく人のあと 絶て ほとのく

1. 肩にしけたりのとも（とも）の袖乃おもひ秋のよにつけみえこしらるく

2. 肩に かけたるの共（共） かの 袖の おもひね れ と袖は袖かるみて る に分て

1. 我ところ其（其）の ところ頭のとし おもひ 侍て たつきし大川（大川）をされ

2. 高を そのうへ（その） の字 高山 吉峰 頭のうへに おもひまりて 大河（大河） あれ

1. 岸下の千尋のおもひをなし尺地も平かならされは鞍のうへ
平か

2. 岸下　の千尋　のおもひ　をなし　尺地も　たいらかならされは　鞍のうへ
たいらか

1. しつかならすたゝあやうき煩のみやむ時なし　桟はし寝覚なと過て

2. 静かならぬ　只　あやうき　煩のみ　時　なし　桟はし寝覚なと過て

1. 猿か馬場立峠なとは四十八曲りとかや九折重りて雲路にたとる

2. 猿の　たち峠なとは　四十八　曲り　とかや　九折重りて雲路　に　たとる

1. 歩行より行ものさへ眼くるめきたましゐしほみて足定まら
定まら

2. 歩行　より　行ものさへ眼くるめき　たましゐしほみて　足さたまら
さたまら

1. [illegible]

2. [illegible]

1. [illegible]（跡より）

2. [illegible]（あとより）

1. [illegible]（こゝろ）

2. [illegible]（心）

1. [illegible]

2. [illegible]

1.

2.

1.

2.

1.

推量て

2.

推量し

1.

慰ン

拝かミ

2.

なくさめん

おかミ

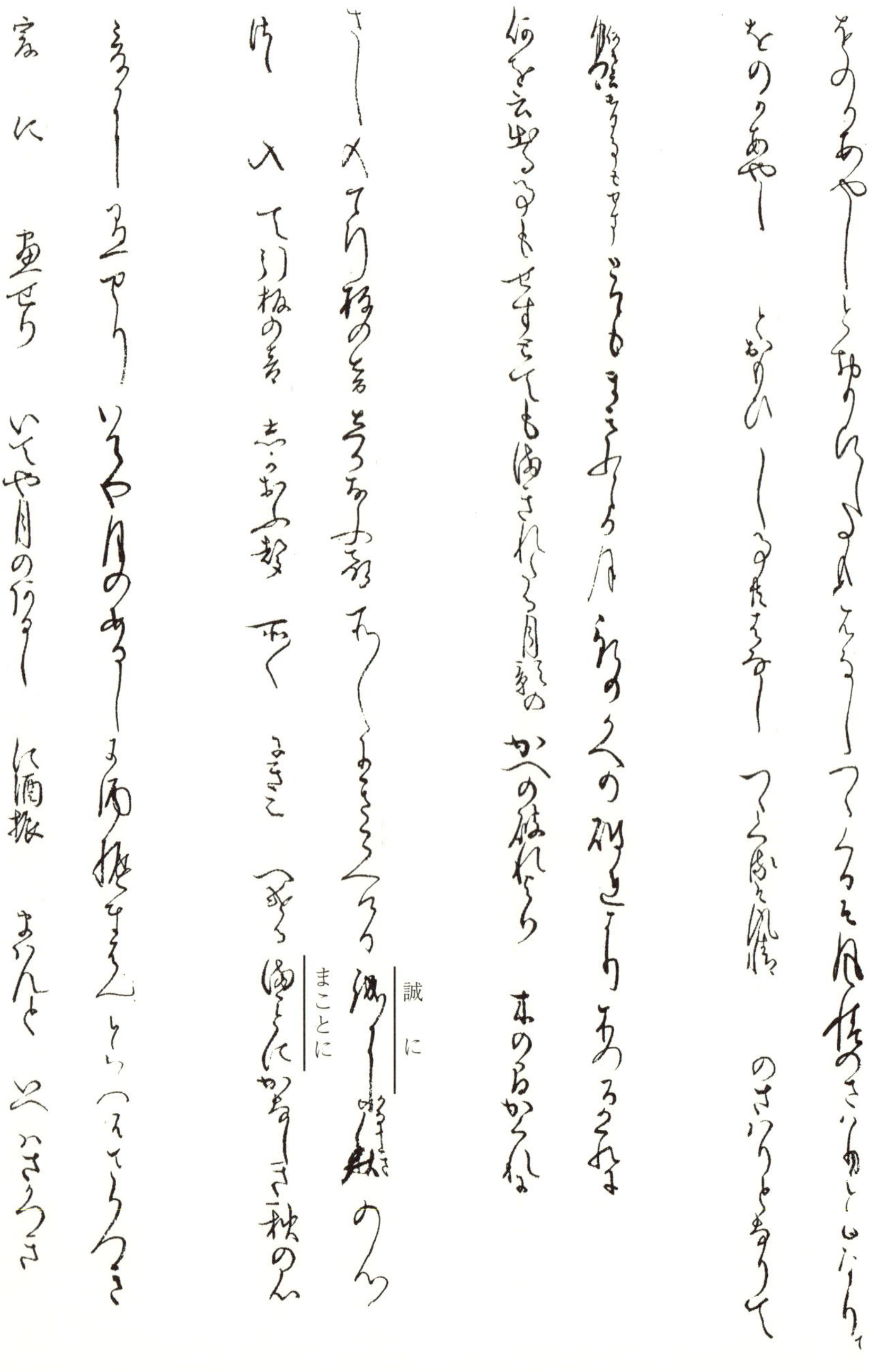
1.
2.
1.
2.
1.
2.
誠に
まことに
1.
2.

2.　1.　2.　1.　2.　1.　2.　1.

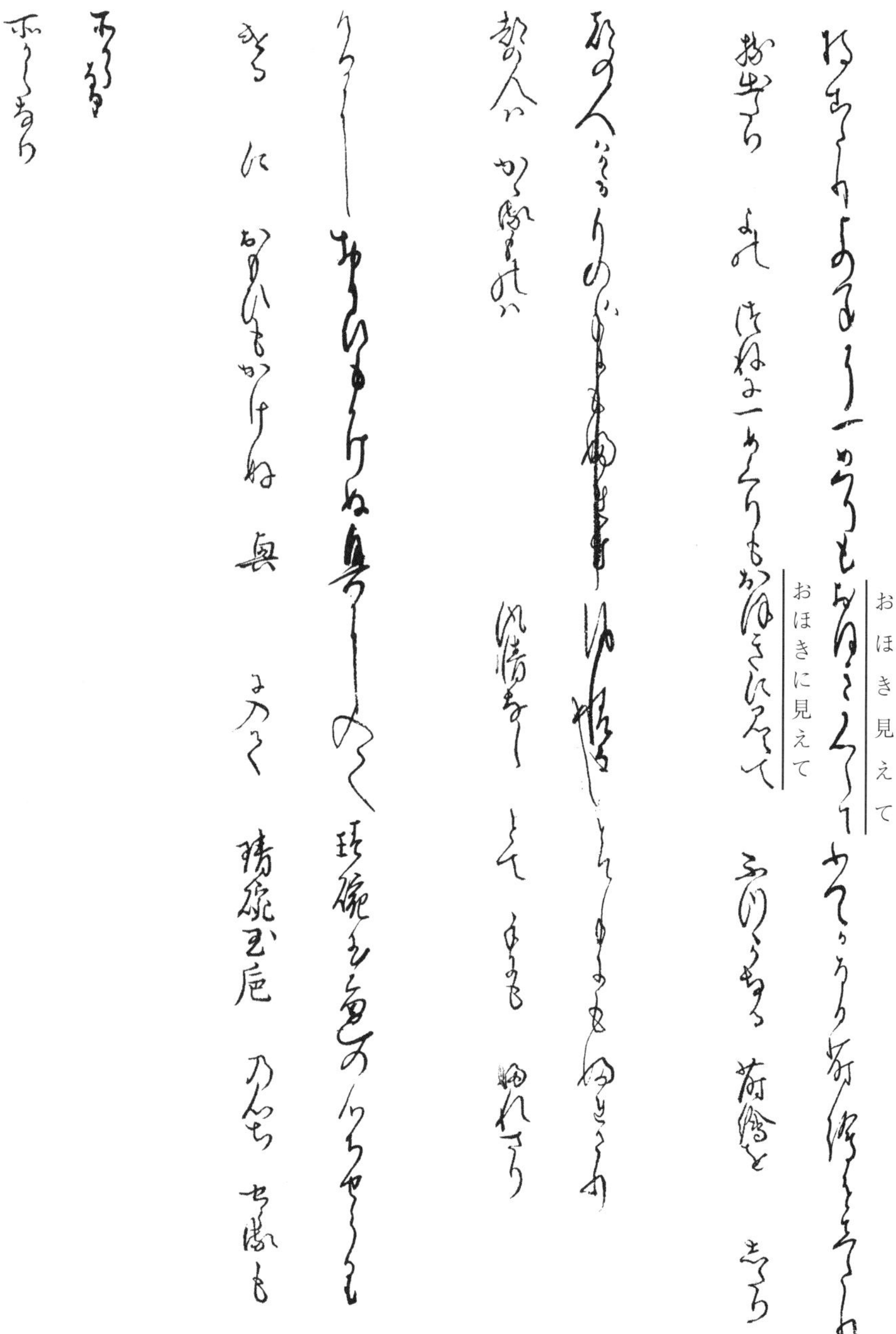

付載資料2　附録部の対校

大礒本

哥仙

花咲て七日靏見ルふもとかな　芭蕉
落て蛙のわたし細はし　清風
履〔厦〕木を春また寒き筏して　誉白
米壱升をはかる関の戸　曽良
名月を隣ハ寝たり草枕　工斎
めてたくしらぬ桐のはを苅　其角
跡畧之
雪の夜ハ竹馬の跡に我連よ　路通
花屋にとハん梅のはや咲　依水
うちわたす外面に酒の飯干して　反古
靏鳴合す初旅の空　翁
塩干たる舟の乗場に残る月　苔翠
火をたく窓をさし覗（ノソク）秋　曽良
跡畧之
初茸やまた日数経ぬ秋の露　翁
青き薄の残る谷川　帒水
野分より居村の替地定りて　史部

沖森本

歌仙

花咲て七日靏見る麓かな　芭蕉
おちて蛙のわたし細はし　清風
厦木を春また寒き筏して　誉白
米壹升をはかる関の戸　曽良
名月を隣ハ寝たり草枕　工斎
めてたくしらぬ桐の葉を苅　其角
跡畧之
雪の夜ハ竹馬の跡に我連よ　路通
花屋にとはん梅のはや咲　依水
うちわたす外面に酒の飯干て　反古
靏鳴あはす初旅のそら　翁
塩ひたる船の乗場に残る月　苔翠
火をたく窓（マト）をさしのそく秋　曽良
跡畧之
初茸やまた日数へぬ秋の露　翁
青き薄の残る谷川　帒水
野分より居村の替地定りて　史部

雲英本

歌仙

花咲て七日靏見る麓かな　翁
おちて蛙のわたる細はし　清風
厦木を春また寒き筏して　挙白
米壱升をはかる関の戸　曽良
名月を隣ハ寝たり草枕　工斎
めてたくちらぬ桐の葉を苅　其角
跡略之
雪の夜は竹馬の跡に我連よ　路通
花屋にとはん梅の早咲　依水
うちわたす外面に酒の飯干て　反古
靏鳴あハすはつ旅の空　翁
汐干たる船の乗場に残る月　苔翠
火をたく窓をさしのそく烋　曽良
跡略之
初茸やまた日数へぬ烋の露　翁
青き薄の残る谷川　岱水
野分より居村の替地定りて　史部

月をさし込む莖瓶のふた　半落
塩付て餅喰狂の草まくら　嵐蘭
なて丶こわはる革の引はた　翁
跡畧之
秣負ふ人を枝折の夏野かな　翁
青きいちこをこほす椎のは　桃翠
村雨に市の仮屋を吹とりて　曽良
町の中行川音の月　翁
鷹の子を手に居なから蟇（ヒキカヒル）　翠
萩の墨絵のちりめんハ誰レ　良
跡畧之
小傾城行てなふらん年の暮　其角
途中計の假のたき物　渓石
吹さする袴のまちの赤らミて　翁
かゆる心になりし盞　暮船
算盤をひそかにはちく京の町　盤子
いつを自由に出湯の行水　史部
竹鑓のはこしにならふ月の雲　去来
胸すかせたる稲の朝風　丈屮
附句
宿かりて頃（比）日移る三井の坊　はせを
力持する俵一俵
やせたるち丶をしほる露けさ

月をさし込莖瓶のふた　半荷
塩付て餅喰狂の草まくら　嵐蘭
なて丶こわはる革（カハ）の引はた　翁
跡畧之
秣負ふ人を枝折の夏野かな　翁
青き覆盆子（イチコ）をこほす椎（シイ）の葉　桃翠
村雨に市の仮（カリ）屋を吹とりて　曽良
町の中行川音の月　翁
鷹の子を手にすへなから蟇（ヒキカイル）　翠
萩の墨繪の縮緬ハたれ　良
跡畧之
小傾城行てなふらん年の暮　其角
途中はかりの假のたきもの　渓石
吹さする袴のひたのあからミて　翁
かゆるこ丶ろになりし盞　暮船
算盤（ソロハン）をひそかにはちく京の町　盤子
いつを自由に出湯の行水　史部
竹鑓の葉こしにならふ月の空　去来
胸すかしたる稲（イネ）の朝かせ　丈艸
附句
○宿かりて頃日移る三井の坊　芭蕉
力（チカラ）持する俵一俵
○　痩（ヤセ）たるち丶をしほる露けさ

月をさし込莖瓶のふた　半荷
塩付て餅喰狂の草まくら　嵐蘭
なて丶こはかる革の引はた　翁
跡畧之
秣負ふ人を枝折の夏野哉　翁
青き覆盆子をこほす椎の葉　桃翠
村雨に市の仮屋を吹とりて　曽良
町の中行川音の月　翁
鷹の子を手にすえなから蟇　翠
萩の墨絵の縮緬はたれ　良
跡略之
小傾城行てなふらん年の暮　其角
途中はかりの假のたきもの　渓石
吹さする袴のひたのあからミて　翁
かゆる心になりし盞　暮船
算盤をひそかにはちく京の町　盤子
いつを自由に出湯の行水　史部
竹鑓の葉こしにならふ月の空　去来
胸すかしたる稲の朝かせ　丈艸
附句
宿かりて頃日移る三井の坊　翁
刀持する俵一俵
痩たる乳をしほる露けさ

とわぬ夜の膳さし入ル、蚊屋の内
かた〳〵ハ袖なき衣に洩時雨
　世忰四五人ほへてくるしき
三味せんを曙ことにほつ〳〵と
　まくりて帰るしちのねむしろ
す丶きたる海人のきぬたの音寒き
　室の遊女のねに帰る舟
　ほのかに出る雲からの月
一むれの跡ハちいさき天津厂
　酔て馬上にいたき乗られ
亀山やあかしの山やあの山や

とわぬ夜の膳さし入る、蚊屋の内
○かた〳〵ハ袖なき衣に洩（モル）時くれ
　世忰四五人ほへてくるしき
○三味せんを曙ことにほつ〳〵と
　まくりてかへるしちの寝むしろ
○す丶きたる海士の碪（キヌタ）の音寒き
　むろの遊女の寝にかへるふね
○　ほのかに出る雲からの月
ひとむれの跡はちいさき天津厂
○　酔（エヒ）て馬上にいたき乗られ
亀山やあかしの山やあの山や

とはぬ夜の膳さし入る蚊屋の内
　かた〳〵ハ袖なき衣に洩時雨
忰四五人ほへてくるしき
　三味線を曙ことにほつ〳〵と
まくりて帰るしちの寝むしろ
　す丶きたる海士の碪の音寒き
むろの遊女の寝にかへる船
　ほのかに出る雲からの月
ひとむれの跡ハちいさき天津厂
　酔て馬上にいたき乗られ
亀山やあかしの山やあの山や

〔解説〕

異本三本の末尾に附録されている歌仙抄録五点、付合二句一章七組の出典と興行年次等については、すでに大礒義雄氏に考察が備わる。詳しくは、同氏の『笈の小文（異本）の成立の研究』（ひたく書房・昭和56年）に譲るが、それによれば、大津、膳所あたりで伝承されてきた芭蕉資料を著録する『巾秘抄』（大礒義雄氏旧蔵、現岡崎市美術博物館蔵、文化十三年以前成立、好問堂写）一冊があり、その中に「江南杮と庵乙劢在判」の奥書をもつ付合二句一章二五組がある。この付合二五組の一部が、いわゆる附録部の歌仙、付合と出典が重なることから、大礒氏は右の附録部もまた、乙州伝来の芭蕉資料かと考察された。

さて、大礒氏が注目した『巾秘抄』の二五組のうち八組は、また別の資料にも記録されている。寛政十二年の八日庵万和の自筆日記（大阪府立中之島図書館蔵）の十一月二十七日の記事に、大津に住む又呼（松井氏）の『三太郎』という本の中に、芭蕉が乙州に伝授した付合として記録されているのである。『巾秘抄』をさかのぼる記録でもあり、文献上、時を隔てて、ほぼ同一の内容が別人の手を経て伝承されてきたことには、相応の信憑性が加わるものと思われる。

附録部が大礒氏の推測のとおり、乙州伝来の芭蕉資料であった可能性は十分にある。

『笈の小文』（伊賀市蔵）影印と翻刻

〔書誌〕

・半紙本　写本　一冊。縦二三・八糎×横一六・九糎。縹色表紙。緑麻糸四ツ目綴。題簽中央無辺「笈の小文　芭蕉翁」と墨書。

・表紙見返しに「異本系統本　笈の小文寫本／岐阜　棚橋碌翁旧蔵本」の貼紙を付す（翻刻参照）。

・蔵書印、並びに旧蔵印　「上野本街沖森蔵」（表紙見返し）、「伊賀市蔵」（表紙見返し）、「高木蔵書」（第1丁表右下）、「帯経園蔵書記」（第1丁右上）、「桃屋」（最終丁裏）、「上野本街沖森蔵」（裏表紙見返し）。

・全一七丁。毎半葉九行書。構成　1丁から15丁　笈の小文、15丁から17丁　連句抄録。

なお、本書の書写年代は不明ながら、「天保より少しは遡るか」とする旧蔵者の沖森氏の所見（大礒義雄「沖森蔵写本『笈の小文』は異本系統」「連歌俳諧研究」64号・昭和58年）が備わる。

なお、本書は、その最初の報告者で、異本の研究をすすめていた大礒義雄氏に、発表の準備があったことを申し添えておく。

・公益財団法人芭蕉翁顕彰会特別本資料データ使用許可書「平成27年7月28日芭顕六六号」。

・公益財団法人芭蕉翁顕彰会資料データ使用許可書「平成29年12月19日芭顕第一三〇号」。

〔翻刻凡例〕

・下段に配置した翻刻は、改行、用字等すべて原本どおりとし、旧蔵者の書き入れかと思われる箇所も、そのまま活字におこした。なお、本文中に散見する誤字についても、可能なかぎり作字をもって対応したが、14丁オ・5行目の「隔」のみ右のルビに従って現行の字体を採った。

・本文中に散見する重ね書き、傍書、修訂は、該当箇所の左に「ヒ」の符号を入れ、修正後を右に並記した。

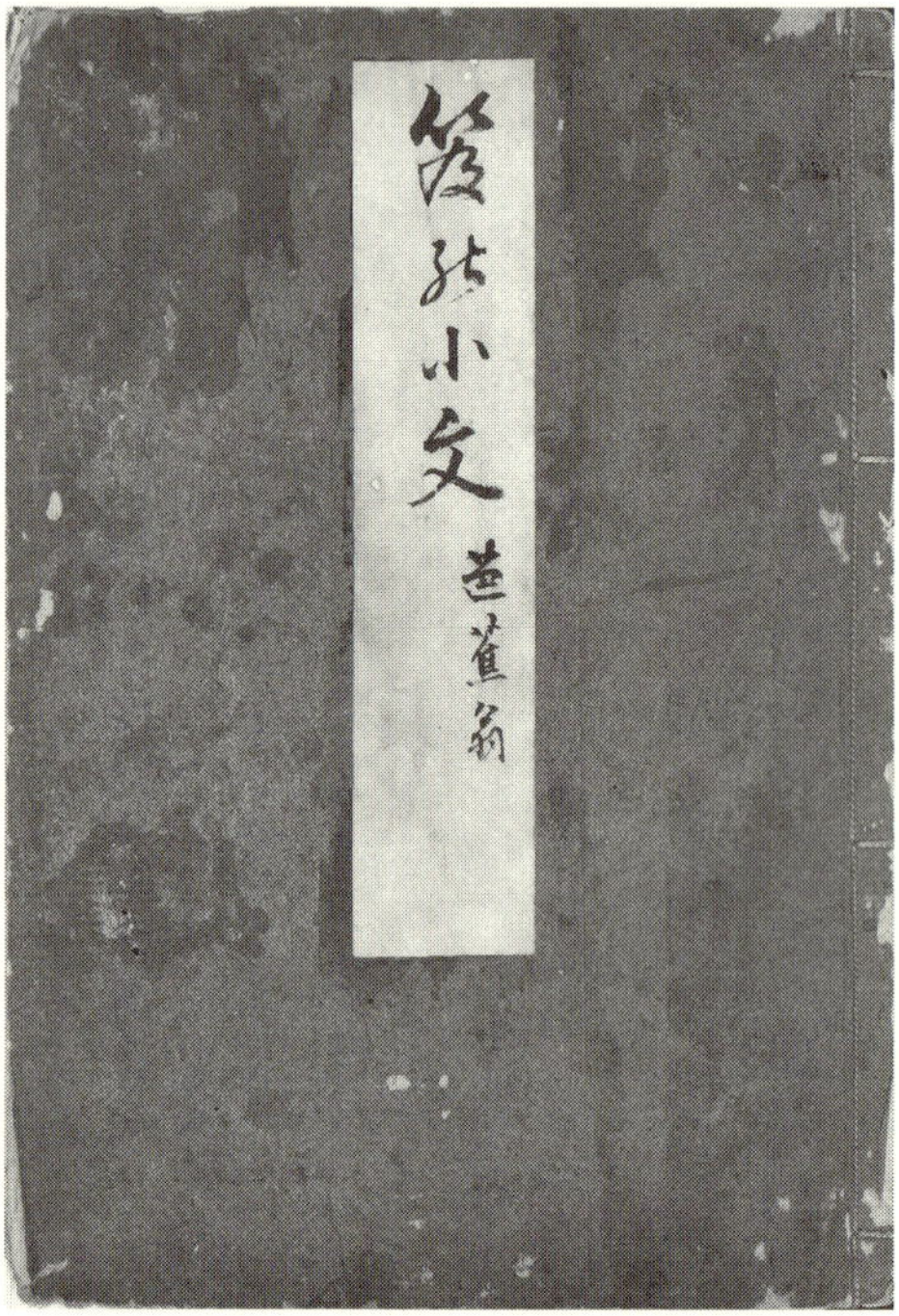

（表紙）

〈題簽〉

笈の小文　芭蕉翁

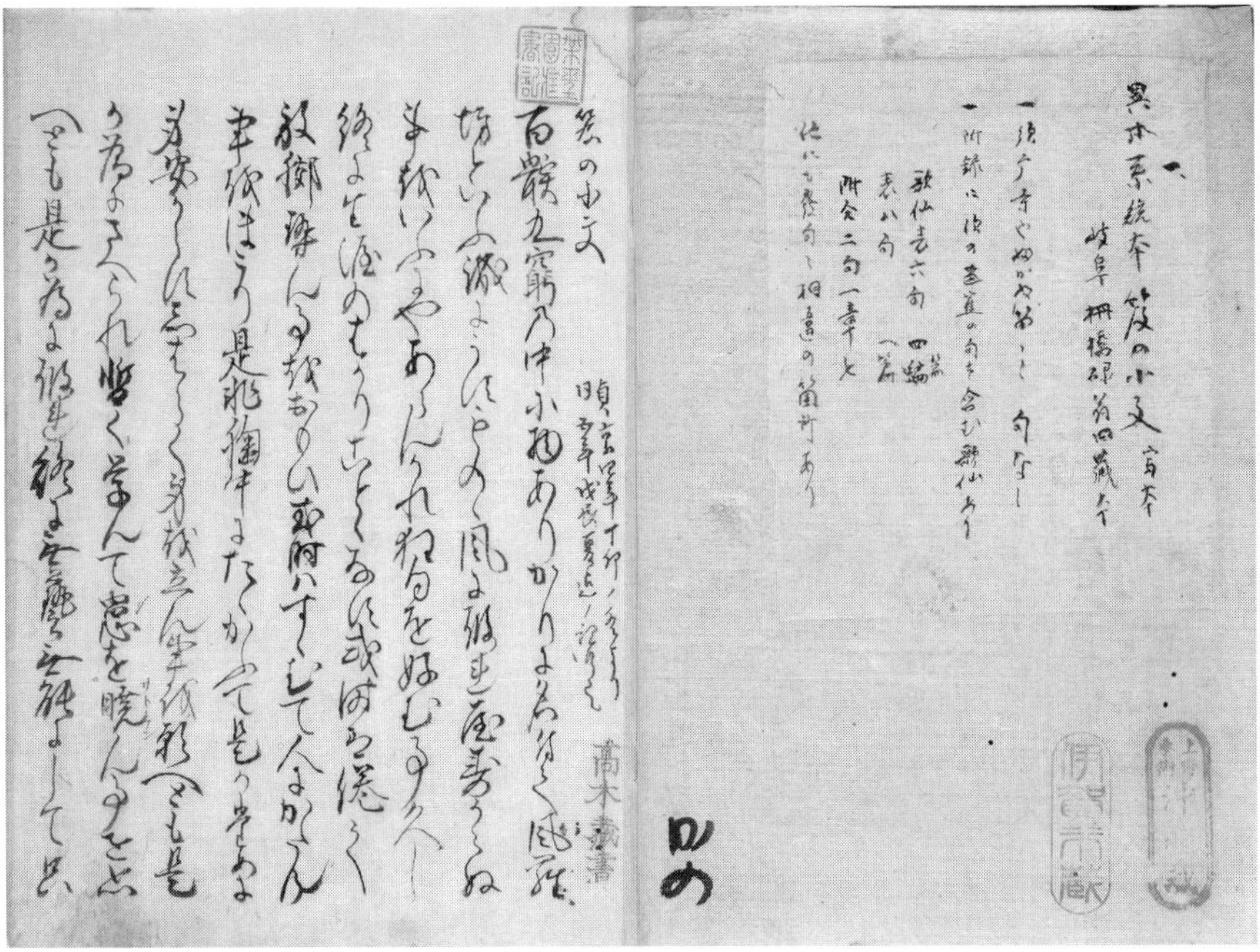

（表紙見返し）　（1丁オ）

〈貼紙〉

異本系統本　笈の小文　寫本

岐阜棚橋碌翁旧蔵本

一　須广寺やふかぬ笛…句なし

一　附録に次の芭蕉の句を含む歌仙あり

歌仙表六句　四編（篇）

表八句　一篇（ヒ）

附合二句一章　七

他にも發句ニ相違の箇所あり

笈の小文　貞享四年丁卯ノ冬より同五年戊辰夏迄ノ記行也

百骸九窮の中に物ありかりに名付て風羅
坊といふ誠にうすものゝ風に破れやすからぬ
事をいふにやあらんかれ狂句を好む事久し
終に生涯のはかりことゝなす或時は倦て
放擲せん事をおもひ或時ハすゝむて人にかたの（ヒ）（ん）
事をほこり是非胸中にたゝかふて是かために
身安からすしはらく身を立ん事を願へとも是
か為にさへられ暫く学んて愚（グ）を暁（サトラン）ん事を思
へとも是か為に破れ終に無藝無能にして只

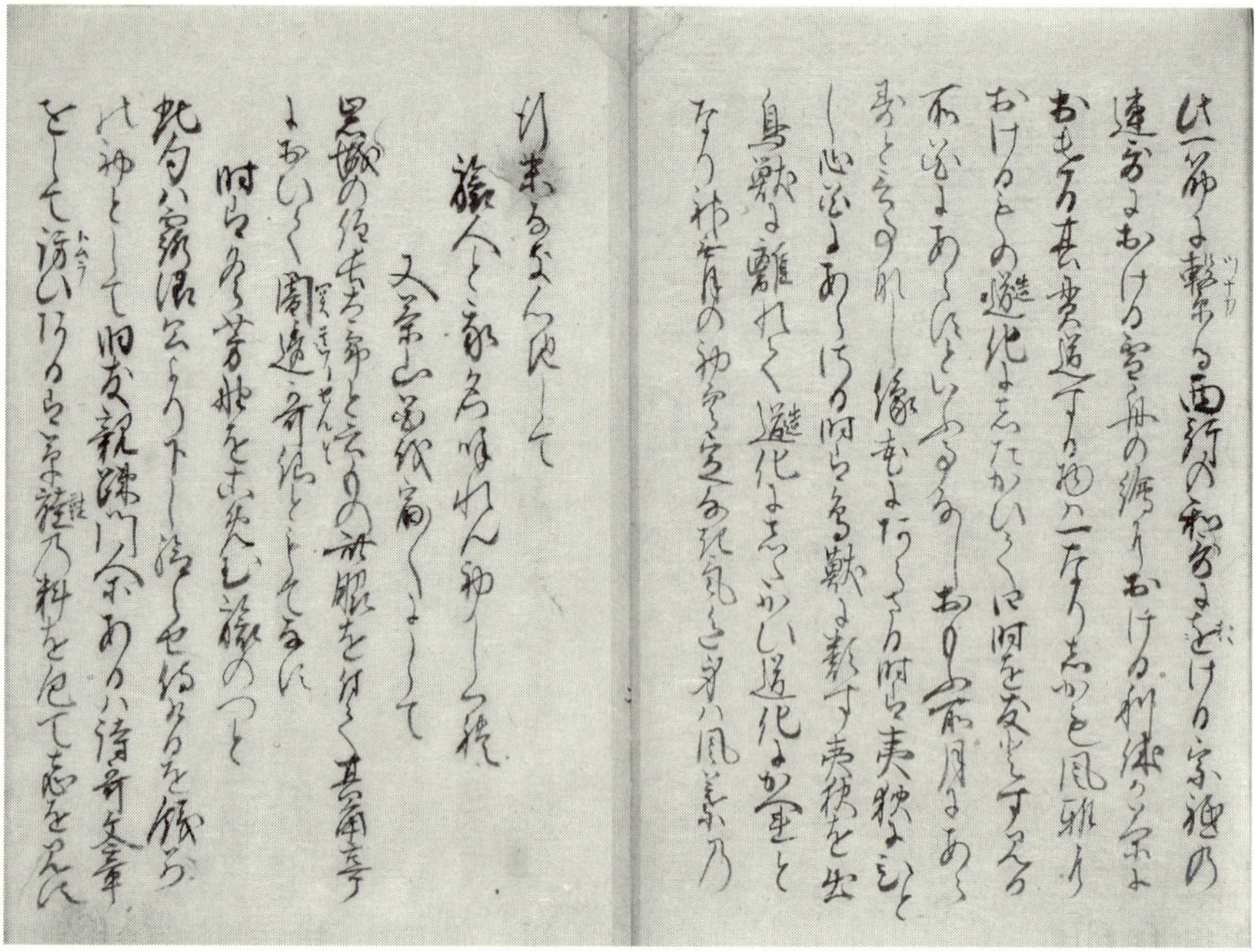

（2丁オ）　（1丁ウ）

此一筋に繋(ツナカ)る西行の和哥にをけ(お)る宗祇の
連哥における雪舟の繪(ヒ)における利休か茶に
おける其貫道する物ハ一なりしかも風雅に
おけるもの道化(造)(ヒ)にしたかひて四時を友とす見る
所花にあらすといふ事なしおもふ所月にあら
すと言事なし像花にあらさる時は夷狄にひと
し心花にあらさる時は鳥獣に類す夷狄を出
鳥獣に離れて道化(造)(ヒ)にしたかひ道化にかへれと
なり神無月の初空定なき気色身ハ風葉の

行末なき心地して
　旅人と我名呼れん初しくれ
　　又茶山花を宿〳〵にして
岩城の住長太郎と云もの此脇を付て其角亭
におひて闇透哥仙(関送りせんと)(ヒヒヒヒ)ともてなす
　時は冬芳野をこめむ旅のつと
此句ハ露沼公より下し給らせ侍けるを餞別
の初として旧友親疎門人等あるハ詩哥文章
をして訪(トムラ)ひあるは草鮭(鞋)(ヒ)の料を包て志を見す

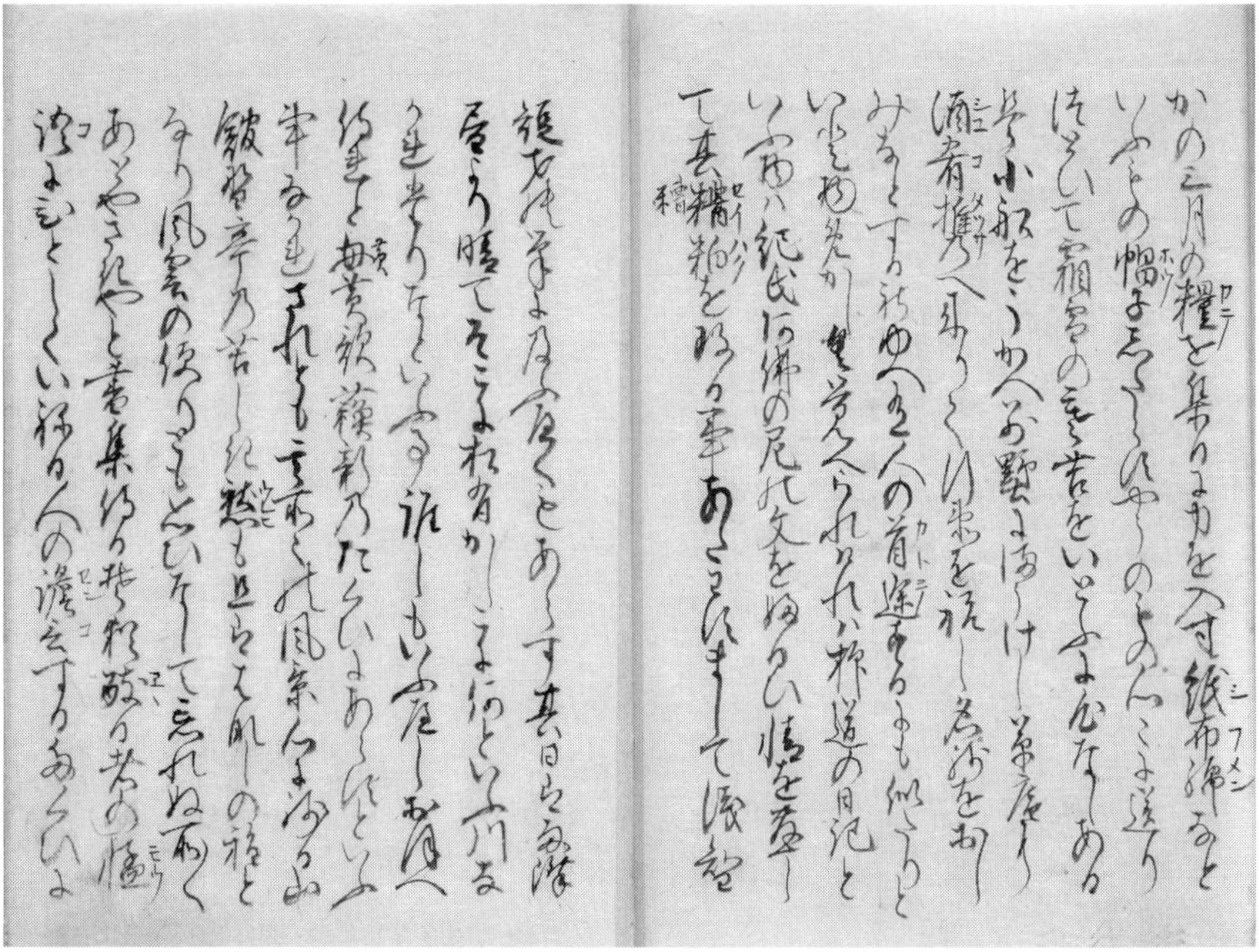
（3丁オ）　（2丁ウ）

かの三月の糧（カテ）を集るに力を入す紙布綿（シフメン）なと
いふもの帽（ホウ）子したうすやうのもの心とに送り
つとひて霜雪の寒苦をいとふに心なしある
は小船をうかへ別墅にまうけし草庵に
酒肴（シュコ）携（タツサ）へ来りて行衛を祝し名残をおし
みなとする社ゆへ有人の首途（カトテ）するにも似たりと
いと物めかしく覚へられけれハ抑道の日記と
いふ物ハ紀氏阿佛の尼の文をふるひ情を盡し
て其精粕（セイハク）（ヒ糟）を改る事あたわすまして浅智

短才の筆に及ふへくもあらす其日は雨降
昼より晴てそこに松有かしこに何といふ川な
かれたりなといふ事誰しもいふへしおほへ
侍れとも黄（黄）歌蘓（ヒ）新のたくひにあらすといふ
事なかれされとも其所との風景心に残る山
舘野亭の苦しき愁（ウレヒ）も且はなしの種と
なり風雲の便りとも思ひなして忘れぬ所〳〵
あとやさきやと書集侍るそ猶醉（エヽ）る者の慍（モウ）
語（コ）にひとしくいねる人の譫言（センコ）するたくひに

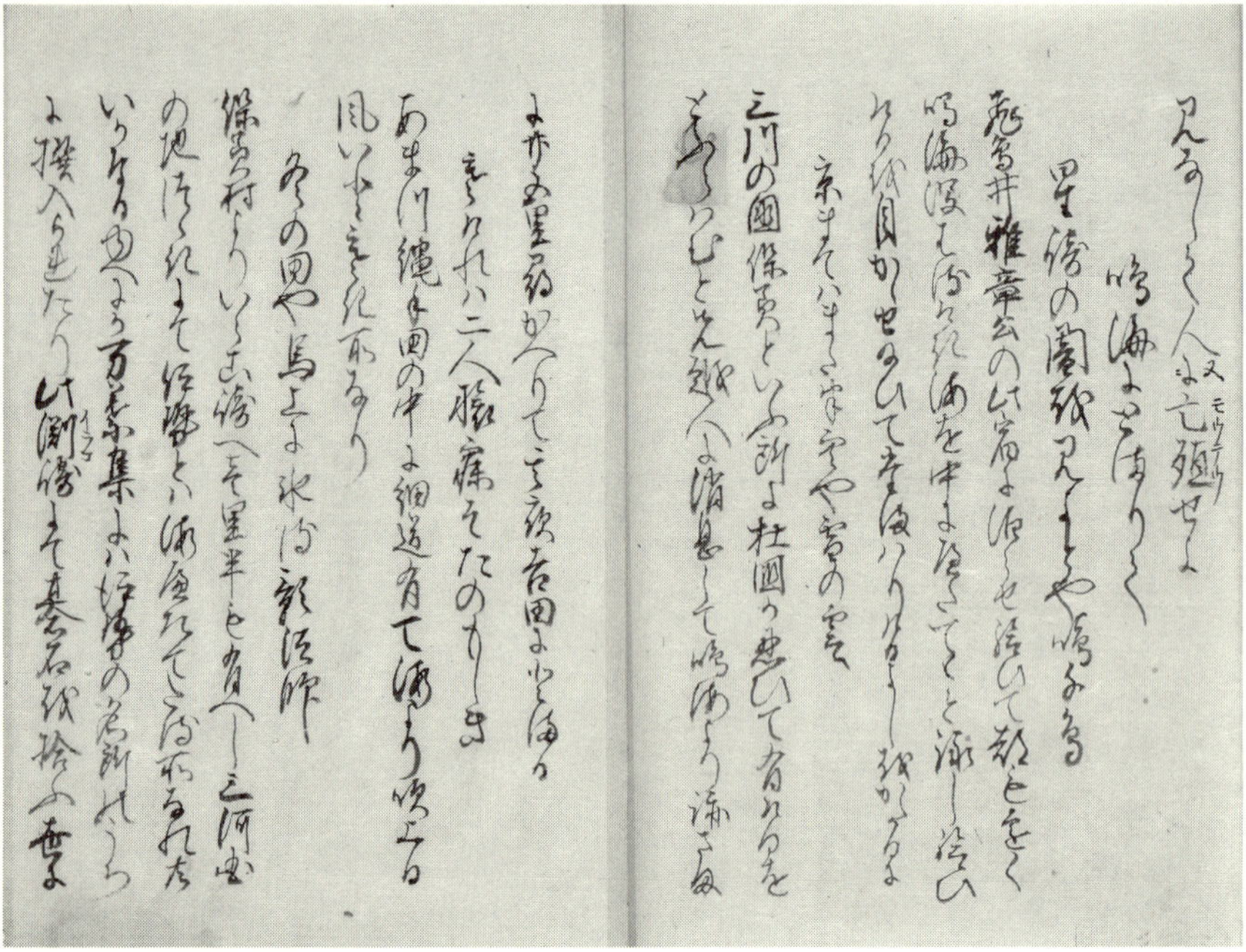

（4丁オ）（3丁ウ）

見なして人に亡殖（又・モウテウ）せよ
　鳴海にとまりて
　　星崎の闇を見よとや鳴千鳥
飛鳥井雅章公の此宿に泊らせ給ひて都も遠く
鳴海潟はるけき海を中にへたて丶と詠し給ひ
けるを自か丶せ給ひてたまハりけるよしをかたるに
　　京まてハまた半空や雪の雲
三川の國保美といふ所に杜國か忍ひて有けるを
とふらハむと先越人に消息して鳴海より跡さま
に廿五里尋かへりて其夜吉田にとまる
　　寒けれハ二人旅寐そたのもしき
あまつ縄手田の中に細道有て海より吹上る
風いと寒き所なり
　　冬の田や馬上に氷る影法師
保美村よりいらこ崎へ壹里半も有へし三河国
の地つゝきにて伊勢とハ海へたてたる所なれ共
いかなるゆへにか万葉集にハ伊勢の名所のうち
に撰入られたり此渕（イラコ）崎にて碁石を拾ふ世に

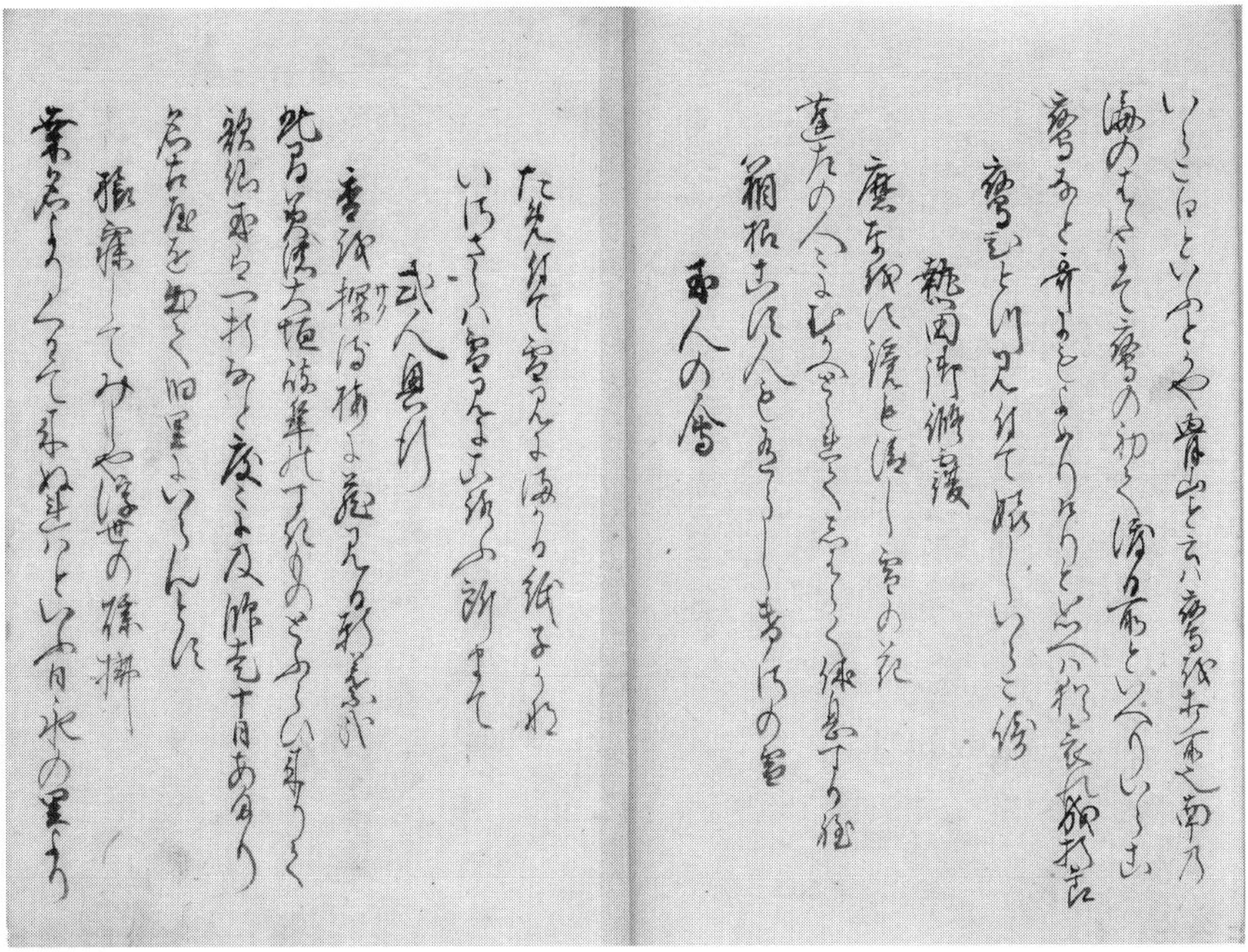

（4丁ウ）

（5丁オ）

いらこ白といふとかや骨山と云ハ鷹を打所也南の
海のはたにて鷹の初て渡る所といへりいらこ
鷹なと哥にもよめりけりと思へハ猶哀れ成折節
　鷹ひとつ見付て嬉しいらこ崎
　　熱田御修覆
　磨なをす鏡も清し雪の花
蓬左の人とにむかへとられてしはらく休息する程
　箱根こす人も有らしけさの雪
　　或人の會

ため付て雪見にまかる紙子かな
いささらハ雪見にころふ所まて
　　或人興行
　香を探（サク）る梅に蔵見る軒葉哉
此間美濃大垣岐阜のすきものとふらひ来りて
歌仙或は一折なと度ゝに及師走十日あまり
名古屋を出て旧里にいらんとす
　旅寐してみしや浮世の煤拂
桒名よりくわて来ぬれハといふ日永の里より

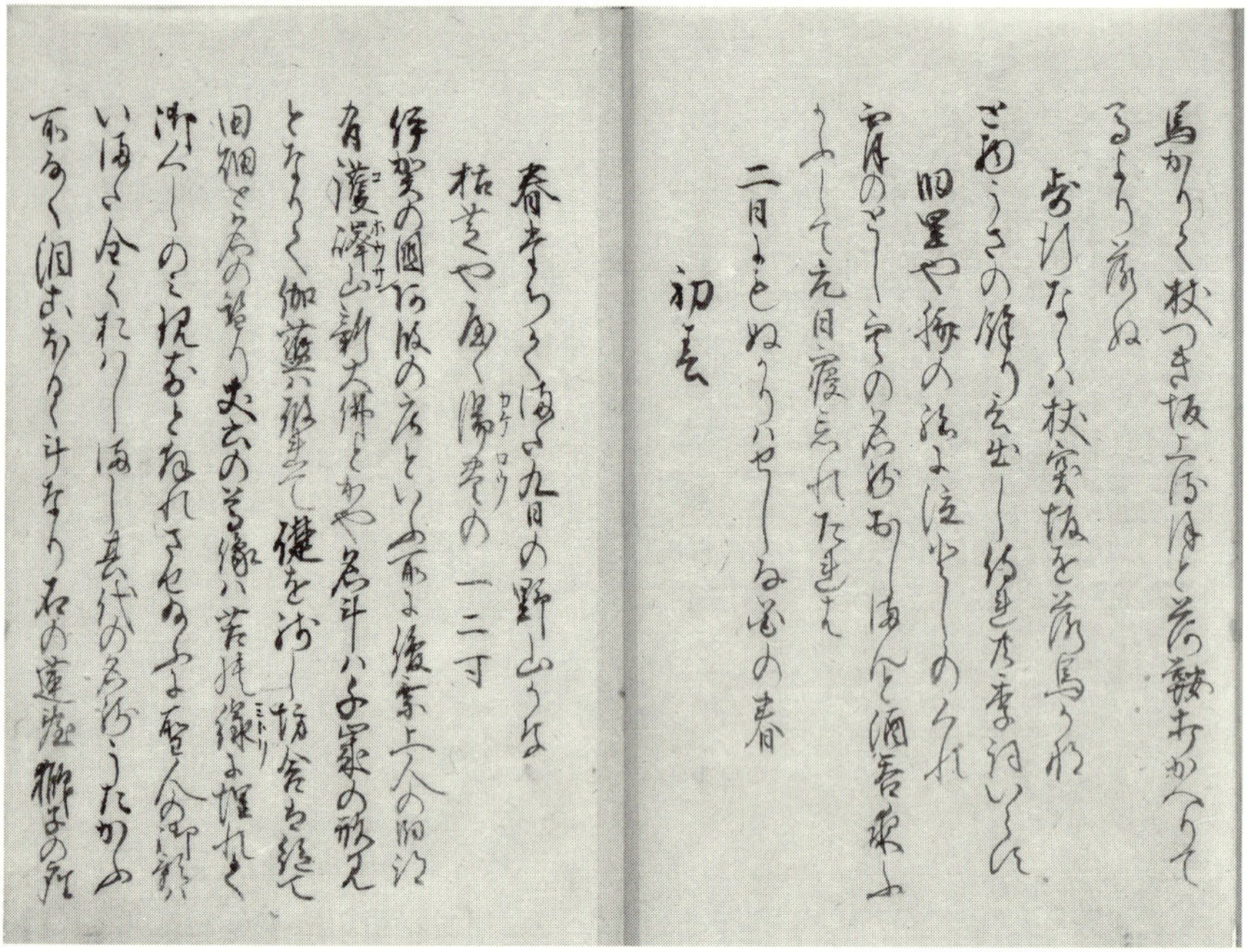

（5丁ウ）（6丁オ）

馬かりて杖つき坂上るほと荷鞍打かへりて
馬より落ぬ
　歩行ならハ杖突坂を落馬かな
と物うさの餘り言出し侍れ共季詞いらす
　旧里や臍の緒に泣としのくれ
霄のとし空の名残おしまんと酒呑夜ふ
かふして元日寝忘れたれは
　二日にもぬかりハせしな花の春
　　初春
　春たちてまた九日の野山かな
　枯芝やや丶陽豊（カケロウ）の一二寸
伊賀の國阿波の庄といふ所に俊乗上人の旧跡
有護峰山（コホウサン）新大佛とかや名計ハ千歳の形見
となりて伽藍ハ破れて礎を残し坊舎は絶て
田畑と名の替り丈六の尊像ハ苔の緑（ミトリ）に埋れて
御くしのミ現前と拝れさせ給ふに聖人の御影ハ
いまた全くおハしまし其代の名残うたかふ
所なく泪こほる丶計なり石の蓮臺獅子の座

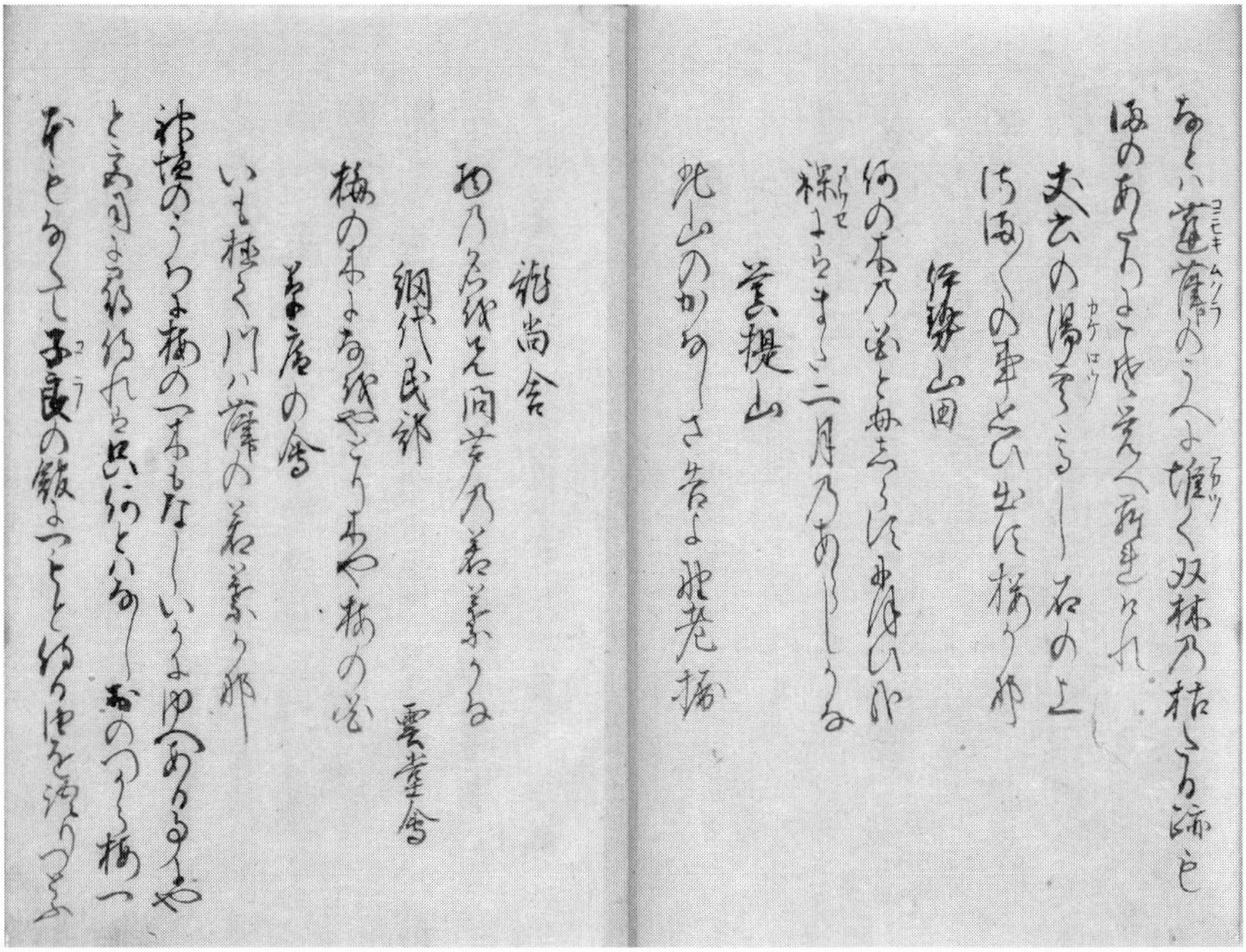

（6丁ウ）

（7丁オ）

なとハ蓬葎（ヨモキムクラ）のうへに堆（アカツ）く双林の枯たる跡も
まのあたりにこそ覚へられけれ
丈六の陽雲（カケロウ）高し石の上
さま〳〵の事思ひ出す桜かな
伊勢山田
何の木の花ともしらすにほひ哉
裸（アワセ）にはまた二月のあらしかな
菩提山
此山のかなしさ告よ野老掘

龍尚舎
物の名を先問芦の若葉かな
網代民部　雲堂會
梅の木になをやとり木や梅の花
草庵の會
いも植て川ハ葎の若葉かな
神垣のうちに梅の一木もなしいかにゆへある事にや
と宮司に尋侍れは只何とハなしおのつから梅一
本もなくて子良（コラ）の舘に一もと侍る由を語りつとふ

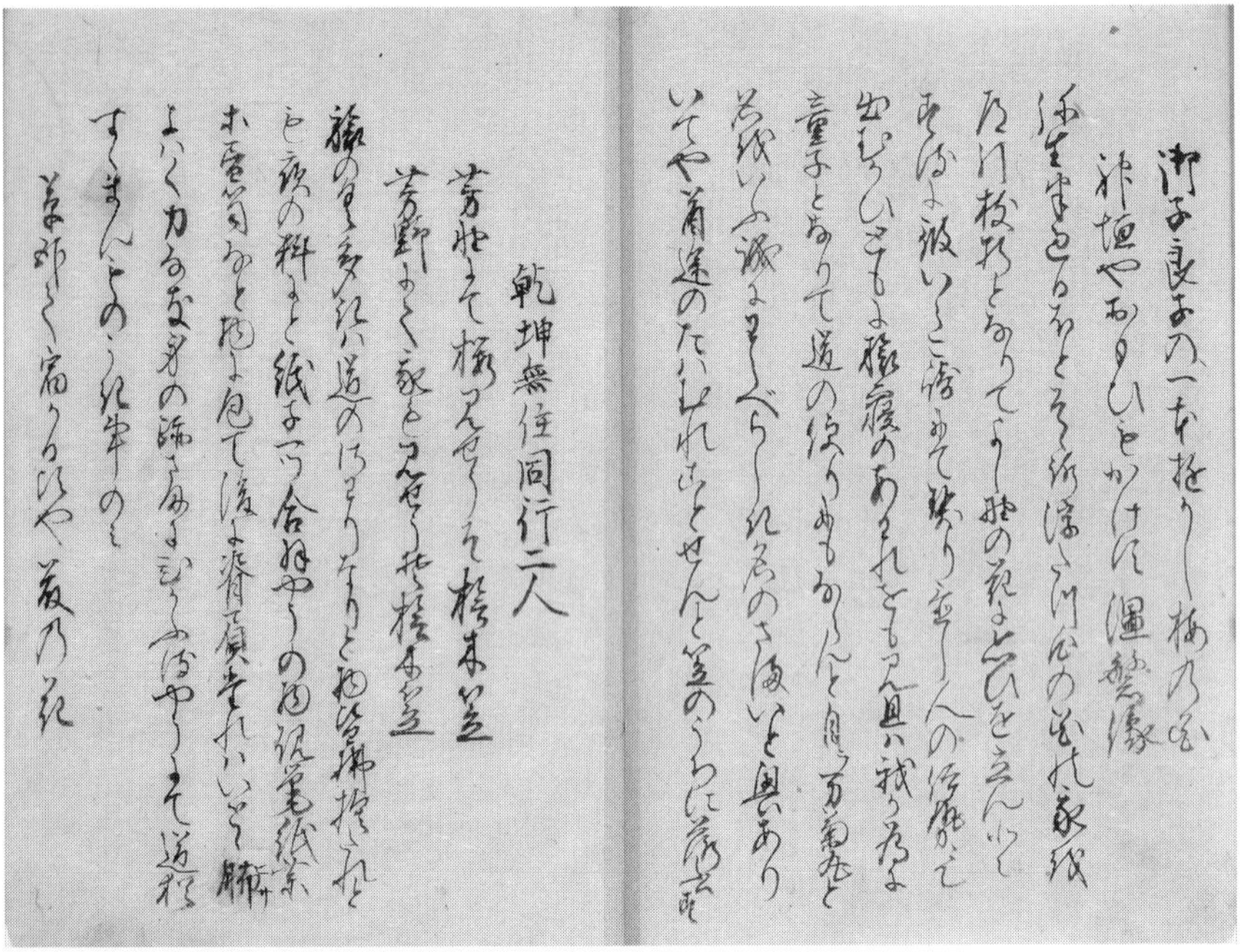

（7丁ウ）

（8丁オ）

御子良子の一本ゆかし梅の花
　神垣やおもひもかけす温繁像
弥生半過るほとそゝろ浮たつ心の花の我を
道引枝折となりてよし野の花に思ひを立んと
するに彼いらこ崎にて契り置し人の伊勢ニて
出むかひともに旅寝のあわれをも見且ハ我か為に
童子となりて道の便りにもならんと自ラ万菊丸と
名をいふ誠にわらべらしき名のさまいと興あり
いてや首途のたハむれことせんと笠のうちに落書す

乾坤無住同行二人
　芳野にて桜見せうそ桧木笠
　芳野にて我も見せうそ桧木笠
旅の具多きハ道のさわりなりと物皆拂捨たれと
も夜の料にと紙子一ツ合羽やうの物硯筆紙薬
等昼笥なと物に包て後に脊負たれハいとゝ脚（ヒサ）
よハく力なき身の跡さまにひかふるやうにて道猶
すゝまんものうき事のミ
　草臥て宿かる頃や藤の花

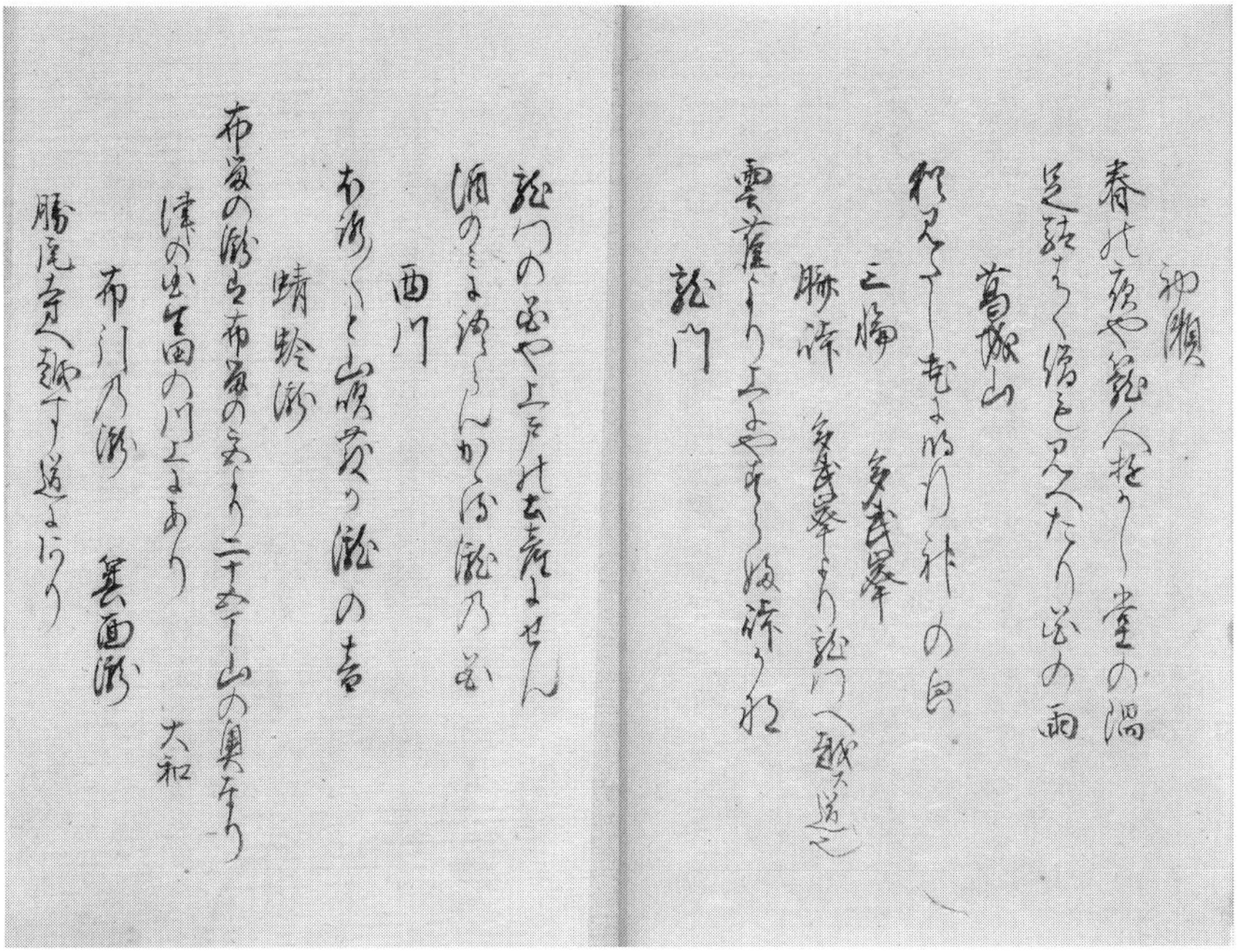

（9丁オ）　（8丁ウ）

初瀬
春の夜や籠人ゆかし堂の隅
足駄はく僧も見へたり花の雨
葛城山
猶見たし花に明行神の㒵
三輪　　多武峯
臍峠　　多武峯より龍門へ越ス道也
雲雀より上にやすらふ峠かな
龍門

龍門の花や上戸の土産にせん
酒のミに語らんかゝる瀧の花
西川
ほろ〳〵と山吹散か瀧の音
蜻蛉瀧
布留の瀧は布留の宮より二十五丁山の奥なり
津の国生田の川上にあり　　大和
布引の瀧　　箕面瀧
勝尾寺へ越す道にあり

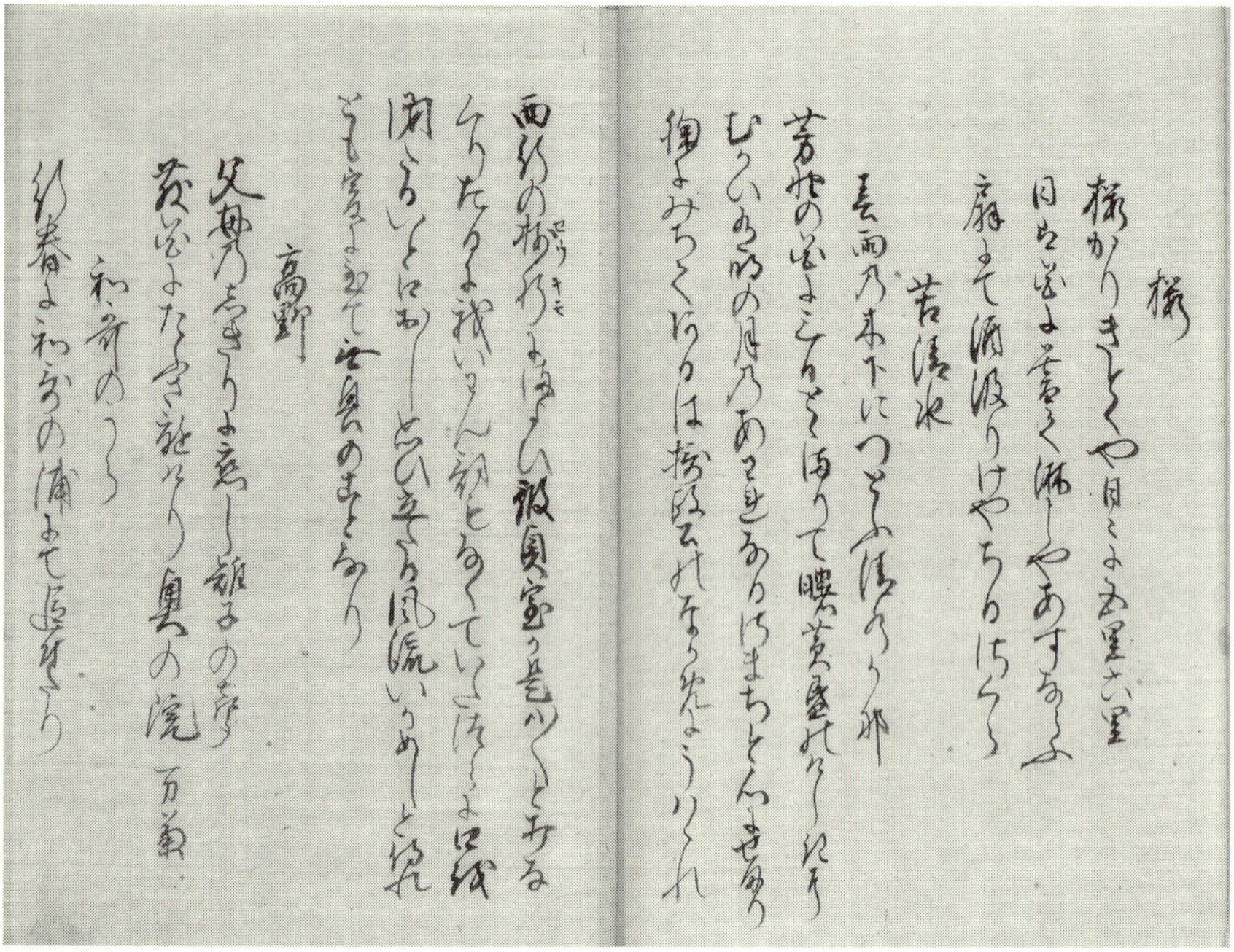

（9丁ウ）

（10丁オ）

桜

桜かりきとくや日とに五里六里

日は花に暮て淋しやあすならふ

扇にて酒汲りけやちるさくら

苔清水

春雨の木下につとふ清水かな

芳野の花に三日とゝまりて曙黄昏のけしきに
むかひ有明の月のあわれなるさまちと心にせまり
胸にみちてあるは摂政公のなかめにうハゝれ
西行の抄肝（セウキモ）にまよひ彼貞室か是ハ〳〵と打な
くりたるに我いわん詞もなくていたつらに口を
閉たるいと口おし思ひ立たる風流いかめしと侍れ
とも爰に至て無興のことなり

高野

父母のしきりに恋し雉子の聲

散花にたふさ耻けり奥の院　　万菊

和哥のうら

行春に和哥の浦にて追付たり

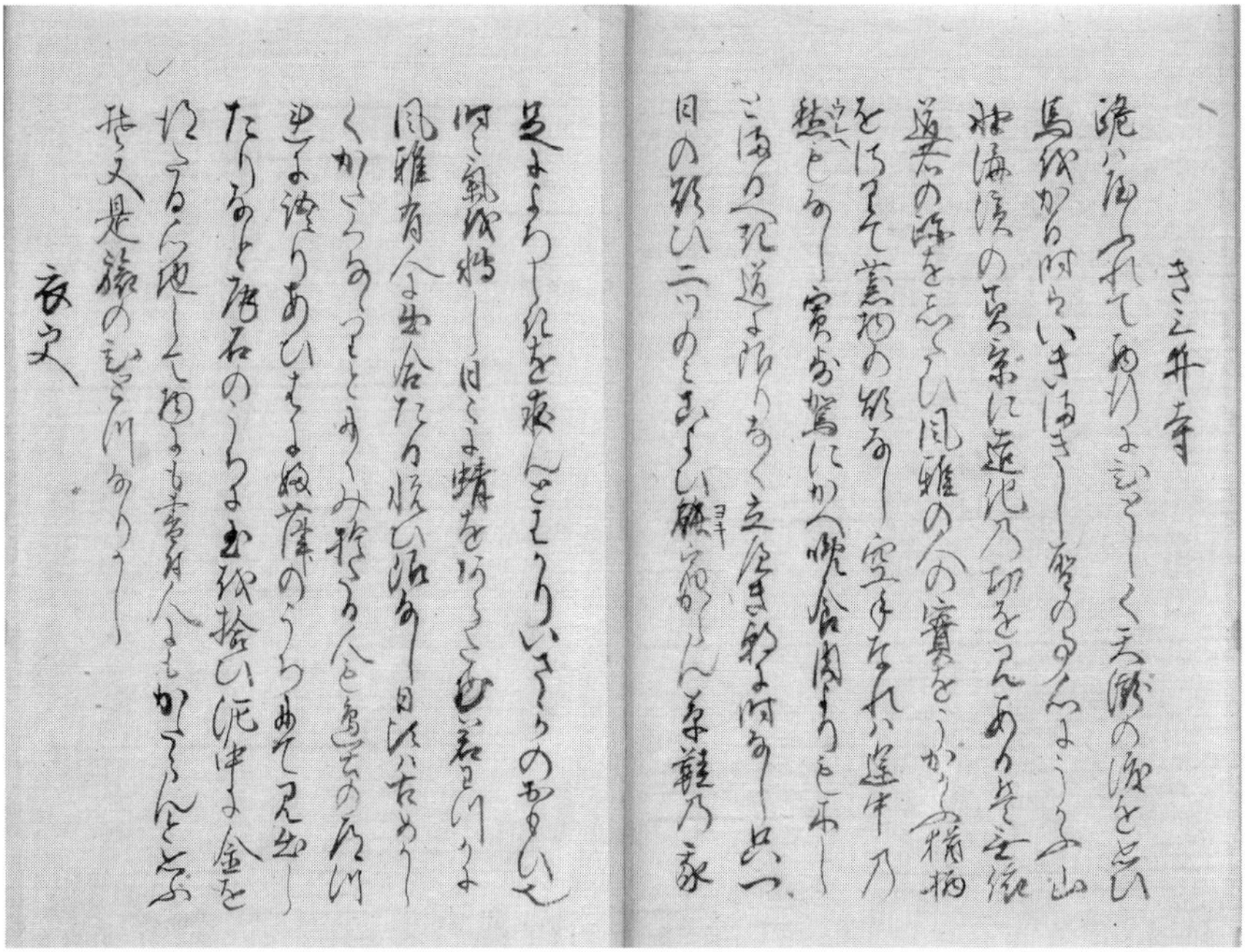

（10丁ウ）

（11丁オ）

き三井寺

跪ハやふれて西行にひとしく天瀧の渡を思ひ
馬をかる時はいきまきし聖の事心にうかふ山
野海濱の美景に造化の功を見あるは無依
道者の跡をしたひ風雅の人の實をうかかふ猶栖
をさりて器物の煩なし空手なれハ途中の
愁(ウレヘ)もなし寛歩駕にかへ晩食肉よりも木し
とまるへき道に限りなく立へき朝に時なし只一
日の煩ひ二ツのミこよひ能(ヨキ)(ヒ)宿からん草鞋の我

足によろしきを求んとはかりいさゝかのおもひ也
時ゝ氣を轉し日ゝに蜻をあらため(ヒ)若(む)わつかに
風雅有人に出合たる悦ひ限なし日頃ハ古めかし
くかたくなゝりとにくみ捨たる人も邊土の道つ
れに語りあひはにふ葎のうちにて見出し
たりなと瓦石のうちに玉を拾ひ泥中に金を
得たる心地して物にも書付人にもかたらんと思ふ
そ又是旅のひとつなりかし

衣更

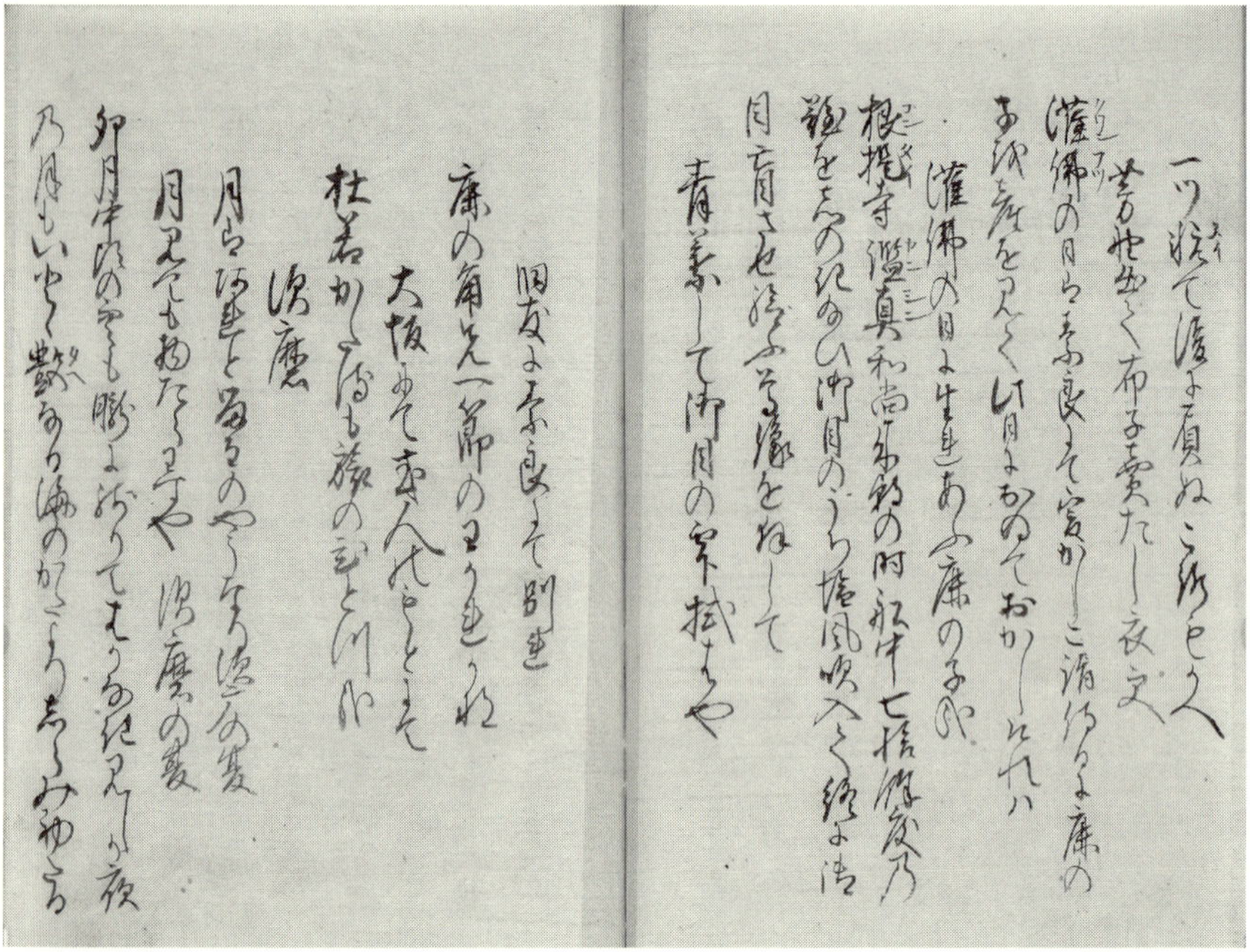

（12丁オ）　（11丁ウ）

一ツ輙（ヌイ）て後に負ぬころもかへ
　芳野出て布子賣たし衣更
灌佛（クワンフツ）の日は素良にて爰かしこ詣侍るに鹿の
子を産を見て此日におゐておかしけれハ
　灌佛の日に生れあふ鹿の子哉
根提寺（コンタイ）鑑真（カンシン）和尚来朝の時船中七拾餘度の
難をしのき給ひ御目のうち塩風吹入て終に御
目盲させ給ふ尊像を拝して
　青葉して御目の雫拭はや

　旧友に素良にて別れ
鹿の角先一節のわかれかな
　大坂にて或人のもとにて
杜若かたるも旅のひとつ哉
　須磨
月はあれと留主のやうなり須广の夏
月見ても物たらわすや須磨の夏
卯月中頃の空も朧に残りてはかなきみしか夜
の月もいと丶艶（タヘ）なる海のかたよりしらみ初たる

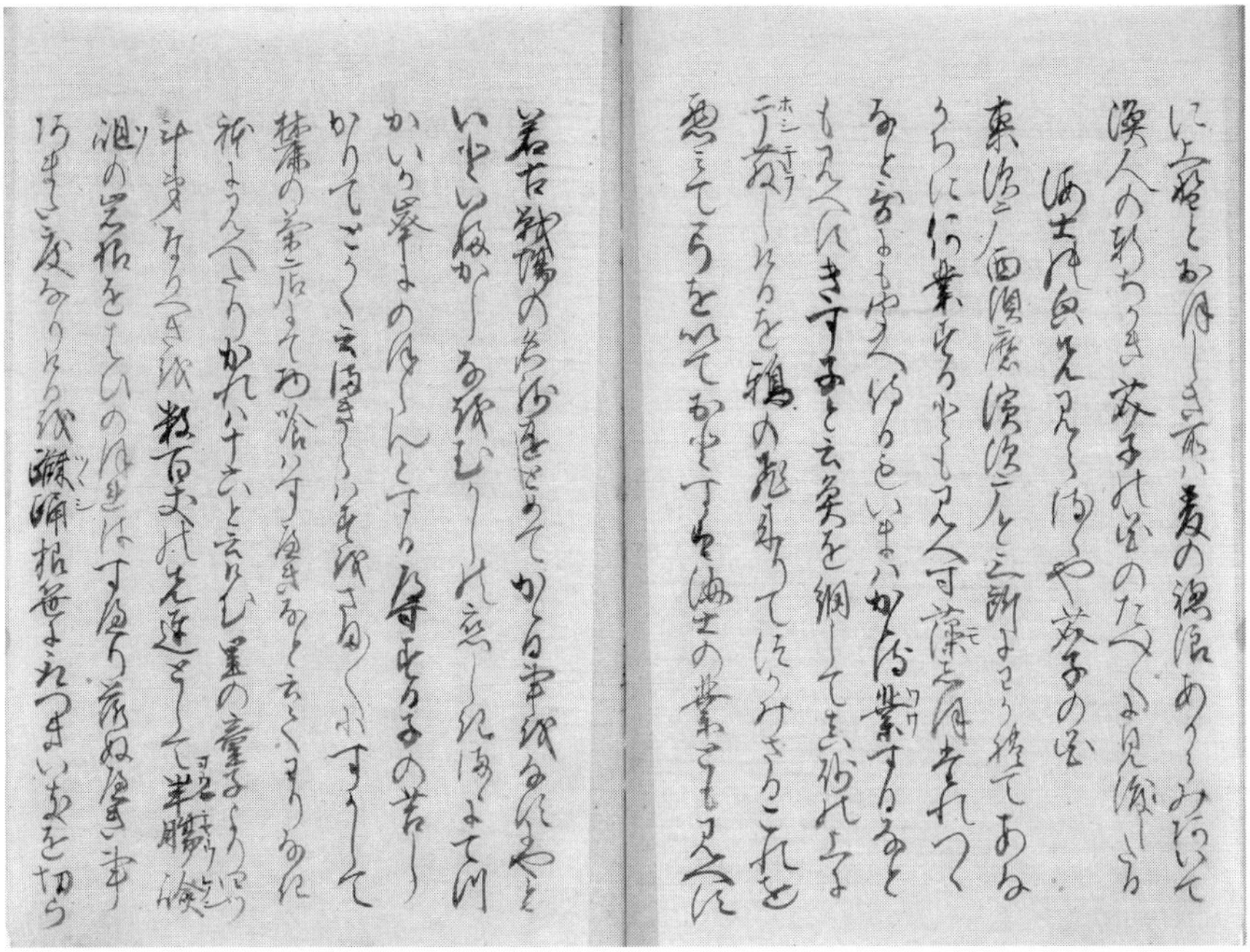

（12丁ウ）

（13丁オ）

に上野とおほしき所ハ麦の穂浪あからみあいて
漁人の軒ちかき芥子の花のたへ〳〵に見渡したる
　海士の㒵先見らるゝや芥子の花
東須广西須磨濱須广と三所にわかれてあな
かちに何業するとも見へす藻（モ）しほたれつゝ
なと哥にも聞へ侍るもいまハかゝる業（ワザ）するなと
も見へすきす子と云魚を網して真砂の上に
干散（ホシチラ）しけるを鴉の飛来りてつかみさるこれを
悪ミて弓を以ておとすは海士の業とも見へす

若古戦場の名残をとめてかゝる事をなすにやと
いといふかしなをむかしの恋しきまゝにてつ
かいか峯にのほらんとする導する子の苦し
かりてとかく云まきらハすをさま〳〵にすかして
麓の茶店にて物喰ハすへきなと云てわりなき
躰に見へたりかれハ十六と云けむ里の童子より四ツ
計弟なるへきを数百丈の先達として羊腸嶮（ヨウチャウケン）
岨（ソ）の岩根をはひのほれはすへり落ぬへき事
あまた度なりけるを躑躅（ツヽジ）根笹に取つきいきを切ら

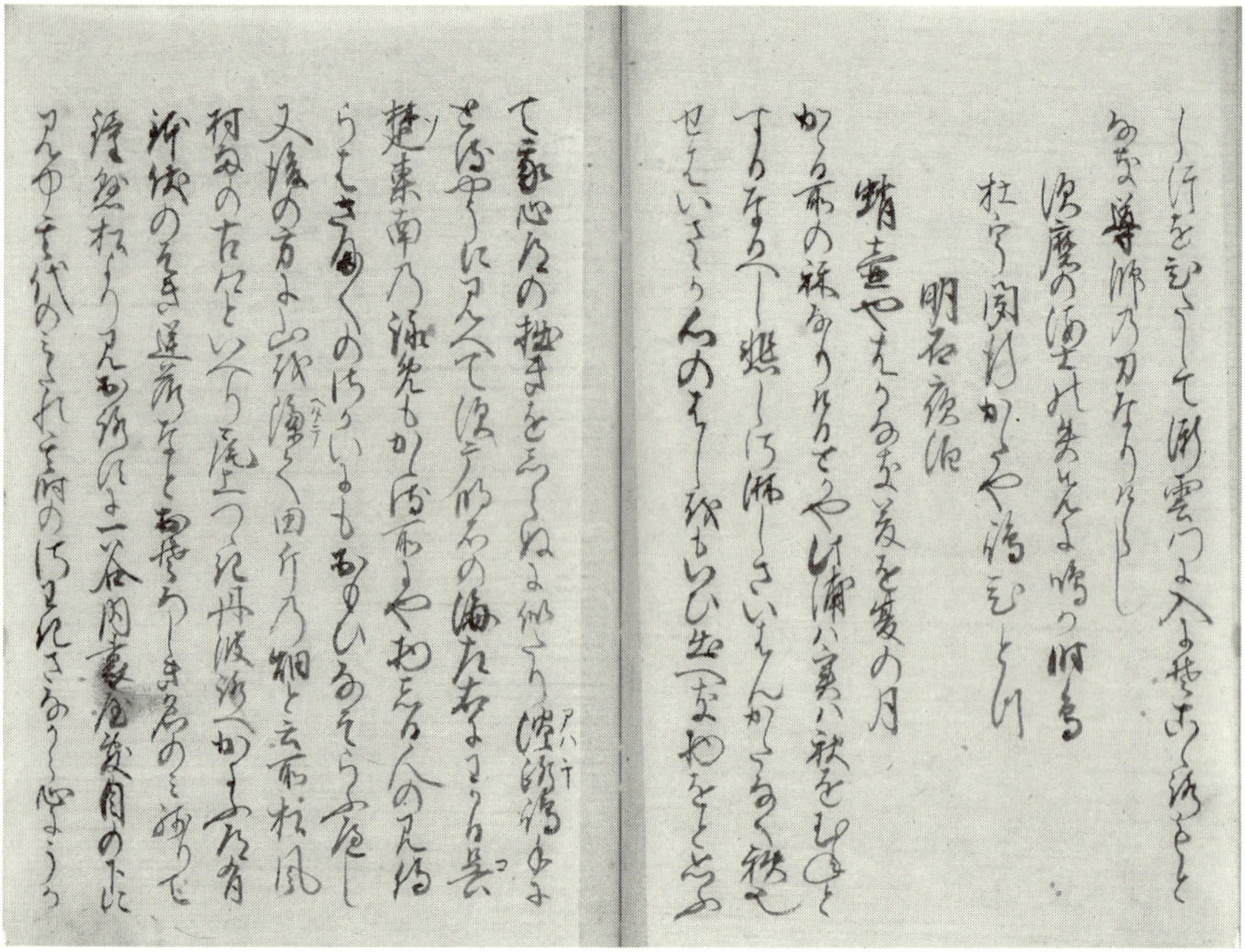

（13丁ウ）（14丁オ）

し汗をひたして漸雲門に入にそこゝろもと
なき導師の力なりけらし
　須磨の海士の失先に鳴か時鳥
　杜宇聞行かたや嶋ひとつ
　　明石夜泊
　蛸壺やはかなき夢を夏の月
かゝる所の秌なりけるとかや此浦ハ実ハ秋をむねと
するなるへし悲しさ淋しさいはんかたなく秋也
せはいさゝか心のはしをもいひ出へき物をと思ふ
て我心道の拙きをしらぬに似たり淡路(アハチ)嶋手に
とるやうに見へて須广明石の海左右にわかる呉(コ)
楚(ソ)東南の詠めもかゝる所にや物しる人の見侍
らはさま〳〵のさかいにもおもひなそらふへし
又後の方に山を隔(ヘタテ)て田井の畑と云所松風
村雨の古郷といへり尾上つゝき丹波路へかよふ道有
鉢伏のそき逆落なとおそろしき名のミ残りて
鐘懸松より見おろすに一谷内裏屋敷目の下に
見ゆ其代のミたれ其時のさわきさなから心にうか

（15丁オ）

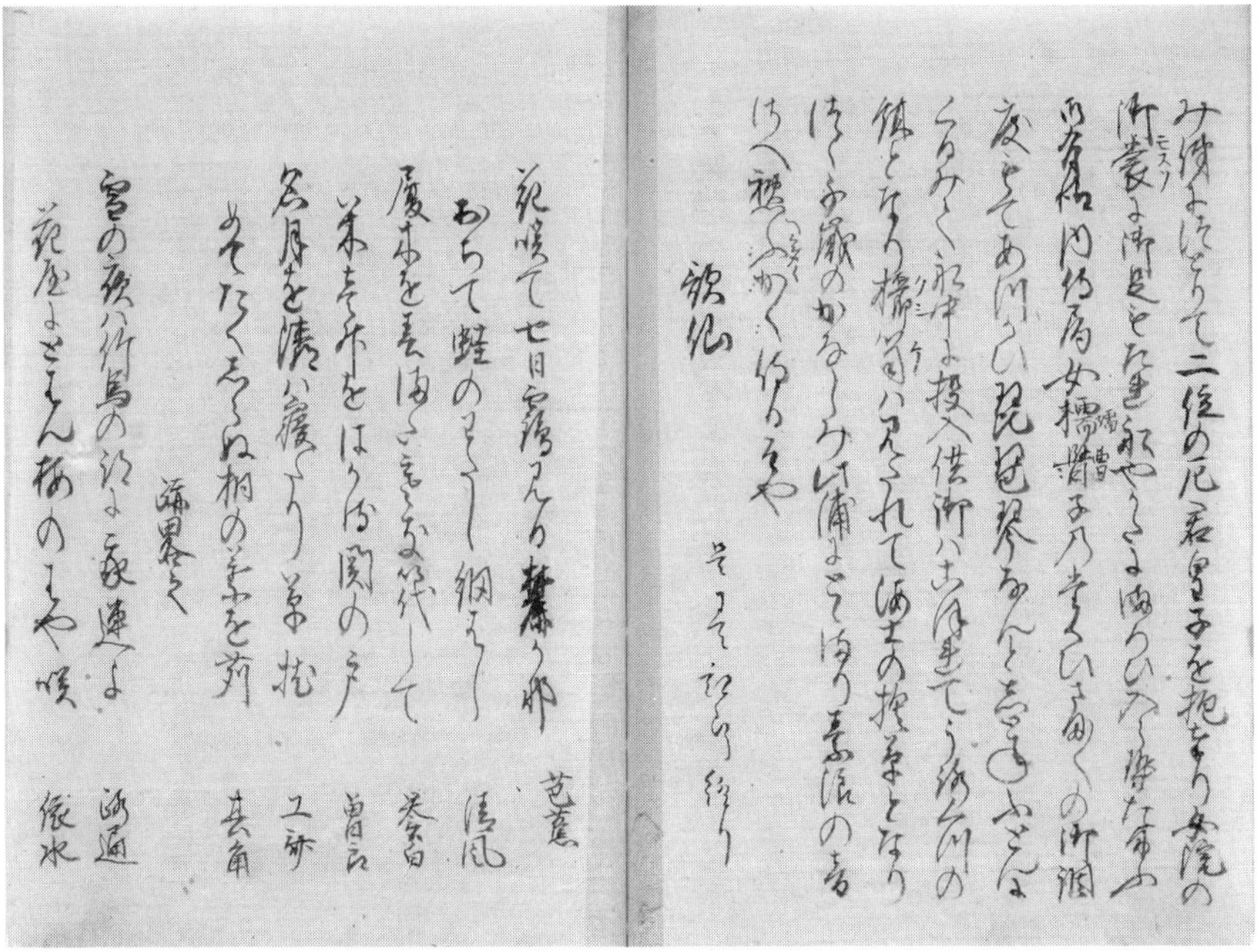

（14丁ウ）

み俤につとりて二位の尼君皇子を抱奉り女院の
御裳(モスソ)に御足もたれ船やかたにまろひ入らせたまふ
御有様内侍局女儒(嬬)瞖(曹)子のたくひさま〴〵の御調
度もてあつかひ琵琶琴なんとしとねふとんに
くるみて船中に投入供御ハこほれてうろくつの
餌となり櫛笥(クシケ)ハみたれて海士の捨草となり
つゝ千歳のかなしみ此浦にとゝまり素浪の音
さへ愁(へ多く)ふかく侍るそや
歌仙
是にて記行終り

花咲て七日鶴見る麓かな　芭蕉
おちて蛙のわたし細はし　清風
厦木を春また寒き筏して　誉白
米壹升をはかる関の戸　曽良
名月を隣ハ寝たり草枕　工斎
めてたくしらぬ桐の葉を苅　其角
跡署之
雪の夜ハ竹馬の跡に我連よ　路通
花屋にとはん梅のはや咲　依水

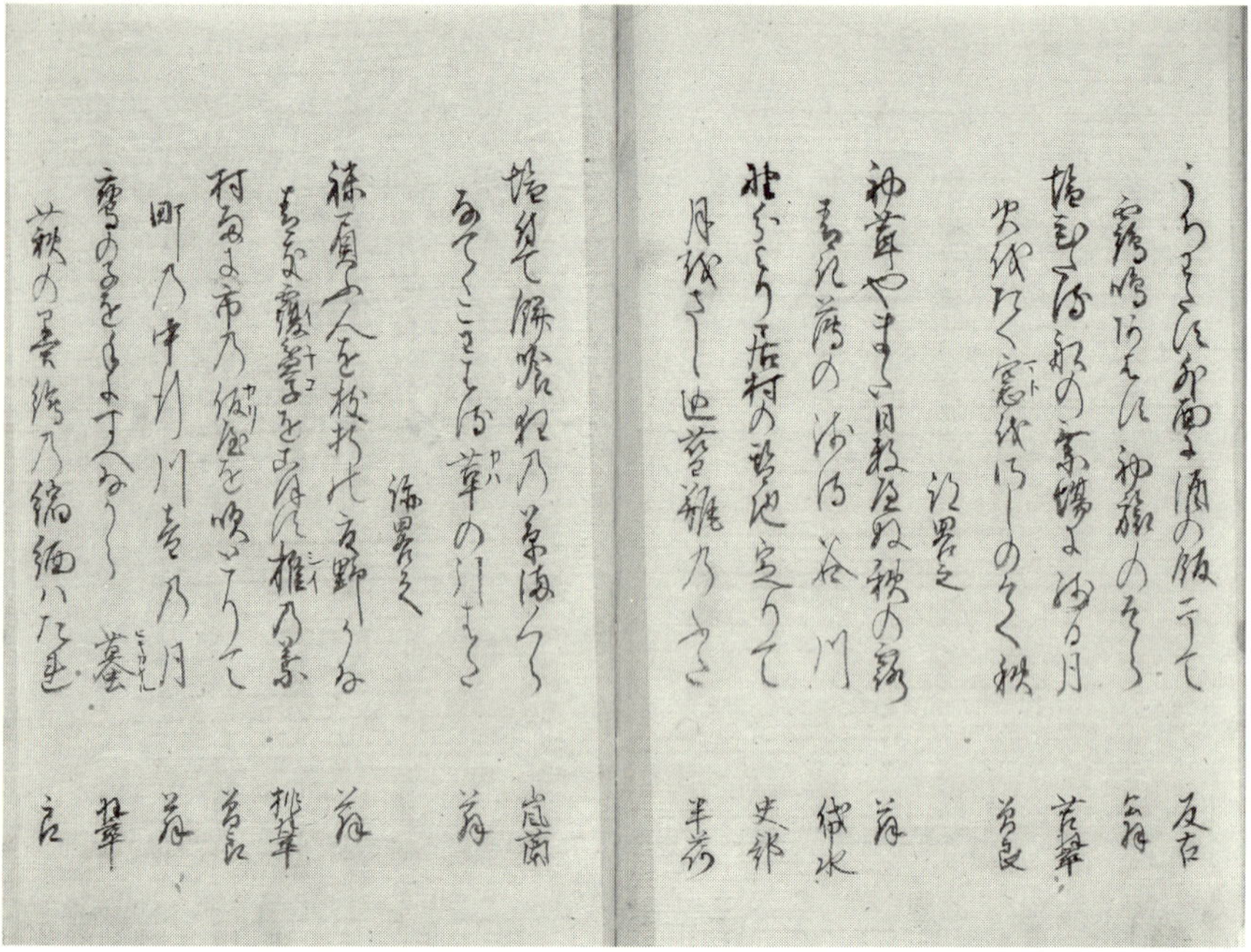
（16丁オ）　（15丁ウ）

うちわたす外面に酒の飯干て　反古
靍鳴あはす初旅のそら　翁
塩ひたる船の乗場に残る月　苔翠
火をたく窓(マト)をさしのそく秋　曽良
跡署之
初茸やまた日数へぬ秋の露　翁
青き薄の残る谷川　佁水
野分より居村の替地定りて　史部
月をさし込茎瓶のふた　半荷
塩付て餅喰狂の草まくら　嵐蘭
なて、こわはる革(カハ)の引はた　翁
跡署之
秣負ふ人を枝折の夏野かな　翁
青き覆盆子(イチコ)をこほす椎(シイ)の葉　桃翠
村雨に市の仮屋(カリ)を吹とりて　曽良
町の中行川音の月　翁
鷹の子を手にすへなから　蟇(ヒキカイル)　翠
萩の墨繪の縮緬ハたれ　良

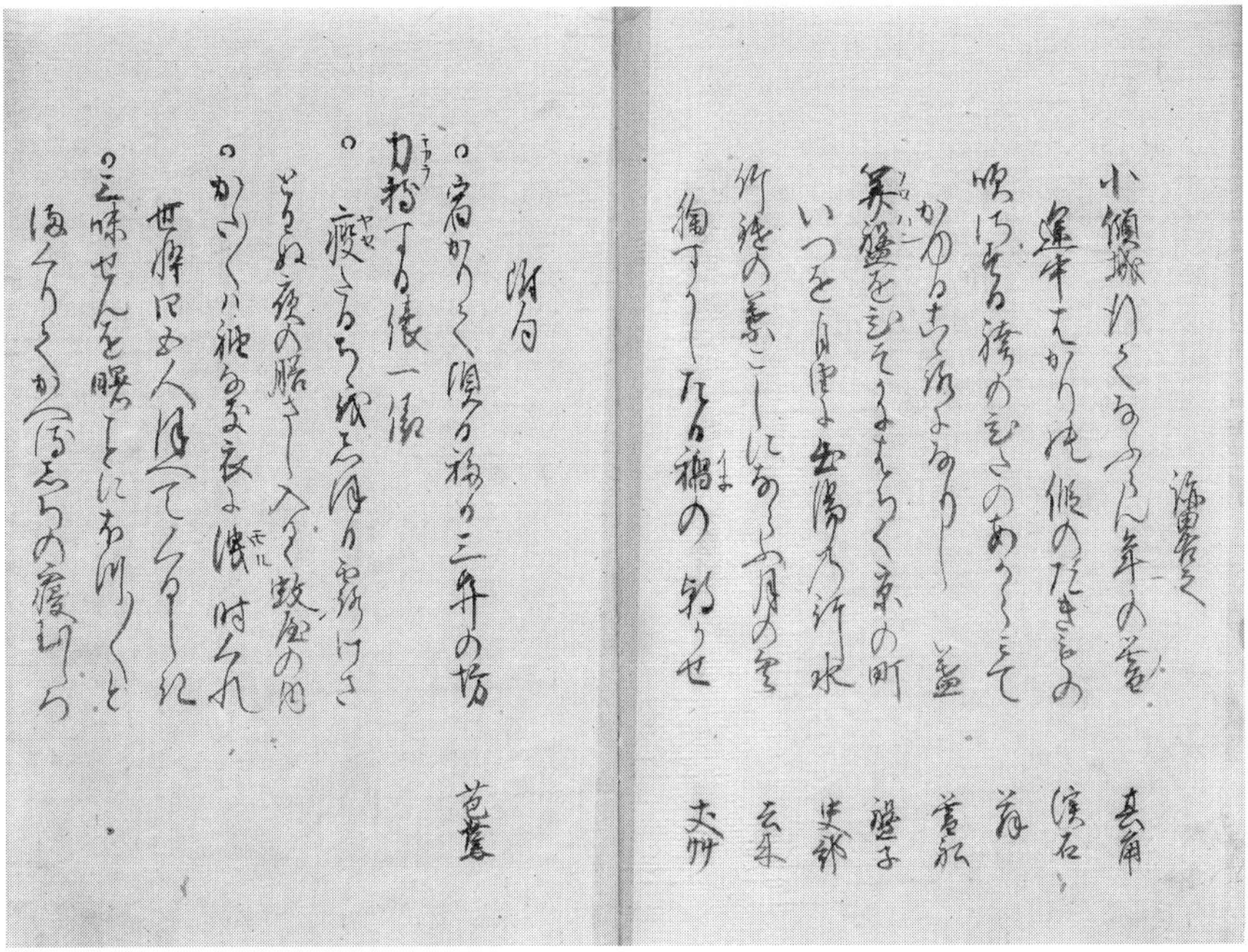

（17丁オ）　（16丁ウ）

跡署之

小傾城行てなふらん年の暮　其角
途中はかりの假のたきもの　渓石
吹さする袴のひたのあからミて　翁
かゆるこゝろになりし盞　暮船
算盤(ソロハン)をひそかにはちく京の町　盤子
いつを自由に出湯の行水　史邦
竹鑓の葉こしにならふ月の空　去来
胸すかしたる稲(イネ)の朝かせ　丈艸

附句

○宿かりて頃日移る三井の坊　芭蕉
力(チカラ)持する俵一俵
○　痩(ヤセ)たるちゝをしほる露けさ
とわぬ夜の膳さし入るゝ蚊屋の内
○かたく〜ハ袖なき衣に洩(モル)時くれ
世忰四五人ほへてくるしき
○三味せんを曙ことにほつく〜と
まくりてかへるしちの寝むしろ

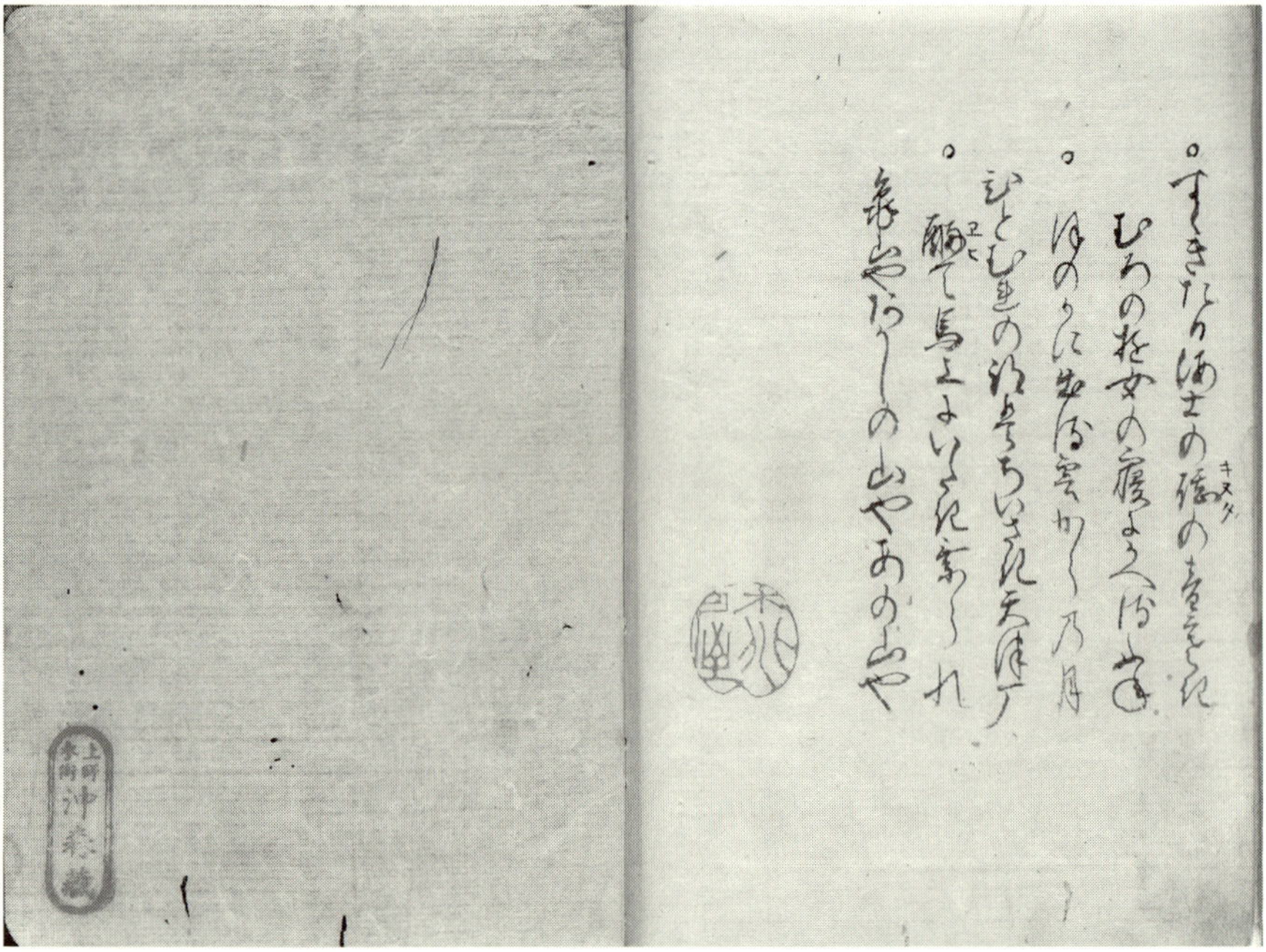

（裏表紙見返し）

（17丁ウ）

○すゝきたる海士の碪（キヌタ）の音寒き
むろの遊女の寝にかへるふね
○ほのかに出る雲からの月
ひとむれの跡はちいさき天津厂
○酔（エヒ）て馬上にいたき乗られ
亀山やあかしの山やあの山や

（裏表紙）

『笈の小文』四本対校表

凡例

一、本対校は『笈の小文』現存四本のそれである。四本は次の諸本であり、それぞれの底本を記す。

大礒本　大礒義雄氏旧蔵本。現岡崎市美術博物館蔵。『笈の小文（異本）の成立の研究』（大礒義雄編著・ひたく書房・昭和56年）所収の影印による。

沖森本　沖森直三郎氏旧蔵本。現伊賀市蔵『笈の小文』（沖29）による。

雲英本　雲英末雄氏旧蔵本。現早稲田大学図書館蔵。『笈の小文（異本）の成立の研究』（大礒義雄編著・ひたく書房・昭和56年）所収の影印による。

乙州版本　平野屋板『笈の小文』。天理大学附属天理図書館所蔵本。『天理図書館善本叢書和書之部第十巻　芭蕉紀行文集』（八木書店・昭和47年）所収の影印による。

一、順序は諸本の性格を考え、大礒本「大」、沖森本「沖」、雲英本「雲」、乙州版本「乙」の順とした。

一、諸本間で対応する文字がない場合は「・」とし、ほかはすべて追い込みに従った。ただし、前書及び発句の前後は二字分あけた。

一、旧漢字体・異体字は、原則底本のとおりとし、明らかな誤字もそのままとした。

一、語中の「ハ」「ミ」「ニ」「ツ」は、四本間の用字を一部再現する意図から片仮名表記を採用した。

一、畳字の「ゝ」と「〱」もそのままとした。

一、見せ消ちもそのまま再現した。

一、難読箇所、及び参考にすべき文字は、本文中に＊印と番号を付し、現所蔵機関の許可を得て、末尾に影印の一覧を試みた。

一、附録部の対校は二六八～二七〇頁に載せた。

大礒本　笈小文（扉）
沖森本　笈の小文　芭蕉翁（表紙）・笈の小文（内題）
雲英本　笈の小ふみ（表紙）・笈の小文（内題）
乙州版本　笈の小文　全（表紙）・笈之小文（内題）

大　百骸九窮の中に物あり假　に名付て風羅坊と云　誠にうす物　の風　に破れ易　からぬ事を云　にやあらん彼レ
沖　百骸九窮の中に物ありかりに名付て風羅坊といふ誠にうすもの丶風　に破れやすからぬ事をいふにやあらんかれ
雲　百骸九窮の中に物ありかりに名付て風羅坊といふ誠にうすもの丶風　に破れやすからむ事をいふにやあらんかれ
乙　百骸九竅の中に物有　かりに名付て風羅坊といふ誠にうすもの丶かせに破れやすからん事をいふにやあらむかれ

大　狂句を好む事　久し終に生涯の謀　・・・・・・・・・・を丶もひ或　寸ハす丶むて人に語　む
沖　狂句を好む事　久し終に生涯のはかりこと丶なす或　時は倦て放脚*1せん事をおもひ或　時ハす丶むて人にかたの(ん)(ヒ)
雲　狂句を好む事　久し終に生涯のはかりこと丶なす或　時は倦て放脚*2せん事を思　ひ或　時ハす丶むて人にかたん
乙　狂句を好　こと久し終に生涯のはかりこと丶なすある時は倦て放擲せん事をおもひある時はす丶むて人にかたむ

大　事　をほこり是非胸中に戦　　ふて是　か為　に身安からす暫　身をたてん事を願　へとも是　か為にさへ
沖　事　をほこり是非胸中にた丶かふて是　かために身安からすしはらく身を立　ん事を願　へとも是　か為にさへ
雲　ことをほこり是非胸中にた丶かふてこれかために身安からすしはらく身を立　む事を願　へ共　是　か為にさへ
乙　事　をほこり是非胸中にた丶かふて是　か為　に身安からすしはらく身を立　む事をねかへともこれか為にさへ

大　られ・暫　学身をたてん（んて愚を暁む）事を願（思）へとも是か為　に破られ終　に無藝無能にして只　此一筋につなかる西行の
沖　られ・暫く学んて愚（グ）を暁（サトラン）ん事を思へとも是か為　に破　れ終　に無藝無能にして只　此一筋に繋（ツナカ）　る西行の
雲　られて暫く学んて患を暁ん事を思へとも是かためて破られ終　に無能無藝にしてたゝ此一筋に繋　かる西行の
乙　られ・暫ク學　て愚を暁ン事をおもへとも是か為　に破られつゐに無能無藝にして只　此一筋に繋　る西行の

大　和哥にをける宗祇の連哥にをける雪舟の絵における利休か茶にをける其貫道する物　ハ一也　しかも風雅におけ
沖　和哥にをける（お）宗祇の連哥における雪舟の繪における利休か茶における其貫道する物　ハ一なりしかも風雅におけ
雲　和哥における宗祇の連歌における雪舟の絵における利休か茶における其貫道するものハ一なりしかも風雅におけ
乙　和哥における宗祇の連哥における雪舟の繪における利休か茶における其貫道する物　は一なりしかも風雅におけ

大　る物　道化に随　ひて四時を友とすミる所花に非　と云　事なし思　ふ所月に非　と云　事なし像花にあ
沖　るもの道化（造）にしたかひて四時を友とす見る所花にあらすといふ事なしおもふ所月にあらすと言　事なし像花にあ
雲　るもの造化に随　ひて四時を友とす見る所花にあらすといふ事なしおもふ所月にあらすといふ事なし像花にあ
乙　るもの造化にしたかひて四時を友とす見る處花にあらすといふ事なしおもふ所月にあらすといふ事なし像花にあ

大　らさる時ハ夷狄にひとし心花に非　時　ハ鳥獣に類す夷狄を出鳥獣にはなれて道化にしたかひ道化に帰　れ
沖　らさる時は夷狄にひとし心花にあらさる時　は鳥獣に類す夷狄を出鳥獣に離　れて道（造）化にしたかひ道化にかへれ
雲　らさる時は夷狄にひとし心花にあらさるときハ鳥獣に類す夷狄を出鳥獣に離　れて造化にしたかひ造化にかへれ
乙　らさる時ハ夷狄にひとし心花にあらさる時　は鳥獣に類ス夷狄を出鳥獣を離　れて造化にしたかひ造化にかへれ

大　と也　神な月の初空定　なきけしき身ハ風葉の行末なき心地して　旅人と我名呼　れん初しくれ　又茶山花
沖　となり神無月の初空定　なき気色　身ハ風葉の行末なき心地して　旅人と我名呼　れん初しくれ　又茶山花
雲　となり神無月の初空定めなきけしき身ハ風葉の行衛なき心地して　旅人と我名呼　れん初しくれ　又茶山花
乙　となり神無月の初空定めなきけしき身は風葉の行末なき心地して　旅人と我名よはれん初しくれ　又山茶花

大　を宿ゝ　にして　岩城の住長太郎と云　者　此脇を付て其角亭におゐて闇透哥仙　ともてなす　時　ハ冬芳
沖　を宿〳〵にして　岩城の住長太郎と云　もの此脇を付て其角亭におひて闇透哥仙（関送りせんと）（ヒヒヒヒ）ともてなす　時　は冬芳
雲　を宿〳〵にして　岩城の住長太郎といふ者　此脇を付て其角亭におゐて闇道りせんともてなす　ときハ冬芳
乙　を宿〳〵にして　岩城の住長太郎と云　もの此脇を付て其角亭におゐて関送リせんともてなす　時　は冬よ

大　野をこめむ旅のつと　此句ハ露沾（カ）公より下し給　らせ侍　けるを餞別　の初として旧友親疎門人等あるハ
沖　野をこめむ旅のつと　此句ハ露沼公より下し給　らせ侍　けるを餞別　の初として旧友親疎門人等あるハ
雲　野をこめむ旅のつと　此句ハ露沼公より下し給　らせ侍　けるを餞別　の初として旧友親疎門人等あるは
乙　しのをこめん旅のつと　此句は露沾公より下し給ハらせ侍りけるをはなむけの初として旧友親疎門人等あるハ

大　詩哥文章をして訪ひあるハ草鞋の料を包て志　をミすかの三月の糧を集ルニ力を入す紙布綿・なと云　物　帽
沖　詩哥文章をして訪（トムラ）ひあるは草鮭（鞋）（ヒ）の料を包て志　を見すかの三月の糧（カテ）を集るに力を入す紙布綿（シフメン）・なといふもの帽（ホウ）
雲　詩歌文章をもて訪ひあるハ草鞋の料を包て心さしを見すかの三月の糧を集　に力を入す紙布綿・なといふもの帽
乙　詩哥文章をもて訪ひ或　ハ草鞋の料を包て志　を見すかの三月の糧を集　に力を入す紙布綿小なといふもの帽

大　子襪子　　やうの物　心と　に送りつとひて霜雪の寒苦をいとふに心なしあるハ小船をうかへ別墅にまうけし草
沖　子したうすやうのもの心と　に送りつとひて霜雪の寒苦をいとふに心なしあるは小船をうかへ別墅にまうけし草
雲　子したうつやうのもの心と　に贈りつとひて霜雪の寒苦をいとふに心なしあるは小船をうかへ別墅にまうけし草
乙　子したうづやうのもの心〳〵に送りつとひて霜雪の寒苦をいとふに心なしあるハ小船をうかへ別墅にまうけし草

大　庵に酒肴たつさへ来りて行衛を祝しなこりをおしミなとする社　故　有　人の首途するにも似たりといと物めか
沖　庵に酒肴（シユコ）携（タツサ）へ来りて行衛を祝し名残　をおしみなとする社　ゆへ有　人の首途（カトテ）するにも似たりといと物めか
雲　庵に酒肴携　へ来りて行衛を祝し名残　をおしミなとするこそゆへ有　人の首途するにも似たりといと物めか
乙　庵に酒肴携　来りて行衛を祝し名残　をおしみなとするこそゆへある人の首途するにも似たりといと物めか

大　しく覚えられけれハ抑道の日記と云　物　ハ紀氏・・阿仏の尼の文をふるひ情を尽して・・・・・・・・・
沖　しく覚へられけれハ抑道の日記といふ物　ハ紀氏・・阿佛の尼の文をふるひ情を盡して・・・・・・・・・
雲　しく覚えられけれ・抑道の日記といふ物　ハ紀氏・・阿佛の尼の文をふるひ情を盡して・・・・・・・・
乙　しく覚えられけれ・抑道の日記といふものは紀氏長明阿佛の尼の文をふるひ情を盡してより餘は皆俤似かよひて

大　其糟粕を改る事不能　まして浅智短才の筆ニ及　へくもあらす其日ハ雨降　昼より晴てそこに松有かしこに何
沖　其精粕（セイハク）（ヒ糟）を改る事あたわすまして浅智短才の筆に及ふへくもあらす其日は雨降　昼より晴てそこに松有かしこに何
雲　其糟粕を改る事あたハすまして浅智短才の筆に及　へくもあらす其日は雨ふり昼より晴てそこに枩有かしこに何
乙　其糟粕を改る事あたはすまして浅智短才の筆に及　へくもあらす其日は雨降　昼より晴てそこに松有かしこに何

大　と云　川なかれたりなと云　事誰　・　しも云　へし覚　え侍れとも黄歌蘊新のたくひにあらすと云　事　なか
沖　といふ川なかれたりなといふ事誰　・　しもいふへしおほへ侍れとも黄歌蘊新のたくひにあらすといふ事　なか
雲　といふ川流　れたりなと云　事誰　ゝ　・もいふへく覚　侍れとも黄歌蘊新のたくひにあらすといふことなか
乙　と云　川流　れたりなといふ事たれ〳〵・もいふへく覚　侍れとも黄哥蘊新のたくひにあらすハ云　事　なか

大　れされとも其所ゝの風景心に残る山舘野亭の苦　しき愁も且ハはなしの種となり風雲の便　とも思　ひなして
沖　れされとも其所ゝの風景心に残る山舘野亭の苦　しき愁も且ははなしの種となり風雲の便りとも思　ひなして
雲　れされとも其所ゝの風景心に残り山館野亭の苦　しき愁も且ははなしの種となり風雲の便　とも思　なして
乙　れされとも其所〳〵の風景心に残り山舘野亭のくるしき愁も且ははなしの種となり風雲の便りともおもひなして

大　忘　れぬ所　ゝ　あとやさき・と書集侍るそ猶酔る者　の悋語にひとしくいねる人の譫語するたくひにミなし
沖　忘　れぬ所　〳〵あとやさきやと書集侍るそ猶酔る者　の慍語にひとしくいねる人の譫言するたくひに見なし
雲　忘　れぬところ〳〵あとやさきやと書集侍るそ猶酔るもの、慍語にひとしくいねる人の譫言するたくひに見なし
乙　わすれぬ所　〳〵跡　や先　やと書集侍るそ猶酔ル者　の慍語にひとしくいねる人の譫言するたくひに見なし

大　て人に亡殖せよ　鳴海にとまりて　星崎の闇をミよとや鳴千鳥　飛鳥井雅章公の此宿に泊　らせ給ひて都
沖　て人に亡殖せよ　鳴海にとまりて　星崎の闇を見よとや鳴千鳥　飛鳥井雅章公の此宿に泊　らせ給ひて都
雲　て人又亡聴せよ　鳴海にとまりて　星崎の闇を見よとや鳴千鳥　飛鳥井雅章公の此宿に泊　らせ給ひて都
乙　て人又亡聴せよ　鳴海にとまりて　星崎の闇を見よとや啼千鳥　飛鳥井雅章公の此宿にとまらせ給ひて都

大　も遠　く鳴　海潟　はるけき海を中にへたてゝと詠し給ひけるを自　かゝせ給　ひてたまハりけるよしをかたる
沖　も遠　く鳴　海潟　はるけき海を中にへたてゝと詠し給ひけるを自　かゝせ給　ひてたまハりけるよしをかたる
雲　もとをく鳴　海潟　はるけき海を中にへたてゝと詠し給　けるを自らかゝせ給　ひて賜　ハりけるよしをかたる
乙　も遠　くなるみかたはるけき海を中にへたてゝと詠し給ひけるを自　かゝせたまひてたまはりけるよしをかたる

大　に　京まてハまた半空や雪の雲　三河の國保美と云　所に杜国かしのひて有けるを訪　らハんと先　越人に
沖　に　京まてハまた半空や雪の雲　三川の國保美といふ所に杜國か忍　ひて有けるをとふらハむと先　越人に
雲　に　京まてハまた半空や雪の雲　三河　国保美と云　所に杜國か忍　ひて有けるを訪　　んと先　越人に
乙　に　京まてはまた半空や雪の雲　三川の國保美といふ處に杜国かしのひて有けるをとふらはむとまつ越人に

大　消息して鳴海より跡さまに廿　五里・帰　りて其夜吉田にとまる　寒けれハ二人旅ね・そたのもしき　あま
沖　消息して鳴海より跡さまに廿　五里尋かへりて其夜吉田にとまる　寒けれハ二人旅寐・そたのもしき　あま
雲　消息して鳴海より跡さまに廿　五里尋帰　りて其夜吉田に泊　る　寒けれは二人旅寝・そたのもしき　あま
乙　消息して鳴海より跡さまに二十五里尋かへりて其夜吉田に泊　る　寒けれと二人寐る夜そ頼　もしき　あま

大　つ縄手田の中に細道有　て海より吹上る風いと寒き所なり　冬の田や馬上に氷る影法師　保美村よりいらこ
沖　つ縄手田の中に細道有　て海より吹上る風いと寒き所なり　冬の田や馬上に氷る影法師　保美村よりいらこ
雲　つ縄手田の中に細道有　て海より吹上る風いと寒き所なり　冬の田や馬上に氷る影法師　保美村よりいらこ
乙　津縄手田の中に細道ありて海より吹上る風いと寒き所也　冬の日や馬上に氷る影法師　保美村より伊良古

大　崎へ壱里半も有へし三河・国の地つゝきにて伊勢とハ海へたてたる所なれともいかなる故　にか万葉集にハいせ
沖　崎へ壹里半も有へし三河・国の地つゝきにて伊勢とハ海へたてたる所なれ共　いかなるゆへにか万葉集にハ伊勢
雲　崎へ一里半も有へし三河・国の地つゝきにて伊勢とハ海へたてたる所なれともいかなる故　にか万葉集には伊勢
乙　崎へ壹里計も有へし三河の国の地つゝきにて伊勢とハ海へたてたる所なれともいかなる故　にか万葉集にハ伊勢

大　の名所の内　に撰入られたり此いらこ崎にて碁石を拾ふ世にいらこ白と云　とかや骨山と云ハ鷹を打所也　南の
沖　の名所のうちに撰入られたり此渕（イラコ）崎にて碁石を拾ふ世にいらこ白といふとかや骨山と云ハ鷹を打所也　南の
雲　の名所のうちに撰入られたり此洲　崎にて棊石を拾ふ世にいらこ白と云　とかや骨山と云ハ鷹を打所也　南の
乙　の名所の内　に撰入られたり此渕　崎にて碁石を拾ふ世にいらこ白といふとかや骨山と云ハ鷹を打處なり南の

大　海・はたにて鷹の初　てわたる所といへりいらこ鷹なと哥にもよめりけりと思　へハ猶　哀　なる折節
沖　海のはたにて鷹の初　て渡　る所といへりいらこ鷹なと哥にもよめりけりと思　へハ猶　哀　れ成　折節
雲　海のはたにて鷹のはしめてわたる所といへりいらこ鷹なと哥にもよめりけりとおもへはなをあハれなる折ふし
乙　海のはてにて鷹のはしめて渡　る所といへりいらこ鷹なと哥にもよめりけりとおもへは猶　あはれなる折ふし

大　鷹一　ツミ付てうれしいらこ崎　勢田御修覆　ミかきなをすかゝミも清し雪の花　蓬左の人ゝに迎　へ
沖　鷹ひとつ見付て嬉　しいらこ崎　熱田御修覆　磨　なをす鏡　も清し雪の花　蓬左の人ゝにむかへ
雲　鷹ひとつ見付てうれしいらこ崎　熱田御修覆　磨　なをす鏡　も清し雪の花　蓬左の人ゝにむかへ
乙　鷹一　つ見付てうれしいらこ崎　勢田御修覆　磨　なをす鏡　も清し雪の花　蓬左の人ゝにむかひ

大　とられて暫　　休息するほと　　箱根こす人も有らし今朝の雪　或人の會　ため付　て雪見にまかる紙
沖　とられてしはらく休息する程　箱根こす人も有らしけさの雪　或人の會　ため付　て雪見にまかる紙
雲　とられてしはらく休息する程　箱根こす人も有らしけさの雪　或人の会　ため付　て雪見にまかる紙
乙　とられてしはらく休息する程　箱根こす人も有らし今朝の雪　有人の會　ためつけて雪見にまかるかみ

大　子かな　いさゝらハ雪見にころふ所まて　或　人興行　香をさくる梅に蔵ミる軒はかな　此間美濃大垣
沖　子かな　いささらハ雪見にころふ所まて　或　人興行　香を探(サク)る梅に蔵見る軒葉哉　此間美濃大垣
雲　衣かな　いささらは雪見にころふ所まて　或　人興行　香を探　る梅に蔵見る軒葉哉　此間美濃大垣
乙　こ哉　　いさ行む・雪見にころふ所まて　ある人興行　香を探　る梅に蔵見る軒端哉　此間美濃大垣

大　岐阜のすき者　訪　ひ来りて哥仙或　・一折なと度ゝニ及師走十日あまり名古屋を出て旧里に入　ンとす
沖　岐阜のすきものとふらひ来りて歌仙或　は一折なと度ゝに及師走十日あまり名古屋を出て旧里にいらんとす
雲　岐阜のすきものとふらひ来りて哥仙或　は一折なと度ゝに及師走十日余　り名古屋を出て旧里にいらんとす
乙　岐阜のすきものとふらひ来りて哥仙あるハ一折なと度ゝに及師走十日餘　名こやを出て旧里に入　んとす

大　旅ねしてみしや浮　世の煤拂　桒なよりくハて来ぬれハと云　日長の里より馬かりて杖つき坂上るほと荷
沖　旅寐してみしや浮　世の煤拂　桒名よりくわて来ぬれハといふ日永の里より馬かりて杖つき坂上るほと荷
雲　旅寝して見しや浮　世の煤拂　桒名よりくはて来ぬれハといふ日永の里より馬かりて杖つき坂上るほと荷
乙　旅寐してみしやうき世の煤はらひ　桒名よりくはて来ぬれはと云　日永の里より馬かりて杖つき坂上るほと荷

大　鞍打　帰　りて馬より落ぬ　歩行ならハ杖突　坂を落馬かな　と物うさのあまり云出し侍れとも・・季詞
沖　鞍打　かへりて馬より落ぬ　歩行ならハ杖突　坂を落馬かな　と物うさの餘　り言出し侍れ共　・・季詞
雲　鞍打　かへりて馬より落ぬ　かちならは杖戻(ヒ突)　坂を落馬かな　と物うさの余　り言出し侍れ共　・・季詞
乙　鞍うちかへりて馬より落ぬ　歩行ならは杖つき坂を落馬哉　と物うさのあまり云出・侍れ共　終に季こと

大　不入　ふるさとや臍の緒になく年　の暮　宵のとし空の名残惜　まんと酒呑　夜深　ふして元日寐忘
沖　いらす　旧里　や臍の緒に泣　としのくれ　宵のとし空の名残おしまんと酒呑　夜ふかふして元日寝忘
雲　いらす　旧里　や臍の緒に泣　としの暮　宵の年　空の名残おしまんと酒呑　夜ふかうして元日寝忘
乙　はいらす　旧里　や臍の緒に泣　としの暮　宵のとし空の名残おしまむと酒のミ夜ふか　して元日寐わ

大　れたれハ　二日にもぬかりハせしな花の春　初春　春立　てまた九日の野山かな　枯芝やや、陽炎(カケロフ)
沖　れたれは　二日にもぬかりハせしな花の春　初春　春たちてまた九日の野山かな　枯芝やや、陽豊(カケロウ)
雲　れたれは　二日にもぬかりハせしな花の春　初春　春たちてまた九日の野山哉　枯芝やや、陽炎
乙　すれたれハ　二日にもぬかりハせしな花の春　初春　春立　てまた九日の野山哉　枯芝やや、かけろ

大　の一二寸　伊賀の國阿波の庄と云　所ニ俊乗上人の旧跡あり護峰山新大仏・とかや・名計　ハ千歳のかた
沖　の一二寸　伊賀の國阿波の庄といふ所に俊乗上人の旧跡有　護峰山(コホウサン)新大佛・とかや・名計　ハ千歳の形
雲　の一二寸　伊賀・国阿波の庄といふ所に俊乗上人の旧跡有　護峰山新大佛・とかや・名計　ハ千歳の記念
乙　ふの一二寸　伊賀の國阿波の庄といふ所に俊乗上人の旧跡有　護峰山新大仏寺とかや云名はかりは千歳の形

大　ミとなりて伽藍ハやふれて礎を残し坊舎ハ絶て田畑と名の替り丈六の尊像ハ苔の緑に埋れて御くしのミ現前と拝
沖　見となりて伽藍ハ破　れて礎を残し坊舎は絶て田畑と名の替り丈六の尊像ハ苔の緑（ミトリ）に埋れて御くしのミ現前と拝
雲　　と成　て伽藍ハ破　れて礎を残し坊舎ハ絶て田畑と名の替り丈六の尊像ハ苔の緑に埋れてみくしのミ現然と拝
乙　見となりて伽藍ハ破　れて礎を残し坊舎は絶て田畑と名の替り丈六の尊像ハ苔の緑に埋　て御くしのミ現前とお

大　れさせ給ふに聖人の御影ハいまた全くおハしまし・・・其代の名残疑　所なく泪こほる丶計也　石の蓮
沖　れさせ給ふに聖人の御影ハいまた全くおハしまし・・・其代の名残うたかふ所なく泪こほる丶計なり石の蓮
雲　まれさせ給ふに聖人の御影ハいまた全　おハしまし・・・其代の名残疑　ふ所なく泪こほる丶計也　石の蓮
乙　かまれさせ給ふに聖人の御影ハいまた全　おはしまし侍るそ其代の名残うたかふ所なく泪こほる丶計也　石の連

大　臺獅子の座なとハ蓬葎の上　に堆く双林の枯たる跡もまのあたりにこそ覚えられけれ　丈六の陽炎（カケロフ）　高し石
沖　臺獅子の座なとハ蓬葎（ヨモキムクラ）のうへに堆（アカツ）く双林の枯たる跡もまのあたりにこそ覚へられけれ　丈六の陽雲（カケロウ）　高し石
雲　臺獅子の座なとハ蓬葎のうへに堆く双林の枯たる跡もまのあたりにこそ覚えられけれ　丈六の陽炎　高し石
乙　臺獅子の座なとは蓬葎の上　に堆ゝ双林の枯たる跡もまのあたりにこそ覚えられけれ　丈六にかけろふ高し石

大　の上　さま〳〵の事思　ひ出す桜かな　伊勢山田　何の木の花ともしらす匂　かな　裸に（於カ）ハまた二月
沖　の上　さま〳〵の事思　ひ出す桜かな　伊勢山田　何の木の花ともしらすにほひ哉　裸（アワセ）にはまた二月
雲　の上　さま〳〵の事思　ひ出す桜かな　伊勢山田　何の木の花ともしらすにほひ哉　裸にはまた二月
乙　の上　さま〳〵の事おもひ出す桜哉　伊勢山田　何の木の花とハしらす匂　哉　裸にはまた衣更

大　のあらしかな　菩提山　北山のかなしさ告よ野老堀　龍尚舎　物の名を先問ふ芦のわかはかな　網
沖　のあらしかな　菩提山　此山のかなしさ告よ野老掘　龍尚舎　物の名を先問　芦の若　葉かな　網
雲　のあらしかな　菩提山　此山のかなしさ告よ野老掘　龍尚舎　物の名を先とふ芦の若　葉哉　網
乙　着の嵐　哉　菩提山　此山のかなしさ告よ野老堀　龍尚舎　物の名を先とふ芦のわか葉哉　網

大　代民部雲堂・會　梅の木ニ猶　宿　り木や梅の花　草庵の會　いも植て川ハ葎のわか葉かな　神垣の内
沖　代民部雲堂・會　梅の木になをやとり木や梅の花　草庵の會　いも植て川ハ葎の若　葉かな　神垣のう
雲　代民部雲堂・會　梅の木になをやとり木や梅・花　草庵の會　いも植て川は葎の若　葉哉　神垣のう
乙　代民部雪堂に會　梅の木に猶　やとり木や梅の花　草庵・會　いも植て門は葎のわか葉哉　神垣のう

大　　に梅の一木もなしいかに故　ある事にやと宮司・・にたつね侍れハ只何とハなしをのつから梅一本　もなくて
沖　ちに梅の一木もなしいかにゆへある事にやと宮司・・に尋　侍れは只何とハなしおのつから梅一本　もなくて
雲　ちに梅の一木もなしいかに故　ある事にやと宮司・・に尋　侍れハ只何とハなしをのつから毒一本　もなくて
乙　ちに梅・一木もなしいかに故　有　事にやと神司なとに尋　侍れハ只何とハなしをのつから梅一もともなくて

大　子良（コラ）の舘・・に一もと侍る由　を語　りつとふ　御子良子の一本　ゆかし梅の花　神垣や思　ひもかけすね
沖　子良（コラ）の舘・・に一もと侍る由　を語　りつとふ　御子良子の一本　ゆかし梅の花　神垣やおもひもかけす温*3
雲　子良の館・・に一もと侍るよしを語　りつたふ　御子良子の一本　ゆかし梅の花　神垣や思　ひもかけす涅
乙　子良の舘の後に一もと侍るよしをかたりつたふ　御子良子の一もとゆかし梅の花　神垣やおもひもかけすね

大　はん像　弥生半過るほとそ丶ろ・浮　立　心の花の我を道引枝折となりてよし野の花に思　ひを立んとする
沖　繁　像　弥生半過るほとそ丶ろ・浮　たつ心の花の我を道引枝折となりてよし野の花に思　ひを立んとする
雲　槃　像　弥生半過る程　そ丶ろ・浮　たつ心の花の我を道引枝折となりてよし野丶花に思　ひ・立んとする
乙　はんそう　弥生半過る程　そ丶ろにうき立　心の花の我を道引枝折となりてよしの丶花におもひ・立んとする

大　に彼　いらこ崎にて契　置し人の伊勢にて出むかひともに旅ねの哀　をも見且ハ我か為に童子となりて道の
沖　に彼　いらこ崎にて契　り置し人の伊勢ニて出むかひともに旅寝のあわれをも見且ハ我か為に童子となりて道の
雲　にかのいらこ崎にて契　り置し人の伊勢にて出向　ひともに旅寝の哀　をも見且ハ我　為に童子と成　て道の
乙　にかのいらこ崎にてちきり置し人のいせにて出むかひともに旅寐のあはれをも見且ハ我　為に童子となりて道の

大　便　にもならんと自ラ万菊丸と名を云　まことにわらへらしき名のさまいと興ありいてや首途の戯　事　せ
沖　便りにもならんと自ラ万菊丸と名をいふ誠　にわらべらしき名のさまいと興ありいてや首途のたハむれことせ
雲　便　にもならんと自　万菊丸と名をいふ誠　にわらへらしき名のさまいと興有　いてや首途のたハむれ事　せ
乙　便リにもならんと自　万菊丸と名をいふまことにわらへらしき名のさまいと興有　いてや門出のたはふれ事　せ

大　んと笠の内　に落書す　乾坤無住同行弐人　よし野にて桜ミせうそ桧　木笠　よし野にて我も□（不明）せうそ桧
沖　んと笠のうちに落書す　乾坤無住同行二人　芳　野にて桜見せうそ桧　木笠　芳　野にて我も見せうそ桧
雲　んと笠のうちに落云す　乾坤無住同行二人　芳　野にて桜見せふそ桧　木笠　芳　野にて我も見せふそ桧
乙　んと笠のうちに落書ス　乾坤無住同行二人　よし野にて桜見せふそ桧の木笠　よし野にて我も見せふそ桧

大　木笠　・・・　旅の具多キハ道の障　なりと物皆拂　捨たれとも夜の料にと紙　子壱ツ合羽やうの物硯筆
沖　木笠　・・・　旅の具多きハ道のさわりなりと物皆拂　捨たれとも夜の料にと紙　子一ツ合羽やうの物硯筆
雲　木笠　・・・　旅の具多きハ道のさハり也　と物皆拂ひ捨たれ共　夜の料にと紙　衣一ツ合羽やうの物硯筆
乙　の木笠　万菊丸　旅の具多きハ道・さはりなりと物皆払　捨たれとも夜の料にとかみこ壹つ合羽やうの物硯筆

大　帋　薬等昼笥な・と物ニ包て後に背負たれハいと、膝　よハく力なき身の跡さまにひかふる様　にて道猶　進
沖　紙　薬等昼笥な・と物に包て後に脊負たれハいと、脚（ヒサ）　よハく力なき身の跡さまにひかふるやうにて道猶　す、
雲　紙　薬等昼笥な・と物に包て後に脊負たれハいと、脚　よハく力なき身の跡さまにひかふるやうにて道なをす、
乙　かミ薬等昼笥なんと物に包て後に背負たれはいと、すねよはく力なき身の跡さまにひかふるやうにて道猶　す、

大　ん・・ものうき事のミ・・　草臥て宿かる頃や藤の花　初瀬　春の夜や籠　人ゆかし堂の隅　足駄は
沖　まん・・ものうき事のミ・・　草臥て宿かる頃や藤の花　初瀬　春の夜や籠　人ゆかし堂の隅　足駄は
雲　ます・・ものうき事のミ・・　草臥て宿かる頃や藤の花　初瀬　春の夜や籠　人ゆかし堂の隅　足駄は
乙　ますた、物　うき事のミ多し　草臥て宿かる比や藤の花　初瀬　春の夜や籠リ人ゆかし堂の隅　足駄は

大　く僧も見えたり花の雨　・・　葛城・　猶見たし花に明行神の皃　三輪　多武峯　臍峠　多武峯より龍門
沖　く僧も見へたり花の雨　・・　葛城山　猶見たし花に明行神の皃　三輪　多武峯　臍峠　多武峯より龍門
雲　く僧も見えたり花の雨　・・　葛城山　猶見たし花に明行神の皃　三輪　多武峯　臍峠　多武峯より龍門
乙　く僧も見えたり花の雨　万菊　葛城山　猶みたし花に明行神の顔　三輪　多武峯　臍峠　多武峯ヨリ龍門

大	へ越す道也	雲雀より上に休　らふ峠かな	龍門	龍門の花や上戸の土産にせん	酒呑　に語らんかゝ
沖	へ越ス道也	雲雀より上にやすらふ峠かな	龍門	龍門の花や上戸の土産にせん	酒のミに語らんかゝ
雲	へ越す道也	雲雀より上にやすらふ峠かな	龍門	龍門の花や上戸の土産にせん	酒のミに語らむかゝ
乙	へ越　道也	雲雀より空にやすらふ峠哉	瀧門	龍門の花や上戸の土産にせん	酒のミに語らんかゝ

大	る瀧の花	西川	ほろ〱と山吹散　か滝の音	蜻蛉・瀧	布留の滝ハ布留の宮より二十五丁山の奥な
沖	る瀧の花	西川	ほろ〱と山吹散　か瀧の音	蜻蛉・瀧	布留の瀧は布留の宮より二十五丁山の奥な
雲	る瀧の花	西川	ほろ〱と山吹ちるか滝の音	蜻蛉・滝	布留の瀧ハ布留の宮より二十五丁山の奥也
乙	る瀧の花	西河	ほろ〱と山吹ちるか瀧の音	蜻螐か瀧	布留の瀧ハ布留の宮より二十五丁山の奥也

大	り	津の國生田の川上に有	・・	布引の滝	・・	箕面・滝	勝尾寺へ越す道に有	桜	桜かりきと
沖	り	津の国生田の川上にあり	大和	布引の瀧	・・	箕面・瀧	勝尾寺へ越す道にあり	桜	桜かりきと
雲		津の國生田の川上に在	大和	布引の滝	・・	箕面・瀧	勝尾寺へ越す道に在	桜	桜かりきと
乙		津・国幾田の川上に有	・・	布引の瀧	大和	箕面の瀧	勝尾寺へ越る道に有	桜	桜かりきと

大	くや日〻に五り六里	日ハ花に暮て淋　しやあすならふ	扇にて酒汲　かけやちるさくら	苔清水	春
沖	くや日〻に五里六里	日は花に暮て淋　しやあすならふ	扇にて酒汲　りけやちるさくら	苔清水	春
雲	くや日〻に五里六里	日は花に暮て淋　しやあすならふ	扇にて酒汲　かけや散　さくら	苔清水	春
乙	くや日ゝに五里六里	日は花に暮てさひしやあすならふ	扇にて酒くむかけやちる桜	苔清水	春

大　雨に木下　につとふ清水かな　芳野　の花に三日止　りて曙黄昏のけしきにむかひ有明の月の哀　なる様
沖　雨の木下　につとふ清水かな　芳野　の花に三日とゝまりて曙黄昏のけしきにむかひ有明の月のあわれなるさ
雲　雨の木下　につたふ清水かな　芳野　ゝ花に三日とゝまりて曙黄昏の気色　にむかひ有明の月のあはれなるさ
乙　雨のこしたにつたふ清水哉　よしのゝ花に三日とゝまりて曙黄昏のけしきにむかひ有明の月の哀　なるさ

大　　ちと心にせまり胸にミちてあるは摂政公の詠　にうはハれ西行の抄肝にまよひ彼　貞室か是ハ〳〵と打なく
沖　まちと心にせまり胸にみちてあるは摂政公のなかめにうハゝれ西行の抄肝（セウキモ）にまよひ彼　貞室か是ハ〳〵と打なく
雲　まちと心にせまり胸にみちてあるハ摂政公のなかめにうハゝれ西行の枝折にまよひ彼　貞室か是ハ〳〵と打なく
乙　まなと心にせまり胸にみちてあるは摂章公のなかめにうハゝれ西行の枝折にまよひかの貞室か是ハ〳〵と打なく

大　りたるに我　いわん詞　もなくて徒　に口を閉　たるいと口をし思　ひ立たる風流いかめしと侍れとも爰に
沖　りたるに我　いわん詞　もなくていたつらに口を閉　たるいと口おし思　ひ立たる風流いかめしと侍れとも爰に
雲　りたるに我　いはん詞　もなくていたつらに口を閉　たるいと口おし思　ひ立たる風流いかめしく侍れとも爰に
乙　りたるにわれいはん言葉もなくていたつらに口をとちたるいと口をしおもひ立たる風流いかめしく侍れとも爰に

大　至つて無興の事　なり　高野　父　母　のしきりに恋　し雉子の声　散　花にたふさ耻けり・奥の院　万
沖　至　て無興のことなり　高野　父　母　のしきりに恋　し雉子の聲　散　花にたふさ耻けり・奥の院　万
雲　至　て無興のことなり　高野　父　母　のしきりに恋　し雉子の聲　散　花にたふさ耻けり・奥の院　万
乙　至りて無興の事　なり　高野　ちゝはゝのしきりにこひし雉　の聲　ちる花にたふさはつかし奥の院　万

大　菊　　和哥の浦　　行春に和哥の浦　にて追付たり　紀三井寺　跪ハ破　れて西行にひとしく天龍の渡り
沖　菊　　和哥のうら　　行春に和哥の浦　にて追付たり　き三井寺　跪ハやふれて西行にひとしく天瀧の渡
雲　菊　　和哥のうら　　行春に和哥のうらにて追付たり　き三井寺　跪ハやふれて西行にひとしく天瀧の渡
乙　菊　　和哥　　行春にわかの浦　にて追付たり　きみ井寺　跪はやふれて西行にひとしく天龍の渡し

大　を、もひ馬をかる時ハいきまきし聖の事心ニうかふ山野海濱の美景に造化の功を見あるハ無依・道者の跡をした
沖　を思　ひ馬をかる時はいきまきし聖の事心にうかふ山野海濱の美景に造化の功を見あるは無依・道者の跡をした
雲　を思　ひ馬をかる時はいきまきし聖の事心にうかふ山野海濱の美景に造化の功を見あるハ無依・道者の跡をした
乙　をおもひ馬をかる時はいきまきし聖の事心にうかふ山野海濱の美景に造化の功を見あるは無依の道者の跡をした

大　ひ風雅の人の実をうかゝふ猶栖を去　て器物の煩　なし空手なれハ途中の愁もなし寛歩駕にかへ晩食肉よりも
沖　ひ風雅の人の實をうかかふ猶栖をさりて*4器物の煩　なし空手なれハ途中の愁(ウレヘ)もなし寛歩駕にかへ晩食肉よりも
雲　ひ風雅の人の實を窺　ふ猶栖をさりて器物の願　なし空手なれは途中の愁もなし寛歩駕にかへ晩食肉よりも
乙　ひ風情の人の實をうかかふ猶栖をさりて器物のねかひなし空手なれハ途中の愁もなし寛歩駕にかへ晩食肉よりも

大　*5木しとまるへき道に限　りなく立へき朝に眩*7なし只一日の煩　二ツのミ今宵　・・宿からん草鞋の我　足に宜
沖　*6木しとまるへき道に限　りなく立へき朝に時なし只一日の煩　ひ二ツのミこよひ(ヒ)能(ヨキ)宿からん草鞋の我　足によ
雲　甘し泊　るへき道に限　りなく立へき朝に時なし只一日の煩　ひ二ツのミこよひよき宿からん草鞋の我　足によ
乙　甘しとまるへき道にかきりなく立へき朝に時なし只一日のねかひ二ツのミこよひ能　宿からん草鞋のわか足によ

大　しきを求んと計　・いさゝかの思　ひ也　旼[*8]〻気を轉し日〻に蜻をあらたむ若　纔　に風雅有　人ニ出會

沖　ろしきを求んとはかり・いさゝかのおもひ也　時〻氣を轉し日〻に蜻をあらため（む）（ヒ）若　わつかに風雅有　人に出合

雲　ろしきを求んとはかりハいさゝかの思　ひ也　時〻氣を轉し日〻に情を改　たむ若　わつかに風雅有　人に出合

乙　ろしきを求んと計　はいさゝかのおもひなり時〻気を轉し日ゝに情をあらたむもしわつかに風雅ある人に出合

大　たる悦ひ限　なし日比ハ古めかしき（ク）（ヒ）かたくなゝりとにくミ捨たる・・人も邊土の道連　に語　り合　はにふ葎

沖　たる悦ひ限　なし日頃ハ古めかしくかたくなゝりとにくみ捨たる・・人も邊土の道つれに語　りあひはにふ葎

雲　たる悦ひ限　りなし日頃ハ古めかしくかたくなゝりとにくミ捨たる・・人も邊土の道つれに語　り合　はにふ葎

乙　たる悦　かきりなし日比は古めかし・かたくなゝりと悪　ミ捨たる程の人も邊土の道つれにかたりあひはにふむ

大　の内　にて見出したるなと瓦石の内　に玉を拾ひ泥中に金を得たる心地して物にも書付人にも語　らんと思

沖　のうちにて見出したりなと瓦石のうちに玉を拾ひ泥中に金を得たる心地して物にも書付人にもかたらんと思

雲　の内　にて見出したるなと瓦石のうちに玉を拾ひ泥中に金を得たる心地して物にも書付人にも語　らんと思

乙　くらのうちにて見出したるなと瓦石のうちに玉を拾ひ泥中に金を得たる心地して物にも書付人にもかたらんとお

大　ふそ又是旅の一　ツなりかし　衣更　一　ツ脱　て後に負ぬころもかへ　芳野出て布子賣たし衣更

沖　ふそ又是旅のひとつなりかし　衣更　一　ツ輙[*9]（ヌイ）て後に負ぬころもかへ　芳野出て布子賣たし衣更

雲　ふそ又是旅の一　ツ也　かし　更衣　ひとつ脱　て後に負ぬ衣　かへ　芳野出て布子賣たし衣かへ

乙　もふそ又是旅のひとつなりかし　衣更　一　ツぬひて後に負ぬ衣　かへ　吉野出て布子賣たし衣かへ

大　・・　灌仏の日ハ奈良にて爰かしこ詣侍るに鹿の子を産をミて此日におゐて笑　しけれハ　灌佛の日に生れ
沖　・・　灌佛（クワンフツ）の日は素良にて爰かしこ詣侍るに鹿の子を産を見て此日におゐておかしけれハ　灌佛の日に生れ
雲　・・　灌佛の日は奈良にて爰かしこ詣侍るに鹿の子を産を見て此日におゐておかしけれは　灌佛の日に生れ
乙　万菊　灌佛の日は奈良にて爰かしこ詣侍るに鹿の子を産を見て此日におゐておかしけれは　灌仏の日に生れ

大　あふかのこかな　招提寺鑑真和尚来朝の時船中七拾余度の難を凌　き給　ひ御めの内　塩風吹入て終に御目盲
沖　あふ鹿の子哉　根提（コンタイ）寺鑑真（カンシン）和尚来朝の時船中七拾餘度の難をしのき給　ひ御目のうち塩風吹入て終に御目盲
雲　あふ鹿の子哉　根提寺鑑真和尚来朝の時船中七十余度の難を凌　き給　ひ御目のうち塩風吹入て終に御目盲
乙　あふ鹿の子哉　招提寺鑑真和尚来朝の時船中七十餘度の難をしのきたまひ御目のうち塩風吹入て終に御目盲

大　させ給ふ尊像を拝して　青葉して御目の雫拭　ハや　旧友に奈良にて別　れ　鹿の角先一節の別　れか
沖　させ給ふ尊像を拝して　青葉して御目の雫拭　はや　旧友に素良にて別　れ　鹿の角先一節のわかれか
雲　させ給ふ尊像を拝して　青葉して御目の雫拭　ハ、や　旧友に奈良にて別　鹿の角先一節のわかれか
乙　させ給ふ尊像を拝して　若葉して御めの雫ぬくは、や　旧友に奈良にてわかる　鹿の角先一節のわかれか

大　な　大坂にて或　人の元　にて　杜若かたるも旅のひとつかな　須广　月ハあれと留主の様　也　須广
沖　な　大坂にて或　人のもとにて　杜若かたるも旅のひとつ哉　須磨　月はあれと留主のやうなり須广
雲　な　大坂にて或　人のもとにて　杜若かたるも旅のひとつ哉　須广　月ハあれと留守のやう也　須广
乙　な　大坂にてある人のもとにて　杜若語　るも旅のひとつ哉　須广　月はあれと留主のやう也　須广

大　の夏　月ミても物たらハすや須广の夏　卯月中比の空も朧に残りてはかなきミしか夜の月も　いとゝ絶（タヘ）う（ヒ）*10な
沖　の夏　月見ても物たらわすや須磨の夏　卯月中頃の空も朧に残りてはかなきみしか夜の月も　いとゝ艶な
雲　の夏　月見ても物たらハすや須磨の夏　夘月中頃の空も朧に残りてはかなきみしか夜の月も　いとゝ艶な
乙　の夏　月見ても物たらハすや須广の夏　夘月中比の空も朧に残りてはかなきみしか夜の月も　いとゝ艶な

大　る・・・・・・・・・・・・・・・海の方　よりしらミ初　たるに上野と覚　し
沖　る・・・・・・・・・・・・・・・・海のかたよりしらみ初　たるに上野とおほし
雲　るに山ハ若　葉に黒　ミかゝりて郭公　鳴出つへきしのゝめも海のかたより白　ミ初　たるに上野とおほし
乙　るに山はわか葉にくろミかゝりてほとゝきす鳴出つへきしのゝめも海のかたよりしらミそめたるに上野とおほし

大　き所ハ麦の穂波あからミあひて漁人の軒ちかき芥子の花のたえ〳〵に見渡したる　海人の皃先見らるゝや芥子
沖　き所ハ麦の穂浪あからみあいて漁人の軒ちかき芥子の花のたへ〳〵に見渡したる　海士の皃先見らるゝや芥子
雲　き所ハ麦の穂浪あからみあひて漁人の軒ちかき芥子の花のたえ〳〵に見渡さる　海士の皃先見らるゝや芥子
乙　き所は麦の穂浪あからみあひて漁人の軒ちかき芥子の花のたえ〳〵に見渡さる　海士の顔先見らるゝやけし

大　の花　東須广西須广濱須广と三所に分　れてあなかちに何業　するとも見えすもしほたれつゝなと哥にも聞
沖　の花　東須广西須磨濱須广と三所にわかれてあなかちに何業　するとも見へす藻（モ）しほたれつゝなと哥にも聞
雲　の花　東須广西須磨濱須广と三所にわかれてあなかちに何業　するとも見えすもしほたれつゝなと哥にも聞
乙　の花　東須广西須广濱須广と三所にわかれてあなかちに何わさするともみえす藻塩　たれつゝなと哥にもきこ

大　へ侍るも今　ハかゝるわさするなとも見えすきす子と云　魚　を網して真砂の上に干　散　しけるを鴉　の飛
沖　へ侍るもいまハかゝる業（ワサ）　するなとも見へすきす子と云　魚　を網して真砂の上に干（ホシ）　散（チラ）　しけるを鴉　の飛
雲　え侍　も今　ハかゝる業　するなとも見えすきす子と云　魚　を網して真砂の上に干　散　しけるを鴉　の飛
乙　へ侍るもいまハかゝるわさするなとも見えすきすごといふうをゝ網して真砂の上にほしちらしけるをからすの飛

大　来りてつかミ去ル是　を悪　ミて弓を以　おとすハ海人の業　とも見えす若古戦場のなこりを留　てかゝる事
沖　来りてつかみさるこれを悪　ミて弓を以ておとすは海士の業　とも見へす若古戦場の名残　をと　めてかゝる事
雲　来りてつかみ去　是　を悪　ミて弓をもておとすそ海士の業　とも見えす若古戦場の名残　をとゝめてかゝる事
乙　来りてつかみ去ル是　をにくみて弓をもてをとすそ海士のわさとも見えす若古戦場の名残　をとゝめてかゝる事

大　をなすにやといと・いふかしなをむかしの恋しきまゝにてつかいかミねに上　らんとする導　する子の苦　しか
沖　をなすにやといと・いふかしなをむかしの恋しきまゝにてつかいか峯　にのほらんとする導　する子の苦　しか
雲　をなすにやといと、いふかし猶　昔　の恋しきまゝにてつかいか峯　にのほらんとす・導　する子の苦　しか
乙　をなすにやといと、罪ふかく猶　むかしの恋しきまゝにてつかひか峯　にのほらんとする導きする子のくるしか

大　りてとかく云　まきらかすをさま〳〵にすかしてふもとの茶店にて物喰　すへきなと云てわりなき体ニ見えた
沖　りてとかく云　まきらハすをさま〳〵にすかして麓　の茶店にて物喰　ハすへきなと云てわりなき躰に見へた
雲　りて兎角　いひまきらハすをさま〳〵にすかして麓　の茶店にて物喰　ハすへきなと云てわりなき躰に見えた
乙　りてとかくいひまきらハすをさま〳〵にすかして麓　の茶店にて物くらはすへきなと云てわりなき躰に見えた

大　り彼　ハ十六と云　けん里の童子より・四　計　・弟　なるへきを数百丈の先達として羊腸峻岨の岩根を
沖　りかれハ十六と云　けむ里の童子より・四ツ計　・弟　なるへきを数百丈の先達として羊腸峻岨（ヨウチヤウケンソ）の岩根を
雲　りかれハ十六といひけん里の童子よりハ四ツはかりも弟　なるへきを数百丈の先達として羊腸険岨の岩根を
乙　りかれは十六と云　けん里の童子よりは四つはかりもをと〳〵なるへきを数百丈の先達として羊腸険岨の岩根を

大　はひ上　れハすへり落ぬへき事あまた度　なりけるをつゝし根笹　ニ取　つき息　をきらし汗を浸　して漸雲門
沖　はひのほれはすへり落ぬへき事あまた度　なりけるを*11躑躅（ツヽシ）根笹　に取　つきいきを切らし汗をひたして漸雲門
雲　はひのほれハすへり落ぬへき事あまた度　也　けるを躑躅　根笹　に取　つき息　をきらし汗をひたして漸雲門
乙　はひのほれはすへり落ぬへき事あまたゝひなりけるをつゝし根さゝにとりつき息　をきらし汗をひたして漸雲門

大　に入にそ心　もとなき導師の力　也　けらし　須广の蜑　の矢先に鳴か郭公　杜宇　聞行かたや嶋
沖　に入にそこゝろもとなき導師の力　なりけらし　須磨の海士の失先に鳴か時鳥　杜宇　聞行かたや嶋
雲　に入にそ心　もとなき導師の力　なりけらし　須磨の海士の矢先に鳴か郭公　杜宇　聞行かたや嶋
乙　に入こそ心　もとなき導師のちからなりけらし　須广のあまの矢先に鳴か郭公　ほとゝきす消行方　や嶋

大　ひとつ　・・・・・・・・・・・・　明石夜泊　蛸壺やはかなき夢を夏の月　かゝる所の秋なりけ
沖　ひとつ　・・・・・・・・・・・・　明石夜泊　蛸壺やはかなき夢を夏の月　かゝる所の*12秌なりけ
雲　ひとつ　・・・・・・・・・・・・　明石夜泊　蛸壺やはかなき夢を夏の月　かゝる所の秌也　け
乙　一　ツ　須广寺やふかぬ笛きく木下やミ　明石夜泊　蛸壺やはかなき夢を夏の月　かゝる所の龝なりけ

大　るとかや此浦ハ実ハ秋を宗　とするなるへしかなしささひしさいわん方　なく秋也　せはいさゝか心のはしをも
沖　るとかや此浦ハ実ハ秋をむねとするなるへし悲　しさ淋　しさいはんかたなく秋也　せはいさゝか心のはしをも
雲　りとかや此浦の実は秋をむねとするなるへし悲　しさ淋　しさいはん方　なく秋なりせはいさゝか心のはしをも
乙　りとかや此浦の實は秋をむねとするなるへしかなしささひしさいはむかたなく秋なりせハいさゝか心のはしをも

大　云　出へき物　をと思ふて我心道　の拙　きをしらぬに似たり淡路しま手に取　様　に見えてすまあかしの海左
沖　いひ出へき物　をと思ふて我心道　の拙　きをしらぬに似たり淡路（アハチ）嶋　手にとるやうに見へて須广明石　の海左
雲　いひ出へきものをと思ふて我心までの拙　きをしらぬに似たり淡路嶋　手に取　やうに見えて須广明石　の海左
乙　いひ出へき物　をと思ふそ我心匠　の拙なきをしらぬに似たり淡路嶋　手にとるやうに見えてすまあかしの海右

大　右にわかる呉楚東南の詠めもかくや（る）（ヒ）所にや物し・る人の見侍らハさま〳〵のさかひにもおもひなそらふ・へし又
沖　右にわかる呉楚（コソ）東南の詠めもかゝる所にや物し・る人の見侍らはさま〳〵のさかいにもおもひなそらふ・へし又
雲　右にわかる呉楚東南の詠　もかゝる所にや物しれる人の見侍らハさま〳〵のさかひにも思　ひなそらふ・へし又
乙　左にわかる呉楚東南の詠　もかゝる所にや物しれる人の見侍らはさま〳〵の境　　にもおもひなそらふるへし又

大　後の方に山を隔てゝ田井の畑と云　所松風村雨の古郷　と云　り尾上つゝき丹波路へかよふ道有　鉢伏のそき
沖　後の方に山を隔（ヘタテ）　て田井の畑と云　所松風村雨の古郷　といへり尾上つゝき丹波路へかよふ道有　鉢伏のそき
雲　後の方に山を隔てゝ田井の畑といふ所松風村雨の故郷　といへり尾上續　き丹波路へ通　ふ道有　鉢伏のそき
乙　後の方に山を隔てゝ田井の畑といふ所松風村雨・ふるさとゝいへり尾上つゝき丹波路へかよふ道あり鉢伏のそき

大　逆落なとおそろしき名のミ残りて鐘かけ松　より見下　すに一　谷内裏屋敷　目の下にミゆ其代の乱　其時の
沖　逆落なとおそろしき名のミ残りて鐘懸　松　より見おろすに一　谷内裏屋敷　目の下に見ゆ其代のミたれ其時の
雲　逆落なとおそろしき名のミ残りて鐘懸　まつより見下　すに一　谷内裏屋鋪　目の下に見ゆ其代の乱　れ其時の
乙　逆落なとおそろしき名のミ残　て鐘懸　松　より見下　に一ノ谷内裏やしきめの下に見ゆ其代のみたれ其時の

大　さわきさなから心にうかミ俤につとりて二位の尼　君皇子を抱奉り女院の御裳に御足もたれ舟屋かたにまろひ入
沖　さわきさなから心にうかみ俤につとりて二位の尼　君皇子を抱奉り女院の御裳（モスソ）に御足もたれ船やかたにまろひ入
雲　さハきさなから心にうかひ俤につとひて二位の尼　君皇子を抱奉り女院の御裳に御足もつれ船屋願　にまろひ入
乙　さはきさなから心にうかひ俤につとひて二位のあま君皇子を抱奉り女院の御裳に御足もたれ船やかたにまろひ入

大　せ給　ふ御有様　内侍局女嬬瞽子*13のたくひさまく\・御調度もてあつかひ琵琶琴なんとしとねふとんにくるミ
沖　らせたまふ御有様　内侍局女*14檽瞽（ヒヒ）（嬬曹）子のたくひさまく\の御調度もてあつかひ琵琶琴なんとしとねふとんにくるみ
雲　らせ給　ふ御有様　内侍局女嬬曹子のたくひさまく\の御調度もてあつかひ琵琶琴・・・しとねふとんにくるミ
乙　らせ給　ふ御有さま内侍局女嬬曹子のたくひさまく\の御調度もてあつかひ琵琶琴なんとしとねふとんにくるミ

大　て船中へ投入供御ハこほれてうろくつの餌となり櫛笥ハミたれて海士のすて草となりつゝ千歳のかなしミ此浦に
沖　て船中に投入供御ハこほれてうろくつの餌となり櫛笥（クシケ）ハみたれて海士の捨　草となりつゝ千歳のかなしみ此浦に
雲　て船中に投入供御ハこほれてうろくつの餌と成　櫛笥ハみたれて海士の捨　草と成　つゝ千歳のかなしミ此浦に
乙　て船中に投入供御はこほれてうろくつの餌となり櫛笥はみたれてあまの捨　草となりつゝ千歳のかなしひ此浦に

大　と丶まり素浪の音・さへ愁ふかく侍るそや
沖　と丶まり素浪の音・さへ愁ふかく侍るそや
雲　と丶まり素波の音・さへ愁ふかく侍　そや
乙　と丶まり素波の音にさへ愁多　く侍るそや

【難読箇所等一覧】

294頁
＊1

＊2

304頁
＊3

309頁
＊4

＊5
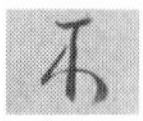
＊6
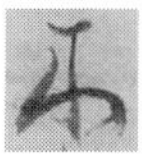
＊7

310頁
＊8

＊9

312頁
＊10

314頁
＊11

＊12

316頁
＊13

＊14
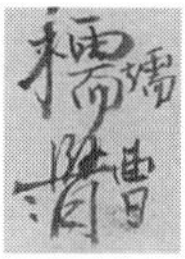

参考文献

〔凡例〕

一、本書の研究過程で管見にふれたものの中から、『笈の小文』に特化した参考文献を採った。
一、「論文篇」と「著書・単行本篇」に分けた。書評は「論文篇」に入れている。
一、記載は、「論文篇」・「著書・単行本篇」ともに、著者名五十音順とした。ただし、叢書等は、「著書・単行本篇」一覧のはじめに置いて刊行年順とした。
一、「論文篇」は、著者名、論文タイトル、発表誌名・号数、発行年月とした。なお、→を付したものは、その後に該当の単行本に収録されたことを意味する。
一、「著書・単行本篇」では、叢書等を書名、編著者名、発行所、発行年の順とし、単行本は、著者名、書名、発行所、発行年の順とした。
一、参考文献は平成二十九年十二月末日時点までのものを収録した。

論文篇

赤羽　学「芭蕉の紀行文中の発句の推敲、『奥の細道』と『笈の小文』の場合」「岡山大学学術紀要」第30号、昭和45・3　→『続・芭蕉俳諧の精神』

赤羽　学「芭蕉の「丈六」の句文について」「大阪俳文学研究会会報」10号、昭和51・9

赤羽　学「芭蕉翁真蹟拾遺　翻刻と解説」「俳文芸」第13号、昭和54・6　→『続・芭蕉俳諧の精神』

赤羽　学「『笈の小文』の成立　1」「俳文芸」第21号、昭和58・6

赤羽　学「『笈の小文』の成立　2」「俳文芸」第22号、昭和58・12　→『芭蕉俳諧の精神・拾遺』

赤羽　学「「雲天」の用例、『笈の小文』の「紙布」の読み方」「俳文芸」第23号、昭和59・6　→『芭蕉俳諧の精神・拾遺』

赤羽　学「大和路の芭蕉、『笈の小文』の解明」「俳文芸」第26号、昭和60・12

赤羽　学「芭蕉の「丈六の」句弁証」「俳文芸」第37号、平成3・6　→『芭蕉俳諧の精神・総集篇』

赤羽　学「芭蕉の「丈六」の句の成立過程」「俳文芸」第39号、平成4・6　→『芭蕉俳諧の精神・総集篇』

赤羽　学「『諸本対照芭蕉全集』編纂へ向けての始動―『笈の小文』の異本・乙州本の原典の推考―」「岡山大学文学部紀要」第18号、平成4・7

赤羽　学「『諸本対照芭蕉全集』編纂へ向けての始動(2)—『笈の小文』の諸本の異同の検証—」「岡山大学文学部紀要」第19号、平成4・12
赤羽　学「『諸本対照芭蕉全集』編纂への始動(3)—『笈の小文』の異本の重要性—」「岡山大学文学部紀要」第19号、平成5・6
赤羽　学「芭蕉の俳文「伊賀新大仏之記」の本文の扱いに対する疑念」「解釈」、平成6・6
阿部喜三男「芭蕉の忍摺・葛城山の句文について」「国文学」13、昭和30・2
阿部喜三男「細峠・蜻蛉滝など」「青芝」、昭和34・4
阿部正美「『笈の小文』の成立」「連歌俳諧研究」第47号、昭和49・8
阿部正美「芭蕉の「伊勢懐紙」の成立と新大仏寺参詣の時期等について」「専修国文」第43号、昭和63・9
荒滝雅俊「芭蕉の企図した『笈の小文』」「近世文芸研究と評論」第40号、平成3・6
荒滝雅俊「刊本『笈の小文』の諸本」「解釈学」第11号、平成6・6
荒滝雅俊「笈の小文』の上梓について」「解釈学」第14号、平成7・7
荒滝雅俊「『笈の小文』の異本について」「解釈学」第39号、平成15・11
池田恭仁子「「くたびれて宿かるころや」の句意について」「国文学攷」第46号、昭和43・4
池原錬昌「「猶みたし」の新出懐紙について」「俳文芸」第19号、昭和57・7
石井　茂「芭蕉「鷹一つ…」の句をめぐって」「横浜国大・国語研究」第5号、昭和62・3
石井庄司（桐陰）「芭蕉の「猶見たし」について」「橘」、平成1・6
石井庄司（桐陰）「芭蕉の「春の夜や」について」「橘」、平成2・5
石井庄司（桐陰）「芭蕉の「若葉して」の解について」「解釈」、平成3・10　↓『芭蕉の歩み』
石上　敏「「須磨のあまの矢先に鳴か郭公」考」「岡大国文論稿」第24号、平成8・3
石川真弘「〈ほろほろと〉偶感」「志学」第16号、昭和60・10
石川真弘「芭蕉の龍門の二句」「連歌俳諧研究」第77号、平成1・8　↓『蕉風論考』
磯野ひとみ「芭蕉と旅、『笈の小文』冒頭文を中心に」「茨城キリスト教短期大学・日本文学論叢」第1号、昭和51・3
市橋　鐸「「芭蕉漫談⒆名古屋遺蹟めぐり　風月堂」」「義仲寺」第73号、昭和48・2
稲垣安伸「「笈の小文」ゆへある人」「高知日本文学研究」第

16号、昭和53・12
乾　裕幸「芭蕉の存疑句」「図書」、昭和62・4
井上敏幸「『笈の小文』の問題点一、二、「伊賀餞別」と大仏再興周辺」「語文研究」第44号、昭和53・6　↓『貞享期芭蕉論考』
井上敏幸「刊本『笈の小文』への視座、「紀行」と「記」と「道の記」と」「文学」、昭和53・8　↓『貞享期芭蕉論考』
井上敏幸「幻想「大和後の行記」」「文学」、昭和55・3　↓『貞享期芭蕉論考』
井上敏幸「刊本『笈の小文』の諸問題 上、「須磨紀行」をめぐって」「福岡女子大・文芸と思想」第45号、昭和56・1　↓『貞享期芭蕉論考』
井上敏幸「書評　大磯義雄著『笈の小文（異本）の成立の研究』」「国語と国文学」、昭和57・2
井上敏幸「刊本『笈の小文』の諸問題 中、「須磨紀行」をめぐって・続」「香椎潟」第27号、昭和57・3　↓『貞享期芭蕉論考』
井上敏幸「風雅論の定位、刊本『笈の小文』冒頭文と「幻住庵記」」「語文研究」第52号、昭和57・6　↓『貞享期芭蕉論考』
井上敏幸「「道の日記」とは何か」「国文学」、昭和58・1
井上敏幸「『笈の小文』（庚午紀行）」「国文学」、平成6・3
井上敏幸「「笈の小文」私注」「連歌俳諧研究」第94号、平成10・2
井本農一「「笈の小文」と「おくのほそ道」の関係」「成蹊国文」第1号、昭和43・1　↓『芭蕉とその方法』
井本農一「「日は花に暮てさびしやあすならふ」考」「国文」31号、昭和44・8　↓『芭蕉の文学の研究』
井本農一「「笈の小文」の執筆と元禄四年下旬の芭蕉」「連歌俳諧研究」第58号、昭和45・3　↓『芭蕉の文学の研究』
岩佐溪水「芭蕉と万菊丸（上）」「俳道」、昭和26・1
岩佐溪水「芭蕉と万菊丸（下）」「俳道」、昭和26・2
上杉重章「坪井杜国と芭蕉（一～五・完）」「くらげ」、平成12・6～11
上野洋三「『笈の小文』幻想稿」『俳諧攷』昭和51
上野洋三「菩提山考」「語文研究」第92号、平成13・12
牛山之雄「「雪舟の絵における…」をめぐっての試論、連句と絵巻物の間」「言語と文芸」第39号、昭和40・3
宇都宮譲「元禄元年の芭蕉についての私見、花の発句を中心に」「連歌俳諧研究」第87号、平成6・7
大礒義雄「芭蕉「鷹の声」の句解」「郷土文化」、昭和23・1
大礒義雄「芭蕉の俳文「保美の里」の真蹟」「俳句研究」、昭和26・2　↓『芭蕉と蕉門俳人』
大礒義雄「杜国新考(1)」「愛知学芸大学研究報告」1、昭和

27・3 ↓『芭蕉と蕉門俳人』

大礒義雄「杜国新考(2)」「愛知学芸大学研究報告」2、昭和28・3 ↓『芭蕉と蕉門俳人』

大礒義雄「「冬の日や」幻想」「さるみの会報」、昭和43・9 ↓『芭蕉と蕉門俳人』

大礒義雄「新出の芭蕉書簡・俳文・伝書等—「巾秘抄」所載の芭蕉資料—」「近世文芸 資料と考証4」、昭和40・2 ↓『芭蕉と蕉門俳人』

大礒義雄「『笈の小文』の一異本について」「天理図書館善本叢書月報3」、昭和47・3

大礒義雄「芭蕉の俳文「高野詣」の異文」「連歌俳諧研究」第63号、昭和57・7 ↓『芭蕉と蕉門俳人』

大礒義雄「沖森氏蔵写本『笈の小文』は異本系統」「連歌俳諧研究」第64号、昭和58・1

大礒義雄「宗因と弘氏称賛の挨拶—芭蕉の「梅の木に」句解岡本教授の新見—」「俳文芸」第44号、平成6・12

大岩　正「杜国の研究」「日本文学研究」第3号、昭和38・11

大野鵠士「笈の小文講座ノート(1)〜(3)」「獅子吼」第873〜875号、平成23・1〜3

大野鵠士「笈の小文講座ノート(4)〜(12)」「獅子吼」第876〜884号、平成24・4〜12

尾形　仂「鎮魂の旅情—芭蕉「笈の小文」考—」「国語と国文学」、昭和51・1 ↓『芭蕉・蕪村』

岡部長章「芭蕉の作品と策彦詩文との交渉について、特に「黄奇蘇新」を中心として」「言語と文芸」第24号、昭和37・9

岡本　勝「芭蕉と伊勢」「愛知教育大・国語国文学報」第46号、昭和63・3

岡本　勝「東海の芭蕉俳跡 1〜19」「青樹」、平成1・1〜平成2・7 ↓『俳文学こぼれ話』

笠井　清「須磨明石の初夏(笈の小文)—芭蕉と兵庫県」『古典と郷土(兵庫県古典文学の会編)』、昭和35・2 ↓のじぎく文庫

笠間愛子「『笈の小文』の冒頭文について、作品における役割」「文学研究」第37号、昭和48・7

笠間愛子「芭蕉の猿雖宛書簡一・二、『笈の小文』との関連」「文学研究」第54号、昭和56・12

片山春巷「細峠と芭蕉雲雀の句に就て」「海鳥」、昭和28・5

金関丈夫「芭蕉自筆「笈の小文」稿本の断簡」「連歌俳諧研究」第38号、昭和45・3

金子美由紀「『笈の小文』と『おくのほそ道』との関連、冒頭文について」「中世近世文学研究」第15号、昭和57・1

金子美由紀「『笈の小文』小考、表現技法を中心に」「中世近世文学研究」第16号、昭和58・1

河村瑛子「「かたち」考」「国語国文」第86巻5号、平成29・5
河村定芳「芭蕉と杜国」「日大・語文」第21号、昭和40・6
楠元六男「『笈の小文』論序説、「四時を友とす」の構想と限界」「立教大・日本文学」第53号、昭和59・12
気多恵子「乙州の文学活動とその周辺」「俳文芸」第44号、平成6・12
小池　保「『笈の小文』と東三河　上」「解釈学」第1号、平成1・6
小林鳥有男「唐招提寺の芭蕉」「浜」、昭和39・7
小林　孔「同人説批判―物七は宗七ではない―」「俳文学研究」第42号、平成16・10
小林　孔「『笈の小文』を読む①〜⑥」「海門」、平成18・6〜19・6
小林　孔「『笈の小文』の後摺本」「俳文学研究」第61号、平成25・3
今　栄蔵「新出「蕉翁全伝附録」」「連歌俳諧研究」第48号、昭和50・1　↓『芭蕉伝記の諸問題』
今　栄蔵「写真版・蕉翁全伝附録」「近世文芸　資料と考証」第10号、昭和53・2　↓『芭蕉伝記の諸問題』
今　栄蔵「「丈六の」の句形をめぐって―付、異本『笈の小文』の問題―」「俳文芸」第38号、平成3・12　↓『芭蕉伝記の諸問題』
今　栄蔵「「丈六」句再論」「俳文芸」第40号、平成4・12
近藤一水「杜国のこと―（一）伊良湖界隈・（二）潮音寺界隈―」「鯱」、昭和52・7〜8
櫻井武次郎「芭蕉と高野山」「解釈」、昭和43・9
島津忠夫「吉野と芭蕉」『古典文学に見る吉野』、平成8・4
鈴木重雄「俳人杜国の研究」「艸くさ」、昭和28・9〜10
関森勝夫「近江蕉門諸家―乙州(一)―」「星」、昭和60・1
勢田勝郭「『笈の小文』の旅程・経路の再検討」「橋本市郷土資料館報」29、平成27・3
染谷智幸「『笈の小文』と謡曲『西行桜』―吉野の条における桜三句と苔清水―」「茨城キリスト教短大・研究紀要」第24号、昭和59・3
高橋庄次「『笈の小文』の謡曲構成について」「国語と国文学」、昭和48・8　↓『日本文学研究資料叢書・芭蕉Ⅱ』
高橋庄次「『笈の小文』の序破急三構成について」「国語と国文学」、昭和48・11　↓『芭蕉連作詩篇の研究』
田尻紀子「乙州・智月の生没年」「連歌俳諧研究」第75号、昭和63・7
田中善信「芭蕉と宗七」「近世文芸　研究と評論」第66号、平成16・6　↓『芭蕉新論』
檀上正孝「『笈の小文』の旅程」「広島大教育学部紀要」第2部第16号、昭和43・1

塚本美帰子「『笈の小文』考―帰京問題と旅の意識―」「香椎潟」第25号、昭和54・11
綱島三千代「「笈の小文」の読み方」「連歌俳諧研究」第12号、昭和31
綱島三千代「『笈の小文』成立上の諸問題」「連歌俳諧研究」第25号、昭和38・7 ↓『日本文学研究資料叢書・芭蕉Ⅰ』
綱島三千代「『笈の小文』成立問題再考」「俳文芸」第14号、昭和54・12
綱島三千代「「鹿の角先一節のわかれかな」（『笈の小文』）の句に対する一考察」「俳文芸」第18号、昭和56・12
綱島三千代「『笈の小文』吉野の条の推敲過程」『俳文芸の研究』、昭和58・3
綱島三千代「『笈の小文抄』の著者に関する論考―梧青は著者でなかった―」「実践国文学」第33号、昭和63・3
綱島三千代「『笈の小文』須磨の条の推敲過程―幻の「須磨紀行」―」「俳文芸」第33号、平成1・6
露口香代子「刊本『笈の小文』須磨の条における「蛸壺や」の句解」「松蔭国文学」第28号、平成3・3
富山　奏「伊勢の芭蕉俳跡（その二）」「四天王寺女子大紀要」第4号、昭和46・12 ↓『芭蕉と伊勢』
富山　奏「伊勢の芭蕉俳跡（その三）」「四天王寺女子大紀要」第5号、昭和47・12 ↓『芭蕉と伊勢』
富山　奏「伊勢の芭蕉俳跡（その四）」「四天王寺女子大紀要」第6号、昭和48・12 ↓『芭蕉と伊勢』
富山　奏「伊勢の芭蕉俳跡（その五）」「四天王寺女子大紀要」第7号、昭和49・12 ↓『芭蕉と伊勢』
富山　奏「伊勢の芭蕉俳跡（その六）」「四天王寺女子大紀要」第8号、昭和50・12 ↓『芭蕉と伊勢』
富山　奏「二畳軒建碑記念『若葉集』」「義仲寺」第118号、昭和51・11 ↓『芭蕉と伊勢』
富山　奏「「草臥て宿かる比や藤の花」解」「義仲寺」第159号、昭和55・4
富山　奏「「冬の日や馬上に氷る影法師」解」「義仲寺」第166号、昭和55・11
富山　奏「芭蕉の「二日にも」の句（その1～8）―「二日には」は「いやし」―」「春星」、昭和59・2～9
富山　奏「芭蕉の新大仏寺での句をめぐって」「四天王寺国際仏教大文学部・紀要」第16号、昭和59・3
富山　奏「陽炎の丈六（その1～2）―写実から心象へ―」「春星」、昭和60・2～3
富山　奏「擬態語・擬声語（その1～3）―芭蕉の「ほろほろ」と蕪村の「ほろろ」―」「春星」、昭和60・4～6 ↓『続・芭蕉と現代俳句』
富山　奏「芭蕉と猿雖（1～4）」「春星」、平成1・2～5
永井一彰「『笈の小文』の板木」「奈良大学総合研究所所報」

第18号、平成22・3
中川光利「『笈の小文』小見」「俳文学研究」第37号、平成14・3
中川竫梵「芭蕉「笈の小文」の旅と伊勢」「郷土史草」第12号、昭和51・12
中谷孝雄「里の童子のよもやまばなし—『笈の小文』の注について—」「俳句研究」、昭和42・2
中森康之「書評　濱森太郎著『松尾芭蕉作『笈の小文』—遺言執行人は何をしたか—』」「日本文学」、平成29・12
夏見知章「『笈の小文』と貞享五年四月十九日の芭蕉（菜摘庵古俳書閑話5）」「寒暁」第15号、昭和63・6
仁枝　忠「芭蕉「行く春に和歌の浦」の句について」「国文学」、昭和33・7～8 ↓『芭蕉に影響した漢詩文』
西村真砂子「『笈の小文』は誰が書いたのか」「国文学」、平成3・11
西脇淑江「松尾芭蕉研究—『笈の小文』と『幻住庵記』における思想—」「東洋大短期大・論集日本文学篇」第24号、昭和63・3
野田雅子「「乙州」」「親和国文」第4号、昭和46・3
野々村勝英「芭蕉と荘子と宋学」「連歌俳諧研究」第15号、昭和32・12
橋本美香「『笈の小文』における西行の面影」「岡大・国文論稿」第22号、平成6・3
畠田みずほ「『笈の小文』の俳諧姿勢」「大谷女子大・国文」第18号、昭和63・3
浜千代清「「笈の小文」の冒頭」「女子大・国文」第20号、昭和36・2
浜千代清「『笈の小文』の句三、四をめぐって」「俳文学研究」第1号、昭和59・3
濱森太郎「『笈の小文』の表現の瑕疵について」「国文学攷」第217号、平成25・3 ↓『松尾芭蕉作　笈の小文』
濱森太郎「『笈の小文』の吉野巡礼の成立—唱和する杜国—」「三重大学日本語学文学」第25号、平成26・6 ↓『松尾芭蕉作　笈の小文』
濱森太郎「『笈の小文』の記名と折端・折立揃え」「三重大学日本語学文学」第26号、平成27・6 ↓『松尾芭蕉作　笈の小文』
久富哲雄「笈の小文・おくのほそ道に関する推論」「国語と国文学」、昭和47・1
平田捨穂「「笈の小文」私観　1」「南柯」、昭和51・3
広田二郎「「笈の小文」の風雅観と荘子」「人文研究」第9号、昭和30・9 ↓『芭蕉の芸術』
広田二郎「芭蕉の造化随順の思想について」「言語と文芸」第8号、昭和35・1 ↓『芭蕉の芸術』
広田二郎「「笈の小文」の発句と「新古今集」」「専修国文」第20号、昭和51・11

広田二郎「『笈の小文』の句文と六家集」「言語と文芸」第85号、昭和52・12
広田二郎「『笈の小文』と西行」「専修国文」第23号、昭和53・9
広田二郎「『笈の小文』須磨紀行と『源氏物語』」『川瀬博士古稀記念国語国文学論文集』、昭和54・12
広田二郎「『笈の小文』句文と歌語」「専修国文」第26号、昭和55・1
福本良二「笈の小文の郷土史的研究」「獅子吼」、昭和32・9
堀　信夫「芭蕉の名所歌枕観と蕉門の連衆―『笈の小文』の旅を中心に―」「国語と国文学」、昭和49・10
堀　信夫「石上布留と芭蕉」「俳文芸」第6号、昭和50・12
堀　信夫「『笈の小文』」『元禄文学の開花』Ⅱ、平成4・10
堀切　実「『庚午紀行』の問題」「近世文芸　研究と評論」第2号、昭和47・5　↓『蕉風俳論の研究』
前田正雄「芭蕉の須磨明石巡遊考―問題の辞句を契機として―」「試論」第16号、昭和45・5
増田晴天楼「西河と芭蕉」「海鳥」、昭和27・3　↓『大和路の芭蕉遺蹟』
増田晴天楼「くらがり峠」「海鳥」、昭和28・8　↓『大和路の芭蕉遺蹟』
増田晴天楼「『笈の小文』に於ける二つの問題」「連歌俳諧研究」第6号、昭和28・12　↓『大和路の芭蕉遺蹟』
増田晴天楼「琴引峠とぢいが坂・うばが坂発見報告」「連歌俳諧研究」第18号、昭和34・7　↓『大和路の芭蕉遺蹟』
松井　忍「『笈の小文』と『庚午紀行』」「近世文芸稿」第28号、昭和60・8
溝田智恵美「兵庫の芭蕉　三百年物語（1・2）―須磨の月―」「寒暁」第15号・16号、昭和63・6月・9月
光田和伸「「夢」の来し方―『笈の小文』所収「蛸壺や」の句の位相―」「武庫川国文」第31号、昭和63・3
宮本三郎「『笈の小文』への疑問（上・下）」「文学」、昭和45・4〜5　↓『蕉風俳諧論考』
村山美帰子「尾張の旅と芭蕉真蹟―笈の小文の旅の意識―」「福岡女学院短期大学紀要」第22号、昭和61・2
目崎徳衛「紀氏・長明・阿仏の尼をめぐって―紀行文学の先蹤―」「国文学」、平成1・5
母利司朗「貞室と芭蕉」「国語国文」、平成8・5
森川　昭「伊良古崎紀行真蹟・奥州餞等発句切」「連歌俳諧研究」第37号、昭和44・9　↓『下里知足の文事の研究　第二部　論文篇』
森川　昭「千代倉家日記抄（十二）―貞享三・四年―」「俳文芸」第43号、平成6・6　↓『下里知足の文事の研究　第一部　日記篇』
矢野景一「古人の求めたる所『笈の小文』」「杉」、昭和60・

10
山下一海「『笈の小文』の一問題を論じて芭蕉の伝統観に及ぶ」「国文学ノート」第11号、昭和47・3　→『芭蕉の論』
山下一海「『笈の小文』の一問題を論じて芭蕉の美術観に及ぶ」「国文学ノート」第14号、昭和51・3　→『芭蕉の論』
山田あい「「若葉して御目の雫ぬぐはばや」考—若葉の意味—」「大阪俳文学研究会会報」第41号、平成19・10
山本唯一「『笈の小文』奈良経回攷」「俳文学研究」第5号、昭和61・3　→『芭蕉の詩想』
弥吉菅一「芭蕉の争点—『笈の小文』をめぐって—」「解釈」、昭和44・9
吉田冬葉「杜国」『獺祭』、昭和26・10
吉田紋子「河合乙州年譜稿」「帝塚山学院大・日本文学研究」第14号、昭和58・2
米谷　巌「笈の小文」「国文学」、昭和44・10
米谷　巌「『笈の小文』の成立について—乙州編集説追考—」「高知女子大・国文」第8号、昭和47・6
米谷　巌「芭蕉発句「丈六に陽炎高し石の上」について」「国文学攷」第77号、昭和53・3
米谷　巌「『笈の小文』の風雅論—四人の先達像について—」「国語教育研究」第26の上号、昭和55・11
和田　忍「『笈の小文』における杜国の役割」「松山東雲短大・研究論集」第7巻2号、昭和51・12
渡部　保「芭蕉の文学に影響した西行の歌（その2）—笈の小文—」「佐賀龍谷短大・国文科論集」第3号、昭和55・3

著書・単行本篇

芭蕉文集（日本古典文学大系46）　杉浦正一郎他、岩波書店、昭和34
松尾芭蕉（俳句シリーズ人と作品1）　宮本三郎他、桜楓社、昭和42
笈の小文・更科紀行（芭蕉紀行集2）　弥吉菅一他、明玄書房、昭和43
芭蕉Ⅰ（日本文学研究資料叢書）　雲英末雄他、有精堂、昭和44
講座　日本文学の争点4　近世編　麻生磯次他、明治書院、昭和44
芭蕉集〔全〕（古典俳文学大系5）　井本農一他、集英社、昭和45
蕉門俳論俳文集（古典俳文学大系10）　大礒義雄他、集英社、昭和45
芭蕉の本　6　漂泊の魂　井本農一編、角川書店、昭和45
芭蕉紀行総索引　上　弥吉菅一他、明治書院、昭和45

松尾芭蕉（日本詩人選）　尾形　仂、筑摩書房、昭和46
蕉門俳諧集２（古典俳文学大系７）　宮本三郎他、集英社、昭和46
芭蕉紀行文集（天理図書館善本叢書和書の部10）　宮本三郎、八木書店、昭和47
蕉門俳諧集１（古典俳文学大系６）　阿部喜三男他、集英社、昭和47
図説芭蕉（芭蕉の本別冊）　岡田利兵衞、角川書店、昭和47
芭蕉と旅上・下〔教養文庫790・791〕　阿部喜三男　高岡松雄　松尾靖秋、社会思想社、昭和48
芭蕉の文学　２その問題点〔シリーズ文学10〕　解釈学会編、教育出版センター、昭和48
東海の芭蕉　さるみの会、泰文堂、昭和48
芭蕉文集（日本古典全書）　潁原退蔵他、朝日新聞社、昭和49
芭蕉全句集　乾裕幸他、桜楓社、昭和51
俳諧攷　島居清他、俳諧攷刊行会、昭和51
芭蕉物語　白石悌三　乾裕幸、有斐閣、昭和52
諸本対照芭蕉俳文句文集　弥吉菅一　赤羽学他、清水弘文堂、昭和52
芭蕉Ⅱ（日本文学研究資料叢書）　雲英末雄他、有精堂、昭和52
芭蕉文集（新潮日本古典集成）　富山奏、新潮社、昭和53
総合芭蕉事典　栗山理一他、雄山閣、昭和57
芭蕉入門〔有斐閣新書〕　今栄蔵他、有斐閣、昭和54
芭蕉集（鑑賞　日本の古典14）　井本農一、角川書店、昭和57
芭蕉句集（新潮日本古典集成）　今　栄蔵、新潮社、昭和57
俳文芸の研究　井本農一博士古稀記念論集刊行会、角川書店、昭和58
芭蕉講座　第５巻　俳文・紀行文・日記の鑑賞　上野洋三他、有精堂、昭和60
校本芭蕉全集　全10巻、富士見書房、昭和63～平成３
芭蕉七部集（新日本古典文学大系70）　上野洋三他、岩波書店、平成２
校本芭蕉全集　別巻　補遺篇　井本農一他、富士見書房、平成３
元禄文学の開花Ⅱ芭蕉と元禄の俳諧（講座元禄の文学３）　浅野晃他、勉誠社、平成４
芭蕉全図譜　同書刊行会、岩波書店、平成５
芭蕉真蹟　尾形仂監修、学習研究社、平成５
松尾芭蕉集１　全発句（新編日本古典文学全集70　井本農一他、小学館、平成７
松尾芭蕉集２　紀行日記篇・俳文篇・連句篇（新編日本古典文学全集71）　井本農一他、小学館、平成９
新編芭蕉大成　尾形仂他、三省堂、平成11
芭蕉ハンドブック　尾形仂他、三省堂、平成14

上野市史 芭蕉編　上野洋三他、上野市、平成15
元禄時代俳人大観1　雲英末雄他、八木書店、平成23
諸注評釈新芭蕉俳句大成　堀切実他、明治書院、平成26
阿部正美『芭蕉連句抄 第5篇 貞享の四季』明治書院、昭和53
赤羽 学『芭蕉俳諧の精神 総集編』清水弘文堂、平成6
赤羽 学『芭蕉俳諧の精神拾遺』清水弘文堂、平成3
赤羽 学『続芭蕉俳諧の精神』清水弘文堂、昭和59
阿部正美『芭蕉連句抄 第6篇 吉野・更科の旅』明治書院、昭和54
阿部正美『新修芭蕉伝記考説 行実篇』明治書院、昭和57
阿部正美『新修芭蕉伝記考説 作品篇』明治書院、昭和59
阿部正美『芭蕉発句全講 2』明治書院、平成7
飯田正一『蕉門俳人書簡集』桜楓社、昭和47
石井庄司（桐陰）『芭蕉の歩み』私家版、平成5
石川真弘『蕉風論考』和泉書院、平成2
石田元季『俳文学考説』至文堂、昭和13
石橋筑紫男『芭蕉の中の『荘子』』私家版、昭和63
井上敏幸『貞享期芭蕉論考』臨川書店、平成4
今井文男『芭蕉の眼』右文書院、昭和47
井本農一『芭蕉の文学の研究』角川書店、昭和53
井本農一『芭蕉とその方法』角川書店、平成5
岩田九郎『諸注評釈芭蕉俳句大成』明治書院、昭和42
上野洋三『芭蕉、旅へ』〔岩波新書〕岩波書店、平成1
上野洋三『現代語訳付 笈の小文・更科紀行・嵯峨日記』和泉書院、平成20
大礒義雄『笈の小文（異本）の成立の研究』ひたく書房、昭和56
大礒義雄『芭蕉と蕉門俳人』八木書店、平成9
岡田利兵衛『芭蕉の風土』〔京都ポケット叢書11〕白川書院、昭和41
岡本 勝『俳文学こぼれ話』おうふう、平成20
尾形 仂『芭蕉・蕪村』花神社、昭和53〔岩波現代文庫〕岩波書店、平成12
尾形 仂『尾形仂国文学論集』角川学芸出版、平成23
荻野 清『芭蕉論考』養徳社、昭和24
笠井 清『兵庫周遊の芭蕉と杜国』私家版、昭和29
笠井 清『俳文芸と背景』明治書院、昭和56
粕谷魯一『俳人杜国』潮音寺、昭和39
加藤楸邨『芭蕉全句 上・下』筑摩書房、昭和44
上月乙彦他『明石と芭蕉』木村書店、昭和42
今 栄蔵『芭蕉伝記の諸問題』新典社、平成4
今 栄蔵『芭蕉年譜大成』角川書店、平成6
今 栄蔵『芭蕉研究の諸問題』笠間書院、平成16
今 栄蔵『芭蕉書簡大成』角川書店、平成17

白石悌三『芭蕉』花神社、昭和63
大安　隆『芭蕉　大和路』和泉書院、平成6
高橋庄次『芭蕉連作詩篇の研究　日本連作詩歌史序説』笠間書院、昭和54
高橋庄次『芭蕉庵桃青の生涯』春秋社、平成5
高橋庄次『芭蕉伝記新考』春秋社、平成14
瀧澤精一郎『芭蕉と良寛』大学教育社、昭和61
田中善信『全釈芭蕉書簡集』新典社、平成17
田中善信『芭蕉新論』新典社、平成21
富山　奏『伊賀蕉門の研究と資料』風間書房、昭和45
富山　奏『続　芭蕉と現代俳句』和泉書院、昭和62
富山　奏『芭蕉と伊勢』桜楓社、昭和63
富山　奏『俳句にみる芭蕉の芸境』前田書店、平成3
中川光利『近世文学考究―西鶴と芭蕉を中心として―』和泉書院、平成27
仁枝　忠『芭蕉に影響した漢詩文』教育出版センター、昭和47
野間光辰編著『芭蕉翁全伝　土芳真筆之写曰人筆』友山文庫、昭和37
長谷章久『芭蕉　その旅と史蹟』人物往来社、昭和39
濱森太郎『松尾芭蕉作　笈の小文―遺言執行人は何をしたか―』三重大学出版会、平成28
広田二郎『芭蕉の芸術　その展開と背景』有精堂、昭和54
広田二郎『芭蕉と古典　元禄時代』明治書院、昭和62
堀切　実『蕉風俳論の研究』明治書院、昭和57
増田晴天楼『大和路の芭蕉遺跡』奈良新聞社、平成15
松野鶴太郎『芭蕉と杜国』私家版、昭和57
宮本三郎『蕉風俳諧論考』笠間書院、昭和49
村田　穆『「笈の小文」雑記』私家版、昭和47
森川　昭『下里知足の文事の研究　第一部　日記篇』和泉書院、平成25
森川　昭『下里知足の文事の研究　第二部　論文篇・第三部　年表篇』和泉書院、平成27
山下一海『芭蕉の論』桜楓社、昭和51
山本健吉『芭蕉　その鑑賞と批評（全）』新潮社、昭和32
山本健吉『芭蕉全発句上・下』河出書房新社、昭和49
山本唯一『芭蕉俳句ノート』洛風社、昭和41
山本唯一『芭蕉の詩想』和泉書院、昭和61
山本唯一『片雲―文芸断想―』文栄堂、平成2

あとがき

本書の校正刷を前にして、一著にまとまる安堵感よりも、むしろ文書保存用の段ボール箱五つに詰められた、一五年にも及ぶ研究会の資料が気にかかった。ある方は二〇枚、三〇枚のA３判用紙に、本文の担当箇所の研究史すべてを印刷されて来る。またある時は、関連の芭蕉資料を影印で配付され、議論に花を咲かせる時もあった。こんな資料もある、あんな資料もあったはずだと、次々に印刷物が増えてゆく。当初、「芭蕉を読む会」のメンバーは、会の名のとおり、芭蕉の文章を読むことを楽しまれた。文学が広い裾野をもっていた時代には、表現に共感する喜びをともに味わい、楽しむ時間があった。その折の発表資料が箱に詰められている。それに加えて、本書の計画が成った後、四人がその成果を踏まえ、本文を再分担して仕上げた草稿も含まれている。もちろん発表資料を点検し、各々が草稿を執筆したことはいうまでもないが、その草稿をさらに絞り込んで、目の前の校正刷にまでしてしまった。そのいい知れない罪悪感に苛まれている。

ここに草稿と記したように、四人はともに今どきのパソコン操作錬達の士ではない。手書きの原稿もあれば、誤変換を含む入力原稿があるなど、実にさまざまな草稿を手作業でまとめあげた。

これは、本書の「評釈篇」を見ただけでもお分かりいただけよう。『笈の小文』の本文を影印で載せ、これを翻刻し、校訂本文を作成している。何とまわりくどい手間であろうか。気の利いた翻刻凡例を作れば、翻刻と校訂本文は一気に消化することができるはずである。しかし、私どもはその方法をあえて採らなかった。合理的で分かりやすいはずの方法は、どのように本文を読めばよいのかという、テキストを再現するための基本を度外視する恐れがある。

それぱかりではない。とりわけ、乙州版本の本文の読みをごまかしてしまう危惧をもったからである。校訂本文を点検いただければ、時代錯誤の私どもの主張にも、多少、理解が得られるのではないかと思う。

このたび一著にまとめるにあたって、大和路の芭蕉を長年にわたって研究されてきた大安隆氏、明石を出生地とされ、摂播の風土と文学に造詣の深い松本節子氏、伊賀の芭蕉の生誕地で多くの伝承と資料を耳目に蓄えられた馬岡裕子氏の三氏に加わる好機を得た。研究環境も世代も違う四人での作業は、多少とも面倒であったが、互助、協力の人間味にあふれる豊かな時間を過ごした。思えば、『笈の小文』を縁にして集った一度かぎりの共同作業であった。「芭蕉を読む会」は、本書の出版とともにこの四名で閉会の準備に入る。

一事が万事、ゆっくりとした時間浪費型の本書は、出版にいたるまでに通常の倍以上の期間を要している。この間、温かいお心遣いを賜り、懇切丁寧に私どもを導いて下さった和泉書院社長廣橋研三氏、また、版組み、最後の仕上げまで、終始ねばり強くお付き合い下さった専務の廣橋和美氏に心より感謝を申し上げたい。なお、最後になったが、本書に快く所蔵資料等の掲載をお許しいただいた関係各位に厚くお礼を申し上げる。

『笈の小文』の研究には、本書でとりあげなかった未解決の問題がまだまだ残されている。研究の宿命であろう。そして、本書も、その宿命の一端に従って、問題点の多い芭蕉の研究書であればよいと正直に思う。

平成三十年十一月十五日

大安　隆
小林　孔（文責）
松本節子
馬岡裕子

索　引

本索引は、評釈篇と資料篇の「旅程と旅中句（その異同）一覧」（11～246頁）の語句を検索するために編んだものである。

○芭蕉句
○書簡
○書名・人名・地名〔末尾横組〕

芭蕉句索引

凡例

・本書中の芭蕉の発句および付句の初句索引である。
・記載は、本書中の校訂本文によっている。
・上五のみの表記についても、これを採った。
・―は中七の異同を示している。
・異形句のある場合は、左に一字下げで掲出した。
・誤写・誤伝と判断したものは採らなかった。
・付句には、発句との区別のため、〔付句〕と記した。

あ行

か行

書簡索引

凡例

・芭蕉書簡を執筆年月日順に並べ、宛名をあわせて一覧し、本書中の所収頁を示した。
・書簡に年月日、宛名のないものは先行研究の成果によった。
・書簡の全文を記載した頁は太ゴチック体とした。
・芭蕉以外の門人の書簡には＊を付した。

は

た

ち

し

け

こ

さ

き

く

か

う

え

お

書名・人名・地名索引

凡例

・本書に出る書名（資料・論稿を含む）・人名・地名の索引である。
・項目配列は、現代仮名遣の五十音順によるものとし、清音→濁音、短音→長音の順を原則とした。
・同頁で重出し、表記が異なる場合も一項目のみとし、一般的な漢字表記を優先した。
（例）よしの・よし野・芳野→吉野
・書名には『 』を付し、「『小夜の中山』句文懐紙」などの資料には「 」を付した。
・書名・人名に関しては、頻出する『笈の小文』・芭蕉・桃青・はせを等は採らなかった。ただし、「風羅坊」また「風羅坊」に続く名称の場合は採った。
・人名の表記は、本書中の表記と必ずしも一致しない場合がある。
・俳人、連歌師は、おおむね号のみとした。
・氏・屋（家）号・尊称も一部を除いて省略している。
・地名に関しては、『笈の小文』の本文に深く関わる地名を採用したため、現代の地名は除外した。ただし、地名のほかに街道・社寺・名所旧跡・山川沼池などは含めた。

あ

■著者紹介

大安　隆（だいやす　たかし）　昭和３(1928)年生まれ。
関西大学文学部卒業。
元大阪市立夕陽丘中学校長。
『芭蕉　大和路』平成６(1994)年　和泉書院
「『野ざらし紀行』の探究」１～27（共著）　俳誌「早春」(早春社)
平成８(1996)年９月～平成10(1998)年11月　他

小林　孔（こばやし　とおる）　昭和38(1963)年生まれ。
立命館大学大学院博士課程単位取得満期退学。
大阪城南女子短期大学教授。
『捨女句集』（共著）　平成28(2016)年　和泉書院
『続猿蓑五歌仙評釈』（共著）　平成29(2017)年　ひつじ書房
「『奥の細道』の展開―曾良本墨訂前後―」「文学」９巻２号
平成10(1998)年４月　他

松本節子（まつもと　せつこ）　昭和16(1941)年生まれ。
龍谷大学大学院博士課程単位取得満期退学。
元摂南大学教授。
『江戸時代上方の地域と文学』（共著）　平成４(1992)年　同朋舎出版
『日本近世文学研究の新領域』（共著）　平成10(1998)年　思文閣出版
「蕪村・几董『桃李』の成立」「国文学論叢」第13輯　昭和42(1967)年
12月　他

馬岡裕子（うまおか　ひろこ）　昭和30(1955)年生まれ。
同志社女子大学家政学部卒業。佛教大学文学部史学科博物館学芸員課程修了。
元芭蕉翁記念館学芸員。
第65回芭蕉祭特別展図録『旅の詩人　松尾芭蕉』平成23(2011)年　他

研究叢書 505

笈の小文の研究　評釈と資料

二〇一九年二月四日初版第一刷発行
（検印省略）

著者　大安　隆
　　　小林　孔
　　　松本節子
　　　馬岡裕子
発行者　廣橋研三
印刷所　亜細亜印刷
製本所　渋谷文泉閣
発行所　有限会社　和泉書院
大阪市天王寺区上之宮町七－六
〒五四三－〇〇三七
電話　〇六－六七七一－一四六七
振替　〇〇九七〇－八－一五〇四三

ISBN978-4-7576-0892-4　C3395